JOCHEN FRECH

PLA|GI|AT

JOCHEN FRECH

Pla|gi|at

THRILLER

BEN
VE
NTO

FSC
www.fsc.org
MIX
Papier aus verantwortungsvollen Quellen
FSC® C014138

Diese Geschichte ist frei erfunden. Tatsächlich existierende Personen, Firmen und Institutionen wurden verändert und/oder vom Autor ausgedacht, Geschehnisse erdacht und anderen und/oder fiktiven Personen zugeordnet. Verbleibende Übereinstimmungen mit etwaigen realen Personen wären somit rein zufällig und sind nicht gewollt, bzw. sollen nicht deren tatsächliche Handlungen und/oder Eigenschaften widerspiegeln.

1. Auflage 2023

Medieninhaber, Verleger und Herausgeber:
Red Bull Media House GmbH
Oberst-Lepperdinger-Straße 11–15
5071 Wals bei Salzburg, Österreich

Lektorat: Hanne Reinhardt
Satz: MEDIA DESIGN: RIZNER.AT
Gesetzt aus der Palatino, Gotham, Open Sans
Umschlaggestaltung: zero-media.net, München, unter Verwendung eines Motivs von FinePic®
Autorenillustration: © Claudia Meitert/carolineseidler.com
Printed by Finidr, Czech Republic
ISBN: 978-3-7109-0156-0

Für Hanne

Den Aufbau von Macht ermöglichen meist diejenigen,
die nachher ihre Opfer werden.

HENRIETTE HANKE (1785–1862)

Siehe, ich sende euch wie Schafe mitten unter die Wölfe;
seid daher klug wie die Schlangen und ohne Falsch
wie die Tauben.

EVANGELIUM NACH MATTHÄUS 10,16

Das Gute ist stärker als das Böse.
Liebe ist stärker als Hass.
Licht ist stärker als Dunkelheit.
Das Leben ist stärker als der Tod.

DESMOND TUTU (1931–2021),
Meine afrikanischen Gebete

PROLOG

POLEN 1944

Das Mädchen drückte seine Nase an die feuchten Bretter im hinteren Teil der Scheune. Das fahle Licht eines abnehmenden Mondes verwandelte den Aussiedlerhof in ein gespenstisches Schattentheater. In den Ställen und Gebäuden war es dunkel. Bald würde der Junge aus dem Wohnhaus des Anwesens zu seinem Vater huschen, der sich jeden Abend, nachdem er den Dreck von den Stiefeln geklopft hatte, eine Pfeife gönnte. Sie mochte Szymon, auch wenn er schon elf und ein Junge war. Jeden Morgen brachte er ihr und den anderen Brot, Wasser und Gemüse in ihr Versteck. Dann erzählten sie einander, und meistens schenkte sie ihm eine der Zeichnungen, die sie tags zuvor angefertigt hatte. Das lustige Schweinchen mit den viel zu kurzen Beinen, das wieder einmal auf den Misthaufen geklettert war, oder Nogat, der Hund, wie er sich der winterlichen Sonne entgegenstreckte. Szymon sagte immer, dass ihre Zeichnungen wie Fotografien aussähen und dass sie eines Tages bestimmt berühmt werden würde.

Manchmal verspürte sie den Wunsch, ihn einfach in den Arm zu nehmen, oder sie stellte sich vor, dass sie Geschwister wären. An diesem Abend standen Szymon und sein Vater nur eine Armlänge von ihr entfernt, getrennt durch die Bretterwand der Scheune. Sie mochte den süßlichen Geruch der Pfeife nach Beeren und Wald. Das Flüstern der beiden beruhigte sie und brachte die Gespenster, die ihr Angst einjagten, zum Schweigen. Bald würde auch sie ihren Vater wiedersehen, mit ihm reden und lachen und gemeinsam das ungesäuerte Brot backen. Obwohl Szymon sie nicht sehen konnte, lächelte er verstohlen in ihre Richtung. Er wusste, dass sie irgendwo im Schatten kauerte und den Gesprächen lauschte.

»Es ist kalt«, hörte sie den Vater sagen, während er über die blonde Mähne des Jungen strich. »Und du hast keine Mütze auf. Geh zurück ins Haus und verriegel die Fenster.«

»Die Wölfe heulen nicht mehr«, sagte Szymon. »Seit zwei Nächten schon.«

Der Vater zog nachdenklich an seiner Pfeife. »Vielleicht sind sie weitergezogen.«

»Werden sie auf den Hof kommen? In die Ställe?«

Der Vater schüttelte kaum merklich den Kopf. »Ihr Instinkt sagt ihnen, dass wir ihnen überlegen sind.«

»Aber sie sind bestimmt hungrig. Du hast selbst gesagt, dieser Winter ist härter als alle anderen zuvor.«

Der Vater klopfte die Pfeife aus und verstaute sie umständlich in der Jackentasche. »Wir brauchen uns weder vor den Wölfen noch vor den Deutschen zu fürchten.«

Szymon tastete nach den Händen des Vaters. »Wann wird der Krieg zu Ende sein?«

»In meinem Tagebuch ist er das bereits.« Der Vater lächelte und legte seinen Arm um die Schultern des Jungen. »In den Städten feiern sie schon den Sieg der roten Armee. Es ist bald vorbei, mein Junge. Und du weißt, dass es uns auf dem Hof an nichts fehhh…«

Die Worte des Vaters gingen plötzlich in ein heiseres Ächzen über. Die großen Hände lösten sich aus dem Griff des Jungen und glitten an die Brust. Während der Mann von einem heftigen Hustenanfall geschüttelt auf die Knie sank, konnte das Mädchen das warme Blut riechen, das sich, wie das Wasser eines Springbrunnens, über den Jungen ergoss. Szymon brüllte jetzt wie ein Tier, das in ein Fangeisen geraten war. Der Schock ließ ihr das Herz bis zum Hals schlagen. Gleichzeitig spürte sie voller Scham, wie sie alles unter sich gehen lassen musste.

Als wenig später drei Männer aus dem Stall traten, in dem die letzte Kuh und eine Handvoll Hühner ihr Dasein fristeten, wusste sie, dass der Schrecken erst begonnen hatte. Von Panik ergriffen, rückte sie ein Stück von den Brettern ab und sah zu ihrem Entsetzen, wie einer der Männer Szymon ein langes Messer in die Brust stieß, das am Lauf eines Gewehrs befestigt war. Wider Erwarten gab der Junge keinen Laut von sich. Nicht das leiseste Stöhnen. Stattdessen kroch er mit schmerzverzerrtem Gesicht zu seinem Vater und küsste ihn auf die blutverschmierten Lippen. Dann fiel er auf die Seite, und alles war still. Für den Augenblick sah es so aus, als wären die beiden friedlich nebeneinander eingeschlafen.

Das Mädchen wich einen Schritt zurück, ihre Lippen bebten, und sie war kurz davor loszubrüllen, als die vertraute Hand der Mutter aus der Dunkelheit hervorstieß, sich fest auf ihren Mund legte und den Schrei in ihrer Brust erstickte. Für einen Moment wurde sie von dem Wunsch übermannt, nie wieder zu atmen. Dann verlor sie das Bewusstsein.

Als sie wieder zu sich kam, vernahm sie die harschen Stimmen der Männer, unterbrochen von den ängstlichen Schreien der Bauersfrau und ihrer beiden Töchter. Die Männer waren Deutsche, das hörte sie genau. Ihr Vater hatte ihr, als der Krieg begonnen hatte, ein paar Sätze beigebracht, falls einer der Soldaten sie ansprechen würde. Sie hatte diese Sprache von Beginn an gehasst und nicht verstanden, warum sie plötzlich keine Jüdin mehr sein durfte und die Familie den Sabbat im Keller feiern musste. Dieselben Stimmen hatten den Vater in dieser schlimmen Nacht mit Stöcken aus der Wohnung geprügelt, weil er angeblich die falschen Bücher verkauft und Lügen über die Deutschen verbreitet hatte.

Genau diese Stimmen drangen jetzt gefährlich nahe an ihr Versteck. Sie spürte die Hand ihrer Mutter an ihrem Bein, die sie aufforderte, zu ihr und den beiden Lehrern aus dem Dorf unter das Stroh zu kriechen. Aber sie fürchtete, dort wieder einen dieser Anfälle zu bekommen, bei denen ihr die Luft wegblieb. Im Schein einer Petroleumlampe stießen die Männer die Mädchen und die Bauersfrau in die Scheune. Der Wortführer befahl den beiden anderen, ihnen die Kleider vom Leib zu reißen und Heu in den Mund zu stopfen. Als die Männer mit heruntergelassenen Hosen begannen, sich wie Tiere auf den entblößten Leibern zu bewegen, kroch sie unter die stacheligen Getreidereste, vergrub sich im Schoß der Mutter und hielt sich die Ohren zu, so fest sie nur konnte. Aber die Diaphonien des Todes drangen ihr bis ins Mark.

Die Männer blieben bis zum Abend des folgenden Tages. Ihre Mutter erzählte ihr später, dass sie in der Nacht viel getrunken und über ihre Fluchtpläne nach Süddeutschland gesprochen hatten. Ihren Worten zufolge hatten sie unerlaubt ihre Truppe verlassen, nachdem sie von Soldaten der roten

Armee eingekesselt worden waren. Den Tag verbrachten die Männer damit, sich im Haus und auf dem Hof umzusehen und ihre Rucksäcke mit Vorräten zu füllen. Um die Mittagszeit gingen zwei von ihnen in den Stall, jagten umständlich die Hühner und schlugen ihnen die Köpfe ab. Später drang der Geruch von gebratenem Fleisch in ihr Versteck. Ihr wurde schlecht bei dem Gedanken an eine Mahlzeit. Mit Einbruch der Dunkelheit machte sich eine spürbare Unruhe unter den Männern breit, und der Wortführer verfiel wieder in seinen rauen Befehlston.

Das Mädchen spürte, wie ihr die Angst von Neuem die Kehle zuschnürte, als die beiden Lehrer anfingen zu spekulieren, was als Nächstes geschehen würde.

»Sie werden den Hof in Brand setzen«, flüsterte der ältere.

»Dann bleibt uns nur, diesen Teufeln in die Arme zu rennen oder bei lebendigem Leib zu verbrennen«, gab der andere zurück.

»Still jetzt!« Die Mutter fiel ihnen schroff ins Wort und stimmte leise ein jiddisches Lied an. *Oj wi fejn wet es sejn … oi joi joi joi.*

Das Mädchen schloss die Augen zu der vertrauten Melodie und sah ihren Vater, wie er singend durch die Küche tanzte und dabei das Geschirr abtrocknete. Die Töne und Erinnerungen legten sich wie ein tröstendes Tuch über ihre Angst.

Endlich verstummten die Stimmen der Plünderer, und das Knirschen ihrer Stiefel verhallte im angrenzenden Wald. Niemand im Versteck wagte zu sprechen. Bei jedem noch so kleinen Geräusch zuckten alle zusammen und fürchteten, die Männer würden zurückkehren. Aber nichts geschah. Nur die Wölfe in den Wäldern stimmten ihren traurigen Gesang an. Sie dachte an Szymon und seine letzten Worte, wie er gestorben war. Wie die Flamme einer Kerze, die von einem

Windstoß ereilt wurde. Erschrocken richtete sie sich auf und versuchte, die Bilder zu verdrängen. Sie würde alles in ihrem Tagebuch festhalten und die Gesichter der Männer zeichnen und, wenn der Krieg vorbei war, mit ihrem Vater zur Polizei gehen. Diese Scheusale mussten bestraft werden.

Am nächsten Morgen schlich ihre Mutter aus dem Versteck und brachte Wasser, einen Becher Milch und etwas Brot. Die Männer hatten die Kuh und ein paar Vorräte zurückgelassen. Nachdem sie wieder bei Kräften waren, nötigte die Mutter die beiden Lehrer nach draußen, um die Leichen beiseitezuschaffen. Widerwillig bahrten sie die Toten in einem leeren Kellerraum auf, wo die Wildtiere den Geruch der Verwesung nicht wittern konnten.

Gegen Nachmittag weckte ihre Mutter sie mit einem langen Kuss auf die Stirn aus einem unruhigen Schlaf und deutete auf die Bretterwand zum Hof. Als sie einen Blick durch einen der Schlitze wagte, entdeckte sie das Schweinchen, wie es grunzend auf dem Kompost wühlte. Vor Freude stiegen ihr Tränen in die Augen.

»Es hat sich in dem alten Hühnerstall versteckt«, sagte die Mutter und kam flüsternd näher. »Und unsere beiden Gelehrten streiten gerade über die Auslegung der Thora … Du weißt schon.«

»Sie wollen es schlachten?«

»Vielleicht ist es die einzige Möglichkeit, den Winter zu überleben«, sagte die Mutter. »Und den Krieg.«

»Und dann gehen wir nach Hause?«

»Sobald die Wege und Flüsse frei sind von Eis und Schnee.«

»Und Papa?«

Die Mutter wandte ihren Blick zur Seite. »Eines Tages wird er vor unserer Tür stehen … und dann feiern wir ein großes Fest.«

Sie klammerte sich fest an die Mutter und schluckte eine Träne. »Vater mag aber keine großen Feste.«

»Dann eben ein kleines«, sagte die Mutter und zauberte ihr ein Lächeln ins Gesicht.

ERSTER TEIL

OMEN

Yosemite National Park

KALIFORNIEN | USA

Unter ihr fiel der Fels beinahe tausend Meter senkrecht in die Tiefe. Die Haut an ihren abgeschürften Fingerkuppen brannte wie Feuer. Ihre Unterschenkel zitterten. Bald hatte sie es geschafft! Carla griff in das Chalk-Bag an ihrem Klettergurt und tauchte die verschwitzten Hände nacheinander in das verbliebene Magnesiumpulver, um an den letzten Griffen nicht abzurutschen. Am frühen Morgen hatte sie sich allein und ohne technische Hilfsmittel in die schwierige Route gewagt. Free-Solo! Ohne jedwede mediale Aufmerksamkeit oder Sponsoren, die ihr außergewöhnliches Vorhaben sicher ohne Mühe auf den Plan gerufen und ihren Namen auf die Titelseiten der Gazetten gebracht hätte. Doch das war nie ihre Motivation dafür gewesen, sich an den schwierigsten Kletterrouten zu versuchen. Anfänglich hatte sie im engsten Freundeskreis noch über ihre wahren Beweggründe gesprochen. Aber niemand, mit Ausnahme ihres Bruders, hatte sie auch nur annähernd verstanden. Die Reaktionen schwankten zwischen völliger Ablehnung (*Wie kann man nur so leichtfertig sein Leben riskieren?*) und verständnisloser Begeisterung (*Du bist echt die krasseste Frau, die ich kenne!*).

Aber daran dachte sie in diesem Augenblick nicht. Auch nicht an die permanente Gefahr, in der sie sich befand. Ein einziger Fehlgriff, ein Abrutschen, das Ausbrechen eines Griffes oder Trittes, ein unvorhergesehener Muskelkrampf, ja sogar ein Hustenanfall konnten das Ende bedeuten. Sie dachte nur daran, was als Nächstes zu tun war. Linker Arm ... rechtes Bein ... rechte Hand. Die nächste Bewegung musste die richtige sein. Zentimeter für Zentimeter. Carla atmete tief durch, schloss die Lider, um die Schwierigkeiten des letzten Abschnitts vor ihrem inneren Auge zu visualisieren. Viermal war sie die Route mit Freunden geklettert. Gesichert, und immer mit dem Ziel, es eines Tages allein zu schaffen. Ohne Seil und doppelten Boden.

Sie befand sich jetzt unterhalb des Ausstiegs der Kletterroute *The Nose* am El Capitan, einem der markantesten Felsvorsprünge der Welt. Mitten im Yosemite-Nationalpark. Seine glatten, imposanten Granitwände machten die ausgesetzte Wand zu einem wahren Mekka für Extremkletterer. Nach der Erstbesteigung von Warren Harding, Wayne Merry und George Whitmore, die siebenundvierzig Tage gedauert hatte – das war 1958 gewesen –, fielen Horden von Wagemutigen über die Wände des Wahrzeichens des Nationalparks her. Seither hatten zahlreiche Nachahmer dem Berg unzählige Bohrhaken verpasst, um ihn halbwegs sicher bezwingen zu können. Viele Kletterenthusiasten lehnten diese Art des technischen Bigwall-Kletterns kategorisch ab. Ihre Ethik, eine Felswand möglichst frei und mit minimalster technischer Kletterei zu bezwingen, setzte sich erst viel später durch. Beinahe zwanzig Jahre vergingen, bis die Westwand des El Capitan zum ersten Mal frei begangen wurde, und weitere fünfzehn, bis die amerikanische Bergsteigerin Lynn Hill eine der schwersten Routen an diesem beeindruckenden Monolithen ohne technische Hilfsmittel kletterte.

Genau diese Route hatte Carla sich vor Jahren in den Kopf gesetzt.

Und bald, nein, gleich hatte sie es geschafft. Jetzt nur bei der Sache bleiben. Eins sein mit den winzigen Felsvorsprüngen, Rissen und Kanten. Einhundert Prozent Carla. Das letzte behutsame Aufrichten aus dem linken Bein, den Druck ihres gesamten Körpers vertikal auf der Reibungsfläche ihres Kletterschuhs. Die Finger ihrer rechten Hand näherten sich einer kleinen Ponderosa-Kiefer, direkt am Ausstieg auf das Hochplateau, den Gipfel des El Capitan. Dann passierte es:

Die Reibungssohle ihres rechten Kletterschuhs rutschte nach unten weg. Ein winziges Stück Moos oder ein Schweißtropfen vielleicht. Ihr Körper katapultierte sich unkontrolliert um die Längsachse nach hinten und zog sie förmlich aus der Wand. Carlas linkes Bein hielt zitternd dagegen. Nur ein Fingerendgelenk ihrer linken Hand steckte noch in einem winzigen Loch, an dem jetzt beinahe ihr ganzes Gewicht hing. Carla versuchte verzweifelt in die Ausgangsstellung zurückzudrehen, aber der schräg überhängende Fels und die Schwerkraft machten diese Korrektur unmöglich. Lange würde sie diesen Griff nicht halten können. Geistesgegenwärtig drehte sie auf die andere Seite und hing jetzt mit dem Rücken zur Wand in der Luft. Die Finger ihrer rechten Hand suchten verzweifelt nach Halt. Endlich ertastete sie einen winzigen Vorsprung, der vier Fingern Auflage bot. Carla näherte sich langsam mit ihrer linken Ferse der Wand und verstärkte bedächtig den Druck, bis der Zug an ihrem Finger endlich nachließ. Dann wagte sie die Drehung zurück an die Wand. Es war Glück, oder Instinkt, vielleicht auch beides zusammen, dass ihre linke Hand in dieser Dynamik einen senkrechten Riss zu fassen bekam. Breit genug, die Finger bis zum Grundgelenk darin zu verklemmen. Das genügte, auch für die rechte Hand. Im Wechsel. Stets eine Hand über der anderen in den Riss verkeilt. Carla atmete tief durch, während ihr Leben an ihren blutenden Händen hing.

Nur noch eine Körperlänge.

Dann war sie oben. Zitternd erreichte sie den Ausstieg. Überwältigt von Glücksgefühlen ballte sie die Fäuste und brüllte sich die ganze Anspannung aus der Seele.

Sie hatte es geschafft! Einmal mehr war sie über sich hinausgewachsen. Obwohl sie kein besonders religiöser Mensch war, fühlte sie sich in diesen Momenten dem

Universum näher als sonst. Ein unbeschreibliches *Ja* zu allem, was ihr Erde und Schöpfung bedeuteten, durchflutete heiß und kalt ihren geschundenen Körper und Geist. Carla ließ sich rücklings zu Boden fallen und spürte eine tiefe Verbundenheit mit allen Tieren und Pflanzen, mit Berg und Tal, Licht und Schatten, den Menschen und sogar den Dämonen, die ihr seit dem Unfall der Eltern unaufhörlich nachstellten. Alles war auf unerklärliche Art und Weise friedlich miteinander vereint.

Als ihr Hochgefühl allmählich dem Verlangen nach einem Schluck Wasser Platz machte, kroch Carla auf allen Vieren in den Schatten einer riesigen Schierlingstanne, in deren Wurzelwerk sie am Vortag ihren Rucksack deponiert hatte. Wie eine Verdurstende verleibte sie sich den Inhalt einer Wasserflasche ein und schüttete eine zweite über den Kopf. Danach zwang sie sich, zwei Tuben Nährstoffkonzentrat herunterzuwürgen, die nach Hustensaft schmeckten, und biss gleich darauf in ein Stück Zitronen-Quarkkuchen. Ihr Körper lechzte nach Zucker und war mit den wenigen Vorräten im Rucksack nicht zu befriedigen. Am liebsten hätte sie jetzt eine riesige Pizza verdrückt oder bei Wendy's in Sonora die gesamte Speisekarte geordert. Carla nahm sich vor, genau dies am Abend zu tun. Dazwischen lagen jedoch ein steiler und ausgesetzter Abstieg über den Yosemite-Falls-Trail und ungefähr achtzig Meilen Fahrt über die Big Oak Flat Road.

Als sie wieder bei Kräften war, machte sie sich an den Abstieg in das weitläufige Tal. Am Vortag hatte ihr der Trail keinerlei Schwierigkeiten bereitet. Aber nach diesem Höllentrip fiel es ihr auf dem steil abfallenden Weg zusehends schwerer, sicher Tritt zu fassen. Es wurde Abend, als sie endlich den Parkplatz von *Camp 4* erreichte und in ihrem Mietwagen zitternd die Beine hochlegte. Carla war so müde, dass sie auf der Stelle in ihren Schlafsack kroch und nur noch kurz einen Blick auf ihr Mobiltelefon warf. Ihr Bruder Darian hatte dreiundvierzigmal versucht sie zu erreichen, aber keine Nachrichten hinterlassen. Bestimmt war er in Sorge, nachdem er sich eingehender mit ihrem Vorhaben beschäftigt hatte. In ihrem Telefonat vor der Abreise hatte Carla nur beiläufig den Namen der Route erwähnt. Sie stellte sich vor, wie Darian, nachdem er ein paar Fotos von *The Nose* gesehen hatte, haareraufend vor dem Computer gesessen und sämtliche männliche Beschützerinstinkte in Alarmbereitschaft versetzt hatte.

Typisch Darian! Dabei war sie es doch, die ihm regelmäßig aus der Patsche helfen musste. Jetzt war sie zu müde, um ihn zu beschwichtigen, und tippte lediglich eine kurze SMS in die Tasten: »Be cool! Alles gut gegangen! Melde mich morgen. Yours C.«

Wenig später fiel sie in einen tiefen Schlaf und hörte nicht einmal den Schwarzbären, der gegen Morgen hungrig mit seinen Pranken gegen die Heckscheibe des Wagens schlug.

Kulmhotel

ZERMATT | SCHWEIZ

Das abgelegene Hotel in den Schweizer Bergen war Wiebke Janssen von Beginn an unsympathisch gewesen. Sie konnte diesen Eindruck nicht erklären, aber allein der Umstand, dass die gesamte Location eigens für diese Besprechung angemietet worden war und sich mit Ausnahme des wenigen Personals niemand dort befand, war befremdlich. Sie war dem Präsidenten des Komitees nie zuvor begegnet, obwohl sie seit über einem Jahr Unterstützung vom KWTF erhielt. Allerdings nicht ohne Gegenleistung, worüber sie den Vereinbarungen zufolge jedoch mit niemandem sprechen durfte. Nicht einmal mit ihrer Katze, so war es ihr eingebläut worden. Zuvor war ihr das *Internationale Komitee für Wirtschaft, Technologie und Fortschritt* nur ein leerer Begriff gewesen, aber nachdem ihr ein Vertrag als förderungswürdige Nachwuchspolitikerin angeboten worden war, hatte sie sich näher mit der Arbeit des Komitees auseinandergesetzt – und unterschrieben. Das Komitee hatte sich in den vergangenen zwanzig Jahren als weltweit mächtigstes unabhängiges Beratungsorgan aller Staats- und Regierungschefs, der Finanzmärkte sowie der führenden Persönlichkeiten der Weltbank und des Internationalen Währungsfonds etabliert. Das weitaus größte Augenmerk des Präsidenten mit seiner globalen Agenda lag aber auf dem digital-finanziellen Komplex und der Verschmelzung von Informations- und Biotechnologie. In seinen Büchern machte der Präsident keinen Hehl daraus, ein brennender Verehrer von Julian Huxley zu sein, dem britischen Biologen und geistigen Vater des evolutionären Humanismus, sowie von Abraham Maslow und Robert Ettinger. Anfänglich waren diese Themen böhmische Dörfer für sie gewesen, und eine ganze Weile betrachtete sie den Präsidenten als eine Art philosophisch-soziologischen Esoteriker. Nicht zuletzt stand das gebetsmühlenartige Lob des Fortschritts in krassem Gegensatz zu der liberalen und demokratischen Weltanschauung des Komitees. Bei allem Respekt gegenüber diesem Imperium hatte sie ihre Meinung dazu immer wieder geäußert.

Richtig verstanden hatte sie erst, nachdem ihr der Präsident eine persönliche Videobotschaft zukommen hatte lassen, in der er ihr *sein* Verständnis eines demokratischen Transhumanismus anschaulich vermittelte. Es ging ihm mitnichten darum, mit Big-Data-Algorithmen digitale Diktaturen zu schaffen (wie Kritiker ihm zuweilen vorwarfen) und durch die Verschmelzung von Info- und Biotechnologien Millionen und Abermillionen Menschen durch den Einsatz von künstlicher Intelligenz von ihren Arbeitsplätzen zu verdrängen. Noch viel weniger ging es ihm um die Untergrabung von Freiheit, Demokratie und sozialer Marktwirtschaft. Stattdessen standen eine Vielzahl von Chancen auf der Agenda, die allen Menschen mithilfe modernster Technologien Möglichkeiten boten, ihre Lebensqualität zu verbessern. Für den Präsidenten, und das betonte er bei jeder sich bietenden Gelegenheit, stand das Individuum im Vordergrund. Natürlich würden dabei einige unverbesserliche Nostalgiker, Religionsfanatiker und Technophobe auf der Strecke bleiben, was ihr aber ziemlich egal sein konnte. Kein Mensch auf dieser Welt musste sich zu seinem Glück zwingen lassen.

An diesem Abend sollte sie dem Präsidenten zum ersten Mal persönlich begegnen. Aufgeregt tappte sie in ihrer Suite auf und ab. Was konnte er mitten im Wahlkampf von ihr wollen? Hatte sie einen Fehler gemacht? Ein falsches Wort an der falschen Stelle? Sie konnte sich an keinen nennenswerten Fauxpas erinnern. Ganz abgesehen davon, dass sie sich stets an die Protokolle ihrer Beraterinnen und Berater hielt, die der Präsident selbst für sie ausgewählt hatte. Ohne die personelle und vor allem finanzielle Unterstützung des Komitees hätte sie keine Chance gegen die Kandidaten der etablierten Parteien. Schon gar nicht als Frau und, bis vor Kurzem noch, politische Außenseiterin. Linus, ihr engster Berater, der direkt mit dem Präsidenten in Kontakt stand, hatte ihr vor der Abreise nur süffisant Hals- und Beinbruch gewünscht, was sie dazu bewogen hatte, ihm ohne ein weiteres Wort die Tür vor der Nase zuzuschlagen. Als ob sie mit dem Präsidenten zum Skifahren gehen würde! Obwohl sie sich auf eine Affäre mit Linus eingelassen hatte (was der Präsident niemals erfahren durfte), hasste sie seine zuweilen maliziöse Veranlagung. Linus hatte in den vergangenen Tagen nicht die leiseste Andeutung gemacht, worum es bei diesem Gespräch gehen könnte. Selbst nachdem sie es ihm vor der Abreise in seiner Lieblingsstellung auf dem Duschhocker mit dem Mund gemacht hatte, wich er ihrem Bitten und Drängen aus. Dieser Mistkerl!

Wiebke Janssen erschrak, als es unvermittelt an der Tür klopfte. Ein Portier in einem weißen Frack teilte ihr mit, dass er sie in den Konferenzraum führen würde. »Bitte lassen Sie alle persönlichen Gegenstände auf dem Zimmer.«

»Meine Handtasche?«

»Verzeihung«, sagte der junge Mann. »Alle persönlichen Gegenstände.«

Sie entschuldigte sich ins Badezimmer und kehrte wenig später unverrichteter Dinge zurück. Dann folgte sie dem Portier durch endlose Gänge und fragte sich, ob sie ohne Begleitung wieder zurückfinden würde. Schließlich gelangten sie in ein rustikales, schwach beleuchtetes Kaminzimmer. Die einzige Lichtquelle bildeten die Flammen der Holzscheite, die eine angenehme Wärme ausstrahlten. Die gesamte Rückwand des menschenleeren Raumes wurde von einem riesigen Bücherregal eingenommen. Der Portier wies ihr einen Platz an einem fein gearbeiteten Baumkantentisch zu, der mit der üblichen Getränkeauswahl, Gläsern, einer mit Macadamianüssen gefüllten Porzellanschale und auf fünf Plätzen jeweils mit einer Schreibunterlage aus Glas, einem ledernen Notizbuch und einem sandfarbenen MONTBLANC-Tintenroller bestückt war.

Nachdem der Portier den Raum verlassen hatte, trat sie an das einzige Fenster. Ihr war heiß. Doch zu ihrer Überraschung stellte sie fest, dass das Fenster weder zu öffnen war, noch einen Blick nach draußen zuließ.

»Wiebke! Was für ein umwerfendes Kleid.« Die Stimme gehörte zweifelsohne dem Präsidenten. »Wie schön, Sie endlich persönlich kennenzulernen. Hatten Sie eine gute Anreise? Es ist herrlich hier oben, finden Sie nicht auch?«

Sie wandte sich um und erwiderte seinen kräftigen Händedruck. »Danke für die Einladung.« Er war größer, als sie ihn sich vorgestellt hatte, und älter. Sein Parfum roch aufdrinlich nach Sandelholz, Lavendel und Patschuli.

»Setzen wir uns«, sagte er, bevor sie auf seine Fragen antworten konnte. Im selben Moment betraten drei weitere Männer den Raum und nahmen auf Handzeichen des Präsidenten Platz.

»Darf ich vorstellen.« Der Präsident deutete auf den älteren Herrn, der sie durch die dicken Gläser einer Hornbrille musterte. »Advan Posner, unser heißer Draht ins israelische Ministerium für Wirtschaft und Industrie. Ihm gegenüber sein deutsches Pendant, Frido von Bräunlich.« Wiebke Janssen erwiderte die gleichgültigen Blicke der beiden Männer mit einem freundlichen Lächeln. »Und zu Ihrer Linken ...«, der Zeigefinger des Präsidenten wanderte auf die gegenüberliegende Tischseite, »... Maxim, einer meiner engsten Mitarbeiter in Sicherheitsfragen. Ich muss zugeben, dass er mir seinen Familiennamen bislang nicht verraten hat, falls er denn überhaupt einen besitzt.«

Die Männer schmunzelten.

»Und hier natürlich unsere liebenswerte Wiebke Janssen, die künftige Kanzlerin der Bundesrepublik Deutschland. Jedenfalls laut der aktuellen Umfragewerte, an denen sich hoffentlich nicht mehr viel ändern wird.«

»Sehr erfreut«, sagte Advan Posner und klatschte symbolisch in die Hände. Sein Gegenüber schloss sich ihm kommentarlos an. Maxim kaute teilnahmslos an einer Nuss, als ob ihm dieses ganze Chichi lästig wäre. Oder der Anlass, dachte Wiebke Janssen beunruhigt.

»Darauf sollten wir trinken«, sagte der Präsident und ließ einen Finger über ein winziges Tablet gleiten. Kurz darauf wurde die Tür geöffnet, und eine Ordonanz brachte zur Hälfte gefüllte Champagnerflöten aus antikem Kristallglas.

»Was haben wir da Schönes?«, erkundigte sich der Präsident.

Die Ordonanz hob die bauchige Flasche aus dem Kühler. »Ein 2000er Clos D'Ambonnay.«

»Hervorragend«, sagte der Präsident und hob sein Glas. »À votre santé!«

Zögerlich griff sie nach ihrem Glas. Alles folgte einem unsichtbaren Protokoll, und sie war ganz offensichtlich die Einzige, die keinen blassen Schimmer davon hatte, was hier gespielt wurde. Zu ihrem Verdruss meldete sich zum wievielten Mal an diesem Tag ihre Blase. *Nicht auch noch das!*

Der Smalltalk endete so abrupt, wie er begonnen hatte, und der Präsident erteilte Advan Posner das Wort.

»Verehrte Frau Janssen!«

Sie zuckte zusammen. Der bis eben noch kumpelhafte Tonfall hatte sich in einen kühlen, geschäftsmäßigen Bariton verwandelt. »Zu meinem Bedauern muss ich Ihnen mitteilen, dass wir Kenntnis davon erlangt haben, dass in Ihrer Dissertation – wie soll ich sagen – Unstimmigkeiten entdeckt wurden.« Posner legte eine Pause ein, die mit jeder Sekunde unerträglicher wurde. »Oder nennen wir es Ungereimtheiten, die, wenn sie an die Öffentlichkeit kämen, einen Skandal sondergleichen zur Folge hätten. Einen Skandal, der nicht nur Sie selbst, sondern ebenso all Ihre Unterstützer und damit das Komitee derart in Misskredit bringen würde, dass der Schaden ins Unermessliche ginge. Und ich spreche hier nicht von finanziellen Kalamitäten, sondern von dem Verlust unserer weltweiten Reputation.«

Sie schluckte. Damit hatte sie weiß Gott niemals gerechnet. Natürlich war ihr sofort klar, worauf (ausgerechnet) der Repräsentant des israelischen Wirtschaftsministeriums anspielte. Aber wie zum Teufel waren sie darauf gekommen? Die Veröffentlichung ihrer Dissertation lag über fünfzehn Jahre zurück. Nie hatte jemand diesen Teil ihrer Arbeit hinterfragt, dazu gab es auch gar keinen Anlass. Schließlich hatte sie sich wasserdicht abgesichert, es gab keinerlei Beweise dafür, dass etwas an den Tagebuchauszügen gefälscht war. Eigentlich hätte sie es für unmöglich gehalten, dass jemand darauf kommt. Was zum Teufel war da passiert?

»Sie fragen sich bestimmt, wie wir darauf gekommen sind.« Die Stimme des Präsidenten hatte ebenfalls an Wärme verloren. »Aber damit brauchen Sie sich nicht zu belasten. Wichtig ist nur, dass Sie in der Öffentlichkeit unter keinen Umständen über diese heiklen Themen im Zusammenhang mit Ihren polnischen Großeltern sprechen. Habe ich mich klar ausgedrückt?«

»Ja«, sagte sie kleinlaut.

»Um die Handvoll Schmierfinken, die im Begriff sind, Ihre Weste zu besudeln, werden *wir* uns kümmern«, fuhr der Präsident fort, während er Maxim mit ernster Miene einen Umschlag reichte. »Wenn Sie keine Fragen mehr haben?«

Ihr war schlecht, und sie musste nun wirklich dringend auf die Toilette. Wieder öffnete sich, wie auf einen unsichtbaren Befehl hin, die Tür, und der Portier betrat den Raum.

»Sie können Frau Janssen wieder auf ihr Zimmer bringen«, sagte der Präsident. »Passen Sie gut auf sich auf, Wiebke.«

Sie erhob sich mit hochrotem Kopf. Als der Portier im Begriff war, die Tür hinter ihnen zu schließen, vernahm sie ein letztes Mal die Stimme des Präsidenten: »Und, Wiebke: Viel Erfolg bei Ihrem Auftritt in Hamburg.«

Den Rückweg auf ihr Zimmer brachte sie wie in Trance hinter sich. Die Blase drückte, ihr Kopf glühte, und ihr Magen schien sich am liebsten nach außen stülpen zu wollen. Der Traum von der Kanzlerschaft würde schneller vorüber sein, als er begonnen hatte. Nachdem sie sich erleichtert hatte, ließ sie vor dem Panoramafenster ihrer Suite den Blick über die schneebedeckten Gipfel schweifen und fand zusehends ihre Fassung wieder. Wo immer ein Leck entstanden war, würde sie sich auf das Wort des Präsidenten verlassen müssen. Wenn er versprochen hatte, sich der Angelegenheit anzunehmen, war er weiterhin von ihren Qualitäten überzeugt. Im Grunde war sie mit einem blauen Auge davongekommen. Als eine Handvoll Schmierfinken hatte er diejenigen bezeichnet, die wohl offensichtlich ihren Ruf schädigen wollten. »Na wartet«, knurrte sie. »Ihr habt euch mit den Falschen angelegt!«

Der Präsident war mehr als deutlich gewesen. Kurz lief ihr ein kalter Schauer über den Rücken. Dass für die Plagiate in ihrer Dissertation eines Tages unschuldige Menschen mit dem Leben bezahlen mussten, wäre ihr in den kühnsten Träumen nicht in den Sinn gekommen. Dieses Risiko wäre sie sehenden Auges nie eingegangen. Andererseits hatte sie sich mit ihrer Entscheidung, in die Politik zu wechseln, für ein schmutziges Geschäft entschieden. Das war ihr von Beginn an klar gewesen. Manchmal musste auf diesem Terrain der Zweck die Mittel heiligen. So jedenfalls hatte sie den Präsidenten verstanden.

Mazowiecki Park

30 KILOMETER SÜDÖSTLICH VON WARSCHAU | POLEN

Roman Czarnecki trat energisch auf die Rücktrittbremse und pfiff seinen Hund zurück. Der kurzhaarige Windhund rannte ihm bei seinen frühmorgendlichen Radtouren durch den Mazowiecki Park, ein riesiges Naturschutzgebiet vor den Toren Warschaus, regelmäßig einige hundert Meter voraus. Aber der Rüde zeigte stets guten Gehorsam und lief auch jetzt mit weit ausgreifenden Sprüngen zurück zu seinem Herrchen. Czarnecki lehnte sein Rad an einen Baum und nahm den keuchenden Hund an die Leine.

»Wollen doch mal sehen«, murmelte er und näherte sich dem blauen VW-Bus, der bereits am Tag zuvor verbotenerweise an derselben Stelle gestanden hatte, im Kreuzungsbereich zweier unbefestigter Waldwege.

»Ruhig, Anatol, ganz ruhig!« Czarnecki warf einen Blick auf den Fahrersitz des Bullis mit deutschem Kennzeichen. Für gewöhnlich verirrten sich keine Touristen in diese Gegend. Wenn, dann begegnete man ihnen am *Bunkry Dabrowiecka Góra*, einem sorgfältig renovierten Bunker aus dem Zweiten Weltkrieg. Oder am Tory See und manchmal am jüdischen Friedhof. Aber nicht hier, auf diesen einsamen Schotterstraßen, die im Grunde nirgendwo hinführten.

Der Hund fing leise an zu knurren. »Ist ja gut, mein Junge.« Er hielt ihm ein Stück getrocknetes Schweineohr hin. Der Rüde schnappte gierig danach. Czarnecki trat wieder vor den Bus und klopfte gegen die Schiebetür. »Ist da jemand? Hallo!«

Nichts rührte sich. Nur das entfernte Klappern eines Schwarzstorches. Sollte er die Polizei verständigen? Er warf einen Blick auf sein altes Nokia. Kein Empfang. Um telefonieren zu können, müsste er wenigstens einen Kilometer radeln. Entschlossen trat er nochmals an den Bus und rüttelte am Griff der Schiebetür. Zu seiner Überraschung sprang die Tür geräuschlos auf und gab einen Blick ins Wageninnere frei. Roman Czarnecki wusste sofort, dass das unnatürlich verkrümmte und in einem Schleim aus Erbrochenem liegende Wesen ein toter Mensch sein musste. Irgendwo im Wagen setzte der Vibrationsalarm eines Mobiltelefons ein. Czarnecki wich erschrocken zurück, fiel rücklings zu Boden und erbrach noch im Sturz sein gesamtes Frühstück. Der Hund bellte wie verrückt, als ob von dem Toten oder seinem Handy eine Gefahr für sie ausgehen würde. Czarnecki rappelte sich auf, rannte zu seinem Fahrrad und suchte das Weite.

Erst als in der Ferne die Umrisse des Bahnhofs von Kolbiel auftauchten, gelang es ihm wieder, klare Gedanken zu fassen. Dort angekommen, nahm er einen großen Schluck aus seinem Flachmann, wischte sich mit dem Ärmel die Reste des Erbrochenen aus dem Gesicht und rief die Polizei.

Erst viel später fiel ihm ein, dass er in den Vernehmungen vergessen hatte, den scharfen Geruch zu erwähnen, der ihm aus dem Bus entgegengeschlagen war.

Eine Mischung aus Desinfektionsmittel und verfaultem Kohl.

Sacramento International Airport

KALIFORNIEN | USA

Mit weit ausladenden Schritten rannte Carla durch das Abflug-Terminal. Obwohl sie der schnellsten Route des Navis gefolgt war und gedacht hatte, die Umleitung über Stockton wieder wettgemacht zu haben, war sie viel zu spät. Weitere wertvolle Minuten hatte sie bei der Rückgabe ihres Mietwagens verloren, da der Zweitschlüssel wie vom Erdboden verschluckt war. Vermutlich war er ihr während des Abstiegs verloren gegangen. Die kaugummikauende Tussi von *Alamo* machte einen riesigen Aufriss und bestand auf einer Kaution von dreihundert Dollar, die Carla zähneknirschend entrichtete, nachdem über die Lautsprecheranlage zum zweiten Mal ihr Name aufgerufen worden war. Als sie endlich den Check-in von Delta Airlines erreicht hatte, teilte ihr die Angestellte mit, dass das Boarding bereits abgeschlossen sei. Carla standen die Tränen in den Augen. Mit Engelszungen versuchte sie zu erklären, dass sie erst am frühen Morgen von einem Notfall in ihrer Familie erfahren und aus diesem Grund die späte Umbuchung vorgenommen hatte. »Es ist ein Notfall!« Carla stöberte hektisch in der Galerie ihres Smartphones und hielt der Angestellten ein Foto ihres Bruders unter die Nase. »Das ist mein Bruder, Darian. Glauben Sie mir, er braucht dringend Unterstützung!«

»I'm really sorry, but I can't take your luggage any more.«

Carla war im Begriff, ihren Koffer einfach stehen zu lassen, als ein Beamter des TSA-Checkpoints plötzlich neben sie trat und sie mit einem Augenzwinkern begrüßte. Lässig wandte er sich an die Mitarbeiterin von Delta Airlines. »Was meinst du, Eleonore? Für mich sieht dieses Köfferchen so aus, als könntest du es als Handgepäck durchgehen lassen.«

»Du weißt, dass ich das nicht entscheiden kann, Liam.«

»Aber ich«, erwiderte Liam, warf Eleonore ein Lächeln und Carla ein weiteres Augenzwinkern zu und schlenderte zu seinem Checkpoint zurück.

Der Gabelflug über Seattle und Amsterdam nach München würde knapp zwanzig Stunden dauern. Allein die Aufenthalte nahmen sieben Stunden in Anspruch, dabei saß sie sprichwörtlich auf Kohlen. Die Hilferufe ihres Bruders hatten sie wie eine kalte Dusche aus ihrer Hochstimmung gerissen.

Carla unterdrückte einen Seufzer. Wie gern wäre sie noch ein paar Tage in Kalifornien geblieben. Am meisten hatte sie sich auf die Helikoptertour am Lake Tahoe gefreut. Ein Geschenk ihrer amerikanischen Kletterfreunde, mit denen sie im Frühjahr im Yosemite unterwegs gewesen war. Noch wurde sie nicht schlau aus den Nachrichten, die ihr Darian in der Nacht geschickt hatte. Klar war nur, dass er in ernsthaften Schwierigkeiten steckte.

Die sind zu allem fähig!

Wer waren »die«? Carla hatte Darians übermächtige Angst und das Zittern seiner Hände beinahe körperlich gespürt, während sie am Morgen, als sie aus einem komatösen Schlaf erwacht war, ihre Antworten getippt hatte. Die letzte Nachricht war um 04:37 Uhr bei ihr eingegangen. Also 13:37 Uhr Ortszeit. Irgendwo in Polen. Sie legte den Gurt an, warf einen Blick auf ihre Armbanduhr und rechnete neun Stunden Zeitverschiebung hinzu. Wenn Darian, wie er geschrieben hatte, um fünf losgefahren war, befand er sich seit vier Stunden auf der Autobahn und wäre gegen Morgen in München. Das bedeutete, dass er bis zum Spätnachmittag auf sie warten musste. Ob er sich an das Versteck des Wohnungsschlüssels erinnern oder ihre Vermieterin aus den Federn klingeln würde? Was, wenn er weiterhin nicht ans Telefon ging und ihm tatsächlich etwas zugestoßen war? Hoffentlich hatte er ihre Nachrichten erhalten. Als sie das letzte Mal nachgesehen hatte, waren sie noch als ungelesen markiert. Carla verdrängte die finsteren Gedanken mit der Vorstellung, wie er am Flughafen auf sie warten und ihr, wie üblich, anlasslos von irgendwelchen neuen Heavy-Metal-Bands vorschwärmen würde. Für dieses Mal würde sie sich sogar *darauf* einlassen können, wenn sie ihn nur unversehrt wiedersah. Sie entsperrte ihr Mobiltelefon und öffnete den Messenger. Seltsam, dass Darian den Nachrichtendienst *Threema* benutzt hatte, wo er sich bisher allen Argumenten zum Trotz geweigert hatte, die Einmalgebühr zu zahlen, und beharrlich kostenfreien Anbietern vertraute. Sie las die abgehackten Nachrichten zum wiederholten Mal. Wort für Wort. Begleitet von der Sorge und der Hoffnung, etwas Wichtiges übersehen zu haben:

Bin in (ernsthaften) Schwierigkeiten
Die sind zu allem fähig!
Kein Fake
Du musst mir glauben
Lösch alles, wenn du gelesen hast!!!
Ich komme nach M.
ASAP
Keine Polizei einschalten!
Egal was passiert!
Bitte!!!
Kann dir alles erklären!
Bin in Polen
Fahre gegen fünf los!
Du musst mir helfen.
Kein Wort zu niemand
Bitte!!!

Carla starrte dem Fahrer eines Gepäckwagens auf dem Rollfeld hinterher, während die Triebwerke des Airbus aufheulten und der Vogel zitternd aus der Parkposition rollte. Dann widmete sie ihre Aufmerksamkeit wieder dem Geschriebenen. Das war definitiv die Handschrift ihres Bruders. Auch wenn sie ihn so noch nie erlebt hatte. Nicht einmal in der schlimmsten Zeit nach dem Unfall mit den Eltern. Damals hatten sie alle möglichen Anstrengungen unternommen, um das Trauma und die nicht enden wollende Trauer zu überwinden, und irgendwann hatten sie beide wieder Boden unter die Füße bekommen. Seitdem war ihr Dasein ohne existentielle Ängste und Bedrohungen verlaufen.

Darian hatte Geschichtswissenschaften studiert und sich der Genealogie verschrieben. Binnen kürzester Zeit galt er europaweit als anerkannter Ahnen- und Familienforscher, seine Expertisen kosteten inzwischen ein Vermögen. Daneben fotografierte er fleißig, am liebsten in Schwarz-Weiß.

Carla selbst hatte ungefähr ein Jahr nach der Katastrophe sämtliche Lebensentwürfe über Bord geworfen. Es war ihr im Zusammensein mit Menschen schwergefallen, auf Knopfdruck gute Laune an den Tag zu legen. Die Trauer verhielt sich in den ersten Jahren wie unterseeische Beben, deren Zentren und Intensität nie vorhersehbar waren. Sie erwarb ihren Master in Wirtschaftsinformatik und IT-Management in der Zurückgezogenheit eines Fernstudiums und machte sich selbstständig. So konnte sie Arbeit und Freizeit nach Belieben einteilen bei einem mehr als auskömmlichen Verdienst. Neben ihrer Leidenschaft für die Berge unternahm sie am liebsten ausgedehnte Spaziergänge mit Rosco, dem Irish-Setter-Rüden, den die Eltern zurückgelassen hatten. Der Hund bedeutete Carla eine unsichtbare Brücke über jenen Fluss, der in ihrer Vorstellung die Grenze zwischen den Lebenden und den Toten markierte.

»Sorry?« Eine Flugbegleiterin riss sie aus ihren Gedanken. Carla bestellte Tee und ein Käsesandwich.

»Möchten Sie eine Decke?«

Carla griff nach einer der bequemen Ärmeldecken und kuschelte sich in den weichen Fleecestoff. Die Decke gab ihr ein Gefühl von Sicherheit und Geborgenheit. Eine wärmende Barriere zwischen Außen und Innen. Carla dachte darüber nach, wie sie diese Grenze zeitlebens selbst versucht hatte zu definieren. Wohin sie auch ging und was immer sie tat oder dachte oder fühlte. Wie weit ließ sich diese

Trennlinie verschieben? War es möglich, mit sich selbst und den vielen Unbekannten der Klimazonen des menschlichen Daseins im Reinen zu sein, egal, was passierte? Mit Ängsten und dem Tod? Mit der Angst vor der Angst? Je länger sie darüber sinnierte, umso unübersichtlicher erschienen ihr die vielen Gedankenfäden.

Immer wieder fiel Carla in einen leichten Schlaf und fand sich inmitten verrückter Traumbilder wieder, bis sie sich teils amüsiert, teils erschrocken zurück an die Oberfläche zog. Ein Schmetterling, der sich auf dem Auge eines Elefanten niederließ. Ein verlassener Kletterschuh, der in einer Felsspalte feststeckte. Ihre Mutter, die verzweifelt versuchte, ihr Smartphone zu entsperren. Darian, der ihr aus dem Laternenhaus eines Leuchtturms zuwinkte. Die See darunter war ruhig. Endlich fiel sie, umspült vom gleichmäßigen Rauschen der Triebwerke, in einen traumlosen Schlaf.

Hamburg / Gütersloh
DEUTSCHLAND

Zum Ende ihrer emotionalen Wahlkampfrede auf dem Hamburger Fischmarkt schwenkte sie eine traditionelle Kapitänsmütze. Die Menge johlte, als ob Madonna im Reiter-Outfit von Gaultier die Bühne betreten hätte. Wiebke Janssen genoss den anhaltenden Beifall und verteilte strahlend Kusshändchen. Die eigens für den Wahlkampf engagierte Band *German Blend*, in der namhafte Künstlerinnen und Künstler aller in Deutschland lebenden Minderheiten vertreten waren, spielte einen Tusch um den anderen. Schließlich stimmten die Musiker die Hamburg-Hymne an und forderten die Anwesenden zum Mitsingen auf:

Heil über dir,
Hammonia!
O wie so glücklich stehst du da!

Die Stimmung wurde feierlich, und die Menge ließ es sich nicht nehmen, sämtliche Strophen lauthals zu begleiten. An den Auslegern der Lastkräne im Hafenbecken wurde ein Feuerwerk gezündet, und als die Hymne sich von einem Glockenspiel begleitet dem Ende zuneigte, bereitete die Kanzlerkandidatin der Fortschrittspartei Deutschlands ihre letzte Überraschung vor. Als ob sie beabsichtigte, vor der Menge zu strippen, entledigte Wiebke sich mit gekonntem Hüftschwung ihres Schals und Jacketts. Die Band spielte *La Vida Es Un Carnaval* von Celia Cruz. Der erotische Tanz gab den Blick auf ein Trikot des HSV frei. Wieder tobte die Menge und wiegte sich im Rhythmus des Salsa. Aber es gab auch Pfiffe und Buhrufe, womit Wiebke Janssen natürlich gerechnet hatte. Wie von einem unsichtbaren Tanzpartner geführt, bewegte sie sich über die Bühne und machte eine überraschende Wende, so dass sie jetzt mit dem Rücken zum Publikum stand. Auf der Rückseite ihres T-Shirts befand sich das Logo des FC St. Pauli, der zweite bekannte Fußballverein der Hansestadt. Die Security bildete rasch einen engen Kreis um das Rednerpult. Aber es blieb bei nicht enden wollenden Ovationen.

Es ist so leicht, die Menschen für sich zu gewinnen, dachte Wiebke Janssen, sie lächelte und winkte, bis der Beifall allmählich verebbte und die ersten Grüppchen sich auf den Nachhauseweg machten. Man musste den Menschen nur glaubhaft in Aussicht stellen, wonach sie sich sehnten. Den Reichen eine Senkung des Spitzensteuersatzes, den Armen einen adäquaten Mindestlohn. Den Alten höhere Renten und den Jungen Karrierechancen. Den Frauen Chancengleichheit und den Homosexuellen Gleichstellung. Den Süchtigen ihren Stoff und den Vegetariern ihr Gemüse. Und über allem die Vision von Fortschritt und einem besseren Leben.

Gott ist tot! Die Worte des Präsidenten bei einer Rede auf einer Konferenz in Kapstadt kamen ihr in den Sinn, während noch einige hundert Zuschauer um die Bühne herumstanden und sich rhythmisch zur Musik der Band bewegten. Gott ist schon lange tot, dachte Wiebke Janssen, wenn es ihn überhaupt jemals gegeben hat. Mit einem Mal spürte sie ihre Macht über die Menschen, die ihr plötzlich so töricht und kleingeistig vorkamen. Das Vertrauen, das ihr der Präsident entgegenbrachte, verlieh ihr (zusehends) die Gewissheit, Teil eines großen Umbruchs zu sein. Ja, sogar eine wesentliche Rolle darin zu spielen. In der Programmatik des Kommitees und seiner globalen Akteure ging es nicht mehr nur darum, eine möglichst hohe Rendite zu erzielen, sondern darum, eine Menge an sozialen, gesellschaftlichen und ökologischen Faktoren in ein diffiziles Gleichgewicht zu bringen. Hierzu mussten Opfer gebracht werden, um am Ende eine Win-Win-Situation für alle zu schaffen. Und es galt, diesen Narren den Respekt vor der Wissenschaft und der Verpflichtung zum Fortschritt einzubläuen. Wie sonst konnte es jemals gelingen, die menschliche Natur zu überwinden? »Ich muss diese Wahl gewinnen«, sagte sie leise und ballte die Fäuste. »Veni, vidi, Wiebke!«

»Träumst du?« Linus reichte ihr Sakko und Schal. »Komm schon.«

Sie folgte ihm wortlos zum Parkplatz, wo ihre Limousine wartete. Unterwegs schüttelte sie gedankenverloren ein paar Hände, ohne auf die Gesichter und Worte ihrer Anhänger zu achten. Im Wagen spürte sie, wie ihre Füße brannten, und entledigte sich ihrer Pumps.

»Du warst sexy«, sagte Linus, der sich neben ihr auf die Rückbank fallen ließ.

»Mehr hast du nicht zu sagen?«

Linus zog eine Schnute. »Vielleicht, dass ich dich gern ficken würde. Jetzt, hier, auf der Stelle.«

»Manchmal bist du ein richtiges Arschloch!«

»Das ist mein Job.«

Sie wandte sich angewidert von ihm ab und blickte durch die verspiegelten Fenster auf das Hafenpanorama. »Für dich ist das alles nur ein Spiel, hab ich recht?«

Linus legte ihr eine Hand auf den Oberschenkel. »Für dich nicht?«

»Du verstehst gar nichts«, sagte sie leise. »Nimm deine Pfoten weg.«

»Es ist ein Spiel, Süße. Ein verlogenes und dreckiges Spiel. Und wenn du das nicht endlich kapierst, bist du so gut wie tot.« Er lachte. »Politisch gesehen, natürlich.«

»Lass mich einfach in Ruhe, ja?«

»Kein Hotel mehr?«

»Ich will nach Hause und in Ruhe nachdenken.«

»So was habe ich mir schon gedacht. Wiebkes Polit-Migräne?«

Sie schüttelte fassungslos den Kopf. »Wir telefonieren. Aber nicht mehr heute.«

»Wie Frau Kandidatin begehren. Dann wünsche ich noch einen schönen Abend und empfehle mich.«

»Wir sind gleich da.« Die freundliche Stimme des Fahrers schreckte sie aus einem unruhigen Halbschlaf.

»Danke«, sagte Wiebke und sah auf die Uhr. Halb elf. Die Fahrt hatte über drei Stunden gedauert. Erschöpft und in der festen Absicht, sofort ins Bett zu gehen, stieg sie aus dem Wagen und steckte ihrem Chauffeur einen Fünfziger zu. Von zwei Securitys begleitet, schritt sie die Zufahrt zu dem kleinen Einfamilienhaus hinauf. Für den Bruchteil einer Sekunde wunderte sie sich, dass die Bewegungsmelder nicht reagierten, der Weg lag in völliger Dunkelheit.

Dann passierte es.

Der Angriff kam aus dem Nichts. Wie das plötzliche und lautlose Herabstürzen eines Nachtvogels auf seine ahnungslose Beute. Wiebke Janssen vernahm ein metallisches Knattern und sah ihre beiden Bodyguards, buchstäblich vom Blitz getroffen, zu Boden gehen. Im nächsten Augenblick rammte ihr jemand eine unsichtbare Faust in die Magengrube. Sie schnappte nach Luft und versuchte, die Angreifer auszumachen. Aber in der Dunkelheit des Vorgartens war nichts zu erkennen. Zögernd wagte sie einen wackeligen Schritt über einen der am Boden liegenden Männer, den Blick auf den Hauseingang gerichtet, der ihr unerreichbar erschien. Hinter dieser Tür wäre sie in Sicherheit und könnte die Polizei rufen. Während sie in ihrer Handtasche nach dem Schlüsselbund tastete, schlug etwas Hartes gegen ihre Schläfe. Der Hieb war so heftig, dass er sie von den Beinen riss. Der Schmerz fühlte sich an wie zerberstendes Glas. Gleichzeitig sprang der Bewegungsmelder des Nachbargrundstücks an und tauchte das Gebäude in ein fahles Licht. Jemand hatte in gelbem Neon *JUDENSCHLAMPE* auf ihre Hauswand gesprüht. Quer über dem Küchenfenster prangte ein rotes Hakenkreuz. Etwas Warmes rann über ihre Wangen. Sie begann zu frösteln und am ganzen Körper zu zittern. Ich bin müde, dachte sie. So müde.

Das ist alles nur ein Spiel, hörte sie Linus flüstern. Was würde er sagen, wenn er jetzt hier wäre? *Nur ein verlogenes, dreckiges Spiel.* Vermutlich hatte er recht. Dieser Scheißkerl.

Als sie wieder zu sich kam, bemerkte sie zuerst das üppige Blumenbouquet neben dem Bett. Bestimmt vierzig oder fünfzig rote und pinkfarbene Rosen. Jedenfalls zu viele für die kleine Bodenvase, dachte sie. Jemand müsste Wasser nachgießen. Eine Frau in einem hellblauen Kasack betrat den Raum. »Wie geht es Ihnen, Frau Janssen?«

»Wer sind Sie?«

»Schwester Eva«, die Pflegerin tippte auf einen Textilstempel oberhalb ihrer Brust.

»Wo bin ich?« Wiebke Janssen fasste sich zögernd an die Stirn. »Und ... was ist passiert?«

»Im Krankenhaus.« Die Krankenschwester reichte ihr eine Broschüre des Klinikums Gütersloh. »An was erinnern Sie sich?«

»Ich habe Schmerzen. Jemand hat mich ...«

»Sie hatten Glück im Unglück. Eine Prellung am Jochbein. Eine leichte Gehirnerschütterung und ein paar Schürfwunden.«

Wiebke Janssen schloss die Augen. Langsam kehrten die Erinnerungen an den nächtlichen Angriff zurück. Tränen schossen ihr in die Augen.

»Die Polizei war bereits hier. Sie möchten mit Ihnen sprechen und sagten, die Ermittlungen würden auf Hochtouren laufen.«

»Kommenden Freitag ...« Sie atmete tief durch. Der lärmende Schmerz in ihrem Kopf verstärkte sich bei jedem Wort. »... muss ich in Frankfurt sein.«

Die Krankenschwester griff behutsam nach ihrer Hand. »Darüber sprechen Sie am besten mit dem Oberarzt. Ich gebe Ihnen jetzt ein Sedativum, und dann sollten Sie sich noch ein wenig ausruhen, ja?«

Wiebke Janssen entzog sich dem Griff der Pflegerin und starrte resigniert aus dem Fenster. »Es ist kein Spiel«, sagte sie.

»Was meinen Sie?«
»Vergessen Sie es.«

In einem Fiebertraum hielt sie eine Rede vor einer riesigen Menge. Junge und alte Menschen, ganze Familien mit Kindern und Babys auf den Armen ihrer Mütter. Sonderbarerweise hielten die Leute einen beinahe unerträglichen Abstand zur Bühne, auf der ihr Rednerpult stand. Wie von imaginären Sicherheitskräften zurückgedrängt, standen sie da und lauschten teilnahmslos ihren Ausführungen. Es gab keinen Beifall, keine Buhrufe, keine Fähnchen. Nichts. Ein ums andere Mal verlor sie den Faden. Sie bat das Publikum, näherzutreten, ohne eine noch so kleine Reaktion zu bewirken. Immer wieder hörte sie die Stimme des Präsidenten aus dem Off, der sie aufforderte, weiterzumachen und sich nicht einschüchtern zu lassen. *Nichts und niemand darf uns vom Kurs abbringen!*

Plötzlich entdeckte sie voller Entsetzen ihre beiden Securitys, die regungslos vor der Bühne am Boden lagen. Ihre Körper waren von einem wuselnden Teppich aus Schmeißfliegen bedeckt, deren Leiber grün und blau in der Sonne glänzten. Erschrocken rief sie nach den Sanitätern, die in einer Seitengasse vor ihrem Rettungswagen standen und das Geschehen mit starrem Blick verfolgten.

Zeigen Sie niemals Schwäche!

Völlig konsterniert fuhr sie mit ihrer Rede fort.

Plötzlich setzte sich die gesamte Menge mit einem Ruck in Bewegung. Zuerst zögerlich, dann immer entschlossener. Im ersten Moment glaubte sie an eine Inszenierung radikaler Gruppierungen, wie sie es bei Demonstrationen und Kundgebungen bereits erlebt hatte. Andererseits schien dies in der Heterogenität dieser Masse völlig ausgeschlossen. Selbst Jugendliche und Kinder hielten, unter wütenden

Sprechchören, auf sie zu. Immer wieder kam jemand zu Fall und wurde von den Nachfolgenden rücksichtslos überrannt. Zuerst verstand sie in dieser aufgebrachten Stampede nicht, was die einzelnen Gruppierungen riefen, aber als sie nur noch einen Steinwurf entfernt waren, vernahm sie die Worte immer deutlicher: »Judenschlampe!«, skandierten sie. »Lügnerin!« Je näher die Menge kam, umso hässlicher wurden die Beleidigungen. »Judenfotze!« Wiebke Janssen war klar: Diese Menge war im Begriff, sie an Ort und Stelle zu lynchen. Voller Panik wollte sie die Flucht ergreifen, aber ihre Hände und Füße klebten an Pult und Boden fest.

»Hilfe!«, brüllte sie verzweifelt. »L i n u s !«

»Ich rufe zurück!«

Als Wiebke Janssen die Augen aufschlug, stand ihr Berater mit dem Telefon am Ohr neben ihrem Krankenbett. Er beendete sein Gespräch und trat zu ihr. »Du zitterst ja.«

Wiebke musterte verängstigt die Umgebung. Als die Erinnerungen zurückkehrten, griff sie nach seiner Hand und atmete tief durch. »Ich bin okay. Nur ein blöder Traum.«

»Wie geht es dir?«

»Ich habe Durst.«

»Und sonst?« Er reichte ihr ein Glas Wasser.

»Was machst du hier?«

»Ich kann auch wieder gehen.« Linus entzog sich ihrem Griff.

»So war das nicht gemeint.«

»Wir sollten über das Protokoll sprechen, bevor wir auf Sendung gehen.«

Wiebke Janssen zog die Stirn in Falten. »Du wirst doch nicht …?«

»Es war *seine* Idee. Übrigens hat er sämtliche Meetings in Japan und Malaysia abgesagt und seinen Flieger noch in der Luft nach Deutschland umdrehen lassen, als er von dieser Geschichte erfahren hat.«

»Ich verstehe gar nichts. Was für eine Idee? Welches Protokoll? Welche Sendung?«

»Schon mal was von Publicity gehört, Frau Doktor?«

»Erklär es mir.«

»Kapierst du denn gar nichts?« Linus zog einen Stuhl neben das Bett. »Du wurdest von irgendwelchen rechten Vollidioten angegriffen. Deine Bude sieht aus wie nach einem Nazi-Graffiti-Contest, und einer deiner Bodyguards liegt ziemlich lädiert auf der Intensivstation.«

»Verdammt!«, entfuhr es Wiebke Janssen. »Und der andere?«

Linus überging die Frage. »Die Mainstreammedien berichten rund um die Uhr von dem Vorfall, deine Wähler und Wählerinnen haben das Recht zu erfahren, wie es ihrer Märtyrerin geht. Findest du nicht?«

»Ihr habt die Presse hierher beordert?«

»Die Idee ist doch genial. Dein Bekanntheitsgrad und deine Sympathiewerte werden in die Höhe schnellen. Etwas Besseres hätte uns in dieser entscheidenden Phase des Wahlkampfs gar nicht passieren können.«

»Ja, genau!« Wiebke Janssen war den Tränen nahe. Gleichzeitig wurde sie von einer unbändigen Wut erfasst. »Ich habe schon immer davon geträumt, überfallen, verprügelt und vor der ganzen Welt gedemütigt zu werden!«

Linus hob beschwichtigend die Hände. »Du weißt genau, wie ich das gemeint habe.«

»Ehrlich gesagt fällt es mir von Tag zu Tag schwerer, deine Anspielungen und dein Verhalten richtig zu deuten.«

»Hast du den Verstand verloren?«, zischte Linus und hob drohend den Zeigefinger. »Hier geht es um alles oder nichts, falls du das vergessen hast!«

»Was stand denn im Protokoll, für den Fall, dass die mich totgeprügelt hätten?«

»Es war deine Entscheidung, diesen Weg mit der Unterstützung des Komitees zu gehen und dir ihre Agenda auf die Fahnen zu schreiben. Dass es kein Zuckerschlecken werden würde, muss dir klar gewesen sein.«

»Was hat das eine mit dem anderen zu tun?«

Er ignorierte ihre Frage. »Nicht zuletzt geht es bei alledem auch um meine Reputation. Und ich habe keine Lust, am Ende als Verlierer dazustehen.«

»Und wenn ich Nein sage?«

In der Ferne war das Knattern eines näherkommenden Hubschraubers zu vernehmen. Linus trat ans Fenster. »Das wäre die letzte dumme Idee unserer Zusammenarbeit. Aber vielleicht solltest du das mit *ihm* besprechen.«

Als alles vorüber war und die letzten Kameras, Stative und Scheinwerfer aus dem Zimmer entfernt waren, trat der Präsident an ihr Krankenbett und überreichte ihr einen Blumenstrauß.

»Sie haben Ihre Sache gut gemacht, Wiebke. Ich bin stolz auf Sie.«

Wiebke Janssen griff unter Schmerzen nach den Blumen. »Danke.«

»Und seien Sie unbesorgt, künftig wird sich Maxim selbst um Ihren persönlichen Schutz kümmern.« Der Präsident tätschelte anerkennend die Schulter seines Sicherheitschefs. »Wir werden noch enger mit den zuständigen Polizeidienststellen zusammenarbeiten und mehr Personal zur Verfügung stellen.«

»Es wird keine weiteren Zwischenfälle geben«, sagte Maxim kühl.

»Da nehmen wir dich beim Wort.« Die Stimme des Präsidenten klang ernst. »Jetzt, wo wir auf der Zielgeraden sind, nicht wahr, Wiebke?«

»Weiß man etwas über die Täter?«

»Grübeln Sie nicht so viel. Erholen Sie sich, und dann konzentrieren wir uns wieder auf den Wahlkampf.«

»Sagen Sie den Veranstaltern in Frankfurt, dass ich da sein werde.«

»So gefallen Sie mir, Wiebke. Kämpferisch wie eh und je.«

»Danke, dass Sie gekommen sind.«

Der Präsident gab seinem Sicherheitschef ein Handzeichen, worauf Maxim sich eilig von ihr verabschiedete. Nachdem die Tür hinter ihm ins Schloss gefallen war, trat der Präsident einen Schritt näher an ihr Bett und sagte, mit ungewohnter Wärme in der Stimme: »Lassen Sie mich offen sprechen, Wiebke: So etwas hätte niemals passieren dürfen. Maxim und sein Team haben Ihre Gefährdungslage konsequent unterschätzt. Als ich von diesem feigen Angriff erfuhr, habe ich mir große Vorwürfe gemacht. Und Sie können sich gar nicht vorstellen, wie froh ich bin, dass alles so glimpflich über die Bühne gegangen ist.« Fast verlegen strich er mit der Hand über das lose Fußende ihrer Decke. »Unsere Welt steht vor großen Veränderungen, und Deutschland ist ein wichtiges Puzzlestück in unserer Agenda. Das wissen Sie! Im Moment sind Sie für mich die wertvollste Mitarbeiterin. Ich brauche Sie. Und ich mag Sie. Ihre Art, die Menschen da draußen für unsere Sache zu begeistern. Sie sind stark. Eine Anführerin. Eine Siegerin! Gemeinsam können wir sehr viel erreichen. Es geht um alles …«

»… oder nichts!«, vollendete Wiebke Janssen seinen Satz und bereute sogleich den Hohn in ihrer Stimme.

Der Präsident musterte sie stirnrunzelnd und rang sich ein Lächeln ab. »So ist es, meine Liebe.« Er trat einen Schritt zurück und verabschiedete sich mit einem kurzen »Kommen Sie rasch wieder auf die Beine«.

Während sich zwei Pflegerinnen um die völlig konsternierte Kanzlerkandidatin kümmerten, ließen sich die beiden Männer vom Geschäftsführer des Klinikums zum Hubschrauberlandeplatz neben dem Parkhaus chauffieren. Dort heulten bereits die Turbinen eines türkisblauen Helikopters vom Typ Bell 429 auf. Wenig später bestiegen der Präsident und sein Sicherheitschef die Maschine. Nachdem sie ihre Gurte angelegt hatten, wandte sich der Präsident an Maxim und sagte leise: »Gute Arbeit!«

Transatlantikflug KL612

180 KILOMETER NORDWESTLICH DER SCHOTTISCHEN KÜSTE

Die Maschine befand sich inmitten eines endlosen dunkelgrauen Wolkenteppichs in elftausend Meter Höhe. Die Sichtverhältnisse waren so düster, dass selbst die Umrisse der Tragfläche nur mit viel Fantasie zu erkennen waren. Carla überlegte, wie kalt es draußen sein mochte, und kuschelte sich mit angezogenen Beinen in ihre Decke. Der dichte Nebel weckte die Erinnerungen an eine Bergtour mit ihrer Familie in den Alpen. Damals war sie vielleicht zwölf gewesen. Sie waren bei strahlendem Sonnenschein aufgebrochen und wollten bis zum Nachmittag eine Berghütte auf über zweitausend Meter erreichen, um dort die Nacht zu verbringen. Plötzlich schlug das Wetter um. Von jetzt auf gleich verhängte eine grauschwarze Wolkendecke den blauen Himmel. Ein orkanartiger Wind setzte ein, begleitet von einer rasch näherkommenden Gewitterfront. Zu diesem Zeitpunkt befand sich die Familie inmitten eines Klettersteigs, der teilweise mit Drahtseilen gesichert war, an denen man sich wie an einem Geländer festhalten konnte. Bei Trockenheit war diese Passage von jedem halbwegs geübten Wanderer leicht und innerhalb einer halben Stunde zu bewältigen. Aber der einsetzende Sturzregen und die Blitzschläge verwandelten das schroffe Gelände in eine gefährliche Falle. Damals hatte Carla ihren introvertierten Vater von einer neuen Seite kennengelernt. Er besaß eine zielstrebige Entschlossenheit, von der sie nicht den Hauch einer Ahnung gehabt hatte. An einem breiteren Wegstück scharte er die Familie um sich und verknotete sie mit einem langen Seil geschickt zu einer Seilschaft mit jeweils einer Armlänge Abstand. Noch während er mit dem Seil hantierte, verteilte er mit stoischer Ruhe Anweisungen. Darian sollte die Abstände zwischen den Blitzschlägen und dem Einsetzen des Donnergrollens zählen. Carla bekam eine Trillerpfeife umgehängt, um exakt sechsmal in der Minute einen Pfiff abzugeben. »Das ist das alpine Notsignal«, erklärte der Vater. »Vielleicht hört uns jemand auf der Hütte und kommt uns mit Taschenlampen entgegen.« Mutter, die das Ende der Truppe bildete, erhielt den Auftrag, ihre Schritte zu zählen und nach jeweils hundert den aktuellen Stand lauthals mitzuteilen.

»Wenn wir bei tausend sind, haben wir es geschafft«, ermutigte sie der Vater, und tatsächlich waren alle so sehr mit ihren Aufgaben beschäftigt gewesen, dass ihre *Flucht nach vorne*, wie sie der Vater später bezeichnen würde, völlig undramatisch über die Bühne ging. Eine knappe Stunde nachdem der Vater den Irish Setter geschultert und sie im ruhigen Gleichschritt weitergestiegen waren, erreichten sie den abflachenden Bergsattel, auf dem sich die Hütte befand.

Am Ende war es Darian gewesen, der in der dichten Nebelsuppe mit dem Kopf gegen die Hütte prallte und sich dabei eine Platzwunde zuzog. Carla schossen Tränen der Erleichterung in die Augen, als sie zitternd vor Kälte in das warme Licht der Hütte traten und vom Wirt in Empfang genommen wurden. Im Matratzenlager half ihr der Vater aus den durchnässten Kleidern und packte sie eng in eine Wolldecke. Den Kopf an die Brust des Vaters gedrückt, die sich im Rhythmus ruhiger Atemzüge hob und senkte, durchflutete sie eine Wärme, die sie alle Ängste und Strapazen vergessen ließ.

»Du fehlst mir, Dad«, sagte sie leise, während der Airbus in den Landeanflug auf den Flughafen Amsterdam-Schiphol überging.

Flug 1793 der niederländischen königlichen Luftfahrtgesellschaft KLM setzte um 09:43 Uhr Ortszeit auf der nassen Landebahn des Franz-Josef-Strauß-Flughafens in München auf. Während die Maschine auf ihre Parkposition rollte, beendete Carla den Flugmodus ihres Smartphones. Der Startbildschirm meldete ein Dutzend neue Nachrichten, mehrere Anrufe von Kunden, unbekannte Rufnummern und eine Sprachnachricht ihrer Schulfreundin Elisabeth, die inzwischen in Graz lebte.

Darian schien ihre Nachrichten noch immer nicht gelesen zu haben. Während der Zwischenstopps hatte sie wieder und wieder vergeblich versucht ihn zu erreichen, weshalb ihre Sorge um den Bruder mit jeder Stunde wuchs. Würde Darian in der Empfangshalle auf sie warten? Carlas Beine und ihr Rücken fühlten sich strapazierter an als nach einer langen Klettertour. Sie würde sich nie daran gewöhnen, so lange zu sitzen. Sie erreichte die Passkontrolle als Erste.

Während sie ihren Trolley nach den Ausweispapieren durchstöberte, fand sie den Ersatzschlüssel des Mietwagens. Wenn das kein gutes Omen war.

Bangen Schrittes betrat Carla den öffentlichen Bereich des Terminals. Darian war in dem geschäftigen Treiben nirgendwo auszumachen. Noch einmal versuchte sie vergeblich, ihn zu erreichen. Danach wählte sie den Anschluss ihrer Vermieterin, der besetzt war. Carla schielte unentschlossen hinüber zur Café Bar Spazio Italia, wo sie regelmäßig nach der Ankunft in München ihrer seltenen Lust auf Süßes nachgab. Die bekannte Lounge wurde wegen der guten Flugverbindungen nach Bella Italia gern als nördlichste Bar Italiens bezeichnet. Mit dem Telefon in der Hand machte Carla sich schweren Herzens auf den Weg vor das Terminal. Dabei kam sie an einer kleinen Postfiliale vorbei, und sie beschloss, den Mietwagenschlüssel stante pede über den großen Teich zurückzusenden.

Auf einem der endlosen Fahrsteige beobachtete sie zwei Kinder, die sich wie Roboter entgegen der Rollrichtung gerade so schnell bewegten, dass sie trotz ihrer Schritte auf der Stelle klebten, während ein Strom von Fluggästen gleichförmig an ihnen vorüberglitt. Später würde Carla oft an dieses Bild zurückdenken, wenn sie trotz größter Anstrengungen das Gefühl hatte, auf der Stelle zu treten, während ihr Leben an ihr vorbeilief.

Vor dem Terminal angekommen, fuhr ihr der Transferbus zum Parkhaus direkt vor der Nase weg. Verärgert winkte sie in dem strömenden Regen ein Taxi heran. Ihr Telefon klingelte. Es war ihre Vermieterin.

»Fanni!«

»Carla. Wo steckst du?«

»Ich bin in einer Stunde zu Hause.«

»Wir freuen uns. Die Kinder sind eben mit Rosco in den Wald.«

»Am Flughafen gießt es wie aus Kübeln.«

»Dann wird es uns auch bald erwischen.«

»Ist Darian da?«

»Nein. Wollte er dich besuchen?«

Carla ließ das Telefon sinken. Sie hatte nicht ernsthaft daran geglaubt, dass Darian mit ausgeschaltetem Telefon bei ihr in der Küche stand und ihr beider Lieblingsrisotto (mit Kabeljau, Bärlauch und Ziegenfrischkäse) zubereitete. Aber die Gewissheit breitete sich jetzt mit einer stechenden Übelkeit in ihr aus.

Museum für Moderne Kunst

WARSCHAU | POLEN

Die Bilder der Ausstellung lösten eine längst vergessene Beklemmung in ihr aus. Irgendwo hatte sie einmal gelesen, die höchste Kunst der Fotografie bestünde darin, das Wesen des Menschen sichtbar zu machen. Hanāh Bebiolka meinte sich zu erinnern, das Zitat stamme von dem Schweizer Autor und Künstler Friedrich Dürrenmatt, der selbst ein gespaltenes Verhältnis zur Fotografie gehabt hatte und wünschte, die Menschen seiner Zeit würden sich eher für Bücher, Theaterstücke und Malerei interessieren. Jedenfalls genügten die Bilder der chinesischen Künstlerin Xing Danwen dieser Forderung mit beängstigender Präzision. Wie gern hätte Hanāh ihre Empfindungen mit ihrem Mann geteilt, der wie sie eine Professur für Bildende Kunst innegehabt hatte. Obwohl sie beide emeritiert waren, hielten sie noch immer

Vorlesungen. Doch während er derzeit als Gastdozent an der Magdalena-Abakanowicz-Universität in Poznan unterrichtete, war sie in Warschau geblieben. Sie musste unbedingt den Ausstellungskatalog erwerben, um das Gespräch über die Bilder bei einem Glas Rotwein nachzuholen, wenn er am Wochenende wieder in die gemeinsame Wohnung im Stadtteil Wilanów zurückkehren würde. Er würde ihre Wissenslücken über die chinesische Kulturrevolution und die darauffolgenden Entwicklungen der künstlerischen Avantgarde in den Neunzigerjahren zu schließen wissen.

Xing Danwen hatte in dieser Zeit des politischen und wirtschaftlichen Wandels hunderte chinesische Künstlerinnen und Künstler auf skurrile Weise und in außergewöhnlichen Settings portraitiert. Überwiegend junge Männer und Frauen, homosexuelle und intergeschlechtliche Menschen, mehr oder weniger bekleidet und in verschiedensten Posen. Blicke, die den Betrachtenden fixierten, ignorierten oder geradewegs durch ihn hindurchgingen. Hanāh spürte die Fragen und Zweifel der Künstlerin und ihrer Modelle, die sie an ihre eigenen Zwanziger erinnerten und zugleich an jene Zeit, als ihre Hormone ein zweites Mal verrückt zu spielen begannen. Schließlich gelangte sie in einen separaten Raum, in dem die Künstlerin und die historischen Hintergründe des Projekts vorgestellt wurden.

Hanāh verharrte lange vor einer Serie von Pressefotos des sogenannten »Tank Man«, dem zu allem entschlossenen jungen Mann, der sich während der Studentenproteste auf dem Platz des himmlischen Friedens einem Panzer in den Weg gestellt hatte. Die blutige Niederschlagung der prodemokratischen Demonstrationen im Jahr 1989 hatte die Kunst ihrer Zeit geprägt. Die Aufnahmen gehörten bis heute zu den wichtigsten Fotos aller Zeiten. Noch immer war die Identität des Mannes nicht geklärt. Was hatte ihn zu dieser mutigen Tat bewogen? Es war ausgeschlossen, dass er nichts von dem blutigen Massaker am Tag zuvor mitbekommen hatte, als chinesische Soldaten, von denselben Panzern begleitet, die Demonstranten mit erbarmungsloser Gewalt niedergeschlagen hatten. Hanāh erschauderte bei dem Gedanken daran, dass dieser Mann auch ihr Sohn hätte sein können. Sie erinnerte sich an die Angst um ihre beiden Kinder, wenn Moshe oder Ronit tagelang nichts von sich hören ließen oder von riskanten Unternehmungen berichteten. So lange hatte sie vergeblich versucht schwanger zu werden, und erst als sie und ihr Mann alle Hoffnungen längst aufgegeben hatten, hatte es dann plötzlich doch geklappt. Sie war immer eine ängstliche Mutter gewesen. Bestimmt hatte die Mutter des Studenten ihn auf den Fotos, die um die Welt gegangen waren, wiedererkannt und Todesängste ausgestanden. Hanāh war durchaus bewusst, wie absurd es war, sich derart in diese Jahrzehnte zurückliegende Begebenheit hineinzusteigern. Und doch gelang es ihr nicht, sich von den Geschehnissen zu distanzieren. Ihr bewegtes Leben hatte ihr einiges an Mut und Entschlossenheit abverlangt, und viel zu früh war sie mit Gewalt und Tod konfrontiert worden. Aber sich unter derartigen Vorzeichen vor einen Panzer zu stellen, um ihn an der Weiterfahrt zu hindern, überstieg ihre Vorstellungskraft.

Hanāh löste sich von den Bildern, schlenderte zum Bookstore und kaufte den Ausstellungskatalog. Anschließend setzte sie sich im Museumscafé Paloma an einen freien Tisch mit Blick auf die trübe Oberfläche der Weichsel. Sie bestellte Kaffee und Wasser und starrte auf den gemächlich dahinfließenden Fluss. Sie dachte an die Nachforschungen, die sie seit Monaten beschäftigten. Wie sie, politisch interessiert, den ungewöhnlichen Aufstieg der deutschen Kanzlerkandidatin Wiebke Janssen gespannt verfolgt und sich näher mit ihrer Biographie und der ihrer jüdischen Großeltern auseinandergesetzt hatte. Sie erinnerte sich genau an jenen Freitag nach dem polnischen Unabhängigkeitstag, als sich über ihre anfängliche Bewunderung für diese junge Politikerin die ersten beklemmenden Schatten des Zweifels legten. Es hatte sie eine Menge Überwindung gekostet, ihren Verdacht und die Geschehnisse, die ihn untermauerten, Dr. Laskowicz anzuvertrauen, dem Direktor des Museums der Geschichte der polnischen Juden. All ihre Recherchen und Erinnerungen, die sie in endlosen Nächten zusammengetragen hatte. Die Versuche, Entlastendes wie Belastendes stets neutral zu betrachten und zu bewerten, hatten alle Energie gekostet, die sie neben ihren wöchentlichen Vorlesungen aufbringen konnte. Hanāh war sich bewusst, welche weitreichenden Konsequenzen ihr Verdacht nach sich ziehen konnte, sollte er sich erhärten und an die Öffentlichkeit gelangen. Aber es war richtig gewesen, ihn zu teilen – oder nein: Es war die einzig denkbare Variante, wollte sie ihren Prinzipen von Recht und Gerechtigkeit treu bleiben und am Abend in den Spiegel schauen können. Ein vager Vergleich mit dem Tank Man kam ihr in den Sinn: Vielleicht konnte es ihr gelingen, sich dem Konvoi von Lügen und Manipulation in den Weg zu stellen und ihn zum Anhalten zu bewegen.

Flughafen »Franz Josef Strauß«

MÜNCHEN | DEUTSCHLAND

Carla entrichtete die Parkgebühr für die vergangenen elf Tage und ging zu ihrem Wagen. Jemand hatte ihr einen *Gegen-Nazis*-Aufkleber an die Heckscheibe geklebt. Eine weiße Faust auf schwarzem Grund, die ein Hakenkreuz zertrümmerte. Carla warf ihr Gepäck in den Kofferraum. Sie dachte an den Bericht in der *New York Times*, den sie im Flieger gelesen hatte. Der mutmaßliche Überfall von Rechtsradikalen auf Kanzlerkandidatin Janssen und die widerlichen Graffiti an ihrem Wohnhaus. Carla verabscheute jede Form von Gewalt, egal, welche Motivation dahintersteckte. Die einzige Legitimation bestand ihrer Überzeugung nach in Abwehr oder Verteidigung. Darian war als Teenager auf der Kirmes von Unbekannten angepöbelt worden. Er kehrte mit einem gebrochenen Nasenbein und ohne den Brustbeutel mit seinem Taschengeld nach Hause zurück. Carla hatte ihn geschimpft, weil er sich nicht gewehrt hatte, aber Darian hatte steif und fest behauptet, dass er vor Schreck zu nichts in der Lage gewesen sei. Daraufhin hatten ihre Eltern sie beide im Polizeisportverein zum Jiu-Jitsu angemeldet. Ihr Bruder hatte von Beginn an keine Freude an der japanischen Kampfkunst und hängte den Keikogi bald wieder an den Nagel. Carla hingegen gefielen die Techniken und Prinzipien des *Siegens durch Nachgeben*, und sie absolvierte Prüfung um Prüfung bis zum vorletzten Schülergrad. Doch seit dem Unfalltod ihrer Eltern hatte auch sie nie mehr ein Dôjô von innen gesehen.

Seufzend startete Carla den Motor ihres Renault Clio und rollte zur Ausfahrt des Parkhauses. Unterwegs überlegte sie, welcher Partei sie bei der bevorstehenden Bundestagswahl ihre Stimme geben sollte. Vor der Abreise hatte sie sich ernsthaft mit dem Wahl-O-Mat auseinandergesetzt. Im Ergebnis wurden ihr Parteien vorgeschlagen, deren Programme im Großen und Ganzen ihren Vorstellungen und Werten entsprachen, nüchtern betrachtet allerdings keine Chance auf ein Mandat hatten. Wiebke Janssen, deren Partei sich auf dem bundespolitischen Parkett noch nicht recht wohlzufühlen schien, beeindruckte sie zwar durch ihr redegewandtes und unerschrockenes Auftreten, aber gleichzeitig boten die leisen Zwischentöne immer wieder Grund zur Skepsis.

Carla wollte sich keine Welt vorstellen, geschweige denn in einer leben, in der technischer Fortschritt und die Verschmelzung von Informations- und Biotechnologien der einzige Schlüssel zu Glück, Wohlstand und Frieden sein sollten. Bei allen positiven Aspekten solcher Bestrebungen, die angesichts der globalen ökologischen Herausforderungen zweifelsohne eine Verbesserung schaffen konnten, missfielen Carla die Interessenslagen dieser Zukunftsvisionäre. Sie stellte sich vor, wie Investoren und Unternehmen zusehends die Macht übernahmen. Carla fürchtete, dass eine derartige Entwicklung einen verdammt hohen Preis haben musste; und die einzige Währung hierfür war die Freiheit des Individuums.

Ihr war klar, dass die technischen Entwicklungen kaum aufzuhalten waren und eine Vielzahl an Annehmlichkeiten mit sich brachten. Allerdings waren für ihren Geschmack bereits einige rote Linien überschritten. Internetbasierte Spielzeuge und Sprachassistenten, die jedes Wort ihrer Nutzer aufzeichneten und an Drittanbieter weitergaben, verglich Carla gern mit einer gläsernen Wohnung auf dem Markplatz einer Großstadt. Und die leichtsinnige Preisgabe biometrischer Daten, nur um beispielsweise sein Smartphone zu entsperren oder eine Tür zu öffnen, war ihr seit Langem ein Dorn im Auge.

Am Ende stand jeder Fortschritt im Kontext der wesentlichsten Frage, die sich jeder Mensch stellen musste: Wie wollen wir leben und um welchen Preis?

Carla hatte ihre Antwort auf diese Frage längst verinnerlicht. Bequemlichkeit, Unter- und Überforderung wirkten sich immer auf das seelische und körperliche Wohlbefinden aus, zahlreiche Studien sprachen hierzu Bände: Rauchen, Bewegungsmangel, Alkohol, falsche Ernährung und Luftverschmutzung waren für über siebzig Prozent aller Todesfälle und eine Vielzahl schwerer Erkrankungen verantwortlich. Die Menschheit bewegte sich, was ihre Gesundheit anging, eher in die falsche Richtung. Die Erkenntnis, dass jeder und jede letztlich für das eigene Wohlergehen verantwortlich war, schien in den unzähligen Reizen des Wohlstandes weitestgehend untergegangen zu sein. Das Motto des 21. Jahrhunderts schien *Lust ohne Leistung* zu lauten, und die Menschen der Industrienationen zahlten bereits jetzt einen hohen Preis für die Missachtung einer Vielzahl von Naturgesetzen, die nach wie vor ihre Gültigkeit hatten.

Carla lenkte den Wagen auf die Autobahn. Von hier war es nur noch ein Katzensprung nach Hause. Wenn nur Darian wieder aus der Versenkung auftauchen würde.

Kurz vor der Ausfahrt München-Unterschleißheim geriet sie in einen Stau. In einiger Entfernung durchkreuzten Blaulichter stroboskopartig den dunkelgrauen Himmel. Ein Notarztwagen preschte auf dem Standstreifen an der Blechlawine vorbei. Ein Blick auf ihr Telefon ließ sie gewahr werden, dass sie einen Anruf verpasst hatte. Unbekannte Rufnummer. Mist. Was, wenn das Darian gewesen war? Während sie nach einer gefühlten Ewigkeit im Schritttempo an den beiden Unfallfahrzeugen vorbeirollte, wurde sie plötzlich von dem Gefühl übermannt, etwas Wichtiges vergessen zu haben. Sosehr sie darüber nachdachte, es gelang ihr nicht, dem Gedanken zu seinem Ursprung zu folgen. Aber die Unruhe hielt sie fest umklammert.

Gerichtsmedizinisches Institut

UNIVERSITÄT WARSCHAU | POLEN

Professor Wiktor Pawlowski ließ sich nachdenklich auf dem Heizkörper hinter dem Obduktionstisch nieder und sah seinem Assistenten zu, wie er die letzten Schnitte an dem jungen Deutschen vernähte. Andrzej war geschickt und lernte rasch. Er würde einen guten Rechtsmediziner abgeben. Pawlowski öffnete den Werkzeugschrank und griff nach der Flasche. Andrzej warf ihm einen vorwurfsvollen Blick zu.

»Sie sollten das nicht tun«, sagte Andrzej.

»Sagt wer?«

»Professor, es geht mich nichts an. Mein einziger Wunsch ist, dass Sie bleiben können. Dass ich bei Ihnen zu Ende studieren darf.«

»Ich habe nicht vor, in den Ruhestand zu gehen, aber ich weiß natürlich, wovon Sie sprechen.« Der Professor hielt die Flasche demonstrativ in die Höhe. »Hören Sie zu, mein Junge: Eine Abmahnung bedeutet in diesen Zeiten nicht mehr als der erhobene Zeigefinger eines Toten. Verstehen Sie, was ich meine?«

Andrzej nickte und sah betreten zu Boden. »Sie sind der Beste. Das sagen alle.«

»Blödsinn! Ich habe Erfahrung. Das ist etwas anderes. Machen Sie jetzt weiter, und passen Sie auf, dass Sie ihn nicht berühren.«

Wiktor Pawlowski nahm einen tiefen Schluck und verstaute die Flasche wieder zwischen Knorpelmessern, Skalpellen und Darmscheren. Er leckte sich die Lippen und widmete sich dem Obduktionsprotokoll. Die Todesursache des Deutschen war alles andere als klar, sie würden auf die toxikologische Untersuchung warten müssen. Den Professor begleitete ein schlimmer Verdacht, den er zu diesem Zeitpunkt mit niemandem teilen wollte. Andrzej hatte den Geruch offenbar nicht bemerkt, vermutlich auch deswegen, weil er sich bei seinem Kenntnisstand keinen Reim darauf machen konnte. Der Tod roch immer nach Tod. Ein Geruch, der mit nichts zu vergleichen war. Während einer Leichenöffnung verbarg sich dieser Geruch unter dem Gestank von Desinfektionsmitteln. Alle anderen olfaktorischen Hinweise auf eine mögliche Todesursache traten hinter diesen beiden Gerüchen zurück. Es brauchte Erfahrung und einen Hauch von Instinkt, um, wie bei der Leiche des jungen Deutschen, den Phosporsäureester wahrzunehmen. Wiktor Pawlowski war stolz darauf, dass ihm seine Nase all die Jahre über treu geblieben war. Ebenso wie seine Hände. *Gott sei Dank!* Noch war er in der Lage, das Skalpell so präzise zu führen, wie es die Goldstandards in den rechtsmedizinischen Lehrbüchern vorgaben, die er selbst verfasst hatte. Noch verfügte er über einen Werkzeugkasten an Erfahrungen, der seinesgleichen suchte und seine Gerichtsmedizin über den großen Teich hinweg bekannt gemacht hatte. Noch erinnerten sich die Menschen an die vielen Auszeichnungen und das Goldene Verdienstkreuz. Aber Wiktor Pawlowski wusste um die Halbwertszeit solcher Orden. Er würde nie verstehen, wie eine Handvoll junger Wirtschaftswissenschaftler, die noch nie eine Leiche gesehen hatten, seine Arbeit nach Kennzahlen und sogenannten kritischen Erfolgsfaktoren bewerten, geschweige denn optimieren wollten. Genauso idiotisch war es, diesen betriebswirtschaftlichen Hokuspokus der polizeilichen Ermittlungsarbeit überzustülpen. Für Wiktor Pawlowski kam die Leichenschau einer kriminalpolizeilichen Vernehmung gleich. Die Toten, die auf seinem Tisch landeten, waren zwar stumme, aber häufig die verlässlichsten Zeugen in einem Strafverfahren. Um die Todesursache zu ermitteln mussten alle Möglichkeiten und Widersprüche in Betracht gezogen werden. Die Wunden und Stiche, die gesplitterten Knochen und die Beschaffenheit der Wundränder, die verschiedenen Fett- und Muskelschichten und sämtliche Organzusammenhänge, Blut, Urin, Magen- und Darminhalt. All das zusammen, und nicht zuletzt der Geruch einer Leiche, verliehen dem Toten eine Stimme. Die kaum wahrnehmbare Ausdünstung nach Alkylphosphat aus dem Torso des Deutschen kam einem Protestschrei gegen einen grausamen Tod gleich.

Wiktor Pawlowski warf einen Blick auf seinen jungen Assistenten und verkniff es sich, den Schrank ein zweites Mal zu öffnen. »Vergessen Sie nicht, ein Büschel Haare zu den Proben zu nehmen, bevor Sie ihn in den Kühlraum fahren.«

»Das habe ich bereits.«

Wiktor Pawlowski warf ihm einen anerkennenden Blick zu. »Dann machen wir Schluss für heute.«

»Woran ist er gestorben, Professor?«

»Wir werden das Labor abwarten müssen.«

»Keine Vermutungen, wie sonst?«

»Bring ihn jetzt weg. Ich bin müde.«

Professor Pawlowski wartete am Fenster, bis der junge Assistent den Innenhof der Universität durchschritten hatte, und beobachtete, wie er den Kiosk betrat. Wenig später trat Andrzej wieder heraus und verschwand in Richtung Stadtzentrum. Als der Junge endgültig aus seinem Blickfeld verschwunden war, machte er sich an die Arbeit. Pawlowski holte den Toten aus dem Kühlfach und schob ihn zurück in den Obduktionssaal. Nachdem er die groben Fäden über der Bauchhöhlenöffnung entfernt hatte, entnahm er das hineingestopfte Paket aus Herz, Lunge und den Bauchorganen. Schließlich nahm er jeweils eine weitere Probe und verstaute sie sorgfältig verpackt in einem Trolley, den er mit

Trockeneis vorbereitet hatte. Nachdem er die Leiche wieder zugenäht und gesäubert hatte, versteckte er den Rollkoffer im hinteren Bereich der Kühlfächer. Danach schloss er sich in seinem Büro ein und kramte in den Akten nach den gesuchten Papieren. Die Kopien befanden sich in einer abschließbaren Kassette, deren Code er längst vergessen hatte. Nach einigen Fehlversuchen griff er zu einer Knochensäge und durchtrennte die winzigen Scharniere auf der Rückseite. Wiktor Pawlowski brauchte nicht lange in den Dokumenten zu blättern, um die gesuchten Strukturformeln und die relevanten Auszüge aus dem Buch von Jonathan B. Tucker zu finden.

Nachdem er die Kassette wieder verstaut hatte, breitete er seinen Mantel auf dem Boden aus und legte sich schlafen, den Wecker auf zweiundzwanzig Uhr gestellt. Früher wäre das Risiko, im Labor überrascht zu werden, viel zu groß. Pawlowski atmete tief durch. Was er vorhatte, war ungeheuerlich. Aber irgendwie fühlte er sich seinem Berufskodex und dem jungen Deutschen verpflichtet. Er hätte sein Sohn sein können, doch daran durfte er jetzt nicht denken. Er benötigte einen klaren Kopf und durfte sich nicht wieder erwischen lassen. Während er in Gedanken noch die einzelnen Arbeitsschritte durchging, schlief er ein. Wieder einmal war er der Jäger der Nacht, dessen Beute nicht mehr fliehen konnte. Ein lebender Toter, umgeben von Toten. Und allein.

Als er fünf Stunden später das Labor betrat und das Radio einschaltete, spielte Arthur Rubinstein gerade das zweite Klavierkonzert von Frédéric Chopin. Wiktor Pawlowski liebte die tragischen Molltöne der Kompositionen des polnisch-französischen Komponisten. Während er leise summend seine Notizen überflog, wuchs die Gewissheit, dass er mit seinem allerersten Verdacht richtiggelegen hatte. Nur noch ein Detail fehlte ihm, um die Todesursache des jungen Deutschen hieb- und stichfest beweisen zu können. Der erfahrene Rechtsmediziner wusste um die Brisanz seiner Untersuchungsergebnisse. Alles deutete auf einen Wirkstoff der Nowitschok-Gruppe hin, und allein die Erwähnung dieses Nervengifts, das in den Siebzigerjahren als binärer Kampfstoff in der Sowjetunion entwickelt worden war, bot den Sprengstoff für einen handfesten politischen Skandal.

Alle Welt wusste von den Anschlägen auf unbequeme Genossinnen und Genossen der russischen Föderation und der extrem hohen Letalität des Giftstoffes. Ein Milligramm des auf Phosphorsäureestern basierenden Kampfstoffs galt bereits als mittlere letale Dosis.

Wiktor Pawlowski quälte die Frage, wer um alles in der Welt ein Interesse daran haben konnte, diesen jungen Ahnenforscher auf solch subtile Art und Weise zu töten. Möglicherweise handelte es sich um eine Verwechslung oder gar einen Kollateralschaden. Aber beide Theorien passten nicht zum Ermittlungsbericht der Polizei. Professor Pawlowski platzierte kopfschüttelnd seine letzte Probe in der Vakuumkammer des Infrarotspektrometers und startete eine Reflexionsmessung. Rubinstein war im feurigen Allegro vivace angekommen, als plötzlich ein Schlüssel in die Tür des Labors gesteckt wurde. Pawlowski erstarrte für eine Millisekunde, warf dann eine Decke über das Spektrometer und verstaute seine Proben so schnell er konnte im Trolley. Anschließend widmete er sich einer Versuchsanordnung zur Veresterung von Zitronensäure mit Alkoholen verschiedener Wertigkeit, die er als Legende aufgebaut hatte. Wer zum Teufel hatte um diese Uhrzeit etwas im Labor zu schaffen? Hinter ihm tippelten Schritte. Pawlowski hielt die Luft an.

»Dzién dobry, Herr Professor.«

Er drehte sich erleichtert um und erwiderte den Morgengruß. »Was machen Sie denn um diese Zeit hier?«

»Czyszczenie!« Die Reinemachefrau warf ihm einen verwirrten Blick zu und deutete auf die große Zeigeruhr. Es war kurz vor sechs Uhr morgens.

Wiktor Pawlowski hatte die Zeit völlig aus den Augen verloren. Er hob entschuldigend die Hände. »Natürlich … Putzen. Mein Fehler! Sie können im Vorbereitungsraum anfangen, ich räume hier noch meine Sachen …«

»Ich mache das gern.«

»Das weiß ich doch, Sie gute Seele, aber die Gläser müssen noch abkühlen.«

»Herr Professor sieht müde aus.«

Wiktor Pawlowski schenkte ihr ein freundliches Lächeln. »Dann sehe ich zu, mich ein wenig auszuruhen, und lasse Sie Ihre Arbeit machen.« Er reinigte die Uhrengläser, Mehrhalskolben und Scheidetrichter und wartete das Ergebnis seiner letzten Versuchsanordnung ab. Als alle Spuren der Nacht beiseitegeräumt waren, trottete er in sein Büro, verstaute den Trolley im Schrank und legte sich schlafen. Um kurz nach acht weckte ihn das schrille Läuten des Telefons. Wiktor Pawlowski ahnte Schlimmes und griff zum Hörer.

»Pawlowski! Wie weit sind Sie mit dem Deutschen?«

»Wir müssen das Labor abwarten.«

»Lassen Sie die Proben vernichten!«

»Ich …«

»Tun Sie einfach, was ich Ihnen sage, und hören Sie genau zu! Der Junge starb an einer Überdosis Levetiracetam, die er in Suizidabsicht geschluckt hat.«

»Bei allem Respekt, Herr Direktor. Es gibt nicht die geringsten Anzeichen für ein Antiepileptikum.«

»Donner und Doria, Pawlowski! Sie sollen zuhören und tun, was ich Ihnen sage. Ist das so schwer zu verstehen?«

Wiktor Pawlowski war im Begriff zu widersprechen, als der Direktor fortfuhr: »Ich weiß genau, was Sie denken, aber das ist alles nicht auf meinem Mist gewachsen. Diese Order kommt aus dem Ministerium, und Sie wissen genauso gut wie ich, dass wir keinen Spielraum haben.«

»Levetiracetam also?«

»Machen Sie schleunigst Ihren Bericht fertig. Zwölf Uhr in meinem Büro, verstanden?«

»Ich tue mein Bestes.«

»Wer weiß noch davon, Andrzej?«

»Er war mir nur bei den Organproben behilflich.«

»Sagen Sie ihm, dass Sie bis auf Weiteres keine Verwendung mehr für ihn haben.«

»Aber ...«

»Und noch was ... Kein Wort zu irgendjemandem! Falls es Anfragen geben sollte, verweisen Sie ausnahmslos an mich.«

»Was geschieht mit der Leiche?«

»Darüber müssen Sie sich keine Gedanken machen. Und jetzt gehen Sie wieder an Ihre Arbeit!«

München / Haimhausen

DEUTSCHLAND

Es regnete noch immer in Strömen, als Carla den Wagen erleichtert in die Hofeinfahrt lenkte. Seitdem sie ihren Lebensmittelpunkt in den beschaulichen Vorort von München gelegt hatte, war es immer ein gutes Gefühl gewesen, von ihren Reisen nach Hause zu kommen. Die gemütlich eingerichtete Einliegerwohnung und die junge Familie, der das riesige Grundstück gehörte, hatten ihr die Entscheidung leicht gemacht. Carla hatte von Beginn an das Gefühl, dass die Sympathien auf Gegenseitigkeit beruhten. Nicht zuletzt hatte die Familie den Irish-Setter-Rüden mit dem ersten Beschnuppern ins Herz geschlossen. Die Kinder liebten Rosco, und es war ihnen eine Selbstverständlichkeit, sich während Carlas Reisen um das Tier zu kümmern. Selbst Darian fühlte sich hier wohl. Jedenfalls schwärmte er bei jedem Besuch von der Ruhe und der Freundlichkeit der Menschen. Seine Berliner Stadtwohnung verglich er gern scherzhaft mit einem Mauseloch, in das er sich verkroch, um dem Lärm der Stadt zu entfliehen. Carla wusste, dass ihr Bruder es auf dem Land niemals lange aushalten würde. Darian war und blieb ein Stadtmensch, der seinen Antrieb aus dem pulsierenden Herzschlag der Großstädte saugte. Wenn sie nur wüsste, wo er steckte. Als sie den Motor abstellte, war plötzlich der Gedanke wieder da, den sie während der Fahrt nicht zu greifen bekommen hatte: Darian hatte sie vor ihrer Reise in die USA darum gebeten, Informationen über den Kauf von Land in der Mojave-Wüste zu besorgen. Offenbar konnte man dort, nahe der Stadt California City, für wenig Geld Grund erwerben. Diese Möglichkeit für jedermann hatte ihre Ursprünge in den Fünfzigerjahren, als ein Soziologieprofessor über dreihundert Quadratkilometer Land kaufte, um dort eine Großstadt zu bauen, die Los Angeles den Rang ablaufen sollte. Das Wachstum blieb jedoch weit hinter seinen Erwartungen zurück. Das Stadtgebiet war zwar flächenmäßig die drittgrößte Metropole Kaliforniens – allerdings beherbergte die Stadt nur etwa vierzehntausend Einwohner.

Wie hatte sie das nur vergessen können? Darian würde enttäuscht sein. Carla öffnete die Wagentür. Aus dem Wohnhaus drang das aufgeregte Jaulen des Rüden. Vielleicht gab es die Möglichkeit, die Unterlagen über ihre Freunde in Kalifornien zu besorgen. Carla nahm ihr Gepäck und machte sich auf den Weg zu ihrer Wohnung. Plötzlich ging die Tür des Wohnhauses auf, und Rosco stürmte ihr mit wehenden

Ohren entgegen. Carla war im Begriff, ihm ein Zeichen zu geben, nicht zu springen. Aber dafür war es zu spät. Der kräftige Rüde sprang sie aus vollem Lauf an und riss sie mitsamt ihrem Gepäck auf den feuchten Boden. Carla schüttelte sich und ließ sich auf die Begrüßungsfreude ein. Es tat gut, den Hund zu spüren und seine Emotionen zu erwidern. Als Rosco sich ein wenig beruhigt hatte, traten die Kinder hinzu und halfen ihr auf die Beine. Durch und durch nass kam sie in ihrer Wohnung an. Auf dem Esstisch stand ein frisch gebackenes Hutzelbrot. Carla liebte das bäuerliche Festtagsgebäck aus getrockneten Birnen, Nüssen und anderen einheimischen Zutaten. Während sie die Heizkörper aufdrehte, schnüffelte Rosco aufgeregt an ihrem Gepäck. Carla entdeckte eine angebrochene Packung Beef Jerky und leerte den Rest in seinen Futternapf. Nachdem sie heiß geduscht hatte, schlüpfte sie in einen flauschigen Jumpsuit und machte sich hungrig in der Küche zu schaffen. Sie hatte sich gerade für einen Rest Gemüsesuppe aus dem Gefrierfach entschieden, als das Telefon klingelte. Eine Nummer mit +48er Vorwahl, die auf 997 endete. Vielleicht Darian! Dieser Anruf ging ihr nicht durch die Lappen.

»Ja?«

Es rauschte in der Leitung. Carla vernahm die Stimme einer Frau, die Englisch mit starkem Akzent sprach und sich nach Carlas Familiennamen erkundigte.

»Who's this, please?«

»Magdalena Herezo. Ich arbeite bei der Kriminalpolizei in Warschau.«

Carla durchfuhr ein kalter Schauder. »Ja?«

»Sie kennen Darian?«

»Er ist mein Bruder.« Carla ließ sich auf den Küchenstuhl sinken. »Was ist mit ihm?«

»Entschuldigung. Es tut mir sehr leid.«

»Was ist passiert?« Carla spürte, wie sich eine unsichtbare Faust um ihr pochendes Herz schloss.

»Er …« Die Stimme der Frau stockte. »Ich weiß nicht, ob ich es richtig sage.«

»Sprechen Sie einfach!«

»Er tötete sich selbst.«

»Das ist völlig ausgeschlossen!«

»Vielleicht habe ich mich falsch ausgedrückt?«

»Woher wissen Sie überhaupt von meinem Bruder?«

»Wir haben Ihren Bruder in einem blauen VW-Bus gefunden. Im Mazowiecki Park, ganz in der Nähe der Stadt. Vor ungefähr fünfzig Stunden ging ein Notruf bei uns ein.«

Carla stöhnte auf, als die Frau Darians Camper erwähnte. Sie spürte, wie sämtliche Muskeln ihres Körpers im Begriff waren zu verkrampfen. Jede Zelle ihres Körpers schien in Gefechtsstellung zu gehen, um dieser Hiobsbotschaft den Garaus zu machen.

»Woher haben Sie meine Telefonnummer?«

»Im Handschuhfach lag eine Visitenkarte von Ihnen.«

Carla atmete tief durch. »Ich … Darian würde sich niemals das Leben nehmen. Wie könnte er so etwas tun?«

»Wir haben Ihren Bruder in die Gerichtsmedizin gebracht.«

Carla rang mit aller Kraft darum, die Fassung zu bewahren. »Kann ich ihn sehen? Vielleicht handelt es sich um eine Verwechslung.«

»Wir möchten Sie bitten, ob Sie oder ein anderer Familienangehöriger Ihren Bruder identifizieren könnten.«

»Darian hat außer mir keine Familienangehörigen!« Carla merkte, dass ihre Stimme trotzig klang. Etwas in ihr wollte dieser Polizistin wehtun, obwohl es dafür keinen Grund gab.

»Carla. Ich darf doch Carla sagen? Ich bin Polizistin, aber Ihre Geschichte rührt mich zu Tränen. Mein Vater und mein älterer Bruder sind bei einem Flugzeugabsturz ums Leben gekommen, als ich sieben Jahre alt war.«

Das Schicksal der Polizistin ließ Carlas Widerstand einstürzen wie ein Kartenhaus. »Bitte entschuldigen Sie, dass ich so grob zu Ihnen war.«

»Denken Sie, es wäre möglich, in den nächsten Tagen hierher nach Warschau zu kommen?«, überging die Polizistin ihre Entschuldigung.

Carla notierte sich sämtliche Adress- und Telefondaten, die die Polizistin ihr buchstabierte. Es fiel ihr schwer, das Gespräch zu beenden. Für den Moment war Magdalena Herezo der einzige Draht zu ihrem Bruder.

»Es fällt mir schwer, einfach aufzulegen.«

»Wenn Sie möchten, bleibe ich gern in der Leitung. Wollen Sie mir von Ihrem Bruder erzählen?«

»Ich weiß nicht ... Mir kam gerade ein unschöner Gedanke.« Carla wurde von einem Würgereiz geschüttelt. Ihre Kehle war völlig ausgedörrt. Sie trank einen Schluck Tee.

»Bitte sprechen Sie.«

Carla schluckte, dann brach sie in Tränen aus: »Ich dachte gerade ... dass ich ... von nun an ... überhaupt keine Familie mehr habe.«

Die Nacht war bitterkalt und schien ohne Hoffnung auf einen Morgen. Obwohl sie die Heizkörper auf vierundzwanzig Grad gestellt und sich in dicke Decken gehüllt hatte, fror Carla jämmerlich und wälzte sich schlaflos von einer Seite auf die andere. Sie fühlte sich krank vor Müdigkeit und Schmerz um den geliebten Bruder. Der Jetlag, den sie bislang stets mühelos überwunden hatte, schlug in dieser Nacht mit voller Wucht zu. Sogar ihr Ruhepuls spielte verrückt und pendelte zwischen fünfzig und einhundertdreißig hin und her. Immer wieder massierte sie den Karotissinusnerv hinter dem linken Unterkiefer und hielt sich wie beim Tauchen die Nase zu. Presste bei geschlossenem Mund so viel Luft in die Nase, wie sie konnte, und hielt den Druck einige Sekunden aufrecht. Alles Tricks, die ihr ein befreundeter Sportmediziner für plötzliche Anfälle von Herzrasen gegeben hatte. Und tatsächlich beruhigte sich die Herzfrequenz danach für einige Zeit, aber spätestens nach einer Stunde fing ihr Puls von Neuem an, Kapriolen zu schlagen. Schließlich gab sie es auf, zur Ruhe zu kommen, setzte sich an den PC und buchte sich einen Flug in die polnische Hauptstadt.

Tot oder lebendig, kam es ihr in den Sinn. Was für ein makabrer Gedanke, dachte sie beschämt, und doch war er so real wie ihr Schmerz und der Umstand, dass *sie* noch am Leben war. Und wie Rosco. Zärtlich streichelte sie sein Fell. Der Hund hatte ihre Unruhe während des Telefonats gespürt und war ihr seitdem auf Schritt und Tritt gefolgt, ohne einen Laut von sich zu geben.

»Mein braver, treuer Junge«, sagte sie leise. »Musst mich noch mal gehen lassen, ja?«

Als ob er verstanden hätte und ihr die Entscheidung erleichtern wollte, leckte er Carlas Hand. Dann brach sie wieder in Tränen aus. Die Trauer kam ohne Vorwarnung und mit der Wucht eines Blitzeinschlags. Arme und Beine zitterten wie bei Schüttelfrost. Rosco drängte sich winselnd an sie, als würde ihm derselbe Kummer den Boden unter den Füßen wegziehen. Den Kopf des Hundes auf dem Schoß schrieb Carla eine Nachricht an ihre Vermieterin, in der sie genauso offen und verletzlich, wie sie sich im Augenblick fühlte, von den Geschehnissen berichtete und davon, warum sie am frühen Morgen nach Warschau fliegen musste. Danach packte sie eine Reisetasche für zwei Tage. Zuletzt brachte sie Rosco in den überdachten Zwinger vor dem Haus, wo ihn die Kinder gleich nach dem Aufstehen bemerken würden, und schüttete eine Extraportion Futter in den Napf. Dann machte sie sich auf den Weg zum Flughafen.

Klinikum Gütersloh
DEUTSCHLAND

Als der Aufzug sich mit atemberaubendem Tempo in Bewegung setzte, wurde ihr schwindelig. Der Boden unter ihr begann zu schwanken, die Kabine bewegte sich. Wiebke Janssen spürte, dass sie im Begriff war, das Gleichgewicht zu verlieren. Instinktiv riss sie die Arme nach vorne, um den Aufprall abzufedern. Einer der Securitys bemerkte das und warf sich ihr in den Weg. Sein Griff um den Brustkorb tat weh, aber sie stand und blieb unverletzt. Wiebke Janssen ärgerte sich über diese Schwäche. Genau davor hatte sie der leitende Oberarzt vor wenigen Minuten in ihrem Entlassungsgespräch gewarnt. »Ihr Kreislauf ist alles andere als stabil, Frau Janssen. Ich rate dringend zu zwei oder drei weiteren Tagen Bettruhe.«

Dennoch hatte sie auf einer Entlassung bestanden und die erforderlichen Papiere unterzeichnet. Im Foyer angekommen, dirigierte Linus die Securitys in den Wartebereich der Notfallambulanz.

»Setzen wir uns. Wir sollten die Klinik durch einen Hinterausgang verlassen.«

»Kommt nicht in Frage.«

»Du hast schon deutlich besser ausgesehen, wenn ich mir diese Bemerkung erlauben darf.«

»Halt einfach deinen Mund, Linus.«

Wiebke Janssen wandte sich an einen der Securitys. »Würden Sie mir bitte einen Kaffee besorgen?«

»Darum kümmere *ich* mich«, fuhr Maxim dazwischen, der eigens zu ihrer Entlassung aus der Schweiz angereist war.

Wiebke Janssen schloss für einen Moment die Augen und erinnerte sich, wie sie als junges Mädchen schon einmal im Wartebereich einer Klinik gesessen hatte. Damals hatte sie auf ihre Eltern gewartet, und sie hatte sich so einsam und verlassen gefühlt wie nie zuvor in ihrem Leben. Die Eltern standen kurz vor der Trennung und hatten ihrem Wunsch zugestimmt, mit einer Freundin in ein Ferienlager nach Rügen zu fahren. Mit dem bangen Gefühl in der Magengrube, nie mehr in ein *Zuhause* zurückzukehren, war sie mit ihrem viel zu schweren Rucksack zum Bahnhof getrottet. Die vielen Unternehmungen mit den anderen Jugendlichen hatten ihr großen Spaß gemacht. Bei der Abschlussparty hatte sie wild durcheinandergetrunken und war früher als die anderen ins Bett gegangen. Kurz darauf stürmten die beiden Jungs in ihr Zimmer und bedrängten sie. Als sie um Hilfe rufen wollte, hielten sie ihr den Mund zu und fingen an sie zu betatschen. Später drangen sie mit zwei Bierflaschen in sie ein, bis sie blutete. Vor Gericht hatten beide behauptet, dass sie das so gewollt hätte, aber die Richterin brummte ihnen, sichtlich angewidert, die Höchststrafen nach dem Jugendstrafrecht auf. Nachdem ihre Freundin sie damals in ihrem Blut liegend gefunden hatte, wurde sie noch in derselben Nacht einer Notoperation unterzogen. Fünf Tage musste sie in der Klinik bleiben, bis die Schmerzen im Unterleib erträglich wurden. Ihre Eltern brachten täglich neue Ausreden vor, warum es ihnen nicht möglich war, nach Rügen in die Klinik zu kommen. Schließlich versprachen sie hoch und heilig, sie gemeinsam abzuholen. Stunden später kam eine Krankenschwester zu ihr in den Wartebereich, um ihr mitzuteilen, dass die Eltern sich entschuldigen ließen und das Klinikpersonal darum gebeten hätten, sie zum Bahnhof zu bringen. Dafür hatte sie ihre Eltern bis über den Tod hinaus gehasst. Aber vielleicht rührte aus dieser und vielen vergleichbaren Situationen ihr krankhafter Ehrgeiz, die Sehnsucht danach, endlich die Wertschätzung zu bekommen, die ihr als Jugendliche verwehrt geblieben war. So hatte es ihre Psychologin vor Jahren formuliert, und sie selbst hatte bis dato keine bessere Erklärung für ihre Besessenheit gefunden.

»Ihr Kaffee, Frau Janssen.«

Sie schreckte aus den Erinnerungen hoch. Maxim stellte Kaffee, Wasser und einen kleinen Beutel mit Mandelgebäck neben ihr ab. Das Koffein weckte ihre Lebensgeister. Nachdem sie getrunken und ein paar Kekse gegessen hatte, machten sie sich auf den Weg.

»Und du bist dir sicher, dass du dir das antun willst?«, fragte Linus mit Blick auf die Meute aus Journalisten und Kamerateams, die aufgeregt um die besten Plätze am Ausgang rangelten.

Wiebke Janssen schenkte ihm ein süffisantes Lächeln. »Das ist doch das Beste, was mir im Wahlkampf passieren konnte, oder etwa nicht?«

Wilanów

WARSCHAU | POLEN

Hanāh Bebiolka war über ihren Banksy-Bildbänden auf dem Sofa eingeschlafen. Am Abend war ihr eingefallen, dass der britische Streetartkünstler den »Tank Man« in einer seiner Arbeiten verewigt hatte. Es hatte einige Zeit in Anspruch genommen, bis sie die gesuchte Abbildung fand. Banksy hatte dem Tank Man ein Schild mit der Aufschrift

»GOLF SALE« in die Hand gedrückt. Unter dem Schriftzug deutete ein Pfeil in Richtung eines imaginären Schlussverkaufs. Unter dem Bild befand sich ein Text von Jeff Widener, dem amerikanischen Journalisten und Augenzeugen der Geschehnisse auf dem Platz des Himmlischen Friedens, dessen berühmtes Foto Banksy als Vorlage für seine Grafik gewählt hatte:

All hope is not lost. You can make a stand.
You can be somebody. There is some dignity in that …
… you fight for your rights.

Über diesen Zeilen waren ihr weit nach Mitternacht die Augen zugefallen, während sie noch auf einen Anruf ihres Mannes gewartet hatte.

Sie hatte von einem schwarzen Eichhörnchen geträumt, das schwer verletzt am Straßenrand lag. Es gab keine Möglichkeit, das Auto gefahrlos abzustellen. Doch sie musste dem Tier helfen. Es war so würdelos, wie es dort vor den Augen der Vorbeifahrenden um sein Leben kämpfte. Während sie panisch nach einem Parkplatz Ausschau hielt, klingelte ihr Telefon. Sie konnte das verdammte Ding nirgends finden und bemerkte im letzten Moment, wie der Wagen auf ein Straßenschild zuhielt. Kurz vor dem Aufprall schreckte sie aus dem Albtraum hoch. Dabei stieß sie das Weinglas auf dem antiken Couchtisch um. Das Glas zersprang in tausend Scherben, der Inhalt ergoss sich über Banksys *Wall and piece*, ihre Puschen aus Merinowolle und den Parkettboden. Wie Blut. Endlich gelang es ihr, sich aufzuraffen, in die Küche zu eilen und mit einer Rolle Küchentücher das Ausmaß der Katastrophe einzudämmen. Noch immer klingelte ihr Telefon. Sie fand das Handy unter einem Kissen. Es dauerte, bis sie die Stimme am anderen Ende dem Direktor des Jüdischen Museums zuordnen konnte.

»Doktor Laskowicz!«

»Bitte verzeihen Sie die späte Störung.«

»Ich war ohnehin wach«, log Hanāh und sah auf die Uhr. Es war halb zwei.

»Der Junge ... Ich meine, das Gutachten ... Sie hatten recht.« Dr. Laskowicz' Stimme überschlug sich. So hatte sie den gebildeten Kunsthistoriker noch nie erlebt.

»Ich höre zu«, sagte sie und bemühte sich um Contenance, doch ihre Hände begannen zu zittern, und sie spürte ihr Herz pochen. »Was hat der Gutachter herausgefunden? Jetzt erzählen Sie doch!« Hanāh hielt die Anspannung kaum mehr aus. Sie sprang vom Sofa und trat mit der großen Zehe in eine Scherbe. Die Wunde fing augenblicklich an zu bluten. »Gottverdammt!«

»Bitte?«

»Nichts, Doktor.« Hanāh unterdrückte ein Stöhnen und hielt die Wunde mit der freien Hand umschlossen. »Sprechen Sie weiter.«

»Er hat all Ihre Vermutungen bestätigt. Ich lasse Ihnen gleich morgen früh seinen Bericht zukommen.«

Hanāh atmete tief durch. Der pochende Schmerz vermischte sich mit einer wachsenden Angst davor, wie es nun weitergehen würde. Sie hatte mit ihren unnachgiebigen Recherchen die Büchse der Pandora geöffnet. »Da wäre noch etwas.« Die Stimme des Doktors klang jetzt leise und zögerlich. Hanāh hielt die Luft an. Hatte er diese Informationen womöglich bereits weitergegeben?

»Ja?«

»Der junge Ahnenforscher ist tot.«

Hanāh stieß einen Schrei des Entsetzens aus, der sie selbst bis ins Mark erschütterte. Das Telefon glitt ihr aus der Hand. Aus der Ferne hörte sie jemanden ihren Namen rufen. Aber der Schock strömte wie lähmendes Gift durch ihren Körper. Sie war unfähig zu irgendeiner Reaktion, unfähig zu denken oder sich zu sortieren. Da war nur der bittere Drang, alles rückgängig zu machen.

Doktor Pawel Laskowicz hatte längst aufgelegt, als es ihr gelang, sich aus ihrer Starre zu lösen und einen Schluck Wein aus der Flasche zu trinken.

Unter dem Tank Man im Buch hatte sich eine riesige Lache gebildet. Er blutet, dachte Hanāh verstört. Als nächstes werden sie über ihn hinwegrollen. Mit einem hämischen Grinsen im Gesicht. Und ihn liegen lassen wie ein überfahrenes Tier. Mit seinem Schild in der Hand: »GOLF SALE«.

Hotel Savoy

HANNOVER | DEUTSCHLAND

Er hatte gerade mit zwei seiner besten Männer einen letzten Sicherheitscheck in der exklusiv gemieteten Etage des Hotels durchgeführt, als sein Telefon klingelte.

»Ist der Vogel bereits im Nest?«

»Der Konvoi wird in wenigen Minuten eintreffen.«

»Gab es Probleme?«

»Wir brauchten mehr Zeit, darum habe ich den Fahrern eine Extrarunde aufgetragen.«

»Was war vor dem Krankenhaus?«

»Meinem Empfinden nach ist sie auf das Drängen der Journalisten hin wieder viel zu sehr auf ihre persönlichen Israelthemen angesprungen.«

»Eine Sache noch.«

»Ja?«

»Sie sollten sich noch mal in Polen umhören und ein paar Schönheitsfehler ausmerzen. Ich schicke Ihnen die Unterlagen.«

»SD?«

»Der Zugangscode geht auf Ihren Pager. Sie sollten sich beeilen. Die Steine sind bereits ins Wasser gefallen und ziehen ihre Kreise, wenn Sie verstehen, was ich meine.«

»Ist die Maschine startklar?«

»Zu jeder Tages- und Nachtzeit.«

»Sie hören von mir, Präsident.«

»Manchmal zweifle ich ein wenig an Ihrer Intelligenz.«

»Verzeihung, das war unbedacht.«

ZWEITER TEIL

UNSCHÄRFEN

Krakowskie Przedmiescie

WARSCHAU | POLEN

Als alles vorüber war, fragte sich Carla, wie viel ein Mensch in der Lage war zu ertragen und wie es sein konnte, dass sie beim Anblick ihres toten Bruders nicht den Verstand verloren hatte. Magdalena Herezo, die Kriminalbeamtin, hatte sie am Flughafen abgeholt und war die ganze Zeit über bei ihr geblieben. Darian war tot, daran gab es keinen Zweifel mehr. Wie er dagelegen hatte. Als ob er schlafen würde. In einem Kühlfach, mit einem stoischen Gesichtsausdruck, der keine Rückschlüsse zuließ, wie er sich in der Sekunde des Todes gefühlt haben mochte. Für einen Moment hatte sie seine Wange berührt. Sie fühlte sich kalt an und anders als gewöhnliche Haut. Eher wie Metall oder Plastik oder eine Mischung aus beidem. Carla kam es während ihres gesamten Aufenthalts in der Gerichtsmedizin so vor, als hätte jemand die Zeit angehalten. Alle Bilder und Gerüche, alle Eindrücke und Stimmen strömten gleichzeitig auf sie ein. Sie konnte alles hören und sehen, aber zugleich wirkte alles so irreal wie in einem Museum der Illusionen. Jemand hatte ihr gesagt, Darian habe eine große Menge eines Medikaments im Blut gehabt und dass die darin enthaltenen Wirkstoffe ursächlich für seinen Tod gewesen seien. Ein anderer Mann hatte ihr die Stelle beschrieben, an der der Bus gefunden worden war. Eine Sekretärin gab ihr einen Umschlag mit Dokumenten, die sie in Ruhe durchlesen und unterschrieben zurücksenden sollte. Wie eine Betrunkene hatte Carla sich von Magdalena von Raum zu Raum und von Person zu Person führen lassen.

Jetzt saßen sie seit über einer Stunde schweigend in der Mittagssonne auf einer Parkbank jener Flaniermeile, die die abseits gelegene Altstadt mit dem modernen Stadtzentrum verband.

»Möchten Sie vielleicht etwas essen oder trinken?« Magdalena griff nach ihrer Hand. Carla ließ sie gewähren. Die Berührung tat gut.

»Ich weiß, dass er tot ist. Aber ich verstehe es nicht.«

Magdalena verstärkte ihren Griff.

»Ein Schluck Wasser wäre gut.«

Die Polizistin reichte ihr eine Flasche. Carla nahm einen Schluck und spürte, wie ihr schlecht wurde. Sie trat hinter einen Baum und erbrach sich. Einige Passanten blieben neugierig stehen. Magdalena zückte ihre Dienstmarke und forderte die Gaffer in strengem Tonfall auf, weiterzugehen. Als es Carla besser ging, kehrte sie zur Bank zurück.

»Danke.«

»Ich kann Schaulustige nicht ausstehen.«

Magdalenas Telefon klingelte. Das Gespräch dauerte nur wenige Sekunden. Carla verstand kein einziges Wort.

»Professor Pawlowski möchte nochmals mit Ihnen sprechen«, sagte Magdalena, nachdem sie das Telefon zur Seite gelegt hatte. »Nur ein paar Fragen.«

»Wer war das gleich?«

»Er hat Ihren Bruder obduziert.«

Carla öffnete den Umschlag und kramte nach der Visitenkarte des Gerichtsmediziners. »Kennen Sie ihn?«

»Nicht persönlich.« Magdalena schüttelte den Kopf. »Aber er hat einen sehr guten Ruf.«

Carla warf einen Blick auf ihre Uhr. »Können Sie mir ein Hotel empfehlen?«

Magdalena nickte. »Das Tiffi Old Town Hotel. Es ist nur ein paar hundert Meter von hier. Soll ich Sie begleiten?«

Schweigend gingen sie eine schmale Straße entlang, die von alten Villen auf riesigen Grundstücken mit üppigem

Baumbestand gesäumt war. Carla versuchte sich vorzustellen, wie es sich hier leben ließ. In einem grünen Refugium, inmitten einer pulsierenden Metropole. Nachdem sie das Institut für Kunstgeschichte passiert hatten, erkundigte sich Magdalena, wie lange Carla vorhatte, in der Stadt zu bleiben.

»Ihr Kollege meinte, dass ich den Bus morgen abholen könnte«, sagte Carla. »Danach werde ich nach München zurückfahren.«

Magdalena hielt mitten im Schritt inne. »Es tut mir alles so leid. Wenn ich nur irgendwie helfen könnte.«

Carla rang um Fassung. »Danke! Sie haben schon so viel für mich getan.«

Im Hotelzimmer angekommen, wählte sie zuerst die Nummer des Professors. Zu Carlas Überraschung sprach er perfekt Deutsch, mit einem leichten österreichischen Einschlag.

»Meine Frau kam aus Wien«, erklärte er freundlich.

Carla meinte eine tiefe Traurigkeit hinter dieser Aussage zu hören und spürte, wie sich alles in ihr sträubte, mehr darüber zu erfahren. »Sie haben noch Fragen an mich?«

»Wie gut kannten Sie Ihren Bruder?«

»Vermutlich besser als mich selbst«, sagte Carla nach kurzem Zögern.

»Wann haben Sie ihn zuletzt gesehen oder gesprochen?«

»Dienstag vor einer Woche haben wir telefoniert.« Carla dachte an die Nachrichten, die Darian ihr kurz vor seinem Tod hatte zukommen lassen. *Keine Polizei einschalten!* Konnte sie diesem Gerichtsmediziner vertrauen? *Kein Wort zu niemand. Bitte!!!*

Noch kannte sie Darians Beweggründe nicht und beschloss, seinem Willen Folge zu leisten. »Ich war in Kalifornien. Danach gab es noch ein paar belanglose Kurznachrichten.«

»Wussten Sie, was Ihr Bruder hier in Polen gemacht hat?«

»Nein.«

»Könnte er geschäftlich hier gewesen sein?«

»Er betreibt Ahnenforschung, schreibt genealogische Gutachten. Aber er fotografiert auch gern. Er ist eigentlich immer unterwegs. Ich weiß es wirklich nicht.«

»Hatten Sie den Eindruck, dass Ihr Bruder in letzter Zeit anders war als sonst?«

»Was meinen Sie?«

»Gestresst vielleicht. Besorgt.«

Carla wusste nicht, was sie darauf antworten sollte. »Warum fragen Sie mich solche Dinge?«

Der Mediziner räusperte sich. »Könnten wir uns vielleicht treffen?«

»Wozu?«

Ihr Gesprächspartner zögerte. »Carla. Ich darf Sie so nennen, ja?«

»Bitte.«

»Sie sagten, dass Sie nicht an einen Suizid Ihres Bruders glauben.« Wieder räusperte sich der Professor verlegen. »Ich bin ganz ehrlich zu Ihnen, wenn ich sage, dass ich das auch nicht tue. Gleichzeitig wurde mir untersagt, darüber zu sprechen. Es wäre besser, wir würden uns persönlich treffen. Wenn Sie möchten, bringen Sie gern die Polizistin mit.«

Sie vereinbarten einen Treffpunkt später am Abend ganz in der Nähe ihres Hotels. Carla spürte, wie die Unruhe der vergangenen Nacht wieder Besitz von ihr ergriff. Gleichzeitig konnte sie sich vor Erschöpfung kaum mehr auf den Beinen halten. Entgegen ihren Gewohnheiten öffnete sie die Minibar und trank drei der kleinen Fläschchen nacheinander aus. Der Schnaps brannte rau in ihrer Kehle, Carla konnte sich nicht daran erinnern, wann sie zuletzt Hochprozentiges getrunken hatte, und hoffte, dass ihr leerer Magen nicht wieder rebellieren würde. Kaum hatte sie die letzte Flasche abgesetzt, spürte sie die Wirkung des Alkohols. Sie stellte ihren Wecker auf Viertel vor zehn und legte sich mitsamt den Kleidern aufs Bett. Die Bilder des Tages verschwammen zu einer unscharfen Collage, auf der sich Fragezeichen an Ausrufezeichen reihten. Darians Hilferufe und Warnungen.

Kein Wort zu niemand. Bitte!!!

U-Bahn-Haltestelle Trocka

WARSCHAU

Der Notruf ging um kurz vor zweiundzwanzig Uhr bei der Polizei ein. Kommissar Piotr Filipek von der Spurensicherung befand sich zu diesem Zeitpunkt mit einem Kollegen im Stadtgebiet und begab sich, ohne zu zögern, an den Unfallort. Sie stellten den Wagen, trotz des hohen Verkehrsaufkommens, direkt auf der Durchfahrtsstraße neben dem Treppenabgang zur Metrostation Trocka ab. Wie so oft waren die Informationen der Leitstelle mehr als dürftig gewesen. Den Anrufern zufolge war eine männliche Person im Bereich der U-Bahn-Haltestelle von einem einfahrenden Zug erfasst und offenbar mindestens schwer verletzt worden. In der Hoffnung, keine Zeugen zu verlieren, hastete Piotr Filipek die Stufen nach unten. Unter der gleißenden Neonbeleuchtung des Bahnhofs herrschte an den Bahnsteigen ein heilloses Durcheinander. Um die Unfallstelle hatte sich eine Gruppe Zuschauer geschart. Zwei Kollegen der örtlichen Schutzpolizei mühten sich vergebens, die Menge zu beruhigen. Einige Passanten filmten das Geschehen mit ihren Mobiltelefonen, andere schrien aufgebracht nach einem Sanitäter. Ein älterer Herr lehnte an einem der Stützpfeiler und übergab sich. Zwei Jugendliche stritten mit einer sichtlich überforderten Zugbegleiterin. Sämtliche Türen der gelb-rot lackierten U-Bahn standen offen. Es stank penetrant nach warmem Maschinenöl. Während Piotr Filipek sich einen Weg durch die Passanten bahnte, sah er auf der gegenüberliegenden Seite des Bahnsteigs ein Team von Sanitätern anrücken. Sie kamen gleichzeitig am vorderen Ende des Triebwagens an. Ein uniformierter Kollege deutete auf einen Blutfleck an der Frontpartie des Zugs und ein abgetrenntes Bein, das neben dem ersten Faltenbalg des Gelenkwagens auf dem Schotter lag. Piotr Filipek fiel auf, dass der Verunfallte keine Strümpfe getragen hatte, und er wusste, dass dieses Bild sich ungefragt in die Horrorgalerie seines Kopfkinos schleichen würde. Aber daran durfte er jetzt nicht denken. Filipek zwang sich wieder, Polizist zu sein. Der Kollege rief ihm etwas zu, das im Geräuschpegel der Menge unterging. Piotr Filipek zückte seine Dienstmarke und stieß einen lauten Pfiff durch die Zähne aus. Für einen Moment wurde es mucksmäuschenstill, wie in einer unterirdischen Kathedrale.

»Polizei!«, rief er laut. »Bitte treten Sie vom Bahnsteig zurück und begeben sich an den gegenüberliegenden Ausgang. Wenn Sie sachdienliche Hinweise liefern können, bitten wir Sie noch einen Moment zu bleiben. Vielen Dank für Ihr Verständnis. Meine Kollegen ...«, Piotr Filipek deutete auf die Streifenpolizisten, »... werden Ihre Personalien aufnehmen und Ihnen ein paar Fragen stellen.«

Augenblicklich setzte der Orkan der Stimmen wieder ein. Als Filipek sich kopfschüttelnd den Sanitätern zuwandte, war einer der beiden bereits mit dem Oberkörper unter der Lok verschwunden.

»Der Tote liegt eingequetscht auf Höhe des vorderen Brückenrahmens.«

»Sicher, dass er ...?«

»Der Zug muss ein paar Meter zurücksetzen.«
»Wo ist der Fahrer?«

Piotr Filipek wurde beinahe schlecht, als der zerfetzte Körper des Toten Zentimeter für Zentimeter unter dem Triebwagen zum Vorschein kam. Der entstellte Kopf des Toten ließ kein Gesicht mehr erkennen. Der rechte Unterarm war ebenfalls abgetrennt, und der Torso glich einer mit Hack gefüllten Pelle, die von Haut und Kleidern zusammengehalten wurde. Filipek wandte sich von der Leiche ab und bat seinen Kollegen, die Kleider des Verstorbenen nach Ausweispapieren zu durchsuchen. Danach stieg er wortlos die Treppe der Metrostation ins Freie hinauf, zündete sich eine Zigarette an und beobachtete teilnahmslos den Verkehr. Ein Bus der Linie 262 fuhr mit ohrenbetäubendem Lärm vorbei. Piotr Filipek erinnerte sich an eine Fortbildung an der Polizeiakademie. Dort hatte eine Psychologin die schrecklichen Bilder, denen Polizeibeamte ausgesetzt waren, mit Implantaten verglichen. Unauslöschlich eingepflanzt wie die vielen unsichtbaren Spuren, die bei der Nutzung eines Computers in den Tiefen der Registrierungsdatenbanken und Ergebnisprotokolle zurückblieben. Ich dachte immer, dass mir die Toten nichts anhaben können, dachte Piotr Filipek und zündete sich eine weitere Zigarette an. Aber ich habe mich geirrt. Und ich habe noch dreißig Dienstjahre vor mir. Wie soll ich das aushalten? Filipek nahm sich vor, die Psychologin ausfindig zu machen und sie mit dieser Frage zu konfrontieren.

Jemand plärrte ins Funkgerät und wollte wissen, ob der Bestatter die Leichenteile mitnehmen dürfe. Die Anfrage wurde von der Leitstelle quittiert. Danach herrschte wieder Funkstille. Nach der dritten Zigarette und einem Schluck Belvedere ging es ihm besser. Piotr Filipek checkte die Batterien in seinem Diktiergerät und ging zurück in die

Metrostation. Irgendwo im Gedränge klingelte durchgehend ein einsames Telefon.

Restaurant Ceprownia
WARSCHAU

Als sie erwachte, wusste sie zuerst nicht, wo sie war. Im Zimmer war es kalt, die Uhr zeigte Viertel vor zehn. Sie hatte drei Stunden geschlafen. Zum ersten Mal seit Tagen fühlte sie sich hungrig, aber dafür war jetzt keine Zeit. Carla schlüpfte ins Bad, zog sich frische Kleider an und machte sich auf den Weg. An der Rezeption griff sie in eine Obstschale und steckte einen Apfel und eine Orange in ihre Umhängetasche. Bei jedem Schritt durch sie Straßen Warschaus stellte sie sich vor, wie Darian vor wenigen Tagen ebenfalls hier unterwegs gewesen war. Vielleicht war er denselben Weg gegangen wie sie jetzt.

Pünktlich um zehn traf sie im Restaurant Ceprownia ein und setzte sich gleich neben dem Eingang an einen Holztisch. Es roch nach deftigen Speisen, nach Fett und Öl und Zigarettenrauch. Im Hintergrund versuchte sich irgendein zweitklassiger Musiker an Michael Jacksons »Billie Jean«. Das gemütliche Lokal war zur Hälfte mit jungen Menschen gefüllt. Über ihr setzte sich ratternd eine Klimaanlage in Gang und presste kühle Luft in den Raum. Carla schlüpfte wieder in ihre Jacke. Ein Mann betrat das Lokal, sprach kurz mit der mädchenhaften Bedienung und verschwand wieder ins Freie. Carla fragte sich, wie sie den Professor erkennen sollte. War sie ihm am Vormittag in der Gerichtsmedizin begegnet? Sie kramte die Visitenkarte heraus und tippte den Namen in die Suchmaschine ihres Mobiltelefons. Carla fand eine Abbildung auf der Website der Universität. Als die Bedienung an ihren Tisch kam, bestellte sie Kaffee. Sie hielt dem Mädchen ihr Smartphone hin und erkundigte sich, ob sie den Mann kannte. Sie verneinte und wandte sich wieder den anderen Gästen zu. Hatte da ein Erkennen in ihrem Blick gelegen? Carla riss sich innerlich am Riemen. Sie sah schon überall Gespenster.

Gegen halb elf bestellte sie eine Tomatensuppe und Brot. Während sie auf das Essen wartete, wagte sie mehrere Versuche, den Professor zu erreichen. Aber niemand nahm ab. Nachdem sie gegessen hatte, bestellte sie ein Glas Bier. Zwischenzeitlich waren die Zeiger auf elf Uhr vorgerückt, und Carla überlegte, ob sie Magdalena anrufen sollte, ließ es aber bleiben. Was konnte sie schon tun?

Keine Polizei einschalten!

Vielleicht war dem Professor etwas dazwischengekommen, oder sie hatten sich missverstanden. Sie schrieb eine E-Mail an die Adresse auf der Visitenkarte. Das Lokal füllte sich mit fortschreitender Zeit. Ein junges Paar setzte sich Carla ungefragt gegenüber und begann wild zu knutschen. Als die Glocken der nahe gelegenen Heilig-Kreuz-Kirche Mitternacht schlugen, machte Carla sich auf den Rückweg zu ihrem Hotel.

Auf den Straßen tummelten sich trotz des kalten Ostwindes zahlreiche Menschen. Weit mehr als am Nachmittag. Jugendliche tanzten zu Hip-Hop-Rhythmen aus tragbaren Soundanlagen. Paare flanierten durch die Straßen. Carla sah Bettler und Obdachlose, die sich auf Parkbänken ihr Nachtlager einrichteten. Sie hielt noch immer Ausschau nach dem Professor, obwohl ihr die Aussichtslosigkeit bewusst war. Plötzlich fühlte sie sich fremd inmitten der vielen Menschen. Wie eine Aussätzige, die ein ansteckendes Virus in sich trug. Einen Erreger, der die vielen großen und kleinen unangenehmen Überraschungen auslösen konnte, die in der Lage waren, dem Leben einen Seitenhieb zu verpassen.

Carla beeilte sich zurück in ihr Hotelzimmer. Die emotionalen Achterbahnfahrten waren ihr für den Moment zu viel. Sie sehnte sich nach der Stille und der Einsamkeit der Berge. Nach einem Ort, an dem sie ihre Gedanken sortieren und die Trauer um ihren Bruder zulassen konnte. Carla wusste, dass es ein langer und beschwerlicher Weg sein würde. Und dass sie den unsäglichen Schmerz zulassen und durch ihn hindurchgehen musste. Aber daran durfte sie jetzt nicht denken. Bevor sie den Weg beginnen konnte, musste sie diese Mauer aus Unklarheiten überwinden. Kostete es, was es wollte! Die beiden Fragen, die spätestens seit dem Anruf des Professors an Dringlichkeit nicht zu überbieten waren, lauteten schlicht und ergreifend: Wurde Darian am Ende doch umgebracht? Und wenn ja, aus welchem Grund?

Zum ersten Mal in ihrem Leben fühlte sie sich im Dunkeln unwohl. Carla knipste das Licht im Badezimmer an und ließ die Tür zur Hälfte offen stehen. Wenige Atemzüge später schlief sie ein.

In dem kleinen Restaurant hielt ein Mann mit einer Ray-Ban-Sonnenbrille der Bedienung ein Foto vor die Nase und steckte ihr mit einem Zwinkern einen Geldschein in den Ausschnitt.

»Tam«, sagte sie bejahend und deutete auf den Tisch, an dem die blonde Frau gesessen hatte.

Komisariat Policji Metra Warszawskiego

WARSCHAU

Als er weit nach Mitternacht in die Dienststelle zurückkehrte, bemerkte Piotr Filipek das Licht im Büro seiner Kollegin. Er mochte Magdalena sehr und bezirzte sie seit geraumer Zeit, ihn zu einem Abendessen oder Konzertbesuch zu begleiten. Bislang hatte sie stets so freundlich abgelehnt, dass er nicht wie ein Trottel dastand. Wenn es jedoch um dienstliche Angelegenheiten ging, hatte Kommissarin Herezo stets ein offenes Ohr, nahm sich Zeit und offenbarte ihr außergewöhnliches kriminalistisches Gespür. Es war nur eine Frage der Zeit, bis sie den Weg in die Führungsetagen des Präsidiums finden würde. Piotr Filipek klopfte sachte an die Tür.

»Herein!« Magdalena saß nachdenklich hinter ihrem Bildschirm. »Piotr?«

»Ich wollte nicht stören.«

»Hast du bereits.« Sie lächelte. »Was gibt's?«

»Doch kein freier Tag?«

Magdalena deutete auf einen Stapel Akten. »Diese verfluchten Wohnungseinbrüche in Żoliborz rauben mir den letzten Nerv. Aber deswegen bist du nicht hier, oder?«

»Du warst doch gestern bei der Leichenschau?«

»Ich habe die Deutsche bei der Identifizierung ihres Bruders begleitet.«

»Suizid?«

»Sagen die Rechtsmediziner. Warum interessiert dich das?«

»Hast du Pawlowski getroffen?«

»Kurz. Er hat das Gutachten erstellt. Aber …?«

»Er ist tot. Von einer U-Bahn überrollt.«

»Wann?« Magdalena sah Piotr mit großen Augen an. »Wo?«

»Kurz vor zehn.« Er hielt ihr einen Beutel mit den wenigen Habseligkeiten des Professors vor die Nase. »An der Endstation der M2.«

Magdalena warf einen Blick auf den Inhalt des Beutels. Eine Geldbörse, eine Uhr mit abgerissenem Armband, ein angerauchter Zigarillo, Hustenbonbons, ein Flachmann und ein Briefumschlag mit Blutantragungen. »Gibt es Zeugen?«

»Offenbar ist er gestürzt, während die Bahn einfuhr. Wirklich gesehen hat niemand etwas.«

Magdalena streckte die Hand aus. »Darf ich?«

Piotr Filipek reichte ihr den Beutel. Sie streifte sich Latexhandschuhe über und warf einen Blick in die Geldbörse. Das Passbild auf dem Ausweis war in die Jahre gekommen, aber sie erkannte den Professor sofort. Vor etwa zwölf Stunden hatte er ihr die Hände geschüttelt. Der Adresse entnahm Magdalena, dass er in Jaworowa im Süden der Stadt gewohnt hatte. Meilenweit vom Unfallort entfernt. Was hatte der Professor am späten Abend dort zu suchen gehabt? Wiktor Pawlowski hatte auf Magdalena einen rüstigen Eindruck gemacht, wenngleich ihr die gelegentliche Alkoholfahne nicht entgangen war. Magdalena wusste, dass im Stadtgebiet jedes Jahr über hundert Betrunkene auf die Gleise von Metro und Straßenbahn stürzten. Meistens sogar dann, wenn sich die Bahnen näherten. Auswertungen von Überwachungskameras hatten gezeigt, wie die späteren Opfer sich beim Herannahen der Züge von den Sitzbänken erhoben, viel zu dicht an die Bahnsteigkante torkelten und ins Gleisbett stürzten. Magdalena erinnerte sich an den Vorschlag eines Kollegen von der Verkehrspolizei, die Sitzbänke an den Bahnsteigen um neunzig Grad zu drehen, um zu verhindern, dass Betrunkene direkt auf die Schienen zuhielten.

»Wie viele Passanten standen auf dem Bahnsteig?«

Piotr blätterte in seinem Notizbuch. »Dreißig bis vierzig?«

»Was wisst ihr über den Unfallhergang?«

»Pawlowski stand angeblich inmitten einer größeren Gruppe, als der Zug einfuhr. Danach gehen die Zeugenaussagen in verschiedene Richtungen.«

»Ich hör dir zu.«

»Die meisten haben rein gar nichts gesehen und erst etwas mitbekommen, als sie einen lauten Schrei hörten und der Lokführer eine Vollbremsung machte. Die wenigen, die neben oder direkt hinter ihm gestanden haben, gaben an, dass er plötzlich nach vorne gefallen wäre. Zwei Frauen behaupten, jemand hätte ihm einen heftigen Stoß verpasst, ohne aber Näheres dazu sagen zu können.«

»Wer bearbeitet den Fall?«

»Keine Ahnung.«

Magdalena nahm den Briefumschlag aus dem Beutel. Unter einem der getrockneten Blutflecken konnte sie den Namen Andrzej entziffern. War das nicht der junge Assistent des Professors gewesen? Ihr Bauchgefühl sagte ihr, dass an dieser Geschichte etwas nicht stimmen konnte. Zu viele Zufälle für einen einzigen Tag. Magdalena tippte auf den Beutel. »Was dagegen, wenn ich das Cyrek zeige?«

»Mordkommission?«

»Ich will nur mit ihm sprechen.« Magdalena schenkte ihm ihr schönstes Lächeln. »Ich bringe das Zeug nachher auch in die Asservatenkammer, okay?«

»Meinetwegen.« Piotr Filipek zögerte.

»Was?«

»Hast du Lust, am Freitag mit ins *View* zu gehen?«

»Vielleicht«, sagte Magdalena augenzwinkernd. »Aber erst kümmere ich mich um meine Einbrecher.«

»Schon verstanden.« Piotr Filipek wandte sich zum Gehen.

»Um zehn?«, rief ihm Magdalena hinterher.

Piotr hielt im Schritt inne. »Wie?«

»Ich besorg uns Karten.«

Nachdem er weg war, trat Magdalena an die Tür, lauschte in den Flur und drehte den Schlüssel um. Dann machte sie sich an die Arbeit. Es nahm einige Zeit in Anspruch, über die Einwohnermeldedatei die Adresse dieses Andrzej herauszufinden. Aber als sie seinen Eintrag auf dem Bildschirm hatte, wusste sie sich in ihrer Annahme bestätigt. Rasch stellte sie ihren Wasserkocher an und hielt den Briefumschlag vorsichtig in den Dampf. Schließlich griff sie zu einem Zungenspatel aus ihrem Spurensicherungskoffer und öffnete geflissentlich das Kuvert. Sie entnahm die beiden DIN-4-Blätter und legte sie in den Scanner. Magdalena verstand nicht allzu viel von den eilig hingekritzelten Formeln und Ableitungen. Aber der fahrig geschriebene Appell des Professors ließ keine Fragen offen und nur eine logische Folgerung zu.

Wie im Fieber ersetzte sie die beiden Blätter durch einen fünf Jahre alten Bericht über die Gerichtsmedizin der Universität, den sie auf die Schnelle im Internet gefunden hatte. Nachdem sie den Umschlag wieder sorgfältig verschlossen hatte, machte sie sich auf den Weg in die Asservatenkammer. Anstatt mit einem Kripokollegen über ihren Verdacht zu sprechen, würde sie Andrzej am nächsten Morgen einen Besuch abstatten. Und sie musste unbedingt noch mal mit Carla sprechen, bevor die sich mit dem Bus ihres verstorbenen Bruders auf die Heimreise machte. *Nowitschok!* Magdalena war überzeugt, dass zwischen den beiden Todesfällen ein Zusammenhang bestand. Sie war gerade im Begriff, ihre Bürotür abzuschließen, als die Lautsprecher der Haussprechanlage anfingen zu brummen: »Messerstecherei vor dem Hustler Gentlemen's Club in der Nowy 'Swiat ... Alle verfügbaren Kräfte vor Ort!«

»Fuck!«, entfuhr es Magdalena. Dann drehte sie den Schlüssel zurück und schnappte sich ihre Ausrüstung.

Tiffi Old Town Hotel

WARSCHAU

Als Carla am frühen Morgen aus dem Schlaf schreckte, war sie überzeugt, dass sich jemand in ihrem Badezimmer zu schaffen machte.

»Hallo!« Sie schlug die Decke zurück und näherte sich argwöhnisch der offenstehenden Tür.

»Ist da jemand?« Keine Antwort. Jetzt wurde das Wasser einer Dusche angestellt. Schritte. Das zufriedene Seufzen eines Mannes. Carla warf vorsichtig einen Blick in ihr Bad. Der Raum war leer. Der unsichtbare Ruhestörer fing an, eine schräge Melodie zu summen. Carla legte ihr Ohr an die geflieste Rückwand und konnte jedes noch so kleine Geräusch aus dem angrenzenden Bad hören. Die Wände sind dünn wie Papier, dachte sie. Erleichtert verrichtete sie ihre Morgentoilette und war froh, dass der Lärm nebenan ihr Plätschern und die Spülung übertönte.

Über der Stadt lag dichter Nebel. Von ihrem Fenster konnte Carla gerade noch einen Ausschnitt der Straße erkennen. Nur wenige Fahrzeuge krochen im Schritttempo vorbei. Professor Pawlowski kam ihr in den Sinn. Carla warf einen Blick auf ihr Mobiltelefon. Kein Anruf. Keine Nachricht. Sie tippte Magdalenas Nummer ein und drückte das Gespräch vor dem ersten Klingeln wieder weg. Im letzten Moment war ihr eingefallen, dass es erst kurz vor sechs war.

Carla trank einen Schluck Wasser und kramte frische Wäsche aus ihrer Tasche.

Nachdem sie ausgiebig geduscht hatte, machte sie sich auf den Weg in den Frühstücksraum. Ein verführerischer Duft nach frisch gebackenen Croissants, Kaffee und gebratenem Bacon wies ihr den Weg. Sie war die Erste und genoss in aller Stille eine ausgiebige Mahlzeit. Gegen halb acht war sie wieder auf ihrem Zimmer und blätterte in den Unterlagen der Gerichtsmedizin. Das Verwahrzentrum der Polizei für sichergestellte Fahrzeuge lag in einem Stadtteil namens Marki. In dem Schreiben stand, dass sie den VW-Bus am Vormittag gegen Vorlage des Totenscheins und gültiger Ausweispapiere abholen konnte. Carla gab die Adresse in ihren Browser ein und beschloss, die acht Kilometer zu Fuß zurückzulegen. Die Bewegung würde ihr guttun und hoffentlich den einen oder anderen klaren Gedanken zulassen. Mit einem Blick auf die Uhr wählte sie Pawlowskis Nummer. Wieder ging der Professor nicht ran. Nach dem zweiten Versuch wagte sie es bei Magdalena. Aber auch sie nahm das Gespräch nicht an. Carla schrieb eine Kurznachricht und bat die freundliche Polizistin um einen Rückruf. Dann packte sie ihre Tasche, beglich die Rechnung an der Rezeption und machte sich auf den Weg. Der Nebel lag dicht über der Stadt und erschwerte die Orientierung.

Etwa auf der Hälfte des Weges klingelte ihr Telefon. Das Mädchen von der Rezeption teilte ihr mit, dass sie ihre Kreditkarte im Lesegerät des Hotels vergessen hatte, und entschuldigte sich für die Umstände. Carla sagte, dass sie um die Mittagszeit nochmals vorbeikommen würde. Als sie auflegte, drangen die ersten wärmenden Sonnenstrahlen durch den Nebel. Es war inzwischen halb zehn. Carla zog ihre Jacke aus und biss in einen Müsliriegel. Noch immer hatten sich weder der Professor noch Magdalena zurückgemeldet. Sie musste mit dem Gerichtsmediziner sprechen, bevor sie nach Deutschland zurückfuhr. Wenn er, wie sie, nicht an einen Suizid glaubte, welche Möglichkeiten kamen dann in Betracht? Wie konnte eine Überdosis eines Medikaments gegen Krampfanfälle in Darians Körper gelangen? Sie wusste so wenig. Doch was sie wusste, war, dass ihr Bruder seinem Leben niemals freiwillig ein Ende gesetzt hätte. Hätte ich ihn an jenem Abend nach der Klettertour nur zurückgerufen, dachte Carla schuldbewusst. Wie oft hatte er ihr sein Herz ausgeschüttet, wenn er nicht mehr weiterwusste. Carla erinnerte sich, wie Darian einmal mitten in der Nacht von Berlin nach München gefahren war, ohne vorher anzurufen oder eine Nachricht zu schicken, als es mit seiner damaligen Beziehung zu Ende ging.

Einmal mehr wurde ihr bewusst, wie vertraut ihr Verhältnis nach dem Tod der Eltern geworden war. Darian war damals drei Tage bei ihr geblieben und hatte in den stundenlangen Gesprächen selbst die Antworten auf seine Fragen gefunden.

Nein! Die Stimmen in ihrem Kopf waren so klar wie die Strahlen der Sonne: Darian wäre niemals so einen Schritt allein gegangen. Ohne sie. Unter keinen Umständen!

Die Verwahrstation war nichts anderes als ein großer Parkplatz, der von einem Gitterzaun, Flutlichtern und Überwachungskameras umsäumt war. Der Zugang befand sich an einem geteerten Weg inmitten von Feldern mit Blick auf die umliegende Hügellandschaft. Ein Wohncontainer diente als Büro für das Sicherheitspersonal. Carla entdeckte von Weitem einige hochwertige Autos, Wohnmobile und sogar Lastwagen. Sie mutmaßte, dass es sich um gestohlene Fahrzeuge handelte, die hier als Beweismittel unter Verschluss standen, bis sie wieder den rechtmäßigen Besitzern zugeführt werden konnten oder von den Versicherungen auf den Markt geworfen wurden.

Carla konnte keine Klingel ausmachen und klopfte vorsichtig gegen eine Scheibe des Containers. Wenig später trat ein junger Polizist ins Freie und musterte sie misslaunig. An seinen Zähnen hafteten dunkelbraune Reste von Kautabak. Carla zeigte ihm angewidert die Papiere und schilderte ihr Anliegen. Er hörte ihr geduldig zu und ging dann wortlos zurück in den Container. Nach einiger Zeit kam ein älterer Kollege heraus.

»Deutsch?«, erkundigte er sich.

Carla nickte.

»Und Sie sind wer?«

Carla schluckte und deutete auf ihren Pass. »Die Schwester des Verstorbenen.«

»Und wer, wenn ich fragen darf, hat Sie hierhergeschickt?«

»Die Polizei«, sagte Carla. »Aber das steht doch alles in den Papieren. Gibt es ein Problem?«

Der Polizist räusperte sich. »Das weiß ich nicht. Aber der Wagen wurde bereits abgeholt.«

Carla meinte sich verhört zu haben. »Was soll das heißen?«

»Sind Sie denn nicht zusammen angereist?«

»Was meinen Sie?« Carlas Stimme überschlug sich. »Mit wem sollte ich …?«

»Ihr Vater hat den Wagen vor etwa einer Stunde abgeholt.«

»Das …« Carla spürte ihren Herzschlag. »Meine Eltern sind schon lange tot.«

Der Beamte sah sie mit großen Augen an. »Er hatte dieselben Dokumente und einen gültigen Pass bei sich.«

Carla war den Tränen nahe. »Ich bin die Einzige in meiner Familie, die noch am Leben ist, verstehen Sie das nicht? Niemand außer der Polizei wusste von dieser Sache. N i e m a n d!«

»Bitte, bleiben Sie ruhig. Wir klären das.«

»Rufen Sie Magdalena Herezo an! Sie arbeitet bei der Kriminalpolizei. Sie hat sich gestern um mich gekümmert und kennt meine Geschichte.«

»Ich kenne keine Magdalena Herezo, aber ich kann es versuchen. Bitte entschuldigen Sie mich einen Moment.«

Carla setzte sich auf eine leere Bierkiste, die neben dem Container auf dem Boden lag. »Lieber Gott, hilf mir«, betete sie flüsternd.

»Jetzt weiß ich, wen Sie gemeint haben«, der Polizeibeamte kam ihr mit einem versöhnlichen Lächeln entgegen. »Kommissarin Herezo, Spurensicherung und Forensik.«

»Was sagt sie?«

»Sie war nicht erreichbar, aber ihr Kollege konnte bestätigen, dass Sie gestern mit Frau Herezo in der Gerichtsmedizin waren.«

»Was uns nicht weiterhilft. Ich hätte ihre Mobilfunknummer.«

»Wollen *Sie* es versuchen?«

Carla hielt das Telefon bereits in der Hand. Diesmal beantwortete Magdalena den Anruf. »Carla, es tut mir so leid! Mein Kollege hat es mir gerade erzählt.«

Carla war froh, die vertraute Stimme zu hören. »Sie müssen mir helfen, bitte!«

»Ich beeile mich. Warten Sie dort.«

»Danke.«

»Carla?«

»Ich bin noch dran.«

»Professor Pawlowski ist tot.«

Carla verschlug es die Sprache. Ihre Knie fingen an zu zittern. »Was ist passiert?«

»Er wurde von einer U-Bahn überfahren. Gestern Abend.«

»Ein Unfall?«

»Das wissen wir noch nicht. Es waren eine Menge Leute dort, aber niemand hat etwas gesehen.«

»Er wollte mich in einem kleinen Restaurant in der Nähe des Hotels treffen.«

»Wann?«

»Um zehn.«

Die Polizistin unterbrach sie brüsk. »Ich muss jetzt aufhören. Wir sprechen uns später.«

Fassungslos starrte Carla auf das Display.

»Was hat sie gesagt?«, erkundigte sich der Polizeibeamte.

»Sie kommt her«, sagte Carla.

»Möchten Sie reinkommen und einen Kaffee trinken?«

»Das ist nett von Ihnen, aber danke.«

»Wenn Sie es sich anders überlegen, klopfen Sie einfach gegen das Fenster.«

Als die Tür zum Container ins Schloss fiel, rannte Carla hinter eine Hecke und übergab sich. Schon wieder. Die Nebel vor ihrem inneren Auge formierten sich von Neuem und verwehrten ihr die Sicht auf das Geschehene. Es war unmöglich, einen klaren Gedanken zu fassen.

Wilanów

WARSCHAU | POLEN

Hanāh Bebiolka nippte an ihrem kalt gewordenen Tee und warf einen letzten Blick auf das Abstammungsregister. Der junge Genealoge hatte in seinem Gutachten viele ihrer Vermutungen mit Fakten belegt und zu einem stimmigen Gesamtbild zusammengefügt. Darüber hinaus erwähnte er pikante Details zu den Unterstützern der deutschen Kanzlerkandidatin, die Hanāh die Haare zu Berge stehen ließen. Im Garten dieser Wiebke Janssen wimmelte es von Wölfen in weißen Gewändern. Ob sie sich dessen bewusst war?

Dr. Laskowicz hatte ihr die Unterlagen am Morgen übergeben und mitgeteilt, dass die Polizei von einem Freitod des Genealogen ausging. Welche Gründe konnten einen so jungen, freundlichen und erfolgreichen Wissenschaftler dazu bewegen, sich das Leben zu nehmen? Hanāh war klar, dass es eine Menge Ursachen gab, die die scheinbar zufriedensten Menschen dazu brachten, freiwillig in den Tod zu gehen. Noch wusste sie viel zu wenig über die Zusammenhänge, aber sie glaubte nicht an einen Zufall. Sie war sich ziemlich sicher, dass sie – wenn auch nur mittelbar – den Stein ins Rollen gebracht hatte und der Freitod des jungen Deutschen im Zusammenhang mit dem Gutachten stand, das sie bei ihm in Auftrag gegeben hatte. Der Gedanke daran, dass sie für diesen sinnlosen Tod mitverantwortlich sein könnte, war unerträglich. Was konnte sie tun? Wie zur Aufklärung beitragen?

Sie musste mit jemandem sprechen. Ihr Mann war am frühen Morgen zur Kunst- und Kulturwoche nach Odessa gereist und telefonisch bislang nicht zu erreichen gewesen. Ihre beiden Kinder wollte sie nicht mit den Geschehnissen belasten. Ganz abgesehen davon, dass Moshe seit vielen Jahren in New York lebte, während Ronit ein freiwilliges Jahr in einem Kibbuz in der Nähe von Jerusalem ableistete.

Hanāh raufte sich die Haare. Zum wiederholten Mal tippte sie den Namen des Deutschen in die Suchmaschine und studierte die Einträge auf seiner Website, die Bilder und Texte in den sozialen Netzwerken und die Schwarz-Weiß-Fotografien auf seinen Facebook- und Instagram-Seiten, die er Art@Darian genannt hatte. Die überwiegend urbanen Aufnahmen zeigten eine gekonnte fotografische Reduktion und inszenierten fantastische Spielereien mit Formen und

Schattierungen. Und immer waren Menschen darauf zu sehen, die den Straßen und Gebäuden, den Parks und Interieurs Leben einhauchten. Ob er sich seiner Begabung bewusst gewesen war?

Alles deutete darauf hin, dass der Mann ein lebensfroher und vielbegabter Kopf gewesen war. Nun war er tot.

Während ihr Blick an dem Foto einer malerischen Altstadt hängen blieb, wusste sie mit einem Mal, mit wem sie über diese brisanten Themen sprechen konnte.

Hanāh war sicher, dass die Aufnahme im Stadtviertel Nev Tzedek, dem Künstlerviertel Tel Avivs entstanden war. Die architektonische Mixtur war eindeutig. Vor Jahren war sie selbst durch die malerischen Gassen, die Boutiquen, Schmuck- und Klamottenläden geschlendert. Später hatte sie sich mit ihrer Tochter im Kitchen Market am Hafen zum Dinner verabredet. An jenem Abend hatte ihr Ronit ihren neuen Freund vorgestellt. Die beiden waren inzwischen verlobt. Ihn würde sie kontaktieren und um Vertraulichkeit bitten. Kalev arbeitete als IT-Systemelektroniker beim israelischen Inlandsgeheimdienst Shin-Bet. Wer, wen nicht Kalev, könnte ihr in dieser ausweglosen Situation helfen, Licht in ihre dunklen Gedanken zu bringen? Es ist Wahnsinn, dachte Hanāh. Alles was ich wollte, waren Wahrheit und Gerechtigkeit. Von einem tiefen Seufzer begleitet, griff sie zum Telefonhörer.

»Khamót, Ma Ha-Matzav?« Kalev schien erfreut, ihre Stimme zu hören.

»Wenn ihr nur endlich heiraten würdet«, erwiderte Hanāh. »Bis dahin darfst du mich nicht Schwiegermutter nennen.«

»Hanāh!«, rief Kalev mit gespielter Entrüstung. »Es ist nur so, dass ich noch keinen Ring gefunden habe, der deiner zauberhaften Tochter ebenbürtig wäre.«

»Du fabulanter Schmeichler«, schimpfte sie ihn. »Sagst du nicht immer, ein Löwe fürchtet keine Fliege?«

Kalev lachte. »Aber Löwinnen. Außerdem wollte Ronit sich ohnehin die Tage bei dir melden. Wenn du verstehst?«

Hanāh hielt die Luft an. »Ihr heiratet? Wann?«

»Ich habe nichts gesagt.«

»Kalev, ich freue mich so sehr.«

»Wenn du dich nur nicht verplapperst! Aber deswegen hast du nicht angerufen, oder?«

»Hast du überhaupt Zeit?«

»Ich nehme sie mir.«

Hanāh rückte ihre Brille zurecht und begann haarklein von ihrem Verdacht, der so eng mit ihrem eigenen Schicksal verknüpft zu sein schien, und ihren Recherchen zu berichten. Als sie mit den wenigen Informationen über den Tod des deutschen Ahnenforschers endete, war Kalevs anfängliche Heiterkeit wie weggeblasen.

»Wenn das alles stimmt, Khamót …«

»Kalev!«

»… hast du womöglich dem Teufel höchstpersönlich ein goldenes Haar ausgerissen.«

»Entschuldige?«

»Dir ist doch klar, welche politische Brisanz all das hat, gerade auch, was die deutsch-israelischen Beziehungen angeht?«

»Vielleicht …«, Hanāh zögerte, »… habe ich das in erster Linie für mich getan und für diejenigen, die damals nicht überlebt haben. Wenn du verstehst?«

»Ich schätze dein Engagement und deinen Gerechtigkeitssinn seit unserer ersten Begegnung.«

Hanāh schluckte. »Zuerst Wahrheit, dann Gerechtigkeit! Kalev, es wäre mir nie in den Sinn gekommen, dass dadurch Unschuldige sterben würden.«

»Ich hätte dasselbe getan, Khamót.«

»Was soll ich nur machen?«

»Ich sehe zu, was ich in Erfahrung bringen kann.«

»Danke.«

Kalev nannte ihr eine E-Mail-Adresse und erklärte, wie sie das Gutachten verschlüsseln und mit einem Passwort schützen konnte.

»Wie geht es meiner geliebten Tochter?«, wollte Hanāh noch wissen.

»Wir telefonieren jeden Abend, die Wochenenden verbringt sie bei mir in Tel Aviv. Ihr gefällt die Arbeit im Kibbuz, und sie studiert fleißig Immobilienanzeigen.«

»Deine Wohnung ist doch ein Traum.«

»Nicht für einen Stall voller Kinder.«

»Ist das noch so ein Geheimnis, über das du nicht reden darfst?«

Kalev lachte. »Wir üben noch.«

»So spricht man nicht mit einer Dame, mein Junge. Ronit sollte dir bessere Manieren beibringen.«

»Auch daran arbeiten wir.«

Sie beendeten das Gespräch. Hanāh setzte sich augenblicklich an den Rechner, verschlüsselte das eingescannte Gutachten, wie Kalev es ihr erklärt hatte, und drückte auf Senden. Dann griff sie erneut zum Telefonhörer. Dr. Laskowicz musste ihr hoch und heilig versprechen, Stillschweigen zu bewahren. Sollte Kalev recht behalten, war es schlimmer, als sie befürchtet hatte. Für alle Beteiligten. Als der Anrufbeantworter erklang, legte sie einfach auf.

Eurocity 248 | Warszawa-Berlin-Express

Als der Zug endlich Fahrt aufnahm, schloss Carla für einen Moment die Augen. Sie genoss die Abgeschiedenheit ihres Abteils und den Luxus, allein zu sein. Den Reservierungsanzeigen der übrigen fünf Sitzplätze zufolge, würde das bis zum Halt in Frankfurt/Oder so bleiben. Ihr Smartphone vibrierte. Carla warf einen Blick auf die eingegangene Chatnachricht: »Dobra jazda ☺ Gute Fahrt! M.«

Carla lächelte und antwortete: »Dziekuje ☺ Danke! C.«

Sie hatte die junge polnische Polizistin ins Herz geschlossen und fühlte sich ihr zum Dank verpflichtet. Magdalena war ihr, nachdem sie kurz nach ihrem Hilferuf an der Verwahrstation eingetroffen war, den Tag über nicht von der Seite gewichen. Ab und an war es ihr sogar gelungen, Carla ein Lächeln ins Gesicht zu zaubern, obwohl ihnen beiden nicht zum Lachen gewesen war. Magdalena hatte sofort eine kriminalpolizeiliche Untersuchung des Vorfalls und eine länderübergreifende Fahndung nach dem VW-Bus veranlasst. Carla hatte sich über den zuweilen scharfen Tonfall und die Vehemenz gewundert, mit der Magdalena ihren Kollegen und Kolleginnen begegnete. Später, als sie im Hotel Carlas Kreditkarte abholten, hatte Magdalena ihr erklärt, dass ein rauer Umgangston bei der polnischen Polizei zur Tagesordnung gehörte.

Carla erschrak, als plötzlich die Schiebetür zu ihrem Abteil aufgestoßen wurde. Eine Zugbegleiterin verlangte nach ihrem Ticket. Die Frau schwitzte und roch nach Tabak. Unter den Achseln ihrer Uniformjacke zeichneten sich dunkle Ränder ab. Carla hielt ihr den QR-Code auf ihrem Smartphone entgegen und wunderte sich einmal mehr darüber, wie Menschen sich so gehen lassen konnten. Zuweilen verspürte Carla den drängenden Wunsch zu erfahren, wie es im Leben dieser Menschen aussah.

Die Zugbegleiterin wünschte Carla eine gute Fahrt und mühte sich schwerfällig aus dem Abteil. Carla sah nachdenklich aus dem Fenster und tauchte mit ihren Gedanken wieder in die Erlebnisse des vergangenen Tages ein.

Nach einem kleinen Imbiss, in dessen Verlauf sich eine freundschaftliche Vertrautheit eingestellt hatte, war Magdalena mit ihr zu der Wegkreuzung im Mazowiecki Park gefahren, an der Darians VW-Bus gefunden worden war, und sie fragten sich ein ums andere Mal, was ihn dort hingeführt haben mochte. Carla versprach, alles in ihrer Macht Stehende zu unternehmen, um mehr darüber herauszufinden, was Darian nach Warschau geführt hatte. Magdalena sagte hinter vorgehaltener Hand zu, Carla dabei weiterhin über ihre polizeilichen Befugnisse hinaus zu unterstützen. Gemeinsam entwickelten sie eine imaginäre Landkarte, auf der sie alle Begebenheiten und die vielen ungeklärten Fragen skizzierten. Im Mittelpunkt markierte Magdalena einen schwarzen Turm, als symbolischen Ausgangspunkt, den es zu finden galt. »So etwas muss es geben«, schlussfolgerte sie. »Ein Epizentrum aller Ereignisse.«

»Was glaubst du?«

»Bis gestern Abend war ich hin- und hergerissen. Bitte verstehe mich richtig! Ich glaube und vertraue dir. Gleichzeitig weiß ich fast nichts über dich und noch viel weniger über deinen Bruder.«

»Am Telefon sagte der Professor, dass er auch nicht an einen Suizid geglaubt hat.«

»Das meinte ich«, sagte Magdalena. »Vielleicht erfahren wir auf Umwegen, was ihn zu seiner Annahme bewogen hat.«

»Was meinst du?«

Magdalena erzählte ihr von dem Brief in Pawlowskis Jackett, den sie verbotenerweise ausgetauscht hatte. »Du darfst mit niemandem darüber sprechen, Carla!«, rang sie ihr ein ums andere Mal ein Schweigegelübde ab. »Sein Assistent hat mir heute Morgen versprochen, sich mit den Aufzeichnungen auseinanderzusetzen. Vielleicht kann er uns weiterhelfen.«

Magdalena führte sie an einen Tümpel in einem nahe gelegenen Mischwald. Von einem morschen Holzsteg aus deutete sie auf einen kaum erkennbaren Horst in einer Baumkrone.

»Was ist das?«, wollte Carla wissen.

»Das Nest von Schwarzstörchen«, sagte Magdalena. »Vor ein paar Wochen sind sie aus Afrika zurückgekehrt. Wie ihre weißen Artgenossen nutzen sie ihre Nester über Jahre hinweg.«

Carla zeigt sich beeindruckt. »Kann man sie sehen? Hören?«

»Schwarzstörche bevorzugen Ruhe und meiden Menschen und Städte. Manchmal gesellen sie sich zu ihren weißen Verwandten, aber niemals lange. Ihr Stimmrepertoire ist um einiges vielseitiger als das aller anderen Störche. Sie beherrschen Flötenlaute und die unterschiedlichsten Rufe zur Kontaktaufnahme. Dafür klappern sie weniger mit dem Schnabel.«

»Hast du schon einen zu Gesicht bekommen?«

»Nur auf Bildern und Videos. Aber ich kann sie an ihren Lauten erkennen. Ich bin oft hier, wenn ich allein sein und nachdenken will.«

Auf dem Rückweg zu ihrem Wagen verglich Magdalena das Nest des Schwarzstorchs mit dem schwarzen Turm auf ihrer imaginären Landkarte. »Verstehst du jetzt, was ich gemeint habe?«, fragte sie ernst.

»Wir suchen nach etwas oder jemandem, von dem wir wissen, dass er oder es existiert … aber …«

»… im Verborgenen«, führte Magdalena ihren Gedanken zu Ende. »Im Moment sehen wir nur, was in seinem Einflussbereich passiert, oder passieren kann.«

»Bislang wissen wir nicht einmal, ob es ein solches Nest überhaupt gibt, oder?«, warf Carla ein. »Geschweige denn, wo es sich befinden könnte und wer oder was sich darin verbirgt.«

»Das Meiste, was wir über diese Vögel wissen, rührt aus den Analysen dessen, was sie zurücklassen.«

»Das verstehe ich nicht.«

Magdalena rümpfte die Nase. »Na ja, beispielsweise zeugt ihr Kot von den Fischen, Amphibien und Wirbellosen, die sie gern verspeisen.«

Sie fuhren in die Stadt zurück und fanden einen Platz im Café Kafka. Carla fühlte sich auf Anhieb wohl in dem mit vielen Bücherregalen ausgestatteten Café. Magdalena erklärte, dass man hier gebrauchte Bücher mitbringen und nach Belieben tauschen oder für ein paar Euro gleich ein ganzes Kilo mitnehmen konnte.

Carla musste schmunzeln, als sie auf der Karte ein spezielles Menü für Vierbeiner entdeckte. Hundebesitzer konnten ihrem Liebling auch einfach eine Schüssel Wasser, Beißringe oder Hundefutter kaufen. Während sie dort saßen, an ihrem Kaffee nippten und Erdnusstorte aßen, schweifte Carlas Blick immer wieder über die unzähligen Buchrücken in den Regalen. Seit sie zurückdenken konnte, wünschte sie sich mehr Zeit zum Schmökern. Zeitlebens hatte sie ein Faible für Bücher und konnte an keinem Buchladen vorübergehen, ohne wenigstens einen Blick in die Auslagen zu werfen.

»Was wirst du jetzt tun?«, wollte Magdalena wissen.

»Ich weiß es nicht«, antwortete Carla wahrheitsgemäß. »Irgendwie nach Hause kommen.«

Die beiden schwiegen eine Weile. Irgendwann sagte Carla: »Ich könnte mich in Darians Wohnung umsehen.«

»Hast du einen Schlüssel?«

»Ich weiß, wo ich einen finden kann.« Carla schob ihren Kuchenteller von sich weg. »Darian nimmt … ich meine, nahm seine Schlüssel nie mit auf Reisen.«

Magdalena griff nach ihrer Hand. »Ich verlege meine auch ständig, mitsamt Handtasche und Telefon.«

Carla entzog sich mit einem dankbaren Blick Magdalenas Griff und suchte in ihrem Handy nach der nächsten Zugverbindung nach Berlin. »Mist!«

Magdalena sah sie fragend an.

»Schaffen wir es in zwanzig Minuten zum Bahnhof Wschodnia?«

Magdalena schnappte ihre Handtasche. »Dann müssen wir uns sputen.« Sie warf der verdutzt dreinblickenden Kellnerin zwei Geldscheine vor die Nase und stürmte mit Carla zum Wagen. Carla schaffte es während der verwegenen Fahrt durch die Altstadt, ein Online-Ticket zu buchen und gleichzeitig Magdalena bei ihren Ausführungen darüber zuzuhören, worauf die Polizei bei Wohnungsdurchsuchungen achtete. Schließlich umarmten sie sich wortlos auf dem Bahnsteig. Als Carla schweren Herzens in den Zug stieg, wischten sich beide Tränen von den Wangen.

Während der Intercity für einen kurzen Zwischenhalt in den Bahnhof Zbaszynek einfuhr, musste Carla an die schwarzen Störche denken. Irgendwo auf der Landkarte, die sie mit Magdalena entworfen hatte, verliefen unsichtbare Fäden zu den Geschehnissen um Darians und Professor Pawlowskis Tod. Irgendwo verbargen sich Antworten auf die Ungereimtheiten und scheinbaren Zufälle. Magdalenas Ausführungen über Hinterlassenschaften kamen ihr in den Sinn. Vielleicht würde sie in Berlin auf Dinge stoßen, die Licht ins Dunkel brachten.

Warschau

POLEN

Magdalena war mit einem flauen Gefühl in der Magengrube auf den Vorplatz des Bahnhofs getreten. Carlas überhasteter Aufbruch war falsch gewesen. Ich hätte sie in diesem Zustand nicht gehen lassen dürfen, dachte sie. Carla war eine kluge, erwachsene Frau, aber mit dem überraschenden Tod ihres Bruders und den Ungereimtheiten der vergangenen Tage völlig überfordert. Kaum auszudenken, wie belastend der Abstecher in Darians Wohnung sein konnte. Magdalena erinnerte sich an das Trauma, als sie und ihre Mutter, *ein Jahr* nach dem Flugzeugabsturz, das Zimmer ihres Bruders aufgelöst hatten. In jedem noch so unbedeutenden Gegenstand verbargen sich Erinnerungen und Schmerz gleichermaßen.

Ich Idiot hätte Carla wenigstens anbieten müssen, mit nach Berlin zu kommen! Seufzend dachte Magdalena an ihren Kontostand, der eine solche Reise niemals erlauben würde. Seit sie den neuen Toyota abstottern musste, blieb kaum etwas übrig. Sie war im Begriff, Carla anzurufen, als sie im Augenwinkel bemerkte, wie eine Verkehrspolizistin ihren Wagen fotografierte. »Nicht auch noch das!« Magdalena rannte zu ihrem Fahrzeug.

»Ist das Ihrer?«, erkundigte sich die Polizistin schroff.

»Bitte! Meine Freundin war viel zu spät, und …«

»Das ist ein Behindertenparkplatz.« Die Kollegin deutete auf die Hinweistafel. »Tut mir leid.« Sie drückte Magdalena das Ticket in die Hand.

»Fünfhundert Zloty?«

»Wie gesagt.«

Magdalena vergrub das Gesicht in den Händen. Sie war im Begriff, ihre Dienstmarke zu zeigen, ließ sie aber stecken. »Ich bin eine Kollegin«, sagte sie kleinlaut.

»Im Einsatz?«

»Nein.«

»Dann bleibt mir leider nichts anderes übrig.«

»Schon okay.«

»Wenn wir uns nicht an die Regeln halten, wie …«

»Ich sagte o k a y !« Magdalena kehrte der Frau den Rücken und stieg in den Wagen.

Als sie eine halbe Stunde später in die Zufahrt der Tiefgarage bog, die zu dem Gebäudekomplex ihrer Wohnung gehörte, bemerkte sie die beiden Zivilfahrzeuge der Kommandantur auf dem Gehweg, dachte sich aber nichts dabei. Sie hatte den Rest des Tages frei und freute sich auf eine Dusche und ein paar Stunden Schlaf, den sie nach der aufreibenden Nacht dringend brauchte.

Auch wenn ihr während des Nachtdienstes kaum Ruhe vergönnt gewesen war, war sie nach Dienstende am Morgen direkt zu Andrzej gefahren, dem wissenschaftlichen Assistenten von Professor Pawlowski, und hatte ihm die Dokumente überreicht. Andrzej reagierte fassungslos, als er von dem Unfall erfuhr, und war nicht wenig überrascht, als er hörte, dass Pawlowski am Vorabend ganz offensichtlich auf dem Weg zu ihm gewesen war. Hoffentlich hielt er sich an ihre Vereinbarung, mit niemandem darüber zu sprechen. Magdalena wusste, dass sie auch hier ihre Kompetenzen überschritten hatte, aber für Bedenken war es jetzt zu spät, und das Grummeln in ihrem Magen wurde beständig durch neue Ungereimtheiten gefüttert. Carla, nein, alle Beteiligten hatten das Recht zu erfahren, was hier gespielt wurde. Selbst wenn sich alles, wider Erwarten, doch als eine Verkettung unglücklicher Umstände entpuppen würde.

Magdalena nahm den Aufzug und wählte routinemäßig das Stockwerk über ihrer Wohnung. Das hatte ihnen ein Dozent an der Offiziersschule wieder und wieder eingebläut.

Er selbst war in seiner Zeit als Kriminalbeamter vor der eigenen Haustür Opfer eines Überfalls linker Extremisten geworden und hatte dabei ein Auge verloren. Immer wieder kam es in der Hauptstadt zu Übergriffen auf Angehörige der Polizei. Man konnte nicht vorsichtig genug sein.

»Sie muss gleich hier sein.«

Magdalena drückte sich in die hintere Ecke des Treppenhauses.

»Soll ich in der Tiefgarage nachsehen?«

Die sonore Stimme kam Magdalena bekannt vor. Ein Kollege der Abteilung für interne Ermittlungen.

»Immer mit der Ruhe, sie wird schon aufkreuzen.«

»Hat die Nacht durchgearbeitet.«

»Vielleicht ist sie ja im Auto eingeschlafen.«

»Ich könnte nachsehen.«

»Wir bleiben zusammen. Das sollen die draußen erledigen.«

Ein Funkgerät knackte. Magdalena lauschte den Anweisungen an die Kollegen vor dem Haus. *Fuck!* In was war sie da hineingeraten?

»Was genau hat sie denn ausgefressen?«

»Selbst, wenn ich es wüsste, dürfte ich nichts sagen. Die Anweisungen kommen von ganz oben.«

»Ist doch ein schlaues und hübsches Mädchen. Merkwürdig, das Ganze. Hab bisher nur Gutes über sie gehört.«

»Kenn sie nicht. Hab ihre Akte heute zum ersten Mal auf dem Tisch gehabt.«

»Was hat es mit der Deutschen auf sich?«

»Mann! Ich darf nicht darüber reden.«

Das Quietschen der Eingangstür hallte durchs Treppenhaus.

»Aufpassen!«

Der Aufzug setzte sich in Bewegung. Magdalena stockte der Atem. Was, wenn der- oder diejenige auf ihrer Etage aussteigen und sie entdecken würde?

»Wieder der Aufzug.«

»Hab ich gehört.«

»Stell dich auf die Seite.«

Die Kabine ratterte an Magdalena vorbei. Zwei Treppen über ihr vernahm sie Schritte. Stimmen. Dann einen Schlüssel. Sie schlüpfte aus ihren Sneakers und lief, so schnell sie konnte, auf leisen Sohlen die zwei Stockwerke nach oben. Kurz danach fiel eine Wohnungstür ins Schloss. Magdalena trat in die Kabine, deren Türen noch offen standen, und drückte auf den untersten Knopf.

»Fehlalarm«, hörte sie einen der Männer sagen.

»Fünf Minuten«, sagte der andere. »Dann sehen wir uns in der Tiefgarage und den Kellerräumen um.«

Magdalena schlug das Herz bis zum Hals, als sich im Untergeschoss auf beiden Seiten die Aufzugtüren öffneten. Sie warf einen bangen Blick nach draußen. Dann beförderte sie den Aufzug in das oberste Stockwerk des Gebäudes zurück und huschte in der Dunkelheit einen Flur entlang, der zum Müllraum führte. Dort zwängte sie sich durch ein schmales Fenster an der Gebäuderückseite auf einen Grünstreifen und kletterte über ein Gittertor auf den Parkplatz des benachbarten Wohngebäudes. Von dort rannte sie zur nächsten Bushaltestelle und überflog keuchend, wütend und verängstigt den Fahrplan. Schon bereute sie es, sich den Männern nicht gestellt zu haben. Und sei es nur um herauszufinden, was mir vorgeworfen wird, dachte sie verbittert. Jetzt griffen dieselben unsichtbaren Tentakel nach ihr, die nach Carlas Bruder und dem Professor gegriffen hatten. Aber aus welchem Grund? Magdalena war den Tränen nahe. Als zwei Straßenblöcke weiter der Bus auftauchte, tippte sie hastig eine Nachricht in ihr Mobiltelefon und entfernte anschließend Akku und SIM-Karte. Ihr war klar, wie einfach es war, ein funktionsfähiges Gerät ausfindig zu machen. Selbst wenn es ausgeschaltet war. Ob Carla solche Dinge auch bewusst waren?, schoss es ihr durch den Kopf. Dann stieg sie in den Bus. Ohne die geringste Ahnung zu haben, was sie als Nächstes tun sollte. In ihrer Hosentasche knisterte das Thermopapier des Strafzettels. Sie zerknüllte ihn und warf ihn in den Mülleimer. Was für ein mieser Tag.

Museum der Geschichte der polnischen Juden

WARSCHAU | POLEN

Nachdem er die lästige Russin endlich abgewimmelt hatte, begab sich Dr. Pawel Laskowicz gemessenen Schrittes in den Keller des Museums, um, wie jeden Abend, in den Lagerräumen nach dem Rechten zu sehen. Obwohl die Schatzkammern, wie er *seine* Kellerräume nannte, mit computergesteuerten Anlagen zur Überprüfung der Luftfeuchtigkeit und Temperatur ausgestattet waren, und das Wartungsunternehmen innerhalb von dreißig Minuten eine Störungsbeseitigung garantierte, ließ er es sich nicht nehmen, täglich nach seinen geliebten Büchern und Thorarollen, Gemälden und Lithographien, Skulpturen und Urkunden zu sehen. Die Begegnung mit der extrovertierten Russin (sie hatte sich ihm als Elena vorgestellt) war zu gleichen Anteilen lästig und anregend gewesen. Ihre Fragen zu den merkwürdigen Ansichten eines Rabbiners ihrer chassidischen Chabad-Gemeinde langweilten ihn, wohingegen ihr aufreizendes Outfit und der tiefe Einblick in ihr Dekolleté sein Verlangen in Wallung gebracht hatten. Leider war sie nicht auf sein Angebot eingegangen, ihr exklusiv ein paar wertvolle Exponate zu zeigen. Stattdessen hatte sie sich nach seinem zweiten Versuch, ihr schöne Augen zu machen, ziemlich abrupt verabschiedet. Während er in jeden Lagerraum einen prüfenden Blick warf, begleiteten ihn der florale Duft ihres Parfums und, beim Gedanken an ihre vollen Brüste, eine heimliche Erregung.

Denn die Lippen der Hure sind süß wie Honigseim, und ihre Kehle ist glätter als Öl.

Wie so oft, wenn er derartigen Gedanken nachhing, holten ihn zu seinem Verdruss sämtliche Mahnungen aus den Sprüchen Salomos ein.

»Und wenn schon«, brummte er trotzig. »Als ob der ehrenwerte König selbst nicht tausend Frauen im Bett gehabt hätte.« Pawel Laskowicz strich zärtlich über die pergamentene Tierhaut einer zweihundert Jahre alten Thorarolle. Die Restaurierung dieser zwanzig Meter langen und knapp siebzig Zentimeter hohen Rolle hatte das Museum vor Jahresfrist fast 50 000 Euro gekostet. Zwar durften die fünf Bücher Mose nach dem Gesetz nicht mehr für den Gottesdienst verwendet werden, aber zumindest hatte sein unermüdlicher Einsatz das Schmuckstück vor einer, sonst üblichen, Beerdigung auf dem jüdischen Friedhof bewahrt. Darauf war er sehr stolz und ließ keine Gelegenheit aus, um darüber zu sprechen. Wäre Elena nur auf seine Avancen eingegangen.

Ein schönes Weib ohne Zucht ist wie eine Sau mit einem goldenen Ring durch die Nase.

Pawel Laskowicz stellte sich vor, wie er seine Hände um ihre üppige Taille gelegt hätte, und gab ein leises Stöhnen von sich. *Elena.* Die Gedanken und ihr Geruch, der so präsent war, als würde sie neben ihm stehen, machten ihn beinahe verrückt. Er beeilte sich, in den hintersten Raum mit der Aufschrift *PRIVAT* zu gelangen, verschloss die Tür und dimmte das LED-Licht, so dass er gerade noch die Hand vor den Augen sah. Anschließend goss er sich ein Glas Whiskey ein, legte eine Platte auf den Spieler und schloss die Augen. Aus den Lautsprechern drang leise der zweite Aufzug aus Wagners Parsifal. Ihm gefiel das todbringende Geplänkel zwischen Parsifal und Kundry in Klingsors Zaubergarten. Er lauschte den Dialogen und den leidenschaftlichen Klängen des Orchesters und öffnete währenddessen seine Hose. Der Duft ihres Parfums vermischte sich mit den Aromen des zwanzig Jahre alten Single Malt, so dass Pawel Laskowicz den leicht säuerlichen Geruch des sich ausbreitenden Kohlenstoffdioxids kaum wahrnahm. Ab und an warf er einen Blick in einen seiner wertvollsten Folianten. Eine Sammlung über Erotik und Pornographie, von der römischen Antike bis ins späte 18. Jahrhundert. Schließlich kam es ihm beim Anblick einer ruhenden Venus, die mit weit gespreizten Beinen auf *ihn* wartete und in seiner Vorstellung längst den Geruch und das Aussehen der heißen Russin angenommen hatte. Erleichtert leerte er das Glas in einem Zug, machte sich mit einem Feuchttuch sauber und ließ sich zufrieden in das weiche Leder zurückfallen. Während Klingsor und mit ihm der Zaubergarten der Zerstörung anheimfielen, schlief er ein. Das Kohlstoffdioxid hatte sich in der Zwischenzeit auf das Siebenhundertsechzigfache seines ursprünglichen Volumens ausgedehnt und den Raum fast vollständig geflutet. In dem Moment, als er ein letztes Mal nach Luft ringend aus dem Schlaf hochschreckte und für den Bruchteil einer Sekunde sein Bewusstsein wiedererlangte, setzte der Atemstillstand ein.

Als Pawel Laskowicz am nächsten Tag von einer Reinemachefrau gefunden wurde, waren die Überreste des Trockeneises, das hinter einem der Regale deponiert gewesen war, vollständig verschwunden und das farblose Gas längst über die Lüftungsanlage des Museums ins Freie geschleust worden.

Prenzlauer Allee

BERLIN | DEUTSCHLAND

Das Schlimmste waren die Erinnerungen. Carla war am frühen Morgen, nachdem sie eine schlaflose Nacht in einem Hotel am Berliner Alexanderplatz verbracht hatte, in Darians Wohnung gegangen. Als sie in den Flur getreten war und die Tür hinter sich geschlossen hatte, stand sie mit einem beklemmenden Gefühl in der Brust minutenlang auf der Stelle. Obwohl ihr die Räume von vielen Aufenthalten vertraut waren, fühlte es sich falsch an, hier zu sein.

Endlich wagte Carla einen Schritt in das weiträumige Wohnzimmer. Ihr Blick fiel auf die welken Blätter einer Geigenfeige neben der Terrassentür. Sie wandte sich um und ging in die Küche. Auf der Spüle standen Teller, eine Tasse, ein Eierbecher, ein cromarganglänzender Topf von Le Creuset. Alles fein säuberlich gespült und zum Trocknen auf die Ablage geschichtet. Sein letztes Frühstück, dachte Carla und warf einen Blick in den Mülleimer. Ein verschimmeltes Stück Vollkorntoast, Eierschalen, ein angenagter Apfel. Darian hatte selten gefrühstückt, und wenn, dann erst um die Mittagszeit. Carla nahm ein Glas aus dem Regal, füllte es zur Hälfte mit Wasser und goss die Feige. Die Pflanze ragte ihr mittlerweile bis an die Brust. Carla erinnerte sich, sie war ein Geschenk zu seinem Dreißigsten gewesen. Sie trat auf die Dachterrasse und ließ ihren Blick über die Stadt gleiten. Der Fernsehturm mit seinem unverkennbaren sphärischen Lichtkreuz. In einiger Entfernung konnte sie das Dach des Pergamonmuseums und den Berliner Dom ausmachen. Wie oft hatten sie während ihrer Besuche die kleinen und großen Sehenswürdigkeiten der Stadt ausgekundschaftet. Darian hatte sich immer gewehrt, mit ihr auf Entdeckungstour zu gehen, und sich danach jedes Mal von Neuem überrascht gezeigt, wie viel die Hauptstadt zu bieten hatte. Als Carla in die Wohnung zurückging, fiel ihr der scharfe Geruch eines Reinigungsmittels auf. Sie trat in die Küche, nahm den Beutel aus dem Mülleimer und legte ihn verschlossen auf die Terrasse. Anschließend brachte sie sämtliche Fenster in Kippstellung. Darians Schlafzimmer erweckte den Eindruck, aus einem Katalog entsprungen zu sein. Das Bett war ordentlich mit einer Tagesdecke überzogen, Schrank und Kommode glänzten wie aus dem Ei gepellt. Carla fiel auf, dass Darian keine Schmutzwäsche zurückgelassen hatte. Als ob er geahnt hätte, niemals wiederzukehren. Sie ärgerte sich über diesen Gedanken. Was hatte sie überhaupt erwartet, hier zu finden? Darian war ein ordentlicher Mensch gewesen, nur in seinem Arbeitszimmer herrschte, wie üblich, eine geschäftige Unordnung. Auch hier dieser penetrante Geruch. Carla riss das Fenster auf und setzte sich vor einen der Rechner.

Hier hast du gearbeitet, dachte sie. Woran? Was hat dich nach Polen geführt, Bruderherz? Neben dem Bildschirm befand sich ein Bilderrahmen mit drei Fotos von ihnen beiden: Arm in Arm vor dem Pantheon in Rom; ein Selfie inmitten eines Open-Air-Konzerts von Billy Talent; sie mit ihrer Kletterausrüstung am Gipfelkreuz der Zugspitze, daneben sichtlich erleichtert Darian, der mit der Gondel beinahe zeitgleich auf dem Gipfel eingetroffen war. Dieselbe Collage stand in ihrer Küche, Darian hatte sie ihr vor Jahren zu Weihnachten geschenkt. Das Passepartout des Bilderrahmens war eigentlich für vier Fotos ausgelegt. Darian hatte in das leerstehende Feld mit seiner schönsten Handschrift *to be continued* geschrieben. Carla war den Tränen nahe und konnte dem grauenhaften Gedanken, die Bildersammlung mit einer Aufnahme seines Grabes zu vollenden, nichts entgegensetzen. Sie trat ans Fenster und verlor sich im krampfhaften

Mühen, dieses Bild in schönen Erinnerungen und Erlebnissen zu ertränken und durch einen passenden vierten Schnappschuss zu ersetzen. Der Nebel der letzten Tage schien plötzlich wie fortgepustet. Mit voller Vehemenz spürte Carla, dass Darians Weggang endgültig war. Dass ihr Bruder niemals wiederkommen würde. Dass sie ihm nie wieder aus der Patsche helfen durfte. Dass sie ihn nie wieder sprechen oder singen oder lachen hören würde. Oder vielleicht doch? Carla schloss das Fenster, um diesem Gedanken in Ruhe nachzugehen. Einem spontanen Einfall folgend kramte sie ihr Smartphone aus der Handtasche und wählte Darians Festnetznummer. Im Flur klingelte das Telefon. Carla bekam eine Gänsehaut, und gespannt wartete sie auf die Ansage des Anrufbeantworters. Endlich erklang seine Stimme: »Hallo! Sie haben leider zu spät angerufen.« Kurze Pause. »Oder zu früh.« Carla vernahm sein Lachen. »Nach dem Pfeifton haben Sie dreißig Sekunden Zeit, mich davon zu überzeugen, Sie zurückzurufen.«

Carla schmunzelte. Typisch Darian. Es tat gut, seine Stimme zu hören. Sie wählte seine Nummer ein weiteres Mal. Und noch mal. Und noch mal. Schließlich trat sie in den Flur und betrachtete den Anrufbeantworter. Die Info-LED für neue Nachrichten blinkte. Carla drückte auf den Play-Knopf der Basisstation. »Hi Sportsfreund, hast du dein Handy geschrottet? Gehen wir heute Abend schwimmen oder nicht? Ruf mich an!«

Das war Roger, ein ehemaliger Kommilitone, der nur einen Steinwurf entfernt lebte. Carla notierte seine Telefonnummer. Die Ansage wechselte zum nächsten Anrufer. »Darian! Wo zum Teufel steckst du, und warum rufst du nicht zurück?« Sie erschauderte beim Klang ihrer eigenen Stimme. »Dir zur Info, ich bin gerade in München gelandet und fahre jetzt nach Hause. Hoffentlich treffe ich dich dort wie angekündigt. Ich mache mir Sorgen.« Eine längere Pause trat ein. Carla erinnerte sich genau an den folgenden Satz. »Dann bis gleich, großer Bruder.«

Carla war im Begriff, sich von dem Gerät abzuwenden, als ein Signalton eine weitere Nachricht ankündigte. Nummer unterdrückt. Niemand sprach, im Hintergrund war das gleichmäßige Blubbern eines großen Motors zu hören, vielleicht eines SUV. Dann das typische Geräusch eines Blinkers. Im Hintergrund hustete jemand. Schließlich grummelte eine sonore Männerstimme etwas, das sich wie *gevno* anhörte. Dann wurde die Leitung unterbrochen. Der Anruf war in der Nacht zu vorgestern eingegangen. Um neun Minuten nach elf. Carla notierte sich Datum und Uhrzeit, dann startete sie die Aufnahme von Neuem. Dann ein weiteres Mal. *Gevno.* Sie konnte den Klängen dieses Wortes keine Sprache zuordnen. Vielleicht hatte es auch überhaupt keine Bedeutung. Carla interpretierte es als einen Ausdruck von Ärger oder Enttäuschung. Sie öffnete das Übersetzungsprogramm ihres Telefons und hielt das Mikrofon an den Lautsprecher. Zuerst lieferte das Programm nur dummes Zeug. Schließlich probierte sie verschiedene Sprachen durch. Einzig im Modus Russisch-Deutsch schien das Programm die Laute zuordnen zu können. Allerdings ergab sich hier nach mehreren Versuchen eine Bandbreite von »Ich bin dein Enkel« über »Er ist schwul« bis hin zu »Scheiße«. Carla gab enttäuscht auf. Schließlich machte sie mit ihrem Handy eine Sprachaufzeichnung der Nachricht und schlenderte zurück in Darians Arbeitszimmer.

Carla trat auf den Schalter der Steckdosenleiste unter Darians Arbeitsplatte. Zwei Desktoprechner und ein Laptop setzten sich blinkend in Gang. Beinahe zeitgleich erschienen die Anmeldebildschirme mit den Kennwortmasken. Carla schnaufte lauthals durch die Nase. Und jetzt? Sie probierte einige willkürliche Buchstaben und Zahlenkombinationen mit seinem Namen, Geburtstag und einer Mischung aus beiden. Nichts.

Seufzend machte sie sich an den beiden Rollcontainern zu schaffen, die zu ihrem Bedauern abgeschlossen waren. Sie begann das Zimmer nach den Schlüsseln abzusuchen. Danach nahm sie sich das angrenzende Schlafzimmer vor. Carla zögerte, in seiner Unterwäsche zu stöbern. Schließlich tat sie es doch, nachdem sie zu dem Schluss gekommen war, dass sie es umgekehrt und unter weitaus weniger dramatischen Voraussetzungen keineswegs als übergriffig empfunden hätte. Mit Ausnahme von drei Kondomen, deren Haltbarkeitsdatum seit Jahren abgelaufen war, fand Carla nichts Außergewöhnliches. Sie ging zurück ins Wohnzimmer und danach in die Küche. Nichts. An einem Schlüsselbrett neben der Eingangstür hing ein Zweitschlüssel des VW-Busses. Ob die Polizei in Warschau bereits etwas über den dreisten Diebstahl und die Beweggründe in Erfahrung gebracht hatte? Carla steckte den Schlüssel in ihre Handtasche und ging auf die Toilette. In der Duschwanne stand eine gepackte Sporttasche, in der sich seine Schwimmsachen befanden. Im Seitenfach steckten zwei Eiweißriegel, eine Dose Red Bull und eine Tube Duschgel. Sie würde Roger fragen, wann er Darian zuletzt gesprochen hatte. Plötzlich bekam sie Hunger, und ihr fiel auf, dass sie seit fast vierundzwanzig Stunden nichts gegessen hatte. Carla wusch sich die Hände, schlüpfte in ihre Jacke und verließ die Wohnung. Sie schlenderte die Torstraße entlang und schwelgte in Erinnerungen an ihren letzten Besuch. Darian hatte sie nach einer weinseligen Nacht mit Freunden gebeten, bei Steinecke eine Tüte Gemüsebrötchen zu besorgen, während er sich abmühte, seine neue Siebträgermaschine in Gang zu setzen. Beim Frühstück blieb Carla vor Staunen der Mund offen stehen, als ihr Bruder vier der leckeren Brötchen mitsamt eines halben Päckchens Butter und Unmengen seines geliebten Thymianhonigs verschlang. Die Erinnerungen an diesen Morgen waren für den Moment so real wie der Verkehrslärm und das ruhelose Treiben der Passanten um sie herum. Carla wünschte, Darians Präsenz würde in ihren Erinnerungen stets lebendiger bleiben als die Gewissheit über die Endgültigkeit seiner Reise in eine andere Welt.

Hoffentlich eine bessere, dachte Carla, während sie einem Flieger hinterherstarrte, der im Landeanflug auf den neuen Flughafen der Hauptstadt zuhielt.

Die Auswahl in der Meisterbäckerei war umwerfend. Carla hätte am liebsten von allem probiert, wusste aber, dass sie, trotz ihres Heißhungers, kaum einen Bissen herunterkriegen würde. Mit einer kleinen Brötchenauswahl und einem Cappuccino to go kehrte sie in die Wohnung zurück. Als sie den Schlüssel aus der Tasche nahm, fiel ihr Blick auf eine Reihe eingravierter Zahlen und Buchstaben. Schaden konnte es nicht. Eilig kehrte sie in Darians Arbeitszimmer zurück. »E ATW NV 6S 103-4R« lautete die Kombination auf der legierten Rückseite. Carla betätigte die Enter-Taste, und augenblicklich zeigte ein Splash Screen den Startvorgang des ersten Rechners an.

»Bingo!« Carla ballte die Fäuste. Sekunden später erschien als Hintergrund des Startbildschirms das Cover des Albums *SUFFER* von Bad Religion. Darian hatte es irgendwie geschafft, den quadratischen Ausschnitt auf ein 16:9-Format zuzuschneiden. Das Aquarell zeigte eine Reihe typischer amerikanischer Vorstadthäuser mit gepflegten Vorgärten und polierten Autos in den Zufahrten. Auf den ersten Blick gewann man den Eindruck, es handle sich um ein Gemälde des amerikanischen Malers Edward Hopper, wäre am rechten Bildrand nicht ein vielleicht zwölfjähriger Junge in roten

Chucks zu sehen gewesen, der lichterloh in Flammen stand. So, als hätte er sich vor lauter Wut über die spießbürgerliche Bigotterie dieser Wohngegend mit Benzin übergossen und in Brand gesteckt.

Irgendwie meinte Carla, die Schmerzen des brennenden Jungen am eigenen Leib zu spüren und seine Beweggründe zu verstehen. Am liebsten wäre sie selbst auf die Straße gerannt und hätte diesen lähmenden Schmerz aus Trauer, Wut und Hilflosigkeit der scheinheiligen Welt da draußen ins Gesicht gekotzt. Diesem unerbittlichen Universum, das ihr zum wiederholten Mal den schwarzen Peter zugelost und sie ganz ohne Familie zurückgelassen hatte.

Carlas Blick fiel wieder auf das Cover. Im nächsten Moment würden die Eltern oder Nachbarn des »Boy on Fire« aus ihren gepflegten Häusern stürmen und dieser anderen gesellschaftlichen Wirklichkeit hilflos ins Auge sehen müssen. Einem hitchcockesken Narrativ einer Generation Z, deren Wertevorstellungen sich radikal von denen ihrer Eltern unterschieden. Für diesen Konflikt schien es so gut wie keinen gemeinsamen Nenner zu geben. Carlas Überlegungen drifteten zu dem transhumanistischen Weltverständnis der Kanzlerkandidatin. Bestimmt war es einfacher, eine Generation, der das Internet und die Digitalisierung quasi in die Wiege gelegt worden waren, für derartige Zukunftsvisionen zu begeistern. Gleichzeitig wusste Carla, dass genau diese Kids größten Wert auf den Zusammenhalt der Familie legten und sich, mehr als alle Generationen vor ihnen, für Menschenrechte und Gleichberechtigung wie auch für Nachhaltigkeit und Umweltschutz einsetzten. Mit einem Mal war es Carla ganz klar, dass Wiebke Janssens Visionen, oder vielmehr die dieses ominösen Komitees für Wirtschaft, Technologie und Fortschritt, die sie ständig wortmächtig heraufbeschwor, niemals einer Gesellschaft übergestülpt werden durften. Die vielbeschworene digital-industrielle Revolution konnte allenfalls auf jenen Werten wachsen, die die Generationen miteinander verband. Alles andere würde einem zerstörerischen Angriff auf die gesamte Menschheit gleichkommen. Und womöglich eine Vielzahl junge und alte Menschen dazu bringen, sich auf offener Straße mit Benzin zu übergießen und als lebendige Fackeln ihre Verzweiflung zum Ausdruck zu bringen.

Für den Jungen auf dem Cover würde jede Hilfe zu spät kommen. Carla fragte sich, welche Möglichkeiten ihr blieben, den übriggebliebenen Mikrokosmos ihres Lebens zu gestalten?

Ihre Hand führte den Cursor mechanisch auf den Explorer, und sie stellte zu ihrer Überraschung fest, dass sämtliche Festplatten formatiert waren und kein einziges Byte mehr enthielten. Mit einem Mal war sie wieder hellwach. Das gleiche Bild bot sich auf den anderen beiden Rechnern. Darian hatte vor seiner Reise nach Polen alles platt gemacht.

Sie rannte in die Küche und angelte ein großes Fleischermesser aus einem Messerblock. Die Schlösser der Rollcontainer schnappten beim zweiten Versuch aus der Verriegelung. Völlig entgeistert stellte Carla fest, dass auch diese komplett leergeräumt waren. In der oberen Stiftablage des linken Containers entdeckte sie die passenden Schlüssel jener Schlösser, die sie eben aufgehebelt hatte. Carla verstand gar nichts mehr und verließ kopfschüttelnd das Arbeitszimmer. Sie trat auf die Dachterrasse, nippte an dem kalt gewordenen Kaffee und biss lustlos in ein Laugencroissant. Während ihr Blick über die Dächer der Hauptstadt schweifte, versuchte sie sich einen Reim auf alles zu machen. Noch einmal las sie Wort für Wort Darians letzte Nachrichten:

Bin in (ernsthaften) Schwierigkeiten

Die sind zu allem fähig!

Wer sollten *die* sein, und welche Möglichkeiten standen ihr zur Verfügung, das herauszufinden? Bislang hatte sie mit Ausnahme dieses seltsamen Anrufs in der Nacht nichts entdeckt, was auch nur im Entferntesten mit diesen Zeilen zu tun haben konnte.

Kein Fake

Du musst mir glauben

Lösch alles, wenn du gelesen hast!!!

Carla ärgerte sich, dass sie den Appell ihres Bruders bislang ignoriert hatte. Sie fertigte einen Screenshot an, speicherte ihn in einem passwortgeschützten Ordner und löschte die Nachrichten im Chat. Dann las sie weiter:

Ich komme nach M.

ASAP

Keine Polizei einschalten!

Egal was passiert!

Bitte!!!

Magdalena kam ihr in den Sinn. War es ein Fehler gewesen, der Kriminalbeamtin mit so viel Offenheit zu begegnen? *Nein!* Magdalena gehörte zu den Guten, da war sich Carla sicher. Sie hatte ihr mehr als einmal geholfen, ohne dazu verpflichtet gewesen zu sein.

Kann dir alles erklären!

Bin in Polen

Fahre gegen fünf los!

Du musst mir helfen.

Kein Wort zu niemand

Bitte!!!

»Verdammte Scheiße!« Carla stampfte auf den Boden. Was um alles in der Welt hatte er sich dabei gedacht, ihr aus zehntausend Kilometer Entfernung derart nebulöse Worthülsen an den Kopf zu werfen? Mutlos ließ sie sich auf das Sofa im Wohnzimmer fallen. »Tut mir leid«, sagte sie leise und wischte eine Träne von der Wange. »Wie hätte ich dir nur helfen können?« Wenig später fiel sie in einen unruhigen Schlaf.

In ihrem Dämmerzustand klingelte irgendwo ein Telefon. Carla tastete verschlafen nach ihrem Handy, aber das Display war schwarz. Dann fiel der Groschen: Jemand versuchte Darian auf seinem Festnetz zu erreichen. Carla stolperte in den Flur und nahm das Mobilteil an sich. Roger! Ohne nachzudenken, nahm Carla das Gespräch an. »Hallo.«

»Darian, Mann! Wo steckst du?«

»Roger, hier ist Carla.«

»Hej, was für eine Überraschung! Schläft das Faultier noch?«

Carla schluckte. »Könntest du herkommen?«

»Was ist denn los?«

»Darian ...«, Carla hielt inne. »Ich erkläre es dir, wenn du hier bist, okay?«

Kein Wort zu niemand. Bitte!!!

Worüber durfte sie mit Roger sprechen, ohne sich über die Bitte ihres Bruders hinwegzusetzen? Und was konnte es bringen, ihn einzuweihen? Plötzlich hatte sie eine Idee. Carla weckte einen der Computer aus seinem Standby-Modus und startete das Betriebssystem. Währenddessen überprüfte sie das Netzwerkkabel und stellte fest, dass Darian alle Rechner vom Internet getrennt hatte. Wozu all diese Vorsichtsmaßnahmen?, fragte sich Carla zum wievielten Mal. Sie startete den einzigen Browser, der die Formatierung überstanden hatte, installierte Opera auf dem Rechner und öffnete ein privates Fenster. Schließlich loggte sie sich bei ihrem E-Mail-Anbieter ein und überprüfte den SPAM-Ordner. Auf ihrem Mobiltelefon wurden diese Nachrichten automatisch gelöscht. Vielleicht hatte Darian ihr auf diesem

Weg eine Botschaft zukommen lassen. Nichts. Nur der übliche Werbekram. Sie war im Begriff, den Inhalt des gesamten Ordners mit einem Klick zu löschen, als sie über eine Absenderadresse mit der Endung *.pl* stolperte. Carla warf einen Blick auf das Vorschaufenster. Die Nachricht stammte von Magdalena. Wenige Stunden nachdem sie in den Zug nach Berlin gestiegen war. Neugierig öffnete sie die Message:

Carla, ich bin in den Schwierigkeiten! Vorher stand vor meiner Wohnung Polizei. Warum ich weiß nicht? Ich floh. Bitte mach dir keine Sorgen. Ich schalte das Telefon aus. Den Rückruf wird es geben, wenn wissen Grund. Nicht mich anrufen oder schreiben! Löschen der Nachricht wenn du hast gelesen. Passen Sie gut auf. Denk an den schwarzen Turm! Magdalena.

Carla zitterte, während sie die Zeilen ein zweites und drittes Mal überflog. Der Text war von der Outlook Mobile App übersetzt worden und vermutlich deswegen im SPAM-Ordner gelandet. Mechanisch führte sie den Mauszeiger auf *Nachricht drucken* und beförderte die E-Mail anschließend mit den übrigen SPAMS in den Papierkorb. Wieder so ein eilig hingeworfener Hilferuf, dachte Carla.

Denk an den schwarzen Turm!

Carlas Angst, die ihr in Warschau auf Schritt und Tritt gefolgt war, kehrte mit Vehemenz zurück. Was hatte das alles zu bedeuten? Magdalena hatte ihr von dem Brief erzählt, den der Professor bei seinem tragischen Tod bei sich gehabt hatte und der an seinen Assistenten adressiert gewesen war. Wie sollte Carla jemals vom Inhalt dieser Nachricht erfahren, wenn Magdalena jetzt auf der Flucht vor ihren eigenen Kollegen war? Sie versuchte einzuschätzen, wie schwerwiegend Magdalenas Verfehlungen sein konnten. Einen Diebstahl konnte man ihr wohl nicht zur Last legen, schließlich hatte sie den Brief dorthin gebracht, wo er hingesollt hatte. Aber was war, wenn es sich bei dem Inhalt des Kuverts um ein wichtiges Beweismittel handelte? War Magdalena als Polizistin dann befugt, dem Willen eines Verstorbenen in einer logischen Konsequenz Folge zu leisten? Oder war sie nicht vielmehr den laufenden Ermittlungen verpflichtet? Carla brummte der Kopf. Sie erinnerte sich an das Telefonat mit dem Professor. *Ich bin ganz ehrlich zu Ihnen, wenn ich sage, dass ich auch nicht an einen Suizid glaube. Gleichzeitig wurde mir untersagt, darüber zu sprechen.*

Ergo musste die wahre Todesursache eine entscheidende Rolle in diesem makabren Spiel haben, und irgendjemand hatte offenbar großes Interesse daran, sie unter den Tisch zu kehren.

Es lag auf der Hand, dass Darians Tod eine ganze Reihe von merkwürdigen Ereignissen losgetreten hatte. Doch der Auslöser musste anderswo zu finden sein. Carla skizzierte einige Eckdaten auf der Rückseite des Ausdrucks von Magdalenas Nachricht. Schließlich zog sie links und rechts einen dicken Strich und darunter eine Linie, die einen Zeitstrahl symbolisieren sollte. Etwas oder jemand muss den Stein vor seinem Tod ins Rollen gebracht haben, dachte sie und schrieb *davor* und *was?* auf die linke Seite. Auf die rechte Seite schrieb sie *wer?* und *warum?*

Carla erschrak, als es plötzlich an der Tür klingelte. Sie betätigte den Türöffner und bereute auf der Stelle, sich nicht über die Sprechanlage abgesichert zu haben. Nervös starrte sie durch den Spion und atmete erleichtert auf, als Rogers verzerrter Lockenkopf hinter der Linse auftauchte. Sie begrüßten sich mit einem französischen Küsschen. Carla bat Roger ins Wohnzimmer und bot ihm Wasser an.

»Kaffee wäre mir lieber. Aber erzähl doch erst mal. Wo steckt Darian?«

Carla schluckte. Dann brach sie in Tränen aus. Roger legte ihr unbeholfen die Hand auf die Schulter.

»Schon gut«, schniefte Carla.

Roger ließ sich auf den Sessel fallen. Carla erzählte, wie Darian in seinem Bus von der polnischen Polizei gefunden worden und wie es ihr seitdem ergangen war. Dabei verlor sie zunächst kein Wort über Darians Hilferufe, den entwendeten Bus, die Erlebnisse mit Magdalena und den Unfall von Professor Pawlowski.

Roger war außerstande zu sprechen. Erst als Carla ihm eine Tasse Kaffee brachte, fand er zu seinen Worten zurück.

»Ich wusste, dass er in Warschau war«, sagte er gedrückt. »Aber Darian hat nie erzählt, woran er da gearbeitet hat. Ich wusste bloß, dass er mit dem Bus fahren wollte und spätestens Mittwoch zurück wäre.« Roger schüttelte ungläubig den Kopf. »Wir wollten schwimmen gehen. Im Ernst-Thälmann-Park. Wie jeden Donnerstag.«

Er nahm einen Schluck Kaffee und stellte die Tasse zitternd wieder auf den Tisch. »Welchen Grund sollte Darian gehabt haben, sich das Leben zu nehmen?«

»Es gibt keinen«, sagte Carla entschlossen.

»Aber warum ist er dann tot?« Tränen schossen Roger in die Augen.

Denk an den schwarzen Turm!

Lange starrten sie stumm aneinander vorbei. Den Blick nach innen gerichtet, auf die vielen sinnlosen Fragen nach dem Warum, auf die es keine Antworten gab.

»Man könnte auch fragen, wozu«, unterbrach Carla die unerträgliche Stille.

Roger sah fragend auf. »Was meinst du?«

»Ich weiß es nicht«, sagte Carla verunsichert. »Aber, wenn er sich nicht selbst etwas angetan hat, gibt es wenig andere Erklärungen.«

»Du meinst … er wurde …«

Carla nickte.

»Gibt es dafür Anhaltspunkte?«

»Jedenfalls keine handfesten Beweise«, sagte Carla.

»Was meinst du?«

Carla erzählte ihm nun doch von dem Gespräch mit Professor Pawlowski.

»Wenn es nicht diese Tabletten waren, was dann?«

»Darüber wollte er unter vier Augen mit mir reden«, erklärte Carla. »Bevor er von der U-Bahn überrollt wurde.«

Roger sah sie fassungslos an. »Wie bitte?«

»Fünfzehn Minuten vor unserem Treffen.«

»Wie ist das passiert?«

»Ich weiß nicht viel darüber«, sagte Carla. »Nur, dass mit ihm alles das, was er mir am Telefon nicht sagen konnte, gestorben ist.« Carla dachte an den Assistenten des Professors und an Magdalena, die auf der Flucht war. »Wir werden es vermutlich nie erfahren.«

»Und wenn man ihn in Deutschland nochmals untersuchen würde?«

Carla zuckte mit den Schultern. »Ich wüsste nicht, an wen man sich da wenden müsste.«

Roger stützte seinen Kopf auf die Hände. »Was geschieht mit Darian?«

Carla dachte daran, wie das Leichentuch wieder über Darians Körper gebreitet worden war, und atmete tief durch. »Darüber habe ich mir noch keine Gedanken gemacht.«

»Es gibt Unternehmen, die solche Überführungen machen und die ganzen Formalitäten organisieren. Wenn du willst, würde ich mich schlau machen.«

»Dafür wäre ich dir sehr dankbar.«

Wieder verfielen sie in ein längeres Schweigen. Roger starrte regungslos an die Decke, bis er sich plötzlich mit einem Ruck aufsetzte. »Ich dachte, Darian wollte per se keine Rauchmelder in seiner Wohnung?«

Carla sah verwirrt nach oben. »Was meinst du?«

»Darian behauptete seit einiger Zeit, dass diese Dinger Augen und Ohren haben könnten.«

»Wie?«

»Klingt nach George Orwell, oder?«, sagte Roger.

Carla entschuldigte sich auf die Toilette. Als sie zurückkehrte, stand Roger auf der Terrasse. Sie trat neben ihn.

»Manchmal denke ich, dass uns das Leben in einer Großstadt verändert«, sagte Roger, den Blick auf den dichten Verkehr gerichtet. »Und nicht unbedingt zum Besten.«

»Dann solltest du aufs Land ziehen.«

»Nach München?«

Carla lächelte verhalten. »Darian hat es nie länger als drei, vier Tage bei mir ausgehalten, und trotzdem tat es ihm gut. Aber das hätte er niemals zugegeben.«

»Das ist typisch für ihn. Ich hatte immer den Eindruck, dass dein Bruder Berlin zwar als Inspiration betrachtete, aber nie wirklich Teil der Großstadtbevölkerung sein wollte.«

»Das kann ich verstehen«, sagte Carla. »Als ich das erste Mal in New York war und zwischen diesen Häusern stand, die den Himmel berühren, da dachte ich, dass dort alles möglich sein müsste.« Sie schnaubte verächtlich durch die Nase und fügte hinzu: »Was sich ziemlich schnell als fixe Idee entpuppt hat.«

Roger nickte. »Großstädte sind nie mehr als die Summe einer Masse von Kleinstädtern, die zufällig in einer Metropole zusammenwohnen.«

Carla lachte. Sie fühlte sich vertraut mit Roger, obwohl sie sich kaum kannten. Aber er war Darian nah gewesen, und das verband sie. »Was Darian betrifft, gebe ich dir recht: Er war immer er selbst und tat, wonach ihm der Sinn stand.«

»Das meinte ich. Er hat sich von dieser Hybris zwar inspirieren lassen, aber er verlor nie seine Bodenhaftung.«

»Das spiegelt sich auch in seinen Fotografien wider, finde ich«, sagte Carla nachdenklich.

»Was wirst du mit den ganzen Bildern machen? Und all den Kameras?«

Carla zuckte mit den Schultern. »Ich weiß es nicht, aber ...« Einem plötzlichen Einfall folgend rannte sie in Darians Arbeitszimmer und holte den Umschlag, den sie von der Warschauer Polizei bekommen hatte.

»Alles in Ordnung?« Roger stand irritiert im Wohnzimmer.

»Eine Sekunde bitte!« Endlich fand sie die gesuchte Liste, auf der alle Gegenstände aufgeführt waren, die die Polizei im Bus gefunden hatte. »Hier ...« Carla reichte Roger das Papier. »Darian hatte in Polen nur seine große CANON und die SONY Cybershot für die Jackentasche dabei. Das passt gar nicht zu ihm.«

»Vielleicht hat sich jemand bedient, bevor die Polizei den Camper in Verwahrung genommen hat«, sagte Roger.

»Wären dann nicht auch die anderen Wertsachen geklaut worden? Im Polizeibericht stand, dass keinerlei Fremdspuren gefunden wurden. Mit Ausnahme der Fingerabdrücke des Spaziergängers, der den Wagen entdeckt hat.«

»Und hier sind die anderen Kameras auch nicht?«

»Ich habe nichts davon gesehen«, sagte Carla.

»Soll ich dir suchen helfen?«

Carla überlegte. »Das ist lieb, aber ich denke, ich sehe mich lieber allein noch mal um. Kannst du das verstehen?«

»Keine Frage.« Roger erhob sich und bedankte sich für den Kaffee. »Dann mach ich mich auf die Socken. Wenn ich irgendetwas für dich tun kann ...«

»Ich melde mich bestimmt noch mal.« Carla schloss Roger in die Arme. »Danke.«

Spektrum Tower

WARSCHAU

Magdalena drückte sich in den engen Eingangsbereich des *FabLab* in der Ulica Twarda und hielt Ausschau nach ihrem Kollegen Piotr Filipek. Hoffentlich erinnerte er sich nach allem, was vorgefallen war, an ihr Date. Über ihr thronte der Spektrum Tower, das vielleicht modernste Bürohaus der polnischen Hauptstadt, in dessen dreißigster Etage sich der *View* Club befand und seinen Gästen eine fantastische 360-Grad-Aussicht über die Stadt bot. Es war kurz nach zehn und damit noch fast eine Stunde Zeit, bis der Club seine Pforten öffnete, trotzdem strömten bereits zahlreiche junge Menschen heran, um sich einen Platz in der bekannten Lounge zu sichern. Magdalena wusste, dass man an einem Freitagabend ohne Reservierung keine Chance hatte, in den gläsernen Schrägfahrstuhl zu gelangen, der einer keilförmig an den Turm angelegten Nase glich. Ob Piotr informiert war, aus welchem Grund die Kollegen der inneren Abteilung ihr auf den Fersen waren? Vielleicht konnte er ihr ein paar Antworten geben. Vergangene Nacht hatte Magdalena bei ihrer Mutter geschlafen, und da sie die letzten beiden Tage freigehabt hatte, war ihre Abwesenheit noch nicht aufgefallen. Ebenso vermutlich der Umstand, dass sie über ihr Mobiltelefon nicht erreichbar gewesen war. Was wussten die Kollegen von dem ausgetauschten Brief? Kannten sie vielleicht sogar Hintergründe, die für sie selbst noch im Dunklen lagen? Weswegen hatten sie vor ihrer Wohnung gestanden und sich so kryptisch über ein angebliches Fehlverhalten und ihre Beziehung zu Carla unterhalten? Magdalenas anfängliche Panik war nach ihrer überstürzten Flucht rasch einem gelassenen Kalkül gewichen, mit dem sie sich bislang erfolgreich in der Polizeiwelt behauptet hatte. Nüchtern betrachtet kann mir niemand etwas nachweisen, redete sie sich beharrlich ein. Falls die Sache mit dem Brief überhaupt aufgefallen war, war sie nicht die einzige Verdächtige: auch Piotr und andere Kolleginnen und Kollegen hätten darauf zugreifen können. Ihr Bemühen um Carlas Belange konnte ihr wohl kaum zum Vorwurf gemacht werden. Die einzige Sorge bereiteten Magdalena immer noch die vielen scheinbaren Zufälle im Zusammenhang mit Darians angeblichem Suizid – und das Bußgeld für ihren falsch geparkten Wagen am Bahnhof Wschodnia.

Wo blieb Piotr? Von der Aussichtsplattform des Spektrum Towers wummerten die ersten Bassrhythmen. Die wartende Menge jubelte laut und fing an zu klatschen. In der Zwischenzeit hatte sich eine riesige Traube vor dem Eingangsportal gebildet. Einige fingen an zu tanzen, man trank Wodka aus Dosen. Autos bahnten sich hupend einen Weg durch die Masse. Es kam zu Pöbeleien, als ein Porsche Cabrio direkt vor dem Eingang parkte. Magdalena versuchte sich auszumalen, was passieren würde, wenn das Sicherheitspersonal mehr als der Hälfte dieser ausgelassenen Menge den Zutritt verweigern würde. In ihrem ersten Praktikum bei der Streifenpolizei war sie des Öfteren zu solchen Einsätzen gerufen worden.

Magdalena schrak zusammen, als plötzlich ein Mann zu ihr in den Schatten trat. Doch er bat bloß lallend um Feuer. Sie hob abwehrend die Hände. »Sorry, I don't smoke.«

Abschätzig musterte er ihren Körper und starrte auf die Wölbungen ihrer Brüste, bis einer seiner Kameraden ihn von ihr wegzog. Auf dem Dach des Towers wurde eine Feuerwerksrakete gezündet. Magdalena warf einen Blick auf die Uhr: elf! In dem Moment sah sie Piotr auf der anderen Straßenseite vor einem Mineralienfachgeschäft herumlungern. Er blickte ständig auf sein Mobiltelefon. Magdalena löste sich aus dem Schatten ihres Verstecks und drängte sich durch eine Gruppe Jugendlicher über die Straße. Einer der Jungs gab ihr im Vorübergehen einen Klaps auf den Po. Magdalena drehte sich um und verpasste ihm eine Ohrfeige.

»Du Hure!«, brüllte der Hosenscheißer.

Sofort entstand eine kleine Rangelei. Magdalena wich einen Schritt zurück und zückte ihre Dienstmarke: »Policja!«

Die Jungs ließen unvermittelt von ihr ab. Der Grabscher bettelte um Entschuldigung. Magdalena bedeutete ihnen zu verschwinden und sah sich nach Piotr um, der den Zwischenfall offenbar nicht bemerkt hatte. Stattdessen setzte er sich mit dem Telefon am Ohr in Richtung des Clubs in Bewegung.

»Piotr.« Magdalena beschleunigte ihren Schritt. »Piotr!« Er blieb wie angewurzelt stehen, während sein Blick beschämt zu Boden wanderte.

»Was um alles in der Welt?«

Dann begriff sie. Die Männer packten sie grob von hinten an der Schulter. »Magdalena Herezo?«

Schlagartig bildete sich eine Gruppe von Schaulustigen. Einige der Gaffer zückten ihre Mobiltelefone und fingen an zu filmen.

»Sie sind festgenommen und werden des Geheimnisverrats beschuldigt. Ihnen steht das Recht zu, vor der ersten Vernehmung einen Anwalt zu konsultieren. Sie haben das Recht, zu den Vorwürfen zu schweigen.«

»Ich kenne meine Rechte.«

»Ihr Mobiltelefon!«

»Was?«

Ohne ein weiteres Wort zu verlieren, riss ihr der Kollege die Handtasche von der Schulter.

»Das dürfen Sie nicht!«

Piotr trat näher und bückte sich ungeschickt nach der Tasche.

»Verräter«, zischte sie.

Magdalena wurde grob auf die Rücksitzbank des Polizeiwagens gestoßen, während sich eine immer größer werdende Menschentraube um das Fahrzeug scharte. »Scheiß Bullen!« Das Pfeifkonzert steigert sich in eine ohrenbetäubende Kakophonie. Magdalena hielt sich die Ohren zu. Der Fahrer startete den Motor und legte den Rückwärtsgang ein. »Da kommen wir nicht durch!«, rief er, nachdem er einen Blick in den Spiegel geworfen hatte.

»Schalt die Signalhörner ein«, brüllte der Vorgesetzte, als die ersten Schläge und Tritte gegen den Wagen prasselten. »Und ruf Verstärkung!«

Eine Flasche knallte dumpf gegen die Heckscheibe. An der Frontpartie klirrten die Scheinwerfergläser.

»Lasst sie frei!« Die Sprechchöre übertönten das schrille *Wiuwiu* der Sirene.

Magdalena bemerkte, wie Piotr, der neben ihr auf dem Rücksitz saß, anfing zu zittern. Jemand zerrte energisch am Griff der Beifahrertür, die sich jedoch von außen nicht öffnen ließ.

»Lassen wir sie gehen!«, schrie Piotr. »Bevor wir alle …« Im selben Moment zerplatzte die Seitenscheibe neben ihm in tausend Splitter. Piotr wich erschrocken zur Seite und erhielt den Bruchteil einer Sekunde später einen harten Faustschlag ins Gesicht.

»Jetzt reicht's!«, brüllte der Vorgesetzte, öffnete das Fenster einen Spaltbreit und feuerte einen Warnschuss ab. Augenblicklich stob die Menge auseinander.

Magdalena spürte einen stechenden Schmerz, gefolgt von einem Pfeifen in den Ohren. Der Wagen setzte sich in Bewegung. Wenig später bogen sie in die Ulica Emilii Plater ein. Niemand sprach ein Wort. Aus Piotrs Nase tropfte Blut.

»Geschieht dir recht!«, sagte sie leise. »Warum hast du dir nicht meine Version angehört, bevor du mich ans Messer geliefert hast?«

Piotr sah betreten zur Seite.

Magdalena dachte an ihr Telefon, das sie ihr abgenommen hatten. Hätte ich es nur zu Hause gelassen. Auf der Fahrt zur Kommandantur galt ihre einzige Sorge der Nachricht, die sie Carla hatte zukommen lassen. Wenn sie nur jetzt nicht darauf antwortet, dachte Magdalena, oder schlimmer noch, auf die Idee kommt, zurückzurufen.

Wilanów

WARSCHAU | POLEN

Hanāh Bebiolka knallte den Hörer auf den Apparat, nachdem die Telefonverbindung ein viertes Mal plötzlich abgerissen war. Die Stimme ihres Mannes hatte geklungen, als befände er sich auf einem fernen Planeten, dabei war Odessa kaum mehr als tausend Kilometer von Warschau entfernt. Den wenigen verständlichen Worten zufolge ging es ihm gut, und er würde, wie geplant, am kommenden Sonntag zurückkehren. Da sie nicht sicher war, ob er sie verstanden hatte, schrieb sie ihm eine E-Mail und wünschte ihm noch ein paar schöne Tage am Schwarzen Meer. Dann griff sie erneut zum Telefon und versuchte zum wiederholten Mal, Dr. Laskowicz an den Apparat zu bekommen, der ihre Bitten um einen Rückruf beharrlich ignorierte, was für gewöhnlich nicht seine Art war. Als die Ansage des Anrufbeantworters erklang, legte sie verärgert auf. Im Wechsel und immerzu vergeblich wählte sie die Nummern ihrer Tochter Ronit und ihres künftigen Schwiegersohns Kalev. Schließlich gab sie auf, legte das Telefon seufzend zur Seite und überlegte, wie sie ihre Laune aufbessern konnte. Nach einem prüfenden Blick aus dem Fenster entschied sie, den Garten auf Vordermann zu bringen. Obwohl sie keinen grünen Daumen hatte, bereitete ihr Gartenarbeit große Freude. Das Befriedigende daran war, dass man mit wenigen Handgriffen einen augenscheinlichen Erfolg erzielen konnte. Zu ihrem Entzücken entdeckte sie in den Sträuchern die ersten weißlich-rosafarbenen Blüten der Pfingstrosen.

Nachdem sie sich sattgerochen hatte, griff Hanāh nach dem Fächerbesen und machte sich daran, Beete, Sträucher und Rasenflächen vom Laub des vergangenen Herbstes zu säubern. Als der vierte Sack prall gefüllt und die kleinen Wege und Terrassenplatten säuberlich gefegt waren, wirkte alles wieder heimelig und lud zum Verweilen ein.

Während sie die Säcke zur Hofeinfahrt schleppte, hielt plötzlich ein UPS-Lieferwagen auf sie zu und stoppte nur wenige Meter vor ihr mit quietschenden Reifen. Erschrocken wich Hanāh zur Seite. Der Fahrer sprang bei laufendem Motor vom Fahrersitz in den Laderaum und hüpfte keine Sekunde später aus der offen stehenden Seitentür direkt vor ihre Füße. Er entschuldigte sich für seine Eile und überreichte ihr ein Paket in der Größe eines Kinderschuhkartons. Er murmelte etwas von zweihundert Paketen und war genauso schnell verschwunden, wie er aufgetaucht war.

Hanāh sah dem Fahrzeug kopfschüttelnd hinterher. Auf dem Versandetikett befand sich zwar ihre Adresse, aber zu ihrer Überraschung kein Absender. Sie sah, dass das Päckchen vor zwei Tagen im dänischen Aarhus aufgegeben worden war. Neugierig geworden, spazierte sie durch den Garten zurück auf die Terrasse und löste das Klebeband mit einer Gartenschere. Unter grünen Verpackungschips und Polsterfolien befand sich ein fabrikneues Mobiltelefon von

NOKIA mitsamt zweier nummerierter Prepaid-Karten eines schwedischen Mobilfunkanbieters namens Telia. Wer in aller Welt schickt mir ein Handy und was soll ich damit?, fragte sich Hanāh, während sie den Umschlag mit der Karte und den dazugehörigen PINs öffnete. Unterhalb der Identifikationsnummern befand sich eine handschriftliche Notiz:

Richte das Telefon mit Karte 1 ein und sende eine SMS an +36706015583.

Vernichte danach die SIM-Karte und präpariere das Telefon mit der anderen. Ich rufe dich innerhalb einer Stunde zurück. Kalev

Irritiert wanderte Hanāhs Blick zwischen Päckchen, Telefon und Nachricht hin und her. Diese ganzen Vorsichtsmaßnahmen verhießen nichts Gutes. Aufgeregt folgte sie Kalevs Anweisungen und schaltete das Gerät ein. Der Akkustand zeigte 65 Prozent. Wenigstens das. Nachdem sie die PIN der ersten Karte eingegeben hatte, erschien das Einrichtungsmenü in schwedischer Sprache. »Himmel Hergott!«, fluchte sie und rannte an den PC, um ein Übersetzungsprogramm zu starten. Endlich fand sie die Spracheinstellungen und tippte rasch eine SMS an die angegebene Nummer. Danach durchlief sie dasselbe Prozedere mit der zweiten Karte und setzte sich mit zitternden Beinen an ihren Arbeitstisch. Wenn es den beiden nur gut geht, dachte sie, während sie ein Foto ihrer frisch verliebten Tochter an Kalevs kräftiger Schulter betrachtete. Kalev war ein humorvoller, kluger und liebenswerter Mann. Hanāh erinnerte sich, wie lange sie den Gedanken kaum ertragen konnte, dass eines Tages ein fremder Mann ihre geliebte Tochter in den Arm nehmen oder gar küssen würde. Bei Moshe, ihrem zwei Jahre älteren Sohn, war das paradoxerweise nie ein Thema gewesen. Von Beginn an war ihr klar gewesen, dass er seinen Weg gehen würde. Hanāh schmunzelte, während sie daran dachte, wie er sich als Vierzehnjähriger während eines Badeurlaubs in der Danziger Bucht heimlich ein Motorboot ausgeliehen und im Frischen Haff den Tank leer gefahren hatte.

Der schrille Klingelton des neuen Mobiltelefons riss sie aus ihren Erinnerungen.

»Ja.«

»Khamót?«

»Kalev?«

»Kannst du ungestört sprechen?«

»Ich bin allein. In meinem Arbeitszimmer.«

»Sitzt du?«

»Mir zittern die Beine.«

»Hör zu ...«

»Ist Ronit bei dir?«

»Es geht ihr gut. Sie weiß nichts von der ganzen Sache.«

Hanāh atmete tief durch. »Wozu dieser Aufwand mit dem Telefon?«

»Nun, die Sache ist komplizierter, als ich zunächst befürchtet hatte.«

»Von wo rufst du an?«

»Alle deine Vermutungen waren richtig, Khamót, und werden durch das Gutachten des deutschen Wissenschaftlers bestätigt. Bis ins kleinste Detail, und es gibt eine Menge Beweise. Aber das würde jetzt den Rahmen sprengen. Wir haben nicht viel Zeit und müssen eine Entscheidung treffen.«

»Jetzt rede doch Klartext, Kalev. Was ist mit dem Wissenschaftler passiert? Hat er sich wirklich das Leben genommen?«

»Mit wem hast du bislang über die Sache gesprochen?«

»Nur mit ihm und Dr. Laskowicz.«

»Dein Göttergatte?«

»Er hasst Politik und war von Beginn an der Meinung, dass ich mich da in etwas verrenne. Von dem Gutachten weiß er nichts. Dr. Laskowicz versuche ich schon den ganzen Tag vergeblich zu erreichen. Ich wollte ihm sagen, dass er … «

»Khamót«, unterbrach Kalev. »Er starb in der Nacht auf Donnerstag an Herzversagen, und …«

»Woher willst du das wissen?«

»Hör doch zu, Hanāh. Er ist tot. Glaub mir einfach! Und das ist noch nicht alles. Der polnische Rechtsmediziner, der den Deutschen obduziert hatte, wurde vorgestern Abend von einer U-Bahn erfasst. Als Ursache für seinen Sturz von der Bahnsteigkante wurde ebenfalls ein plötzlicher Herzstillstand festgestellt.«

Hanāh durchfuhr ein Schaudern. »Woher …?«

»Alles hängt mit dieser Kanzlerkandidatin zusammen, die in ihrer Dissertation die gefälschten Tagebücher verwendet hat.«

»Wiebke Janssen«, sagte Hanāh leise. »Wieso?«

»Deutschland ist neben den USA und England, Indien, China und Israel der wichtigste Player bei den Plänen dieses Technik- und Wirtschaftskomitees. Und in all diesen Ländern bedienen strategisch positionierte Politiker, Wirtschaftsexperten, Journalisten und gesellschaftliche Akteure die Interessen des Komitees. Das steht auch im Fazit des Gutachtens.«

»Das habe ich nicht verstanden«, räumte Hanāh ein. »Obwohl ich es gelesen habe.«

»Es geht um weitreichende globale Pläne, allen voran die Verschmelzung von Informations- und Biotechnologien, eine Art industriell-digitale Revolution, wobei die Begrifflichkeit völlig irreführend ist.«

»Um was geht es dann?«

»Das lässt sich nicht in zwei Sätzen erklären, Khamót. Das Komitee hat neben wirtschaftlichen Themen auch Sozialstaatlichkeit und Umweltschutz auf seiner Agenda.

Oberflächlich betrachtet klingt alles nach philanthropisch motivierten Bestrebungen, die Welt zum Vorteil der gesamten Menschheit zu verbessern. Aber dahinter verbergen sich meiner Einschätzung nach die Absichten eines elitären Kreises, der sich einen Teufel um demokratische Prozesse und gesellschaftliche Themen schert …«

Hanāh mühte sich, seinen Ausführungen zu folgen. Eine Kälte hatte von ihr Besitz ergriffen, und sie wehrte sich gegen das aufkommende Ohnmachtsgefühl.

»Es geht einmal mehr um Macht und die Herrschaft des Geldes, um digitale Diktaturen und Kontrolle, Gen-, Nano-, und Biotechnologie. Um Gehirn-Computer-Schnittstellen, Entwicklung von Superintelligenz und die Weiterentwicklung der Kryonik. Alles hochsensible und ethisch fragwürdige Themen, die einer transhumanistischen und eugenischen Weltanschauung entspringen.«

Hanāh rang um Gelassenheit. »Welche Rolle spielt Janssen dabei?«

»Sie ist eine der gekauften Marionetten dieses scheinbar übermächtigen Komitees, das als Lobby-Organisation agiert, aber zunehmend an Einfluss gewinnt, indem es still und heimlich demokratische Strukturen und Institutionen für sich vereinnahmt.«

»Wie kann das sein?«

»Sie haben das Geld und vertreten die Interessen tausender multinationaler Konzerne und führender Wirtschaftsexperten. Und damit beeinflussen sie natürlich auch die politischen Prozesse und Entscheidungen in nahezu allen Ländern. Kein Staat kann es sich erlauben, wirtschaftliche Aspekte außer Acht zu lassen. Immer und überall geht es um Gewinn, Wachstum, Leistung.«

»Auri sacra fames«, sagte Hanāh.

»Ja. Und wenn das Gold redet, schweigt die Welt.«

»Warum Deutschland?«

»Das liegt doch auf der Hand. Sie sind Innovationsweltmeister in High-Tech-Fragen und gemessen am Bruttoinlandsprodukt die viertgrößte Wirtschaftsmacht der Welt.«

»Obwohl ich mich wenig mit diesen Themen befasse, meine ich, die Zusammenhänge langsam zu verstehen.«

»Khamót – Janssen und ihre Fortschrittspartei müssen die Wahl gewinnen.«

»Und dafür ist ihnen jedes Mittel recht.«

»Eine konservative Partei an der Spitze der Regierung könnte die Bestrebungen des Komitees um Jahre zurückwerfen.«

»Wenn bekannt wird, dass Janssen in ihrer Dissertation betrogen hat, so würde das ihre und die Reputation des Komitees beschädigen und den Ausgang der Wahl in Frage stellen«, folgerte Hanāh.

»Wenn du einen Blick auf die jüngsten Fälle wirfst, verstehen die Deutschen bei so etwas wenig Spaß.«

»Und das Komitee noch viel weniger, wie wir annehmen dürfen.«

»Noch sind das alles Spekulationen. Fakt ist, dass es drei Tote im direkten Umfeld des Gutachtens gab und es mir schwerfällt, dabei an Zufälle zu glauben.«

»Aber …« Hanāh zögerte. »Das hieße ja …«

»Vielleicht, Khamót, vielleicht. Ich weiß es nicht und werde alles tun, um an mehr Informationen zu kommen.«

»Das macht mir Angst.«

Kalev räusperte sich verlegen. »Das verstehe ich …«

»Was soll ich tun?«

»Vor allem Ruhe bewahren. Sprich mit niemandem mehr darüber. Kein Wort, okay?«

»Ja.«

»Ich rufe dich morgen um dieselbe Zeit wieder an. Lass das Telefon so lange ausgeschaltet.«

»Versprich mir, dass du Ronit nichts sagst.«

»Das ist doch selbstverständlich.«

»Kalev?«

»Ja?«

»Du musst auch vorsichtig sein.«

»Das bin ich, Khamót. Vertrau mir.«

»Schalom, Kalev.«

»Und Friede mit dir, Hanāh.«

Hanāh legte das Telefon zitternd auf den Schreibtisch und vergrub den Kopf in den Händen. Woher hatte er nur all diese Informationen? Kalevs Schilderungen hatten den heimlichen Schatten Gesicht und Stimme gegeben, die ihr von dem Moment an, in dem sie von dem Tod des jungen Ahnenforschers erfahren hatte, auf Schritt und Tritt gefolgt waren. In ihrer Vorstellung trugen die Panzer nun das Signum des KWTF an ihren drehbaren Türmen und hielten direkt auf sie und Kalev zu. Und nicht nur auf sie: Mit ihrem Plagiatsverdacht hatte sie eine unbestimmte Zahl unschuldiger Menschen in den Fokus einer Organisation gerückt, die offenbar vor nichts zurückschreckte. Was um Gottes willen hatte sie getan? Die kalte, schwielige Hand, die sich ihr um die Kehle legte, war Hanāh nur allzu vertraut. Schon als kleines Mädchen hatten sich ihr die Schrecken des Krieges mit all seinen Dämonen und der Angst vor Tod und Leid in dieser Gestalt genähert. Das Grauen fühlte sich genauso an wie damals, wenngleich fast achtzig Jahre vergangen waren und ihr ein weitestgehend angstfreies Leben in Frieden und Freiheit geschenkt worden war.

Während Hanāh Fenster und Türen ihres Hauses schloss, wurde ihr klar, dass es nur eine Frage der Zeit war, bis die unsichtbaren Häscher ihre – und womöglich Kalevs – Wege kreuzen würden. Darauf muss ich vorbereitet sein, dachte sie. Aber wie? Der Lieferwagen kam ihr in den Sinn, wie er plötzlich vor ihr gebremst hatte. Wie aus heiterem Himmel.

Hanāh musste sich eingestehen, dass sie für den Moment nicht über den Ansatz einer Idee verfügte, sich und ihre Familie vor dem Zorn dieser Organisation zu schützen. Aber eines wusste sie und ballte bei diesem Gedanken die Fäuste: Sie würde kämpfen. Wie David gegen Goliath. Dazu musste sie den Feind studieren. Seine schwächste Stelle kennen und eine geeignete Waffe finden. Hanāh öffnete ihren Browser und tippte die Initialen des Komitees in das Suchfenster. *Wer seinen Feind und sich selbst kennt, braucht das Ergebnis von hundert Schlachten nicht zu fürchten.* Wann hatte sie das Zitat zuletzt gehört? Kalevs Möglichkeiten beim israelischen Inlandsgeheimdienst waren Gold wert. Dennoch wollte auch sie ihren Beitrag leisten und sich schützend vor ihre Lieben stellen.

Mit Gottes Hilfe. Die Löwin Hanāh Bebiolka.

Steigenberger Icon Frankfurter Hof

FRANKFURT AM MAIN | DEUTSCHLAND

Ekel ließ sich nicht abwaschen. Wiebke Janssen seifte sich ein viertes Mal von Kopf bis Fuß ein. Sie drehte die Wassertemperatur auf vierzig Grad und schrubbte Zentimeter für Zentimeter ihres Körpers mit einer Duschbürste, als ob sie einen Parkettboden bohnern würde. Ihre Haut war bereits krebsrot und reagierte schmerzhaft auf die grobe Behandlung. Wiebke Janssen meinte, den Geruch nach faulen Eiern immer noch riechen zu können. Erst als sie es unter der Dusche gar nicht mehr aushielt, schlüpfte sie in einen Bademantel des Hotels und betrachtete sich im Spiegel. Ich kenne mich nicht mehr, dachte sie. Mein Spiegelbild zeigt mir ohne Filter, wie fremd ich mir geworden bin. Ich habe zwei Gesichter. Eines, das sich an all die unbeschwerten Jahre meines Lebens erinnert und mit dessen Augen ich in das Gesicht der Fremden in mir blicke. Einer gefühlskalten Frau, der jedes Mittel recht war, um immer mehr Macht und Einfluss zu gewinnen. Sie streckte den rechten Arm aus und berührte die Hand, die ihr aus der Tiefe der Glasscheibe entgegenkam.

»Wer bist du, und wer möchtest du sein?«, fragte sie ihr gläsernes Gegenüber.

Vielleicht irgendetwas dazwischen, lautete die stumme Antwort, die sie zu hören glaubte.

»Dir würde es leichtfallen, mich nach dieser peinlichen Aktion zu ohrfeigen, habe ich recht?«, setzte sie den Dialog mit ihrem Konterfei fort. »Ich könnte das niemals, hörst du? Und ich will es auch nicht können.«

Dann bist du zu schwach, lautete die Antwort.

»Ich kann dieses dumme Geschwätz nicht mehr hören.«

Versuch es doch einfach.

Ihr Handy klingelte. Wiebke Janssen wandte sich vom Spiegel ab und trat in ihre Suite. Sie erschrak aufs Äußerste, als sie die beiden Männer erblickte, die mit dem Rücken zu ihr am Fenster standen. Erst mit Verzögerung erkannte sie Linus und Maxim und schlug den Bademantel energisch um ihre Hüften.

»Was habt ihr in meinem Zimmer zu suchen?«

Linus hob beschwichtigend die Hand. »Wir wollten nur sichergehen, dass es dir nach dieser Aktion gut geht.«

Auf dem gläsernen Couchtisch blinkte, vibrierte und klingelte ihr Telefon.

»Willst du nicht drangehen?«

»Verlasst auf der Stelle mein Zimmer!«

Maxim, der noch kein Wort gesagt hatte, ging sofort zur Tür.

»Du auch!«

Linus machte keinerlei Anstalten, den Raum zu verlassen, und starrte ungeniert auf ihren Ausschnitt. »Sicher?«

»Ganz sicher.«

Wiebke Janssen schnappte sich ihr Mobiltelefon und wartete, bis sie allein war. »Entschuldigung.«

»Was war da los, Wiebke?«

»Zwei Männer und eine Frau haben mich mit Eiern und Gemüseabfällen beworfen.«

»Wie zum Teufel konnte das passieren? War Maxim nicht bei Ihnen?«

»Es ging alles blitzschnell. Es waren viel mehr Menschen da, als wir erwartet hatten.«

»Er und seine Männer werden dafür bezahlt, dass so etwas nicht passiert.«

»Es war meine Entscheidung, in die Menge zu gehen und mit den Menschen ins Gespräch zu kommen.«

»Wie auch immer, Sie hätten nicht wegrennen dürfen.«

»Wie bitte?«

»Was glauben Sie, wie die Medien Ihre Reaktion aufgreifen werden?«

»Ich war über und über mit diesem Zeug besudelt.« Wiebke Janssen war den Tränen nahe.

»Es wäre besser gewesen, Sie hätten auch in dieser zugegeben unangenehmen Situation Stärke gezeigt.«

Wiebke Janssen starrte mit offenem Mund auf den stinkenden Wäschesack neben der Garderobe.

»Haben Sie noch einen Moment Zeit?«

Sie warf einen Blick auf die Uhr. »Der Lunch mit dem Oberbürgermeister beginnt um eins.«

»Vielleicht können Sie mir doch diese eine Frage beantworten, die mich und besonders unsere israelischen Freunde seit unserem Treffen in der Schweiz beschäftigt.«

Sie spürte, wie sie rot wurde. Zum Glück konnte sie der Präsident so nicht sehen.

»Wie zum Teufel sind Sie an diese Tagebücher gekommen, die Sie in Ihrer Dissertation verwendet haben? Sie wissen genauso gut wie wir, dass sie definitiv *nicht* aus der Feder *Ihrer* polnischen Großeltern stammen.«

Wiebke Janssen atmete tief durch, bevor sie antwortete. »Darf ich fragen, warum das auf einmal so wichtig ist?«

Das kaum vernehmbare Räuspern des Präsidenten klang wie das Donnergrollen eines herannahenden Gewitters. Wiebke Janssen schloss die Augen.

»Wiebke, hören Sie jetzt genau zu! Es sieht im Moment ganz danach aus, als ob uns Ihre Plagiate in absehbarer Zeit um die Ohren fliegen werden wie Mörsergranaten. Es gibt eine Geschichte hinter der Geschichte, die mehr Sprengkraft enthält als jede der Atombomben, die dieser verrückt gewordene Nordkoreaner regelmäßig abfeuert. Und es gibt eine Zeitzeugin, die womöglich in der Lage wäre, die Herkunft dieser Tagebücher zweifelsfrei zu belegen. Und das wäre nicht gut! Nicht für Sie und nicht für uns.«

»Mein Gott!« Wiebke Janssen spürte, wie ihr die Knie versagten, und sie ließ sich fassungslos auf die Chaiselongue fallen. »Mein Vater ... Ich meine, als er gestorben war ... Ich fand die Tagebücher in einem alten Lederrucksack, den er vermutlich aus dem Krieg mit nach Hause gebracht hat. Er war verschlossen in einer alten Truhe, die niemand zuvor beachtet hatte. Jedenfalls befanden sich noch weitere Gegenstände in dem Rucksack, die in jene Zeit passten.«

»Wer weiß noch davon? Ihre Mutter, die Geschwister?«

»Meine Mutter ist lange tot, und meine Brüder haben sich einen Dreck um den Nachlass gekümmert. Sie wollten nur ihre Anteile, nachdem ich das Haus endlich verkauft hatte.«

»Nehmen Sie Ihr Geheimnis mit ins Grab und beten Sie darum, dass wir die Sache aus der Welt schaffen können.«

»Es tut mir leid …«

»Lernen Sie etwas aus dieser Geschichte, Wiebke. Spielen Sie meinetwegen mit so vielen gezinkten Karten, wie Sie es für nötig erachten. Aber lassen Sie sich niemals dabei erwischen. Das ist das kleine Einmaleins des Erfolgs.«

»Das habe ich verstanden.«

»Dann sind wir uns ja einig. Ich wünsche einen unterhaltsamen Nachmittag, und vergessen Sie, was heute passiert ist und morgen in der Zeitung steht.«

»Ich bemühe mich«, sagte sie und hörte, wie der Präsident bereits aus der Leitung verschwunden war. Sie legte das Telefon auf die Seite und ging zurück ins Badezimmer. Die Fremde im Spiegel war noch immer schamrot im Gesicht.

Prenzlauer Allee

BERLIN | DEUTSCHLAND

Carla fand die Fotoausrüstung gegen vier in der Nacht. Kurz nachdem Roger gegangen war, hatte sie angefangen, die Wohnung und den Kellerraum ihres Bruders auf den Kopf zu stellen. Dabei war sie beinahe verrückt geworden, hatte sich die absonderlichsten Theorien über den Verbleib der Kameras ausgemalt und, gehetzt von diesen Hirngespinsten, nach doppelten Böden in Schränken und mutmaßlichen Hohlräumen in den Wänden Ausschau gehalten. Natürlich hatte sie auch in Erwägung gezogen, dass jemand vor ihr in der Wohnung gewesen war.

Denk an den schwarzen Turm!

Vielleicht dieser unheimliche Anrufer. Aber warum waren dann die Computer und die anderen Wertgegenstände noch hier? Die Lithografie von Otto Dix beispielsweise, die seit jeher schief neben dem Kaminofen hing und bestimmt hunderttausend Euro wert war.

Während des Suchens hatte sie zusehends das Zeitgefühl verloren. Aber immer wieder gewann der Gedanke die Oberhand, dass die Kameras den letzten Strohhalm bedeuteten, um etwas über Darians Aufträge und Geschäftspartner zu erfahren. Und, vielleicht, einen noch so kleinen Hinweis darauf geben konnten, wer oder was für seinen Tod verantwortlich war.

Die sind zu allem fähig!

Am Ende war es, wie so oft, der Zufall. Oder es war einfach die allerletzte Möglichkeit gewesen, nachdem sie wirklich jeden Quadratzentimeter der Penthousewohnung erforscht hatte. Während das erste Licht der Morgendämmerung in die Wohnung drängte, saß Carla erschöpft auf Darians Bett, um für einen Moment zur Ruhe zu kommen. Dabei starrte sie zunächst ohne besonderes Interesse auf den leeren Wäschesammler in der Ecke. Irgendwo in dem Wirrwarr an Gedanken und Überlegungen tauchte plötzlich die Frage auf, wo Darian seine Klamotten gewaschen hatte. Sie wäre jede Wette eingegangen, dass ihr Bruder niemals einen Fuß in einen Waschsalon gesetzt hätte. Ergo musste er eine eigene Maschine besitzen, oder es gab ein Arrangement unter den Mietern. Es dauerte, bis Carla endlich die Waschküche im hintersten Winkel des Kellers entdeckte. Die Anzahl der Waschmaschinen entsprach in etwa den Parteien im Haus, doch die Maschinen waren nicht gekennzeichnet. Sie war im Begriff aufzugeben, als sie hinter einem geschlossenen Bullauge ein Bündel Wäsche entdeckte. Bei näherer Betrachtung handelte es sich ohne Zweifel um Darians T-Shirts

(Metallica, Bad Religion und nochmals Metallica). Carla schaltete das augenscheinlich fabrikneue Gerät ein und versuchte die Tür zu öffnen, woraufhin im Display das Eingabefenster einer PIN-Code-Verriegelung erschien.

Carla war zum Schreien zumute, während sie sich an Darians Computer-Passwörter zu erinnern versuchte. Aber dieses Mal funktionierten weder die Schlüsselnummern der Wohnung noch die der Kellerschlüssel. Es war zum Aus-der-Haut-Fahren. Carla schlug mit der Faust gegen die Glasscheibe, schaltete die Maschine ein und wieder aus, suchte vergeblich nach einem Reset-Knopf und studierte im Internet die Gebrauchsanleitung. Während sie krampfhaft darüber nachdachte, ob sie die bescheuerte Maschine mit Gewalt öffnen sollte, fiel ihr Blick auf das Typenschild. Konnte es so einfach sein? Sie tippte die neunstellige Kombination aus Buchstaben und Zahlen ein. Die Maschine erstrahlte jetzt in einem futuristischen Blau. Carla schüttelte amüsiert den Kopf. Du verrückter Kerl! Die Wäsche war frisch, und zu ihrer Überraschung tauchte darunter ein Kamerarucksack von *Magma RIOT* auf, in dem sich drei Kameras und ein halbes Dutzend Objektive, Filter, Belichtungsmesser, zwei externe Festplatten und anderes Zubehör befanden. Kluges Kerlchen, dachte Carla, packte Rucksack und Wäsche in einen Korb und ging zurück in die Wohnung. Dort buchte sie sich erleichtert ein Bahnticket für die Rückfahrt nach München.

Danach telefonierte sie mit Fanni, ihrer Vermieterin, die aufrichtig ihr Beileid zum Ausdruck brachte, nachdem Carla ihr unter Tränen von ihrer schicksalsschweren Odyssee berichtet hatte.

»Hat jemand nach mir gefragt?«, wollte Carla wissen, nachdem sie sich wieder gefasst hatte.

»Du hast eine Menge Post, aber es war niemand hier.«

»Wie geht es Rosco?«

»Er darf seit Neuestem abwechselnd bei den Kindern im Bett schlafen«, sagte Fanni. »Ich hoffe, das ist okay?«

»Ich bin unendlich dankbar, dass ihr euch kümmert.«

Sie beendeten das Gespräch. Carla warf einen Blick auf die Uhr und ging noch einmal durch alle Zimmer. Sie fühlte sich müde, und bis zur Abfahrt blieben ihr noch fast vier Stunden. Sie kochte Kaffee und kaute abwesend an einem Brötchen vom Vortag. Dabei überflog sie nochmals ihre Notizen und stellte zerknirscht fest, dass sie so gut wie nichts über den Anlass für Darians Reise nach Polen in Erfahrung gebracht hatte. Ob ihr die Kameras und Festplatten Aufschlussreiches liefern würden? Worauf hätte Magdalena geachtet, welche Rückschlüsse hätte sie aus dem Zustand der Wohnung gezogen? Dem Geruch dieses Putzmittels, das nirgends zu finden gewesen war? Den formatierten Computern, der Nachricht auf dem Anrufbeantworter und dem Geschirr in der Spüle? Carla betrachtete ihre Skizze und fügte einige Gedanken hinzu. Was war davor? Was danach? Welche Rückschlüsse würde Magdalena mit dem Wissen um Darians Hilferufe und alles, was seitdem geschehen war, in Betracht ziehen? Carla bereute, ihr nichts davon erzählt zu haben.

Mit großer Sorge dachte sie an die letzte Nachricht der Polizistin.

Nicht mich anrufen oder schreiben!

Carla sehnte sich danach, mit jemandem zu sprechen und um Rat fragen zu können. Überhaupt, eine vertraute Stimme zu hören. *Darian!* Ihn hätte sie in einem solchen Gemütszustand angerufen. Carla überlegte, ob sie bei der polnischen Polizei nachfragen sollte, ob es neue Erkenntnisse über den Bus gab.

Keine Polizei einschalten!

Egal was passiert!

Bitte!!!

Was um alles in der Welt hatte Darian zu dieser geradezu verschwörerischen Bitte getrieben? War es möglich, dass er in einen Konflikt mit der Polizei geraten war? Auch das erschien ihr völlig an den Haaren herbeigezogen. Magdalena hätte davon gewusst, und eine Bagatelle kam, angesichts der Vehemenz seiner Hilferufe, kaum in Frage. Carla vermutete, dass sich viele Antworten, die sie hier gehofft hatte zu entdecken, in seinem Bus befanden. Darians Unterlagen, Notizen und ... die beiden Fotoapparate, die auf der Verwahrliste der Polizei aufgeführt waren. Carla fischte die externen Festplatten aus dem Kamerarucksack und stöpselte sie in Darians Laptop. Wieder waren die Datenträger passwortgeschützt. Darauf hatte sie jetzt wirklich keine Lust. Sie stopfte die Festplatten in ihre Reisetasche. Während sie überlegte, wo sie die restliche Fotoausrüstung verstauen sollte, schaltete sie die große Spiegelreflexkamera ein und warf einen Blick auf die beiden SD-Karten. Zu ihrer Überraschung gab es hier keinen Schutz vor unbefugtem Zugriff, und in den Datenspeichern befanden sich rund dreißigtausend Aufnahmen. Carla drückte auf die WIEDERGABE-Taste. Das erste Foto war vollkommen schwarz. Sie betätigte den Multifunktionswähler nach rechts. Wieder ein Black Screen. Was sollte das? Sie tippte noch eine ganze Zeit weiter und war schon im Begriff, die Kamera auszuschalten, als unter der Bildnummer 29.473 plötzlich ein Text erschien, den Darian zweifelsfrei aus seinem Tagebuch abfotografiert hatte. Carla erkannte die cognacfarbene Lederhülle an den Seitenrändern sofort wieder. Es war mühsam, im Vergrößerungsmodus zu navigieren und den Eintrag verständlich zu erfassen, aber bereits der dritte Satz jagte Carla ein Schaudern über den Rücken:

Wer sind die Männer und Frauen, die mir seit Tagen nachstellen? Ich muss H. B. finden und warnen. Wir alle befinden uns in großer Gefahr. Es gibt keine Zweifel an ihrer Geschichte, und ich gehe davon aus, dass J.s Vater das Tagebuch nach dem Massaker an sich genommen und sie es nach seinem Tod umgeschrieben und für ihre Dissertation benutzt hat. Es ist ein und dieselbe Geschichte! Und die Skizzen von H. B. beweisen seine grausamen Taten! Und die seiner Tochter!! Welche Teufel haben J. zu dieser dreisten Lüge bewogen? Und welche anderen Dämonen werden dieser Büchse der Pandora entweichen, wenn wir sie vollends öffnen??? Woher kommen die vielen Millionen für den Wahlkampf, und wer sitzt an den Hebeln der Macht, die J. so ins Rampenlicht gestellt hat? Das Auge des Sturms befindet sich innerhalb der Machtzentrale dieses Komitees. Dessen bin ich gewiss! Noch weiß ich zu wenig und doch genug! Und sie wissen, dass ich es weiß. Irgendjemandem ist es gelungen, meine Firewall zu durchbrechen und in die Rechner einzudringen. Wer tut so etwas – und warum? Wegen dieses Gutachtens, das jeder andere hätte erstellen können?

Sollte ich die Erkenntnisse meiner Recherchen verschweigen, um Schlimmeres zu verhindern?

Könnte ich das …???

Ich kann es nicht.

Gott stehe uns allen bei.

Die Angst ihres Bruders, die sich in diesen Zeilen offenbarte, erfasste Carla wie eine Orkanböe. Eine physisch spürbare Furcht riss sie aus der Scheinsicherheit der Wohnung. Daneben drängten sich Magdalenas Worte, die wie Satelliten um Darians Aussagen kreisten. *Wir suchen nach etwas oder jemandem, von dem wir wissen, dass er oder es im Verborgenen agiert.*

Carla verkroch sich auf die Toilette und schloss die Tür ab. Darian musste mit seiner letzten Arbeit in ein Hornissennest gestoßen haben. Wer war H. B.? Wer J., und wer ihr Vater, dem Darian grausame Taten anlastete?

Carla fühlte sich leer und ausgebrannt. Dieser Tagebucheintrag bot keine Antworten, sondern vielmehr eine Vielzahl neuer gefährlicher Fragen.

Carla spürte, wie ihr schwindelig wurde, und sie hielt sich am Waschbecken fest. Sie dachte an die kalte Plastikhaut ihres Bruders. Wie er dagelegen hatte, in diesem bizarren Kühlschrank voller toter Menschen. Sie dachte an den Professor und den gestohlenen Wagen. An den Unfall ihrer Eltern und an Magdalena, die sich vor ihren eigenen Kollegen auf der Flucht befand. Sie dachte an die schwarzen Störche und ihre Hinterlassenschaften. Die Stürme und wirren Traumbilder, die sie Nacht für Nacht heimsuchten. An Darians Wohnung, die als bedeutungsloses Fragment seines Lebens zurückgeblieben war, an Rogers Gedanken und Worte. An Schwimmtraining, Gemüsebrötchen, Rauchmelder und Waschmaschinen mit PIN-Code.

Hotel Ambasador Centrum

ŁÓDŹ | POLEN

Maxim, dessen richtiger Name Tichon Schtscherbakow lautete, hatte sich eine Flasche Wodka und und eine Mahlzeit auf sein Hotelzimmer kommen lassen. Zufrieden betrachtete er das *Wässerchen* (wie der *Wutka* in seiner Heimat genannt wurde) und den Teller mit geräucherten Würsten, eingelegten Pilzen, Sauerkraut und Kartoffeln. Gutes russisches Essen. Der Concierge hatte ihm für ein ordentliches Trinkgeld sogar einen Potocki und zwei nostalgisch anmutende Stopkas besorgt, die dem klassischen sowjetischen Glas ziemlich ähnlich waren. Zum Teufel mit dem ganzen modernen Zuckerfusel, der nicht einen Buchstaben dieser Spezialität verdiente und mit allen möglichen Limonaden und Fruchtsäften vergewaltigt wurde. Maxim trank nicht gern allein, das gehörte sich nicht, aber auch damit musste er sich immer häufiger abfinden.

Am nächsten Morgen würde er in den Helikopter steigen und nach Deutschland zurückfliegen. Rein hypothetisch betrachtet, konnte er sich richtig volllaufen lassen, und es würde niemanden stören – genau genommen würde es nicht einmal irgendjemandem auffallen.

Aber ihm war nicht nach Feiern. Zähneknirschend öffnete er die Flasche und füllte beide Gläser bis zum Rand. Der Geruch von frischem Roggenbrot stieg ihm in die Nase. Maxim hielt die Luft an und trank die Gläser nacheinander auf ex. Schließlich atmete er genussvoll aus und machte sich gierig über das Essen her. Der Job in Polen war soweit erledigt, aber er wusste, dass der Präsident nicht zufrieden sein würde, wenn er nach der Rückkehr aus China davon erfahren würde. Wenn dieser Teufel nicht längst davon erfahren hat, fluchte er übellaunig. Noch gab es zu viele Unbekannte in dieser Geschichte. *Pizda rulyu!* Wäre er nur einen Tag früher da gewesen. An Abenden wie diesen bedauerte er es, sein Können nicht mehr in *richtigen* Kampfeinsätzen unter Beweis stellen zu können. Nachdem er als hochrangiger Offizier bei der FSO gefeuert worden und ihm die Verantwortung für die Sicherheit des russischen Präsidenten und seiner Regierung entzogen worden war, hatte er sich für ein paar Jahre in einer Söldner-Einheit verdingt. In dieser Zeit, die er als die aufregendste, aber auch gefährlichste seines Lebens betrachtete, kämpfte er mit seinen russischen Mit-Kombattanten an vorderster Front. Maxim war stolz darauf, keine Frauen und Kinder ermordet zu haben, jedenfalls nicht absichtlich. Dafür hatte er einhundert und einen Feind im Kampf getötet und war selbst nie schwer verletzt worden. Nach seinem letzten Einsatz erhielt er dafür in St. Petersburg einen Tapferkeitsorden aus echtem Gold. Nicht zu vergessen eine anständige Abfindung mitsamt einem Empfehlungsschreiben des damaligen Außenministers. Der Ex-General war es auch gewesen, der ihn Jahre später bei einem Treffen des Komitees lobend erwähnt hatte. Wenig später erhielt er einen Anruf des Präsidenten höchstpersönlich und hatte auf der Stelle zugesagt. Für seine Arbeit als Sicherheitschef erhielt er jeden Monat das dreifache Jahresgehalt seines früheren Solds. Darüber sollte man nicht meckern, pflegte er im Kreis seiner alten Kameraden zu sagen, die ihm regelmäßig vorwarfen, seine russische Seele verkauft zu haben. Dabei sprach der pure Neid aus ihren müde gewordenen Augen. Drauf geschissen. Auch wenn die Aufgaben jetzt vollkommen anders zu erledigen waren als in all den Jahren zuvor. Nichts durfte mehr an die Öffentlichkeit gelangen, und nach dem Willen des Präsidenten mussten die Jobs stets *sauber* über die Bühne gehen. Unsichtbar und mit Samthandschuhen, wie er sich ausdrückte. Manchmal fragte Maxim sich in einer Wodkalaune selbst, woher seine Überzeugungen rührten. Warum er in seinem Leben einmal so und einmal anders entschieden und gehandelt hatte, und welche Glaubenssätze jeweils den Ausschlag gegeben hatten. Aber bei diesen Gedankenspielen verlor er rasch die Lust.

Manchmal boten sich einfach keine Wahlmöglichkeiten im Leben.

Maxim hatte noch zwei weitere Gläschen geleert, als sein Pager einen Signalton von sich gab und im Display ein Zugangscode zu einem Overlay-Netzwerk aufblinkte. »Auch das noch!«, fluchte er und schob sich rasch die letzte

Kartoffel in den Mund. Er öffnete den Browser auf seinem Tablet und wählte sich in das Tor-Netzwerk ein. Bevor er den anonymen Telefon-Assistenten aufrief, platzierte er Tablett und Flaschen unter dem Sofa und wusch sich das Gesicht mit kaltem Wasser.

»Sind Sie fertig mit Ihrer Arbeit?« Die Stimme des Präsidenten klang ungehalten.

»Wir haben getan, was getan werden musste.«

»Warum um Himmels willen die U-Bahn?«

»Wir hatten keine Zeit. Er war zwei Tage und Nächte nicht zu Hause gewesen.«

»Haben Sie die hässlichen Bilder in der Gazeta Wyborcza gesehen?«

»Er war Alkoholiker und ständig besoffen. Es hätte jeden gottverdammten Tag genau so passieren können, oder etwa nicht?«

»Was ist mit der Polizistin?«

»Sie wurde stante pede zum Innendienst bei der Verkehrspolizei in Sejny versetzt. Dreihundert Kilometer weg von zu Hause. Ihr Computer und Telefon sind beschlagnahmt, das Gehalt um die Hälfte gekürzt. Und über ihr schwebt das Damoklesschwert einer Anklage wegen Geheimnisverrats. Sie ist sozusagen aus dem Rennen.«

»Was wusste sie?«

»Vermutlich nichts, aber sie hat die falschen Fragen gestellt und sich mit der Deutschen angefreundet.«

»Was wissen wir über sie?«

»Sie ist völlig ahnungslos und verfügt über keinerlei Möglichkeiten, irgendetwas herauszufinden. Alle relevanten Daten gingen verloren oder wurden gelöscht, der Bus ist auf dem Weg nach Batumi, um dort in seine Einzelteile zerlegt zu werden. So, als ob es ihn nie gegeben hätte.«

»Was treibt unsere Künstlerin?«

»Sie haben doch gesagt …?«

»Teufel noch eins! Ich weiß, was ich gesagt habe. Zudem haben wir das nicht zu entscheiden. Sie haben Advan Poser doch bei unserem letzten Treffen im Hotel gehört. Mit dem Orden, den ihr Perez vor acht Jahren verliehen hat, ist sie für die Israelis so etwas wie eine heilige Kuh. Außerdem ist sie mittlerweile genug eingeschüchtert. Behaltet sie noch eine Zeit lang im Auge. Das muss von unserer Seite reichen. Erzählen Sie mir lieber, wie Sie das im Museum angestellt haben.«

»Festes Kohlenstoffdioxid … Trockeneis.«

»Wussten Sie, dass er eine wertvolle Sammlung pornografischer Bilder besaß, die bis in die Antike zurückreichen?«

»Mir ist nur zu Ohren gekommen, dass in seinem Umfeld getuschelt wird, er habe sich beim Onanieren selbst erwürgt. Angeblich war er schon einmal mit einem Gürtel um den Hals dabei beobachtet worden.«

»Wie auch immer. Die Sammlung hätte ich gern gesehen.«

»Soll ich …?«

»Das war ein Spaß. Sie kommen morgen zurück und kümmern sich wieder um unser Vögelchen. Am Abend ist sie in einer Talkshow in der Hauptstadt.«

»Ich …«

Doch der Präsident hatte bereits aufgelegt.

Noch mal gut gegangen, redete Maxim sich ein und griff nach der Wodkaflasche. Während er sich mitsamt Schuhen aufs Bett fallen ließ, überlegte er, ob er vielleicht doch einen Abstecher ins Museum machen und den Präsidenten mit Laskowicz' skurriler Sammlung überraschen sollte. Aber dann verwarf er den Gedanken und dachte daran, wie ab dem nächsten Tag wieder Janssens Stöhnen im ganzen Haus widerhallen würde. Falls dieser Trottel von Berater es ihr immer noch besorgen durfte. Es war bizarr, den beiden dabei zuhören zu müssen. Wie in einem schlechten Film. Oder einer Comedyshow. Politik eben.

München / Haimhausen

DEUTSCHLAND

Als Carla am späten Abend aus dem Taxi stieg, wirkte das Anwesen ihrer Vermieterin vollkommen verlassen. Kein Licht im Haus und auf den angrenzenden Grundstücken. Tatsächlich brannten im gesamten Wohngebiet nur eine Handvoll Straßenlaternen. In der Ferne war das nebulöse Glimmen der Lichter über der Stadt auszumachen. Nachdem das Taxi außer Hörweite war, horchte sie lange in die Dunkelheit hinein. Ihr war, als ob das ganze Dorf – wie in Stephen Kings Thriller – mit einer riesigen Glaskugel hermetisch vom Lärm der Außenwelt abgeschnitten wäre. Einen gruseligen Moment lang fühlte es sich so an, als wäre sie vollkommen allein. Eine Zeitreisende, die Jahre nach der Apokalypse in ihre Heimat zurückkehrte und die Erinnerungen an die geliebten Menschen nur noch als Geister um die zerstörten Häuser schweben sah. Carla begann zu frieren und begab sich auf leisen Sohlen zu ihrer Einliegerwohnung. Wenn nur Rosco die Familie jetzt nicht aus dem Schlaf bellen würde. Zu ihrer Erleichterung blieb alles ruhig. Carla tappte im Dunkeln durch die Räume und zog die Vorhänge zu, bevor sie das Licht einschaltete. Auf dem Esszimmertisch lag ein riesiger Stapel Post. Fanni hatte den Kühlschrank zum Bersten mit Leckereien gefüllt. Auf der Anrichte stand eine Blumenvase mit einem Strauß Inka-Lilien. Darunter eine aufwändig bemalte Kondolenzkarte – Fanni war eine passionierte

Aquarellmalerin und stellte regelmäßig in Cafés, Rathäusern und Bibliotheken aus.

Carla wischte sich gerührt eine Träne aus dem Gesicht, während sie das Stillleben betrachtete, auf dem ebenfalls Inka-Lilien zu sehen waren. Trauer und Verbundenheit, Carla wusste um die Bedeutung der angeblich ältesten Zier- und Heilpflanze. Ihr graute bei dem Gedanken an die Beerdigung ihres Bruders. Wie sollte sie das bloß schaffen? Im Moment fühlte sie sich nicht einmal in der Lage, den Text auf der Rückseite der Karte zu lesen, geschweige denn einen Blick in die übrige Post zu werfen. Sie war müde und ausgebrannt, und gleichzeitig war es unvorstellbar, jetzt einfach ins Bett zu gehen. Die Erinnerungen an die Geschehnisse der vergangenen Tage begleiteten sie wie ein Fieber. Sie brühte eine Handvoll Johanniskraut auf, räumte ihre Reisetasche leer und stopfte die Wäsche in die Maschine. Anschließend nahm sie eine Dusche und schlüpfte in einen bequemen Jogginganzug. In der Wohnung war es angenehm warm. Carla lief unentschlossen durch die Zimmer, machte hin und wieder ein paar Liegestütze oder hängte sich mit zwei Fingern an das Kletterbrett über dem Türrahmen. Der Tee schmeckte herb nach Gras und Erde. Sie gab einen Löffel Honig dazu und hoffte auf die beruhigende Wirkung der ätherischen Öle. Die heiße Tasse in der Hand und in eine warme Decke gehüllt, starrte sie an die gegenüberliegende Wand. Über ihrem verstaubten Digitalpiano hing der Kunstdruck eines japanischen Gartens. Sie verlor sich gern in der Vorstellung, darin spazieren zu gehen und über die Steinplatten zur Pagode zu gelangen oder ihr Gesicht mit dem Quellwasser aus dem Brunnenbecken abzukühlen. Auf den unteren Rand des Passepartouts hatte sie seinerzeit mit schwarzer Tusche ein Zitat von Toyotama Tsuno geschrieben:

WEIL IN DER STILLE DES TEMPELGARTENS
DAS QUELLWASSER AUS DEM MUNDE
EINES BRONZENEN DRACHEN
IN EIN STEINBECKEN FÄLLT,
GIBT ES DIE ZEIT.

Die Zeit, dachte Carla. Für den Moment schien sie stillzustehen. Carla wusste, dass ihr die Zeit, angesichts der bevorstehenden Herausforderungen, bald schon wieder sprichwörtlich davonlaufen würde. Dabei weigerte sie sich seit Langem, ihr Leben dem Diktat von Uhren zu unterwerfen oder gar in Panik darüber zu verfallen, etwas zu versäumen. Der Literaturwissenschaftler W. G. Sebald hatte den Minutenzeiger mit einem Richtschwert verglichen, das unbarmherzig das jeweils nächste Sechzigstel einer Stunde von der Zukunft abtrennte. Auf so eine Sichtweise wollte Carla sich nicht einlassen und betrachtete Zeit stattdessen als einen Urstoff ihrer Existenz. Während ihrer Bergtouren begleitete sie ohnehin das Gefühl, sich außerhalb der Zeit zu bewegen.

Auf der gegenüberliegenden Seite des Wohnzimmers hing eine Wanduhr mit einem 24-Stunden-Zifferblatt und nur einem Zeiger. Als sie das erste Mal auf diese Art von Uhren aufmerksam wurde, war sie über den Beschreibungen des Anbieters ins Grübeln geraten und hatte sich geärgert, sich nicht früher damit beschäftigt zu haben. Und es stimmte, die Ziffernblätter üblicher Uhren waren zu irgendeinem Zeitpunkt, und vermutlich aus rein pragmatischen Gründen, auf zwölf Stunden reduziert worden. Die aufgeregte Taktung der hinzugekommenen Sekunden- und Minutenzeiger beeinflusste unbewusst das Erleben eines Tages, und das nicht unbedingt zum Guten. Ein unnötiger Stressfaktor, wenn man bedachte, dass die empfundene Zeit selten im Einklang mit jener Zeit stand, die auf irgendwelchen Uhren angezeigt wurde.

Es war mittlerweile halb zwei, und noch immer fühlte sie sich kraftlos und zugleich zu aufgedreht, um ins Bett zu gehen. Einem spontanen Einfall folgend warf sie die Wolldecke zur Seite, schlüpfte barfuß in ihre Laufschuhe, trat durch die Verandatür ins Freie und huschte über den Gartenzaun auf den angrenzenden Feldweg. Die kühle Luft und die Bewegung fühlten sich gut an. Als sie nach zwei Kilometern den Waldrand erreichte, fiel ihr ein, dass sie vergessen hatte, eine Taschenlampe einzustecken und die Verandatür abzuschließen. Dennoch rannte sie weiter und beruhigte sich damit, die Umgebung wie ihre Westentasche zu kennen. Dass jemand zu dieser Zeit versuchen würde, in ihre Wohnung zu gelangen, schloss sie gänzlich aus. Die beinahe vollkommene Dunkelheit und nächtlichen Geräusche des Waldes waren ihr vom Campieren in der Wildnis vertraut. Dort ein Rascheln im Unterholz. Der einsame Ruf eines Waldkauzes, das Rauschen der Kiefern im Wind und das einsame Plätschern des Baches. Schließlich die Stimmen einiger Jugendlicher unter der Bahnunterführung, deren Gesichter stroboskopartig im Licht der Displays ihrer Smartphones aufleuchteten. Carla rannte einfach durch sie hindurch. Die rotzige Bemerkung, »Sonst geht's gut?«, nahm sie lächelnd zur Kenntnis.

Mit jedem Schritt fühlte Carla sich wohler in ihrer Haut. Die gleichmäßigen, tiefen Atemzüge im Zusammenspiel mit dem Rhythmus ihrer weit ausladenden Schritte wirkten wie eine Meditation. In diesem Zustand könnte ich stundenlang weiterrennen, dachte sie zufrieden, während sie nahe dem Dorf einen Umweg in Angriff nahm, der ihre Runde auf knapp zwanzig Kilometer ausdehnen würde. Es war richtig, sich nach den Beschwerlichkeiten der vergangenen Tage körperlich auszupowern und den Kopf frei zu pusten. Nach eineinhalb Stunden kam sie völlig verschwitzt und mit einem

Lächeln auf den Lippen wieder zu Hause an. Zum zweiten Mal unter der Dusche nahm sie sich vor, öfter in der Dunkelheit und Stille laufen zu gehen und beim nächsten Mal Rosco mitzunehmen. Dem in die Jahre gekommenen Setter würde Bewegung ebenfalls gut bekommen. Kurze Zeit später fiel sie in einen traumlosen Schlaf.

Doch schon nach einer guten Stunde wurde sie von einem Benachrichtigungston ihres Smartphones wach, obwohl sie das Gerät absichtlich im Bad hatte liegen lassen. Carla drehte sich auf die andere Seite und versuchte wieder in den Schlaf zu finden. Aber der Gedanke, es könnte sich um eine Nachricht von Magdalena handeln oder mit Darian zu tun haben, schürte ihre Unruhe. Widerwillig tappte sie ins Bad und warf einen Blick auf das Display. Die Mitteilung war von Roger, der ihr die Kontaktdaten des Bestattungsunternehmens und einen Ansprechpartner für Überführungen aus dem Ausland zukommen ließ. Während Carla las, folgte eine weitere Mitteilung, in der er sich für die Uhrzeit entschuldigte und hoffte, dass er sie nicht geweckt habe. Carla legte das Telefon schmunzelnd zur Seite. Männer, dachte sie. Zumindest waren Roger und ihr Bruder in dieser Hinsicht gleich. Durch das Fenster im Badezimmer flimmerten die ersten Strahlen der aufgehenden Sonne. Bald würden die Kinder mit Rosco vor der Tür stehen. Bis dahin blieben ihr vielleicht noch zwei Stunden. Obwohl Carla sich alles andere als ausgeruht fühlte, beschloss sie wach zu bleiben und den Stapel Briefe in Angriff zu nehmen. Sie warf die Kaffeemaschine an, schlüpfte in eine Fleece-Jacke und machte es sich auf der Veranda bequem. Der Morgen roch nach frischem Gras und den ersten Blumen im Garten. Bei der Post handelte es sich überwiegend um geschäftliche Korrespondenz, die Carla Sorgenfalten bescherte. Wann sollte sie unter diesen Umständen das

Versäumte aufarbeiten? Carla nahm sich vor, wenigstens zwei Stunden täglich ihren beruflichen Verpflichtungen nachzukommen. Für einige Fälle zog sie in Erwägung, den Service seriöser Agenturen in Anspruch zu nehmen und sich Unterstützung zu suchen. Während längerer Auslandsaufenthalte hatte sie das bereits mehrmals arrangiert, ohne dass ihre Kunden etwas davon mitbekommen hatten.

In einem DIN-A4-großen Kuvert befand sich ein Schreiben des Deutschen Konsulats in Warschau, in dem die notwendigen Schritte für eine Auslandsrückholung erklärt wurden. Carla erschauderte beim Überfliegen der Bestimmungen. Der Sarg musste aus Zink bestehen, undurchlässig verlötet sein und in einer separaten Holzkiste transportiert werden. Carla hoffte, dass der Kontakt, den Roger ihr übermittelt hatte, sich damit auskennen würde. Carla war klar, dass eine solche Überführung kein Kinderspiel war. Doch sie würde keine Kosten und Mühen scheuen, ihren Bruder nach Deutschland zurückzuholen. Sie umklammerte die warme Tasse und trank in kleinen Schlucken. Dabei kamen ihr die Bilder des Familiengrabes am Starnberger See in den Sinn. Sie schämte sich, so lange nicht auf dem Friedhof gewesen zu sein, und dass ausgerechnet der Tod ihres Bruders der Anlass sein würde, dorthin zurückzukehren. Die Erinnerungen an das Begräbnis ihrer Eltern wogen immer noch schwer. Die Worte des Pfarrers und der dramatische Gesang des Chors, die vielen Blicke der Menschen und nicht zuletzt die Schreckensbilder des Unfalls waren zu viel für ihre gebrochene Seele gewesen. Am nächsten Morgen hatte Carla sich für ihren Erschöpfungsanfall geschämt. Erst viel später fand sie in der Gewissheit, dass es für sie persönlich das Ehrlichste gewesen war, diese Ohnmacht zuzulassen, ihren Frieden. Widerstand und Ergebung. Schwarz und weiß.

Yin und Yang. Alles, was das Leben ihr zwischen die Füße geworfen hatte, hatte sie stärker gemacht. Alles, was die Zukunft zu bieten hatte, würde sie stärker machen. Carla wusste: Es wäre falsch, sich davor zu verschließen oder gar wegzurennen. Und genau deshalb sollte Darian dort, im Kreis der engsten Vertrauten, begraben werden, und sie würde bis zum Schluss bei ihm bleiben.

Sie widmete ihre Aufmerksamkeit der verbliebenen Post. Werbung, nochmals Werbung, ein Angebot für einen neuen Zwinger, die Rechnung der Renaultwerkstatt vom letzten Kundendienst. Auf einem zerknitterten Umschlag standen ohne Absender, eilig, wie von Schülerhand hingekritzelt, ihr Name und ihre Adresse. Carla besah sich die außergewöhnliche Briefmarke und den Poststempel: *Vilnius*. Nach einer kurzen Recherche fand sie heraus, dass das die Hauptstadt Litauens war. Wer sollte …?

Magdalena! Carla riss den Umschlag auf. Tatsächlich prangte der Name der Polizistin am oberen Rand eines über und über mit Notizen und Formeln versehenen Papierstücks.

Magdalena told me to send this to you in confidence. That's all I can do. Sorry!

Dieselbe Kinderschrift wie auf dem Umschlag, fahrig dahingeschrieben, ohne Namen oder einen anderen Hinweis auf den Verfasser. Carla faltete das Papier auseinander und strich es vorsichtig glatt. Auf beiden Seiten befanden sich scheinbar unzusammenhängende chemische Formeln, Randbemerkungen und Fußnoten in polnischer Sprache, sowie solche in kyrillischer Schrift, vermutlich Russisch, Skizzen, die aussahen wie Rorschachtests, und dunkelbraune Flecken. Carla schüttelte verständnislos den Kopf. Am liebsten hätte sie zum Telefon gegriffen und mit Magdalena über diesen merkwürdigen Brief gesprochen.

Nicht mich anrufen oder schreiben!

Carla erinnerte sich daran, dass Magdalena von einem Assistenten des Professors erzählt hatte. War er der Absender? Selbstredend stand auch dieser Schmierzettel im Zusammenhang mit Darians Tod. Aber wozu diese ganze Geheimnistuerei und die Furcht? Vor wem?

Denk an den schwarzen Turm!

Darians Tagebucheintrag kam ihr in den Sinn.

Wir alle befinden uns in großer Gefahr.

Carla schlug mit der Faust auf den Tisch, so dass ihre Tasse ins Wanken geriet und zu Boden fiel. Zum Glück brach nur der Henkel ab. Plötzlich drang lautes Hundegebell an ihre Ohren. Rosco! Wenig später vernahm sie Stimmen. Dann Schritte. Der Irish Setter kam mit wehenden Ohren auf die Veranda gerannt. Carla herzte den Hund und begrüßte die Kinder, die sie mit Fragen bombardierten.

»Dürfen wir mit Rosco zum Fluss?«

»Er war superlieb.«

»Wann musst du wieder verreisen?«

»Hast du noch etwas von seinem Lieblingsmüsli?«

Carla antwortete geduldig auf die Fragen der Kinder, während sich der Hund, die Vorderpfoten auf ihren Schoß gelegt, seine Streicheleinheiten abholte. Wenig später rannten die beiden Jungs mit Schaufeln, Eimern, Keschern und Gummistiefeln gewappnet durch den Garten auf und davon. Fanni stand plötzlich mit einer Tüte frischer Brötchen zwischen den Büschen.

»Schön, dich zu sehen.« Ihre Vermieterin nahm sie in den Arm. »Wie geht es dir?«

Carla schluckte. »Ich bin okay«, sagte sie und ärgerte sich darüber, nicht wahrheitsgemäß antworten zu dürfen. »Jedenfalls so weit wie möglich.«

»Du musst nicht reden«, sagte Fanni und hielt sie einfach fest. »Magst du allein sein?«

Carla seufzte und schüttelte den Kopf. »Danke für alles.«

Fanni griff nach ihrer Hand. »Das ist doch nicht der Rede wert, und die Kinder haben großen Spaß und kümmern sich gern. Eigentlich müsste ich mich bei dir bedanken.«

Carla warf ihr einen fragenden Blick zu.

Fanni lächelte. »Die beiden streiten weniger, lernen, Verantwortung für ein Lebewesen zu übernehmen, und ich habe mehr Zeit für mich und meine Malerei.«

»Rosco ist so fröhlich und ausgelassen«, sagte Carla und erwiderte Fannis Lächeln. »Darf ich dir einen Kaffee anbieten?«

Die Sonne brannte jetzt förmlich auf die Veranda. Carla schlüpfte aus ihrer Fleece-Jacke, öffnete den Sonnenschirm und kurbelte den Tragarm in die richtige Position. Der gefüllte Kühlschrank bescherte ihnen ein herrliches Frühstück mit frischem Obst, Käse aus der dorfeigenen Käserei und selbstgemachter Konfitüre. Es tat gut, mit einer Frohnatur zu sprechen, wie Fanni es zweifelsohne war, auch wenn es Carla schwerfiel, mit den Themen hinterm Berg halten zu müssen, die sie am meisten beschäftigten. Andererseits spürte Carla, dass sie das Gespräch über Alltagsthemen ein wenig erdete. Das Erlebte kam ihr zusehends wie ein schlechter Traum vor, wie die Reise in eine Parallelwelt, die sie bislang nur aus Büchern oder Filmen gekannt hatte. Fanni erzählte von ihrem Mann, der auf unbestimmte Zeit als Bauleiter für ein riesiges Projekt in Fernost unterwegs war.

Carla berichtete von ihrer Klettertour im Yosemite Valley und zeigte ein paar Bilder. Fanni hielt sich die Hände vor die Augen: »Da kann ich gar nicht hinschauen. Du weißt, ich bin oft in den Bergen. Aber das macht mir regelrecht Angst.« Dennoch wollte Fanni alles über ihre Solo-Tour wissen. Sie sprachen, bis die Kinder plötzlich wieder am Gartenzaun auftauchten.

»Alles gut?«, wollte Fanni wissen. Rosco schmiegte sich pitschnass an Carlas Füße.

»Da war ein komisches Auto, und Tim behauptet, der Fahrer hätte Fotos von uns gemacht.«

»Wo steht der Wagen?«, wollte Fanni wissen.

»Er ist weggefahren, als Rosco anfing zu bellen.«

Carla verfolgte die Beschreibungen der Kinder mit wachsender Unruhe.

Wir suchen nach etwas oder jemandem, von dem wir wissen, dass er oder es im Verborgenen agiert.

»Und warum sollte er euch fotografieren?«

»Wir haben nix Schlimmes gemacht, ehrlich.«

»Nur einen Staudamm gebaut und mit Rosco appitieren gespielt.«

»Apportieren«, verbesserte Fanni ihren Jüngsten. »Aber das war sicher nichts, Kinder, bestimmt irgendwelche Ausflügler, die die schöne Gegend hier verewigen wollten. Habt ihr Hunger?«

Carla war überzeugt, dass das Johlen der Kinder im ganzen Dorf zu hören war. Fanni beorderte die beiden unter die Gartendusche, wickelte sie in große Saunatücher und verschwand mit ihnen im Haus. Carla kümmerte sich derweil um Rosco und bereitete ihm eine Portion Futter aus Süßkartoffeln, Quinoa und Buchweizen zu. Während sie in der Küche den Napf ausspülte, vernahm sie vor dem Haus das tiefe Blubbern eines V8-Motors. *Gevno!*

Die Stimme des unbekannten Mannes, der auf Darians Anrufbeantworter gesprochen hatte, dröhnte zusammen mit dem Motorengeräusch in ihren Ohren. *Gevno!* Carla schnappte sich ihr Mobiltelefon und rannte ums Haus. Rosco sprang ihr aufgeregt hinterher. Der dunkelblaue SUV bog in dem Moment um die Ecke, als Carla den Gehweg erreichte. *Mist!* Es gelang ihr weder die Automarke noch das Kennzeichen zu erhaschen. Ohne zu überlegen, schnappte sie sich das größere der beiden Kinderfahrräder, die hinter ihr in der Hofeinfahrt lagen, und trat in die Pedale. Carla jagte kreuz und quer durch das gesamte Wohngebiet, bevor sie erschöpft aufgab. Vor dem Haus warteten Fanni und die beiden Kinder. »Alles in Ordnung?«

Carla übergab dem Älteren das Rad und atmete tief durch. »Schon gut … Ich dachte nur …«

Rosco ließ sich hechelnd auf die Wiese plumpsen.

»Der Geländewagen?«

Carla nickte fast unmerklich und sah abwechselnd zu Fanni und den Kindern.

»Holt ihr bitte eine Schüssel Wasser für den Hund?«

Die beiden Jungs nahmen die Beine unter die Arme.

»Ich wollte nicht vor den Kindern …«, sagte Carla. »Hast du ihn gesehen?«

»Nur die Silhouette«, sagte Fanni. »Denkst du, es war derselbe wie der, den die Kinder vorhin gesehen haben?«

»Haben sie noch was dazu gesagt?«

»Ich habe der Sache ehrlich gesagt wenig Bedeutung zugemessen. Bei uns parken doch ständig irgendwelche bornierten Städter auf den Feldwegen.«

»Er war dunkelblau und hatte verspiegelte Scheiben«, sagte Carla. »Mehr konnte ich nicht erkennen.«

»Du bist wie von der Tarantel gestochen hinterher.« Fanni sah sie fragend an.

»Ich weiß nicht, was ich gedacht habe.« Carla hob entschuldigend die Hände. »Tut mir leid, wenn ich euch erschreckt habe.«

»Sollen wir die Polizei …?«

»Ich denke, das ist nicht nötig«, sagte Carla. »Jedenfalls, solange er nicht wieder hier aufkreuzt.«

Trotz des Vorfalls zwang sich Carla, bis zum Nachmittag ihre geschäftliche Korrespondenz auf den aktuellen Stand zu bringen und einige längst überfällige Rechnungen zu begleichen. Anschließend belohnte sie sich mit einem Stück Gemüsepizza und einem Salat mit Rucola und unternahm einen ausgedehnten Spaziergang mit Rosco. Auf einem der Feldwege parkte ein hellgrüner Lada mit örtlichem Kennzeichen. Ein älterer Mann saß schnarchend auf einem Klappstuhl. Vor ihm lagen zwei Angelruten auf einer Halterung. Eine der Leinen zuckte. Carla hätte zu gern gewusst, wo der SUV gestanden hatte, den die Kinder gesehen hatten, und ob es dasselbe Fahrzeug gewesen war, das später vor dem Haus aufgetaucht war. Plötzlich riss Rosco sich von der Leine los und rannte auf einen Schwarm Kolkraben zu, der sich auf einem Acker niedergelassen hatte. Carla brüllte ihm vergebens hinterher. Die Vögel schwärmten krächzend davon und ließen sich kaum hundert Meter entfernt aufs Neue nieder. Dieses Mal gehorchte der Irish Setter und kehrte mit hängenden Ohren zurück. »Hast du jemals einen Raben gefangen?«, wollte Carla amüsiert wissen. Rosco sah hechelnd zu ihr auf. In seinen dunkelbraunen Augen glänzten zwei helle Lichtpunkte im Widerschein der untergehenden Sonne. Sein Blick schien geradewegs durch sie hindurchzugehen, als ob er die Frage nicht verstanden hatte und auf eine nähere Erklärung wartete. »Schon gut, alter Junge«, sagte Carla, streichelte ihm über den Kopf und steckte ihm einen Hundekeks zu. Als sie zurückkehrten, parkte Fanni gerade den Aufsitzrasenmäher im Geräteschuppen.

»Sieht toll aus!«, rief Carla ihr von Weitem zu. »Und riecht gut.« Der Geruch von frisch gemähtem Rasen weckte stets Erinnerungen an ihre Kindheit.

Fanni wischte sich Schweiß von der Stirn und trat zu ihr. »Die Kinder sagen, es wäre ein dunkelblauer BMW mit ungarischem Kennzeichen gewesen.«

»Wie …?« Carla sah sie überrascht an.

»Wir waren voriges Jahr am Plattensee«, erklärte Fanni. »Tim sagt, dass er trotz der verspiegelten Scheiben einen Mann und eine Frau gesehen hätte. Und der Mann hätte einen Fotoapparat in seine Richtung gehalten.«

»Machst du dir Sorgen?«

Fanni zuckte mit den Schultern. »Eigentlich nicht. Du?«

»Ich weiß nicht, was ich denken soll.«

»Als du heute Mittag diesem Wagen hinterhergefahren bist, habe ich dich kaum wiedererkannt«, sagte Fanni. »Ich hoffe, du verstehst das nicht falsch?«

Carla sah betroffen zu Boden. »Eigentlich sollte ich nicht darüber sprechen.«

»Wollen wir uns auf die Veranda setzen?« Fanni reichte ihr ein Taschentuch. »Die Kinder sind beim Handball.«

»Ich weiß gar nicht, wo ich anfangen soll«, sagte Carla, nachdem sie Platz genommen hatten.

»Du musst nicht.«

»Jetzt, nachdem dieser Wagen hier aufgekreuzt ist, vielleicht schon.« Carla trank einen Schluck Tee. »Wobei das eine mit dem anderen nichts zu tun haben muss«, fügte sie hinzu. »Ich bin nur vorsichtig geworden.«

Dann erzählte sie Fanni von ihren Erlebnissen in Polen. Von ihren Begegnungen mit dem Gerichtsmediziner, der am Abend der Leichenschau von einer U-Bahn überrollt worden war, und von Magdalena, der Polizistin, die sich verstecken musste. Sie berichtete von dem entwendeten Bus und ihren Eindrücken in Darians Wohnung. Carla achtete darauf, ihren Worten so wenig Dramatik zu verleihen, wie es ihr möglich war. Darians Hilferufe und seinen Tagebucheintrag behielt sie für sich. Während sie erzählte, wurde ihr klar, dass sie sich unbedingt das Gutachten anschauen musste, das Darian in seinem Tagebuch erwähnt hatte, wenn sie mehr über die

Geschehnisse erfahren wollte. Will ich das überhaupt?, fragte sie sich. Ich muss, lautete die Antwort. Um zu verstehen und um mich, und jetzt vielleicht auch andere, besser schützen zu können.

Wir alle befinden uns in großer Gefahr!

»Bist du darum so früh aus Kalifornien zurückgekommen?« Fannis Frage riss sie aus ihren Gedanken.

»Darian hatte dringend um ein Treffen gebeten«, sagte Carla gedrückt. »Er wollte hierherkommen.«

»Das tut mir alles so leid, Carla. Ich kann dir nicht sagen wie sehr. Und ich würde dir gern helfen …«

»Ich weiß ja selbst nicht, was ich tun kann oder wie sehr ich mich mit alledem überhaupt beschäftigen möchte«, sagte Carla. »Vielleicht muss ich noch mal für ein paar Tage verschwinden. Den Rücktransport und die Beerdigung organisieren … Darians Wohnung auflösen.«

»Was immer ich dir abnehmen kann, sag mir bitte Bescheid, ja?«

Carla nickte und vergrub ihren Kopf in den Händen.

Am Abend nahm sie die Fotoapparate aus der Tasche. Auf der kleinen Spiegelreflexkamera befanden sich ausschließlich Landschaftsbilder und Streetart-Fotografien. Viele in Schwarz-Weiß und während der blauen Stunde fotografiert, im Licht der aufgehenden Sonne oder kurz vor Einbruch der Dunkelheit. Ein halb verfallener Steg an einem Waldsee, auf dem ein Graureiher wie in Stein gegossen Ausschau nach Beute hielt; ein Hausboot, auf dem eine zierliche Frau Wäsche an eine Leine hängte, irgendwo in Südostasien; ein Potpourri an bunten Verkaufsständen, Menschen und Händlern in der großen Markthalle in Budapest. Die Bilder gefielen Carla, und sie ärgerte sich, Darian nicht öfter danach gefragt zu haben. Sie legte die kleine Kamera beiseite und griff nach der anderen. Auf dem Display erschien der Tagebucheintrag, den sie zuletzt angesehen hatte. Carla verschaffte sich einen groben Überblick über die Aufnahmen und fand heraus, dass ihr Bruder offenbar seine gesamten Arbeiten als Bilddateien aufgenommen oder mit einem Dokumentenscanner digitalisiert und auf den beiden SD-Karten der Kamera abgespeichert hatte. Die einzelnen Fotos waren unkommentiert, allerdings konnte Carla anhand der EXIF-Daten der umgekehrt chronologisch geordneten Bilder, Uhrzeit und Datum ablesen. Zugleich war es unmöglich, sich auf einem 3-Zoll-Monitor durch diesen Wust an Dokumenten zu graben. Carla überlegte, ob sie die Dateien auf ihren Rechner kopieren konnte, erinnerte sich aber an Darians Bemerkung.

Irgendjemand ist es gelungen, meine Firewall zu durchbrechen und in die Rechner einzudringen!

Nach einigen Überlegungen fand sie ein altes Tablet, das sie wenigstens zwei Jahre nicht benutzt hatte, und lud die darauf befindlichen Dateien auf ihren Rechner. Anschließend löschte sie sämtliche Einstellungen, Apps und persönlichen Daten aus dem internen Speicher und setzte das Gerät auf die Werkseinstellungen zurück. Danach trennte sie den Rechner von ihrem WLAN, entfernte die SIM-Karte des längst abgelaufenen Vertrags und lud die Bilddateien mittels USB-Kabel von den beiden Kameras. Der Fortschrittsbalken für die Übertragung zeigte eine Restzeit von fünf Stunden und sechsunddreißig Minuten an. *Mist!*

Carla erhob sich vom Tisch und machte ein paar Dehnübungen. Rosco trat hinzu, streifte wie zufällig ihre Waden und machte sich über das restliche Futter her. »Dann vertreten wir uns eben noch mal die Beine«, murmelte Carla, während sie dem Setter die Nackenhaare kraulte. Kaum ausgesprochen, stürmte der Hund zur Eingangstür und veranstaltete einen wilden Tanz, bis Carla endlich in Turnschuhe und Jacke geschlüpft war. Dieses Mal packte sie eine Taschenlampe ein und schloss sämtliche Türen und Fenster. Es war deutlich kühler als in der Nacht zuvor, dabei lagen die Eisheiligen über eine Woche zurück. Jedenfalls kalendarisch betrachtet, dachte Carla und ging noch mal zurück, um sich eine Mütze zu holen. Als sie wieder ins Freie trat, war Rosco verschwunden. Carla stieß einen leisen Pfiff aus. Nichts. Sie rief scharf seinen Namen. Wieder blieb es still. Carla schaltete die Taschenlampe an und trat auf den frisch gemähten Rasen in den Garten. Rosco war weit und breit nirgends auszumachen. Das war ungewöhnlich. Carla stieg über den Zaun und machte sich besorgt auf den Weg ihrer üblichen Abendrunde. Der SUV mit dem ungarischen Kennzeichen kam ihr in den Sinn. Unbewusst fiel sie in einen leichten Trab. Etwa einen Kilometer vom Haus entfernt vernahm sie plötzlich ein lang anhaltendes Fiepen, gepaart mit dem vertrauten Seufzen des Setters, wenn er sich ausgesprochen wohl fühlte.

»Rosco!« Im Schein der Taschenlampe tauchte seine Silhouette auf, wie er sich inmitten einer Kuhweide auf dem Boden wälzte.

»Aus!« Rosco reagierte winselnd auf den scharfen Appell und führte seinen wilden Bodentanz unbeirrt fort. Als Carla näherkam, bemerkte sie den intensiven Aasgeruch. Ihr wurde beinahe übel, als sie Rosco am Halsband von der Stelle wegzog, die ihm offensichtlich größte olfaktorische Freuden bereitet hatte. Schemenhaft erkannte Carla einen halbverwesten Maulwurf und musste sich stark zusammennehmen, um ihren Mageninhalt bei sich zu halten. Sie gingen auf direktem Weg zurück. Es fiel ihr schwer, Roscos Imponiergehabe artgerecht zu begegnen. Sie lobte ihn für seinen Mut und seine Stärke. »Du wärst ein großartiger Papa und könntest deine Familie gegen Bären und Wölfe verteidigen.« Rosco genoss die Anerkennung sichtlich und war, zu Hause angekommen, sogar bereit, in die Badewanne zu hüpfen und sich ein ums andere Mal einseifen zu lassen. Carla rieb sich Pinimentholsalbe unter die Nase, um den Verwesungsgeruch ertragen zu können. Es dauerte fast zwei Stunden, bis der Geruch seines Fells wieder akzeptabel war. Als Rosco nach dem Föhnen auf sein Kissen im Wohnzimmer verschwand, entschied Carla, selbst ein Bad zu nehmen. Die Übertragung der Dateien würde noch eineinhalb Stunden in Anspruch nehmen. Das alte Tablet brummte angestrengt vor sich hin. Carla überprüfte die Speicherkapazität des Geräts und stellte erleichtert fest, dass die Fotos problemlos auf den internen 128-GB-Speicher passen würden. Während sie die Wärme und den Rosmaringeruch des Badewassers genoss, überlegte sie, wie sicher ihre Rechner und ihr WLAN-Router wohl gegen unbefugten Zugriff waren. Sie nahm sich vor, mit einem Fachmann darüber zu sprechen. Während sie ihren Gedanken nachhing, fiel ihr auf, dass sie sich seit ihrer Rückkehr aus Kalifornien zum ersten Mal ernsthaft Sorgen um ihre eigene Sicherheit machte. Das Auftauchen des SUV bei ihr zu Hause schien einen Schalter in ihr umgelegt zu haben. Aber aus welchem Grund hatte sie die vielen anderen Warnungen bislang in den Wind geschlagen? Oder lag es an der Sorge, andere Menschen in Gefahr zu bringen? Aber vor was und wem? Selbst wenn Darian, aus welchem Grund auch immer, in ein Hornissennest gestochen hatte – was hatte das mit ihr zu tun? Oder mit Magdalena, dem Professor oder den Kindern ihrer Vermieterin?

Wir suchen nach etwas oder jemandem, von dem wir wissen, dass er oder es im Verborgenen agiert.

War Magdalena ihretwegen auf der Flucht? Gar in Lebensgefahr? Aber doch nicht durch die Polizei, redete Carla sich ein.

Keine Polizei einschalten! Egal was passiert! Bitte!!!

Wer war H. B., und war sie oder er noch am Leben? Nein, es musste sich um eine Frau handeln, erinnerte sich Carla:

Ich muss H. B. finden und warnen. Wir alle befinden uns in großer Gefahr. Es gibt keinen Zweifel an ihrer Geschichte.

Jetzt hielt es Carla nicht mehr in der Wanne. Hastig duschte sie das Salz von der Haut, schlüpfte in frische Wäsche und weckte das Tablet aus seinem Schlafmodus. Noch siebzehn Minuten. Carla setzte sich an ihren PC und überprüfte die Sicherheitseinstellungen. Die hochwertige Software befand sich auf dem neuesten Stand. Das letzte Update war vor einer Stunde erfolgt. Dennoch startete sie einen vollständigen Scan des gesamten Systems. Parallel checkte sie die Festplattenverschlüsselung, die sie auf dem Rechner mit den Firmendaten installiert hatte. Schließlich rief sie die Internetadresse ihres WLAN-Routers auf, der über ein LAN-Kabel mit dem PC verbunden war. Auch hier schien die bestmögliche Verschlüsselungsmethode aktiv zu sein.

Rosco schnarchte, als sie ins Wohnzimmer trat und das Tablet von den Kameras trennte. Carla sortierte sämtliche Fotos in chronologischer Reihenfolge und speicherte die rund siebzig Seiten des Gutachtens in einem eigenen Ordner. Mit einer Tasse Tee, einem Notizblock und einem Stift gerüstet, begann sie zu lesen.

Als Carla den Titel der Arbeit auf dem Deckblatt im Vergrößerungsmodus betrachtete, stockte ihr der Atem. In Darians Gutachten ging es um niemand geringeren als die deutsche Kanzlerkandidatin. Um die Kandidatin und, der Auftragsbeschreibung eines gewissen Dr. Laskowicz, dem Leiter des Museums der Geschichte der polnischen Juden in Warschau zufolge, um die Urheberschaft der Tagebücher ihrer angeblichen polnischen Großeltern, die sie in ihrer Dissertation verwendet hatte.

In den Vorbemerkungen tauchte zum ersten Mal das Namenskürzel H. B. auf, sie wurde als Zeitzeugin und Hinweisgeberin betitelt. Von ihr schien die These zu stammen, dass es sich bei den von W.J. (das Kürzel stand also für Wiebke Janssen) in ihrer Doktorarbeit verwendeten Tagebüchern um Plagiate, bzw. veränderte Abschriften einer dritten Person handelte, die mit der Kanzlerkandidatin nicht verwandt war.

Carla ärgerte sich darüber, dass sie solche Formulierungen immer zweimal lesen musste. Sie überlegte, ob es nicht einfacher wäre, das Gutachten auszudrucken, und checkte mit ihrem Smartphone, welche Bluetooth-Geräte in ihrer unmittelbaren Umgebung angezeigt wurden. Ihr Handy erkannte lediglich die PC-Lautsprecher, die Tastatur ihres Computers und den Drucker. Sollte sie es riskieren? Carla setzte sich an den Rechner und frischte ihr Wissen über die Sicherheit von Bluetooth-Verbindungen auf. Wie vermutet stellte der Kopplungsvorgang den kritischsten Moment dar. Für Hacker war es dabei ein Leichtes, die PIN abzufangen und damit Tür und Tor zu den Geheimnissen der miteinander verbundenen Geräte zu öffnen.

Lieber nicht, dachte Carla und setzte sich wieder vor den Bildschirm des Tablets. Warum hatte sie solche Angst? Und vor wem?

Drei Stunden später, der Zeiger ihrer Wanduhr bewegte sich bereits auf dem Terrain des neuen Tages, legte Carla das Tablet erschöpft beiseite. Alles, was Darian über die Abstammung von Wiebke Janssen und die Frage, ob die Tagebücher tatsächlich ihrer Familie zugeordnet werden können, herausgefunden hatte, war plausibel erklärt und größtenteils mit handfesten Beweisen untermauert. Auf ihrem Notizzettel befanden sich dennoch ein Dutzend Fragen. Darians abschließende Stellungnahme und sein Fazit erklärten vieles, nicht zuletzt seine Angst vor den unbekannten Verfolgern – denn dass es sich bei dem Tagebuch um eine Fälschung handelte, war zweifelsfrei nachgewiesen. Und damit auch klar, dass dieses Gutachten für den Wahlausgang von Janssens Kandidatur katastrophale Folgen haben würde. Aber sollte dieses Gutachten, so desaströs die Folgen für die Kanzlerkandidatin auch sein mochten, Grund genug sein, Menschen aus dem Weg zu räumen? Und warum sollten Polizei und Staatsanwaltschaft hier nicht ihrer originären Aufgabe zur Erforschung von Straftaten nachkommen dürfen? Darian hatte in seinem Tagebucheintrag erwähnt, dass jeder andere Sachverständige ein vergleichbares Gutachten hätte erstellen können. Außerdem war das schlimmere Verbrechen doch von Janssens Vater begangen worden, und der war, dem Gutachten zufolge, längst gestorben.

Carla wusste nicht, welche Strafen auf die Verletzung von Urheberrechten standen, doch es lag auf der Hand, dass ein Bekanntwerden von Janssens Plagiat ihr und der Reputation ihrer Partei – und damit auch diesem merkwürdigen Komitee, das sie unterstützte – Schaden zufügen würde. Aber gab es in der Vergangenheit nicht jede Menge vergleichbarer Fälle in den Viten deutscher Politiker, die nicht viel mehr als die Aberkennung des Doktorgrads zur Folge gehabt hatten? Carla setzte sich an ihren Rechner und gab die entsprechenden Schlagwörter in die Suchmaske ein. Die Auflistung weckte vage Erinnerungen an die Schlagzeilen in den Medien, die, bis auf die Plagiatsvorwürfe gegen die Grünenpolitikerin Annalena Baerbock, kein Interesse bei ihr geweckt hatten. Karl-Theodor zu Guttenberg war ihr in Erinnerung geblieben, der smarte Minister, der nach Bekanntwerden seiner Plagiatsaffäre sämtliche politischen Ämter niederlegte und seitdem als Berater in Übersee goldene Brötchen zu backen schien. Dem Artikel entnahm Carla, dass das Strafverfahren gegen eine Zahlung in Höhe von 20 000 Euro an eine gemeinnützige Organisation eingestellt worden war. Franziska Giffey, der jungen SPD-Politikerin, war nach mehreren umstrittenen Prüfverfahren der Doktortitel aberkannt worden, und sie war in diesem Kontext von ihrem Ministeramt zurückgetreten. Obwohl noch weitere Plagiatsvorwürfe im Zusammenhang mit ihrer Masterarbeit publik wurden, kam es zu keinen strafrechtlichen Konsequenzen. Auf ihre politische Laufbahn und das parteiinterne Standing hatten die Betrügereien offenbar auch kaum einen Einfluss gehabt: Giffey wurde im Dezember 2021 zur Regierenden Bürgermeisterin der Hauptstadt gewählt.

War das zu glauben?! Carla erinnerte sich daran, wie streng an ihrer Universität mit diesem Thema umgegangen worden war – vermutlich auch aufgrund dieser prominenten Fälle, die bei ihrem Abschluss erst wenige Jahre zurücklagen und in den Köpfen der Menschen noch sehr präsent waren. Wie sie sämtliche Quellenangaben und Zitate ausführlich belegen und eine eidesstattliche Erklärung hatte abgeben müssen. Ganz abgesehen davon, dass sie niemals die Unverschämtheit besessen hätte, fremdes geistiges Eigentum als ihres zu verkaufen. Carla scrollte die Liste weiter nach unten: Silvana Koch-Mehrin, Jakob Kreidl, Matthias Pröfrock, Annette Schavan, Frank Steffel.

Carla raufte sich die Haare und seufzte. Rosco schleckte ihre Hand und sah sie mit großen Augen an, als würde er auf eine Erklärung warten. Carla musste schmunzeln und versuchte ihren Seufzer in (für Hunde) verständliche Worte zu fassen. »Ich frage mich, lieber Rosco, wie diese Menschen, die wir im Vertrauen darauf gewählt haben, die Geschicke unseres Landes zu führen, über so wenig Unrechtsbewusstsein verfügen. Verstehst du, was ich dir sage?«

Rosco legte gähnend den Kopf zur Seite und warf einen Blick auf seinen Futternapf, als wäre er der Auffassung, dass es wichtigere Dinge gäbe. »Wie recht du hast«, sagte Carla und holte ihm vorgekochten Kohlrabi aus dem Kühlschrank. Während sie ihm amüsiert beim Fressen zusah, fuhr sie in ihren Erklärungen fort. Manche Ungeheuerlichkeiten wurden weniger ungeheuerlich, wenn man sie laut aussprach.

»Und warum haben derartige Verfehlungen in den meisten Fällen kaum Auswirkungen auf ihre politischen Laufbahnen?«

Rosco zeigte sich unbeeindruckt.

»Man könnte in manchen Fällen sogar zu der Überzeugung gelangen, die Fehltritte hätten den Übeltätern einen regelrechten Karrieresprung verschafft. Ist das nicht der Gipfel der Frechheit?«

Rosco schob ihr mit der Pfote den leeren Wassernapf vor die Füße. Carla tappte gedankenverloren in die Küche. Ihre Stimme übertönte das Rauschen des Wasserhahns.

»Warum also sollten ausgerechnet Janssens Betrügereien derartig von Belang sein, dass Menschen mit dem Leben bezahlen mussten? Und wenn dem so war, warum stehen dann nicht diese H. B. und der Leiter des Jüdischen Museums ganz oben auf der Todesliste? Warum ausgerechnet Darian?«

Wegen dieses Gutachtens, das jeder andere hätte erstellen können?

»Was meinst du? Hat Darian mehr als die wissenschaftliche Zusammenstellung einer Familiengeschichte in Erfahrung gebracht? Etwa die Beteiligung korrupter Politiker, Polizisten oder deren Vorgesetzter?«

Woher kommen die vielen Millionen für den Wahlkampf, und wer sitzt an den Hebeln der Macht, die W. J. so ins Rampenlicht gestellt hat?

Rosco stillte schlabbernd seinen Durst. »Wie ist Darian nur an solche Informationen gekommen? Und wer könnte uns bei der Suche nach Antworten behilflich sein, wenn wir mit niemandem darüber sprechen dürfen?«

Das Auge des Sturms befindet sich innerhalb der Machtzentrale dieses Komitees. Dessen bin ich gewiss! Noch weiß ich zu wenig und doch genug!

»Es liegt doch auf der Hand, Rosco, dass Darian zu dem Zeitpunkt, als er diesen Tagebucheintrag verfasst hatte, nicht wissen konnte, dass er kurz darauf mit seinen Erkenntnissen sterben würde. Aber …« Rosco hatte seinen Mitternachtsimbiss beendet und sah sie erwartungsvoll an. »… er muss mehr gewusst haben, als er sich getraut hatte aufzuschreiben.«

Carla erhob sich, trat zurück an den Tisch und las sich die betreffenden Zeilen nochmals durch: *Gott stehe uns allen bei …*

»Auch das ist außergewöhnlich, oder? Darian war kein religiöser Mensch.

Rosco schien jetzt auch den letzten Funken Interesse an ihrer Konversation verloren zu haben.

»Dann eben nicht«, sagte Carla und rief die Internetseite des *Komitees für Wirtschaft, Technologie und Fortschritt* auf. Viele der Themen kannte sie aus Janssens Wahlkampf. Man konnte zu Digitalisierung und Globalisierung stehen, wie man wollte, aber Anzeichen für kriminelle Machenschaften ließen sich anhand der Agenden auf der Homepage nicht ansatzweise erkennen. Carla gähnte lauthals. Sie schaltete den PC ab, putzte sich die Zähne und legte sich ins Bett. Wenig später kroch Rosco neben sie auf die Decke. Carla strich ihm müde über das Fell. »Ausnahmsweise«, flüsterte sie ihm ins Ohr und schlief wenig später ein.

In ihrem Traum stand der dunkelblaue SUV plötzlich auf dem Rasen vor ihrer Einliegerwohnung. Zwei Männer, ganz in Schwarz, kletterten ungelenk vom Rücksitz des Wagens. Beide glichen, wie ein Ei dem anderen, Professor Pawlowski. »Wir hätten reden müssen!«, brabbelte der eine ohne Pause und bedrohte sie mit einer Pistole, während der andere vor ihren Augen die Verandatür eintrat und sich in der Wohnung zu schaffen machte. Carla war unfähig zu sprechen oder sich zu rühren. »Denk an die Kinder«, hörte sie die Stimme ihrer Vermieterin in ihrem Rücken.

»Ist das alles?«, wollte der Mann im Wohnzimmer wissen. Auf dem Wohnzimmertisch lagen ein halbes Dutzend Fotoapparate, Computer und Smartphones. »Ist – das – alles?«

Carla zitterte vor Angst. Der andere Mann hielt ihr die Pistole jetzt gegen die Stirn. Irgendwo im Garten kreischten die Kinder. Carla erkannte, wie die Silhouetten des Fahrers und der Beifahrerin des SUV alles mit Kameras festhielten.

Plötzlich erschien Rosco auf der Bildfläche und fing lauthals an zu bellen. Sie werden ihn umbringen, schoss es Carla in den Kopf. »Hör auf Rosco, sei still!« Aber der Hund wurde immer aggressiver.

»Wir hätten r e d e n müssen!« Die Stimme des Mannes klang jetzt besorgt, während Rosco unablässig bellte.

»R O S C O !« Carla fuhr auf. Das grelle Licht der Sonne brannte in ihren Augen. Sie nahm schützend die Hände vors Gesicht. Rosco bellte noch immer. Während die Bilder des Albtraums langsam verblassten, quälte sich Carla von Furcht betäubt aus dem Bett und trat ins Wohnzimmer. Rosco stand aufgeregt vor der Verandatür und beobachtete die Kinder, die im Garten einem Bumerang hinterhertobten. Sie öffnete die Tür, und Rosco stürmte hinaus. Carla ertappte sich dabei, wie sie den Rasen nach Reifenspuren absuchte.

Als die beiden Jungs sie in Unterwäsche und T-Shirt im Türrahmen entdeckten, grinsten sie bis über die Ohren und stimmten einen Kinderreim an: »Das Nilpferd klappt die Augen zu, begibt sich jetzt zur Mittagsruh. Träumt von gelben Apfelsinen und von süßen Mandarinen.« Dann rannten sie lachend um die Ecke des Schuppens.

Carla ging zurück in die Wohnung, schlüpfte in eine Jeans und holte die Butter aus dem Kühlschrank. Im Flur klingelte das Festnetztelefon. Geistesabwesend nahm sie das Gespräch an, ohne auf die angezeigte Nummer zu achten.

»Ja?«

»Hier spricht Ewa Wróbel. Von der Gerichtsmedizin der Universität Warschau. Ich soll Sie fragen, wann die Urne abgeholt wird.«

»Ein Freund kümmert sich …« Carla stutzte. »Sagten Sie Urne?«

Plötzlich tauchten die beängstigenden Bilder des Traums wieder vor ihrem inneren Auge auf.

Wir hätten reden müssen!

»Was soll das bedeuten? Wurde Darians Leiche etwa verbrannt?«

»Ja.«

»Aber warum denn? Und wieso wurde ich darüber nicht informiert?«

»Wir haben Sie benachrichtigt.«

»Ich habe gar nichts bekommen. Keine Nachricht, keinen Brief … N i c h t s !«

»Wir waren aufgrund der Hygienevorschriften dazu angehalten.«

Carla war den Tränen nahe. »Es war doch nur …« Sie suchte verzweifelt nach den Dokumenten der Gerichtsmedizin. »… eine Überdosis, dieses …«

»Levetiracetam.« Die sonore Stimme war jetzt eindeutig männlich. Jemand saß neben oder hinter ihrer Gesprächspartnerin.

»Wer spricht da?«

»Dr. Krawiec. Es tut mir leid, wenn Sie bislang nicht in Kenntnis gesetzt wurden.«

»Würden Sie mir das bitte erklären?«

»Sehen Sie, wir sind verpflichtet, den sogenannten autokatalytischen Abbau in einem Leichnam zu überwachen. Wenn, wie in diesem Fall, eine Vergiftung als Todesursache vorliegt, kann es vorkommen, dass die Zellstrukturen durchlässig werden und die Gefahr besteht, dass toxische Substanzen austreten.«

»Ich dachte, die Leiche würde bis zur Überführung ununterbrochen gekühlt.«

»Das ist richtig, muss aber nicht unbedingt zu einer Verlangsamung des geschilderten Prozesses führen.«

»Warum hat er überhaupt … Mein Bruder hatte nie epileptische Anfälle.«

»Dazu kann ich nichts sagen. Uns liegen lediglich die Untersuchungsergebnisse des Kollegen Pawlowski vor.«

»Der unterdessen bei einem Unfall ums Leben gekommen ist.«

»Woher wissen Sie …«

»Kann ich die Ergebnisse Ihrer Untersuchungen einsehen?«

»Das ist nicht üblich.«

»Und Professor Pawlowskis Bericht?«

»Sie könnten versuchen, einen entsprechenden Antrag beim Direktor der Abteilung zu stellen.«

Carla notierte sich Namen und Adresse des Leiters der allgemeinen und molekularen Pathologie. »Ich werde die Urne morgen persönlich abholen.«

»Sie brauchen gültige Ausweispapiere, eine Kopie der Geburtsurkunde Ihres Bruders und den vorläufigen Totenschein.«

»Sonst noch etwas?«

»Es tut mir wirklich leid, dass wir Sie so überfallen haben.«

»Mir tut es leid«, sagte Carla und beendete das Gespräch. »Um meinen Bruder«, fügte sie leise hinzu. Dann ließ sie den aufgestauten Tränen und ihrer Wut freien Lauf, bis die Bilder und Worte verblassten und einem Gefühl der Leere wichen. Vor ihrem inneren Auge vermischten sich die Bilder des Traums und der Toten mit den lebendigen Erinnerungen an ihren Bruder und ihr eigenes Leben. Die Eltern, ihre Kindheit, ein Familienurlaub in der Normandie, die Mutter auf dem Krankenbett nach der Operation an der Bauchspeicheldrüse, ihr erster Klettersteig im Karwendelgebirge, Beerdigungen und Hochzeiten, Erfolge und Niederlagen, Blut und Schmerz, Glücksmomente und herzliches Lachen. Alles lag zum Greifen nah und entfernte sich im Sekundentakt. Alles musste von Neuem in Besitz genommen werden. Dieser Bewusstseinszustand war mit nichts zu vergleichen, was sie jemals gespürt hatte. So intensiv und so zerbrechlich. Ein ganzes halbes Leben. Ihr Leben.

Sie hob den Kopf, bewegte Arme und Hände. Ging in die Küche, trank einen Schluck Apfelschorle und stellte die Kaffeemaschine an. Zurück im Wohnzimmer blieb ihr Blick an Roscos Näpfen hängen. Sie goss frisches Wasser nach und bereitete ihm eine Mahlzeit zu. Während dieser alltäglichen Verrichtungen schöpfte Carla wieder etwas Selbstvertrauen. Danach fing sie an, ihre Sachen zu packen, schloss Rechner und Mobiltelefon an ihre Ladegeräte an und suchte die benötigten Unterlagen zusammen.

Es klopfte an der Verandatür. »Carla! Du siehst aus, als könntest du etwas zu essen vertragen«, sagte Fanni und reichte ihr einen Teller mit goldbraun gebackenen Zimtschnecken. Hungrig machte sich Carla über das süße Gebäck her. Fanni leistete ihr Gesellschaft, und Carla berichtete von dem Telefonat. Es tat gut, ihre Erlebnisse mit jemandem zu teilen. »Wenn ich Rosco noch mal …«

»Das ist überhaupt keine Frage«, fiel ihr Fanni ins Wort. »Wenn ich dir sonst etwas abnehmen kann?«

Carla überlegte einen Augenblick. »Vielleicht könntest du das sogar.«

Sie griff in ihre Laptoptasche und überreichte Fanni einen Umschlag. Dann flüsterte sie ihr etwas ins Ohr.

»In Ordnung«, sagte Fanni lächelnd.

Zwei Stunden später passierte Carla auf der A93 bereits Regensburg, nachdem sie in der Stadt noch einiges erledigt und einen Brief an ihre Freundin in Graz zur Post gebracht hatte. Unterwegs rief sie im Tiffi Old Town Hotel an und buchte ein Zimmer für die Nacht. Das Mädchen an der Rezeption erinnerte sich an sie und das Missgeschick mit der Kreditkarte. Später, als sie an der Raststätte Dresdner Tor einen Stopp einlegte, spürte sie eine Art von Erleichterung darüber, dass sie nun endlich wieder in Bewegung und aus dieser Endlosschleife an Passivität ausgebrochen war. Auch wenn sie noch immer kaum etwas von dem verstand, was wirklich passiert war und welche Umstände ursächlich für den Tod ihres Bruders waren, war es ein bitterer und – für den Moment – hoffnungsvoller Gedanke zugleich, dass sie Darian nun aus diesem Nebel von Fragen und Geheimnistuerei befreien und nach Hause holen würde. Das war jetzt ihre Aufgabe.

Wenig später begann es zu regnen. Mit jedem Kilometer, den sie zurücklegte, nahm die Intensität des Unwetters zu. Die Fahrbahn verwandelte sich in eine schwarze Spiegelfläche, auf der unzählige weiße und rote Lichtpunkte einen wilden Tanz vollführten. Das ständige Wippen der Scheibenwischer ermüdete ihre Augen. Kurz vor Łódź hielt es Carla nicht mehr aus. Sie lenkte den Wagen auf einen leeren Parkplatz vor einem Freizeitpark, brachte den Sitz in Liegeposition und schlief auf der Stelle ein. Keine Viertelstunde später wurde sie vom Aufheulen einer Polizeisirene aus dem Schlaf gerissen. Schlaftrunken händigte sie den Beamten ihre Papiere aus und erklärte den Grund für ihren Halt.

»Parking zabroniony«, sagte der mit dem ungepflegten Schnauzbart und deutete auf ein verbogenes Hinweisschild.

»Nur für Besucher des Parks«, fügte sein Kollege hinzu. »Bitte fahren Sie weiter.«

Carla entschuldigte sich und startete den Motor. Nach dieser Begegnung war ihre Müdigkeit wie weggeblasen. Zwanzig Kilometer später tauchte in der Dunkelheit ein goldenes M auf. Sie setzte den Blinker und holte sich am Drive-in-Schalter zwei große Becher Kaffee. Die Stimme ihres Navis verkündete, dass sie in einer Stunde und achtundzwanzig Minuten ihr Ziel erreichen würde und sich auf der schnellsten Route befände. Carla lenkte den Wagen im Slalom über den restlos vollgeparkten Rasthof, als plötzlich das unbeleuchtete Heck eines Sattelschleppers auf die Fahrbahn rollte. Mit voller Wucht trat sie auf die Bremse, um einen Zusammenstoß zu verhindern. Der brühwarme Kaffee ergoss sich über ihre Jeans. Carla schrie vor Schmerzen auf, sprang aus dem Wagen und zerrte die Hose bis unterhalb der Knie. Geistesgegenwärtig angelte sie die Wasserflasche vom Beifahrersitz und kühlte den handgroßen hellroten Fleck an der Innenseite ihres rechten Schenkels, an dem sich bereits eine Blase bildete. *Mist!* Als sie im Augenwinkel einen Mann entdeckte, der sie ganz offensichtlich mit seinem Smartphone fotografierte, kletterte sie fassungslos zurück auf den Fahrersitz und lenkte den Wagen langsam auf die Autobahn. Die Verbrühung tat höllisch weh. Unterwegs hielten sie das Pochen der Wunde und die Wut auf den Spanner wach. Es war einfach unglaublich, wie viele perverse Idioten auf diesem Planeten unterwegs waren.

Gegen halb zwölf tauchten endlich die ersten Vororte der polnischen Hauptstadt auf. Kotowice, Niedźwiadek, die große Verzweigung am Flughafen, das Hilton in Szczęśliwice und schließlich die Abfahrt auf die 634, vorbei an der imposanten Fassade des Atlas Towers. Erschöpft stellte Carla den Wagen in der Tiefgarage des Hotels ab und humpelte, eine Jacke um die Hüfte gebunden, zur Rezeption. In ihrem Zimmer angekommen, besah sich Carla die Brandblase genauer. Sie wusste, dass sie die mit Gewebeflüssigkeit gefüllte Haut nicht verletzen oder aufstechen durfte. Zähneknirschend humpelte sie ins Bad, setzte sich splitternackt in die Badewanne und kühlte die Wunde, bis sie vor Kälte zitternd aufgeben musste. Später in der Nacht schluckte Carla zwei Schmerztabletten, um zumindest für ein paar Stunden zur Ruhe zu kommen.

Am Morgen ging es ihrem Bein besser. Nach einem kleinen Frühstück verließ sie das Hotel, ihr blieben noch mehr als zwei Stunden bis zum vereinbarten Termin in der Gerichtsmedizin. Einem spontanen Einfall folgend beschloss sie, Magdalenas Wohnadresse aufzusuchen. Carla erinnerte sich an den Appell in der E-Mail. Vermutlich hatte Magdalena Sorge gehabt, dass ihr Telefon überwacht wurde, aber bestimmt würde sie sich über ein Wiedersehen freuen. Oder sollte sie immer noch auf der Flucht vor den eigenen Kollegen sein? Carla konnte sich das kaum vorstellen. Andererseits – hätte sich Magdalena nicht gemeldet, wenn die Gefahr vorüber wäre? Carla warf einen Blick auf ihren Messenger, aber unter Magdalenas Kontakt gab es weder einen Hinweis darauf, dass sie online war, noch Datum oder Uhrzeit ihrer letzten Aktivitäten.

Carla warf ihr Gepäck auf die Rückbank und stellte fest, dass der Fahrersitz immer noch feucht war. Der ganze Innenraum roch nach Kaffee. Besser als Milch oder Bier, dachte sie auf dem Weg durch die Innenstadt. An Magdalenas Wohnung angekommen, hielt sie vergeblich Ausschau nach dem roten Toyota Yaris. Carla spähte durch ein Gitter in die Tiefgarage. Auch dort war der Kleinwagen nirgends auszumachen. Schließlich stand sie vor dem Klingeltableau des Wohnkomplexes. Carla überflog die Namen auf den Schildern und überlegte fieberhaft, ob sie es wagen konnte. Ein junger Mann trat aus dem Eingang. »Mogę pomóc?«

Carla sah irritiert auf. »Sorry?«

»Can I help you?«

»No, thank you.« Der junge Mann wandte sich zum Gehen. Carla setzte einen Fuß in die Tür. »Uh, excuse me!«

»Yes?«

»Do you know Magdalena?«

»Who?«

»Miss Herezo«, Carla deutete auf das Klingelschild.

»No, no. Sorry.«

Carla betrat das Treppenhaus. Als sie nach längerer Suche endlich vor der richtigen Wohnungstür stand, zögerte sie wieder. Könnte sie Magdalena mit ihrem unerwarteten Besuch in Gefahr bringen?

Nicht mich anrufen oder schreiben! Denk an den schwarzen Turm!

Carla betätigte die Klingel. Im Inneren der Wohnung ertönte eine merkwürdige Tonfolge, die Carla an den Pausengong ihrer Grundschule erinnerte. Nichts rührte sich.

Auch nach dem zweiten Klingeln blieb es in der Wohnung still. Carla zuckte zusammen, als es im Fahrstuhlschacht hinter ihr zu rattern begann. In einem der Stockwerke unter ihr öffnete sich die Tür. Carla vernahm Schritte. Dann war es wieder ruhig.

Zurück im Wagen tippte sie die Adresse des Café Kafka in ihr Smartphone. Zu ihrer Enttäuschung war das Café, in dem sie zuletzt mit Magdalena gewesen war, an diesem Tag geschlossen. Enttäuscht ließ sie ihren Blick durch die Glasfronten über die Bücherregale an den Wänden gleiten. Plötzlich hatte sie eine Idee. Zehn Minuten später stand sie vor dem *Denkmal der Helden des Warschauer Ghettos* und betrachtete die imposante, gläserne Eingangsfront des Museums der Geschichte der polnischen Juden, die von einem Zaun geschützt war. Zwei Streifenpolizisten mit einem Schäferhund patrouillierten vor dem Portal. Es bedurfte keiner Kenntnis der polnischen Sprache, um zu verstehen, dass Dr. Laskowicz, der amtierende Leiter des Museums, vor Wochenfrist gestorben war. Das aufwändig gestaltete Plakat mit dem schwarz umrandeten Davidstern war international verständlich. Wie erstarrt blieb sie stehen. Noch ein Toter im unmittelbaren Zusammenhang mit den Geschehnissen um Darians letzten Auftrag. Doktor Pawel Saul Laskowicz war fünfundfünfzigjährig plötzlich und unerwartet verstorben. Carla stand noch immer fassungslos vor dem Plakat, als einer der Polizisten neben sie trat.

»Wszystko w przadku?«

Carla blickte erschrocken zur Seite. »Verzeihung?«

»Ah, Sie sind Deutsche?«

Carla nickte.

»Ich habe gefragt, ob bei Ihnen alles in Ordnung ist?«, sagte der Mann in tadellosem Deutsch.

»Ja«, sagte Carla. »Ich wusste nicht, dass …«

»Kannten Sie den Direktor?«

Carla wurde kreidebleich. »Nein … nicht persönlich. Mein Bruder …«

Keine Polizei einschalten! Egal was passiert!

»Mein Beileid«, sagte der Uniformierte knapp.

»Danke.«

»Darf ich nach dem Grund Ihres Aufenthalts hier fragen?«

Meinen eingeäscherten Bruder abholen, dachte sie und biss sich auf die Lippen.

»Ich wollte mir die Ausstellung ansehen«, sagte Carla, nachdem sie sich wieder gefasst hatte. »Ist das verboten?«

»Natürlich nicht«, der Polizist lachte gequält. »Aber das Museum bleibt bis zur offiziellen Trauerfeier für Rabbi Laskowicz geschlossen.«

Carla wandte sich zum Gehen. »Darf ich ein Foto machen?« Sie deutete auf das Plakat.

»Selbstverständlich.«

Carla ging zurück zu ihrem Wagen. Wie sollte sie nun H. B. finden und warnen? Mit Blick auf die Uhr und das Navi startete sie den Motor. Die Fahrt zur Universität würde weniger als eine Viertelstunde in Anspruch nehmen. Carla graute bei dem Gedanken, mit der Asche ihres Bruders im Auto tausend Kilometer fahren zu müssen. Und sie schwor sich, nie wieder ein heißes Getränk mit auf die Fahrt zu nehmen.

Der Unfall ereignete sich auf der Ulica Marszalkowska, auf Höhe des öffentlichen Parks, dessen polnischer Name übersetzt *Sächsischer Garten* lautete. Der Wagen, ein Skoda vielleicht, kam plötzlich mit einem U-Turn auf die zweispurige Fahrbahn geschossen und touchierte ihren Renault auf Höhe der Vorderachse. Carla trat entschlossen auf die Bremse und versuchte intuitiv gegenzulenken. Trotzdem polterte ihr Wagen über eine Bordsteinkante und krachte gegen einen Laternenmast. Der Airbag platzte mit einem lauten Knall aus dem Lenkrad. Carla schlug hart mit der Stirn gegen das Aufprallkissen. Während sie benommen den Gurt löste und aus dem Wagen stieg, sah sie gerade noch, wie der Unfallverursacher mit quietschenden Reifen das Weite suchte. Blöderweise konnte sie den genauen Fahrzeugtyp nicht ausmachen. In Erinnerung blieb ihr nur die rostbraune Farbe und, darauf hätte sie Stein und Bein geschworen, dass das Auto kein rückwärtiges Kennzeichen gehabt hatte. Ein Umstand, dem die Polizeibeamten, die wenig später am Unfallort eintrafen, kaum Beachtung schenkten. Überhaupt schienen der junge Beamte und seine noch viel jüngere Kollegin dem Unfallhergang wenig Bedeutung zuzumessen. Nachdem sie ihre Personalien aufgenommen hatten, setzte sich der Polizist ungefragt in ihren Wagen, startete den Motor und fuhr zweimal hin und her. Anschließend öffnete er bei laufendem Motor die Motorhaube, warf einen prüfenden Blick auf den Kühler und verkündete, dass der Wagen fahrbereit sei und dass Carla den Schaden ihrer Versicherung melden und innerhalb einer Woche beheben lassen sollte.

»Sonst erwartet Sie ein empfindliches Bußgeld.«

»Das war's?«, erkundigte sich Carla baff, als die beiden im Begriff waren, sich von ihr zu verabschieden.

»Was meinen Sie?«

»Wollen Sie nicht nachsehen, ob Sie vielleicht Lackspuren oder sonst einen Hinweis auf den Unfallverursacher finden?« Carla hob fragend die Hände. »Oder nach Zeugen Ausschau halten? Das ist doch eine viel befahrene Straße. Bestimmt hat jemand etwas gesehen.«

»Ich kann Ihnen versichern, dass wir alles in unserer Macht Stehende tun werden, um diesen Wagen ausfindig zu machen. Allerdings würde ich mir an Ihrer Stelle wenig Hoffnung machen.«

Ein Sattelschlepper fuhr donnernd an der Unfallstelle vorbei. Carla trat erschrocken zur Seite. Die Polizistin zündete sich in einiger Entfernung eine Zigarette an, als ob sie das alles nichts mehr anginge.

»Solche Unfälle passieren ständig«, fuhr der Beamte fort. »Junge, übermütige Fahranfänger, die meinen, sich im Straßenverkehr behaupten zu müssen.«

Carla ballte innerlich die Fäuste. Die Worte, Mimik und Gestik des Polizisten vermittelten völliges Desinteresse.

»Kann ich sonst noch etwas für Sie tun?«

Carla schüttelte konsterniert den Kopf.

»Dann noch eine gute Fahrt, und passen Sie auf sich auf.«

»Werde ich informiert, wenn Sie den Verursacher gefunden haben?«

»Selbstverständlich!«, der Polizist winkte ihr mit seinem blauen Notizbuch zu. »Alles notiert.«

DRITTER TEIL

WAHRE LÜGEN

Gerichtsmedizinisches Institut

UNIVERSITÄT WARSCHAU | POLEN

Carla kam anderthalb Stunden nach dem vereinbarten Termin an der Universität an. Die riesige Eingangshalle war menschenleer. Es roch nach Spiritus und nassem Holz. Eine Angestellte des gerichtsmedizinischen Instituts teilte ihr vorwurfsvoll mit, dass Dr. Krawiec auf sie gewartet habe, aber nicht mehr im Hause sei. »Er lässt ausrichten, dass Sie morgen früh gegen neun nochmals vorbeikommen sollen.«

»Ich hatte einen Unfall und habe mehrmals versucht, bei Ihnen anzurufen.«

»Das tut mir leid.«

Carla kramte die Papiere aus ihrer Tasche. »Ich habe alles hier. Kann mir niemand sonst die Urne aushändigen?«

Die Dame sah auf die große Wanduhr. »Um diese Zeit leider nein.«

»Hören Sie, ich bin tausend Kilometer gefahren und wurde einen Steinwurf entfernt von einem Verrückten von der Straße gerammt. Ich möchte einfach nur die Asche meines Bruders abholen und wieder nach Hause fahren.«

»Das tut mir alles sehr leid, aber ich fürchte, dass ich heute nichts mehr für Sie tun kann.«

»Könnte ich vielleicht den Direktor des Instituts sprechen?«

»Er ist im Urlaub.«

»Sein Stellvertreter?«

»Auf einer Tagung in St. Petersburg.«

»Wer trägt dann die Verantwortung hier?«, wunderte sich Carla empört. »Was, wenn es zu einem Notfall kommt?«

Die Dame lächelte. »Bei uns ist es selten so dringend, dass es nicht auf den Bereitschaftsdienst warten kann.«

»Dann rufen Sie den Bereitschaftsdienst!«

»Verstehen Sie, Ihre Angelegenheit ist kein *Notfall*. Es tut mir leid.«

Carla war im Begriff aufzugeben, als ihr plötzlich ein Gedanke kam. Wo, wenn nicht hier, hatte sie die Chance, ein paar Puzzleteilchen des großen Ganzen zu sammeln.

»Könnten Sie Professor Pawlowski anrufen? Er hat meinen Bruder obduziert.«

Die Dame sah betreten zur Seite. »Verzeihung, aber er arbeitet nicht mehr hier.«

»Wie kann ich ihn erreichen?«

Carlas Gegenüber schluckte. »Er hatte einen Unfall. Sie können ihn nicht sprechen.«

»Oh!« Carla gab sich überrascht. »Darf ich fragen, was passiert ist? Er war so zuvorkommend, und wir wollten uns noch mal treffen.«

»Er … er …« Am Hals der Dame zeigten sich rote Flecken. »… wurde von einer Straßenbahn erfasst.«

»Hat er sich das Leben genommen?«

»Nein …« Sie schluckte. »Aber ich fürchte, dass ich nicht mit Ihnen darüber sprechen darf.«

Vor wem oder was fürchtest du dich?

»Hören Sie …« Carla lehnte sich auf die Empfangstheke. »Sie müssen mir natürlich nichts darüber erzählen. Aber glauben Sie mir, dass mir diese Nachricht an die Nieren geht. Vor einer Woche habe ich lange mit dem Professor gesprochen. Er hatte sich Zeit genommen, seine Anteilnahme am Tod meines Bruders war aufrichtig. Und wie gesagt wollte er nochmals in Ruhe mit mir sprechen. Was ihm passiert ist, tut mir sehr leid.«

»Er war auch mir gegenüber sehr freundlich, obwohl ich nur …« Sie putzte sich verlegen die Nase und sah Carla endlich fest in die Augen. »Wiktor hat mir sogar das Du angeboten und betonte immer wieder, dass ich ihn an seine Tochter erinnern würde.«

»Das ist doch schön«, sagte Carla und nickte ihr aufmunternd zu.

»In der Zeitung stand, dass er betrunken war, aber das stimmt nicht!«

»Wie kommen Sie darauf?«

»Wir sind uns an diesem Abend vor der Uni beinahe in die Arme gerannt«, fuhr die Angestellte fort. »Er hatte es schrecklich eilig, was sonst nicht seinem Wesen entsprach. Aber er war nicht betrunken.«

»Wie können Sie das so genau sagen?«

»Seit dem Tod seiner Frau hat er viel getrunken. Auch hier im Institut, während der Arbeit. Aber der Alkohol hat ihn stets in eine Art Lethargie versetzt. Es kam nicht selten vor, dass er sich im Büro schlafen legte, bevor er nach Hause ging.«

»Und an diesem Abend war er eher aufgekratzt?«

Sie nickte. »Ich habe mit Wiktors Kollegen darüber gesprochen, und er meinte, dass ich der Polizei Bescheid geben müsste. Ich bin also hingegangen, und sie haben es zu Protokoll genommen. Nicht mehr und nicht weniger. Es gab anscheinend nicht einmal eine Obduktion.«

»War Kommissarin Herezo mit dem Fall betraut?«, erkundigte sich Carla. »Wir kennen uns persönlich.«

»Jetzt, wo Sie es sagen. Sie hat mich an dem Tag, an dem ich meine Aussage gemacht habe, angerufen und mich um ein weiteres Gespräch gebeten. Sie wollte persönlich hierherkommen.«

Was nicht passiert ist, weil sie vor ihren eigenen Kollegen fliehen musste und sich seitdem irgendwo versteckt hält, vervollständigte Carla innerlich den Bericht.

»Aber sie kam nicht, wie ich Ihren Worten entnehmen darf«, sagte sie laut.

»Hören Sie, ich hätte Ihnen das alles nicht erzählen dürfen.« Die Dame hielt sich die Hände vors Gesicht. »Bitte sprechen Sie mit niemanden darüber, ja?«

»Ich wüsste nicht, wen das etwas angehen könnte.«

»Kommen Sie morgen um neun wieder, und seien Sie bitte pünktlich.«

Carla wandte sich zum Gehen. »Sagen Sie, wäre Professor Pawlowskis Assistent nicht befugt, mir die Urne auszuhändigen?«

»Woher ...« Ihr Gegenüber schüttelte unmerklich den Kopf. »Andrzej war nur Student. Außerdem wurde er in die Registratur versetzt.«

Carla kam der kryptische Brief in den Sinn.

Magdalena told me to send this to you in confidence. That's all I can do.

»Wissen Sie zufällig, ob dieser Andrzej bei der Obduktion meines Bruders assistiert hat?«

»Andrzej war Wiktors rechte Hand«, sagte sie unwillig.

»Stand oder vielmehr steht Andrzej in Kontakt mit Kommissarin Herezo?«

»Davon weiß ich nichts.«

»Kann ich mit ihm sprechen?«

»Nein.«

»Würden Sie ihm meine Telefonnummer weitergeben?«

»Nein!«

»Dann kann er selbst entscheiden, ob er ...«

»Gut, meinetwegen ... Aber bitte, gehen Sie jetzt!«

»Morgen um neun.« Carla reichte ihr die Hand, die Frau nahm sie zögerlich entgegen. »Und danke, dass Sie sich Zeit genommen haben.«

Aufgewühlt trat Carla auf den Vorplatz der Universität. Es war nie ihre Art gewesen, Menschen in einem Gespräch derart herauszufordern, erst recht nicht Unwissenheit vorzutäuschen oder gar zu lügen. Andererseits war sie stolz darauf, ihren Instinkten mit einer gewissen Hartnäckigkeit gefolgt zu sein, schließlich hatte sie einiges in Erfahrung bringen können, was sie bis dato nur geahnt hatte. Am Auto angekommen, wählte sie zuerst die Nummer des Hotels und buchte ihr Zimmer für eine weitere Übernachtung. Im Wagen machte sie ein paar Gesprächsnotizen und notierte die sich daraus ergebenden Rückschlüsse und Fragen. Wiktor Pawlowski und Dr. Laskowicz, der Leiter des Jüdischen Museums, waren etwa zwei Tage nach der Obduktion innerhalb eines Zeitfensters von vierundzwanzig Stunden gestorben. Das konnte kein Zufall sein, und die Zusammenhänge lagen nun auf der Hand. Pawlowski musste herausgefunden haben, dass es sich nicht um einen Suizid gehandelt hatte, durfte aber – auf wessen Geheiß auch immer – nicht darüber sprechen und musste sterben. Dr. Laskowicz war – wie Darian selbst – im Bilde über das Plagiat der deutschen Kanzlerkandidatin in ihrer Doktorarbeit gewesen, und beide mussten ebenfalls sterben. Ob die Reihenfolge eine Rolle spielte? Carla kritzelte ein zweites Fragezeichen hinter diesen Vermerk. Ebenso rätselhaft war die Frage, wie der oder die unbekannten Opponenten überhaupt Kenntnis von Darians Gutachten und den Vermutungen des Professors erlangt hatten.

Wir suchen nach etwas oder jemandem, von dem wir wissen, dass er oder es im Verborgenen agiert.

Magdalenas Befürchtungen formten sich zusehends zu einer beängstigenden Realität. Etwas Böses und Mächtiges, das mit unsichtbaren Augen und Ohren seinen Opfern auf Schritt und Tritt nachstellte und sie, wenn es einen Grund dafür sah, vernichtete. Wenn es so war, wie sie es sich vorstellte, wem konnte sie dann noch über den Weg trauen?

Den Angestellten im Hotel? Den Gerichtsmedizinern oder der Dame am Empfang? Den Polizisten, die ihren Unfall aufgenommen hatten?

Wie und zu welchem Zeitpunkt war Magdalena in den Fokus der Kollegen gerückt, und welche Rolle spielte Andrzej, der wissenschaftliche Assistent von Professor Pawlowski, der nach der Obduktion und vor dessen Tod in die Registratur der Universität versetzt worden war?

Magdalena told me to send this to you in confidence. That's all I can do. Sorry!

Auch hier wieder diese übermächtige Angst zwischen den Zeilen. Carla schauderte bei dem Gedanken, dass sie Andrzej, so er denn der unbekannte Verfasser des Briefes war, mit ihren penetranten Fragen vorhin unwillentlich in Gefahr gebracht hatte. In Todesgefahr womöglich? Carla ballte die Fäuste. War sie vielleicht selbst seit geraumer Zeit in den Blick der unsichtbaren Gegenspieler geraten? Der dunkelblaue SUV vor ihrem Haus bekam vor diesem Hintergrund noch mal eine ganz neue Bedrohlichkeit. Darians Vermutungen zufolge befand sich das Auge des Sturms innerhalb des Machtzentrums dieses Komitees für Wirtschaft, Technologie und Fortschritt. Diejenigen, die Wiebke Janssen mit vielen Millionen ins Rampenlicht geschoben haben mussten. Woher hatte Darian all diese Information? Und wieso wusste die Gegenseite, was er wusste?

Sie wissen, dass ich es weiß – Bestimmt!

War H.B. noch am Leben, und falls ja, wie konnte Carla herausfinden, wer sich hinter diesem Kürzel verbarg?

Dieses Mal werde ich nicht mit einem Koffer unbeantworteter Fragen nach Hause fahren, dachte sie aufgebracht.

Als sie wenig später die Unfallstelle passierte, parkte sie den Wagen spontan auf dem Standstreifen und beobachtete den Verkehr auf der vielbefahrenen Ulica Marszalkowska.

Die Möglichkeit zum U-Turn zwischen den jeweils zwei Fahrstreifen wurde wenig genutzt, auch wenn die Straße an sich viel befahren war. Carla fiel auf, dass die Fahrzeuge, die sich an dieser Stelle für einen Richtungswechsel via U-Turn entschieden, den Gegenverkehr gut im Blick hatten. Es war beinahe unmöglich, ein entgegenkommendes Fahrzeug zu übersehen.

Carla besah sich die Anstoßstelle an ihrem Kotflügel genau und machte Fotos mit ihrer Handykamera. Soweit sie beurteilen konnte, hafteten keine fremden Lackspuren an der faustgroßen Delle. Nur ein paar Striemen einer schwarzen Kunststoffstoßstange. Während Carla den Unfall wieder und wieder vor ihrem inneren Auge Revue passieren ließ, kam ihr plötzlich eine Erinnerung, die sie zunächst nicht zuordnen konnte. Etwas, das mit einem Schatten im Inneren des Fahrzeugs zu tun hatte, den sie aus den Augenwinkeln für den Bruchteil einer Sekunde wahrgenommen hatte. Oder war es Einbildung gewesen?

Sie kam nicht darauf und ging zurück zu ihrem Wagen. Als sie die Beifahrertür öffnete, um ihre Strickjacke abzulegen, fiel es ihr ein. Die Silhouette des Fahrers hatte sich auf der *rechten* Seite des Kleinwagens abgezeichnet. Je länger sie an diesem Sinneseindruck festhielt, umso mehr wuchs ihre Gewissheit, dass es sich um einen Rechtslenker gehandelt haben musste. Ein englischer Wagen. In Dunkelbraun. Wie viele mochte es davon in der Stadt geben? Was, wenn der Wagen sie absichtlich gerammt hatte? Carla überlegte, ob sie den Hinweis an die Polizei weitergeben sollte, verwarf den Gedanken aber wieder. So laissez-faire, wie die beiden den Unfall aufgenommen hatten, würden sie ihren Hinweis allenfalls zur Kenntnis nehmen.

Unentschlossen kehrte Carla in ihr Hotel zurück. Wie konnte sie den ungeplanten Aufenthalt nur nutzen? Zuerst wählte sie die Nummer ihrer Vermieterin und erzählte Fanni von ihrem Tag.

»Man könnte meinen, du wirst vom Pech verfolgt«, sagte Fanni und entschuldigte sich im nächsten Atemzug für den unbedachten Kommentar.

»Schon gut«, sagte Carla und musste an die Tagebucheinträge ihres Bruders denken. »Vielleicht steckt ja tatsächlich ein Körnchen Wahrheit drin.«

»Das wollen wir nicht hoffen. Ich wünsche dir, dass morgen alles glatt über die Bühne geht und du wieder gesund und wohlbehalten nach Hause kommst.«

Carla beendete das Gespräch und nahm sich vor, Darians Tagebuchaufzeichnungen weiter zu durchforsten. Nachdem sie einige Seiten gelesen hatte, bekam sie Hunger und beschloss, im Restaurant Ceprownia zu essen. Sie stopfte das Tablet in ihre Handtasche und machte sich auf den Weg. In der Gaststätte angekommen, setzte sie sich an denselben Tisch wie vor einer Woche, bestellte Knödel mit einer Kartoffel-Weißkäse-Füllung und Bier. Das Restaurant war wieder gut besucht. Dieses Mal kamen ihr der Geräuschpegel und die Ausgelassenheit der jungen Menschen weniger befremdlich vor. Das Stimmengewirr, die Gerüche nach Essen und Zigarettenrauch und der Smooth Jazz im Hintergrund fühlten sich nach Leben an und lenkten Carla von den düsteren Gedanken ab. Hinzu kam, dass niemand sich für die einsame Frau in der Nische neben dem Eingang zu interessieren schien, was ihr gerade recht war. Carla warf ihre Jacke auf die Lehne der Sitzbank gegenüber und beobachtete das bunte Treiben. Während sie auf ihr Essen wartete, betrat ein Baum von Mann das Lokal und stolzierte von Tisch zu Tisch. Er trug einen regenbogenfarbenen venezianischen Frack mit gelber Fliege, lilafarbene Handschuhe und einen schwarzen Zylinder. Gäste und Personal erweckten den Eindruck, diesen bunten Vogel zu kennen, und begrüßten ihn mit Beifall. Es war interessant zu beobachten, wie er die Anwesenden in Gespräche verwickelte und sie zum Lachen brachte. Gelang ihm das nicht auf Anhieb, zauberte er eine rote Clownsnase aus dem Ärmel und versuchte damit sein Glück. Die Leute bogen sich vor Lachen, wenn er den Mädchen einen Heiratsantrag machte und dabei vor ihnen auf die Knie ging. Witziger Kerl, dachte Carla und machte heimlich einen Schnappschuss mit ihrem Smartphone.

Die Pierogi schmeckten himmlisch. Plötzlich stand der Clown vor ihrem Tisch, deutete augenzwinkernd einen Knicks an und erkundigte sich, ob Carla zum Nachtisch die polnische Spezialität mit Früchten, Sahne und Zucker probieren wollte.

»Ich wusste gar nicht, dass es süße Pierogi gibt.«

»Hier gibt es alles«, sagte der Clown. »Sie müssen einfach öfter vorbeischauen.«

»Das werde ich«, versprach Carla und erwiderte sein Lächeln. »Und ich würde mich für Waldbeere entscheiden.«

»Eine vortreffliche Wahl.« Er machte eine tiefe Verbeugung. »Studieren Sie im Frankfurt am Main des Ostens?«

»Wie?«

Der Clown schmunzelte. »So nennen die deutschen Studenten doch Warschau, oder etwa nicht?«

Carla sah ihm belustigt in die Augen: »Ich wäre im geschätzt zwanzigsten Semester, aber danke für das Kompliment.«

»Ach!« Der Clown winkte ab und steckte sich blitzschnell die rote Schaumstoffkugel auf die Nase. »Mademoiselle, ein paar Semester hin oder her sind doch nicht der Rede wert.« Seine Stimme und die Gesten ähnelten jetzt täuschend echt Michael »Bully« Herbig. Carla hielt sich den Bauch vor Lachen. »Und was das Kompliment angeht …« Ihr Gegenüber drehte sich einmal um die eigene Achse, beugte sich über den Tisch und blickte ihr tief in die Augen. »Here's looking at you, kid!«

Carla schlug sich auf die Schenkel. »Wenn ich ehrlich sein darf, bin ich das letzte Mal bei *Casablanca* eingeschlafen. Aber die Stimme war täuschend ähnlich. Sind Sie Schauspieler?«

»Nur ein langweiliger BWL-Student im siebten Semester.« Der Clown setzte sich ihr gegenüber. »Aber wir haben tatsächlich ein kleines Ensemble und geben ab und an etwas zum Besten.«

Er reichte ihr einen zerknitterten Flyer des Stücks *Ich, Vincent,* das im Frühjahr aufgeführt worden war. »Wenn Sie mögen, können Sie mal auf diese Seite gehen.« Er deutete auf eine Internetadresse der Kocminski University.

»Oskar!« Eine tiefe Männerstimme dröhnte durch das ganze Lokal.

»Upps! Er mag es nicht, wenn ich seine Gäste beim Essen *belästige*.« Der Clown erhob sich und machte eine tiefe Verbeugung. »War mir ein Vergnügen.«

Carla sah amüsiert hinterher, wie er zwischen den Tischen verschwand. Dann öffnete sie den Browser und tippte die Internetadresse ein, die auf dem Flyer stand. Keine Spur von dem Clown oder seinem Theaterstück. Einem spontanen Gedanken folgend rief Carla die Seite der Gerichtsmedizin auf und suchte nach dem Namen der Empfangsdame, mit der sie am Nachmittag zu tun gehabt hatte. Dabei stellte sie fest, dass sämtliche Einträge und Verweise auf Professor Pawlowski entfernt worden waren. Die Dame selbst war auf den Seiten der Gerichtsmedizin nirgends zu finden. Mehr aus Zufall tippte Carla auf ein Banner, das mit der Überschrift »Suddenly alone« für ein Charity-Event für Waisenkinder warb, deren Eltern plötzlich und unerwartet verstorben waren. Unter dem Text waren die Ansprechpartner für das Projekt gelistet, und als studentischer Vertreter ein gewisser Andrzej Nowak. Carla bekam eine Gänsehaut. Sie führte ihren Daumen auf den Namen, woraufhin eine kurze Vorstellung mit Lebenslauf, seine Studienfächer und am unteren Ende ein Link auf sein Facebookprofil erschienen. Dort entdeckte sie die Abbildung eines Zertifikats des polnischen Roten Kreuzes, auf der Nowaks Geburtsdatum und seine vollständige Adresse abgedruckt waren. So viel zum Datenschutz, dachte Carla, atmete tief durch und legte das Telefon zur Seite. Oskar, der Clown, brachte ihr die süßen Knödel und ein Glas Likör.

»Zur Strafe muss ich jetzt auch noch bedienen«, sagte Oskar mit gespielt traurigem Blick. »Zitrone-Holunder. Passt wunderbar zu den Beeren des Waldes.«

»Danke. Ich möchte dann gern zahlen, wenn es geht«, sagte Carla und steckte das Telefon in ihre Tasche. Oskar legte den Kopf zur Seite, griff nach einer Serviette und stach mit dem Finger zwei Löcher in das Tuch. Schließlich hielt er sich das Provisorium vors Gesicht und begann zu singen:

»Jeder Anfang endet irgendwann … Doch irgendwann kam viel zu schnell …«

»Cro!« Carla klatschte in die Hände. »Fantastisch! Sie sind ein Meister der Imitation!«

Einige Gäste, die die Gesangseinlage mitbekommen hatten, stimmten in den Applaus ein.

»War mir eine Ehre, fremde Nichtstudentin aus Deutschland.«

Warschau / Wrocław / Nürnberg

POLEN / DEUTSCHLAND

Nachdem Carla vor dem Lokal Andrzej Nowaks Adresse in ihr Smartphone eingegeben hatte, beschloss sie, die öffentlichen Verkehrsmittel zu nutzen und den Wagen in der Tiefgarage des Hotels stehen zu lassen. Sie erreichte die U-Bahn-Haltestelle Centrum Nauki Kopernik in weniger als zehn Minuten. Wenig später fuhr die M2 in den futuristisch gestalteten Bahnhof ein. Während der Fahrt überdachte Carla zum wiederholten Mal ihre Beweggründe, dem ehemaligen Assistenten von Professor Pawlowski einen spontanen Besuch abzustatten. Wenn sie Glück hatte, war er, nach dem Tod des Professors, der Einzige, der ihr etwas zur Todesursache ihres Bruders sagen konnte. Und falls er, wie angenommen, mit Magdalena in Kontakt stand und diesen kryptischen Brief verfasst hatte, könnte Nowak ihr auch die Bedeutung der komplexen Formeln erläutern und etwas über Magdalenas Verbleib erzählen.

Bei allem, was Carla inzwischen wusste, erschien ihr der persönliche Kontakt am gefahrlosesten. Es fiel ihr immer noch schwer zu glauben, in eine Verschwörung geraten zu sein, die allein dem Zweck diente, das Renommee der deutschen Kanzlerkandidatin zu erhalten. Eine Verschwörung, deren Drahtzieher weder vor Datenklau und Spionage noch vor Mord und Totschlag zurückschreckten. Und doch war es mittlerweile fast unmöglich, sich all die Ereignisse schönzureden.

Keine Polizei einschalten!

Zum ersten Mal glaubte sie, den Impetus der flehentlichen Bitte ihres Bruders greifen zu können.

Kein Wort zu niemand.

Die Bühne dieser abscheulichen Oper wurde für jeden, der sie betrat oder sich auch nur in ihre Nähe wagte, ganz offensichtlich zur Richtstätte. Und mit einem Mal wurde ihr bewusst, wie gefährlich es war, sich in Warschau aufzuhalten. Sich nach Professor Pawlowski zu erkundigen oder vor dem Jüdischen Museum aufzutauchen. Fragen zu stellen und Antworten zu suchen. Während Carla so dachte, ballte sie die Fäuste in ihrer Jackentasche, weil sie sich ihr Sosein, ihre Wut und ihre Trauer nicht verbieten lassen wollte. Weil sie nie vor einer Gefahr weggelaufen war und ihr Leben und ihre Freiheit über alles liebte. Weil sie es Darian und ihren Eltern aus irgendeinem Grund schuldig war. Gleichzeitig fürchtete sie sich vor dem, was ihr bevorstand. Vor dieser Begegnung in einem verschlafenen Stadtteil Warschaus. Vor allem, was sich im Inneren der Gerichtsmedizin abspielte und abgespielt hatte. Vor der Urne, in der sich all das befand, was von ihrem Bruder übrig geblieben war. Vor der Rückfahrt und der Beerdigung. Davor, dass all ihre schlimmsten Befürchtungen und Einsichten sich zu einem Bild zusammenfügen würden. Zu einer Wahrheit, die unerträglich sein könnte.

> Sollte ich die Erkenntnisse meiner Recherchen verschweigen, um Schlimmeres zu verhindern?
> Könnte ich das ...???
> Ich kann es nicht.

Und ich auch nicht!, führte Carla ihren inneren Monolog fort. Einmal mehr redete sie sich ein, nichts Verbotenes zu tun. Niemand würde von dieser Begegnung erfahren. Wäre Nowak der, für den sie ihn hielt, sollte er selbst entscheiden, was und wie viel er von seinem Wissen preisgeben wollte. Gab er sich zögerlich, würde sie ihre Beweggründe für sich behalten. Die Möglichkeit, dass der junge Assistent eine Art Doppelagent war und für die Gegenseite arbeitete, hielt Carla für so abwegig, dass sie sich selbst an die Stirn tippte.

Während die U-Bahn in die Station Trocka einfuhr, warf Carla nochmals einen Blick auf die Wegbeschreibung zu Nowaks Adresse. Von hier waren es noch acht Minuten Fußmarsch. Sie prägte sich Straße und Hausnummer ein und schaltete ihr Smartphone aus. Sicher ist sicher, dachte Carla und trat auf die Bahnsteigkante.

Der verwelkte Wiesenblumenstrauß (lieblos mit einem Gummiband umwickelt) und das abgebrannte Grablicht, die am Fuß einer Betonsäule ruhten, fielen Carla sofort ins Auge. Darüber eine namenlose, schwarz umrandete Karte mit dem Konterfei des Professors. Carla erblasste bei der Vorstellung, dass sich der Unfall hier ereignet hatte. Ihre Knie wurden weich, und sie ließ sich auf eine Bank neben der Säule nieder, während ein Strom von Menschen achtlos an ihr vorüberzog. Wieder fügte sich ein Puzzleteil zum anderen. Lag es nicht auf der Hand, dass Pawlowski an jenem Abend, als er sich mit ihr im Restaurant hatte treffen wollen, auf dem Weg zu seinem Assistenten gewesen war, und in diesem Kontext von der U-Bahn erfasst wurde?

Er hatte es schrecklich eilig, was sonst nicht seinem Wesen entsprach.

Aber er war nicht betrunken.

Carla kramte ihr Tablet aus der Tasche und machte ein Foto des traurigen Arrangements, das vom Ende eines einsamen Wissenschaftlers erzählte, der nach dem Tod seiner Frau zur Flasche gegriffen hatte. Zögernd raffte sie sich auf, reihte sich in den aufgeregten Fluss der Menschen und ging die Treppen mit schweren Schritten nach oben. Jemand versetzte ihr einen Stoß bei dem Versuch, sich an ihr vorbeizudrängen. Mit einem Mal beschlich Carla das Gefühl, beobachtet zu werden. Der Mann mit der grauen Franzosenmütze vor ihr. Das Mädchen mit den In-Ears und den schwarzen Zöpfen. Jeder und jede konnte ein Wolf im Schafspelz sein. Wer hatte Zugriff auf die Bilder der Überwachungskameras am Ausgang der Station? Wie sicher waren die Zahlungen mit ihrer Kreditkarte? Wie viele Jäger stellten wie vielen Gejagten nach?

Eine kalte Ahnung begleitete sie ins Freie. Etwas, das ihren Puls in die Höhe schnellen ließ. Etwas, das ihr einreden wollte, ausgeliefert zu sein. Etwas, das ihre ganze Aufmerksamkeit forderte, um dagegen anzukämpfen. Und weiterzugehen.

Das Doppelhaus in der menschenleeren Ulica Mrozowska lag im Dämmerlicht einer trüben Straßenlaterne. In einem der Gärten auf der gegenüberliegenden Seite bellte ein Hund. Vor der Einfahrt stand ein silberner Skoda quer auf dem Bürgersteig. Das Innere des Hofes war mit alten Fässern, Holzpalletten und Mülltüten vollgestellt. Carla konnte weder die Hausnummer noch ein Namensschild oder einen Briefkasten ausmachen. Zur Sicherheit überprüfte sie die Nummern der Nachbarhäuser. Wenn die Adressangabe auf dem Zertifikat des Roten Kreuzes noch aktuell war, war sie richtig. Neben der Gartentür befand sich ein alter Messingknopf. Carla sah sich noch einmal in alle Richtungen um, nahm ihren ganzen Mut zusammen und betätigte die Klingel. Als Reaktion hallte Hundegebell aus dem Haus. Sonst gab es keinerlei Anzeichen dafür, dass sich jemand in einem der beiden Stockwerke befand. In dem Moment, als sie den Klingelknopf ein zweites Mal drücken wollte, ging hinter einem der oberen Fenster Licht an. Der Hund hörte auf zu bellen. Jemand brachte das Fenster in Kippstellung.

»Kto tam jest?«

So hatte Carla sich die Begegnung nicht vorgestellt. »I'd like to talk to Andrzej Nowak«, sagte sie zögerlich. Ob sie den Namen richtig aussprach?

»Who are you?«

Carla überlegte einen Moment. »I got a letter from an unknown sender that I don't understand.«

Das Fenster wurde ruckartig geschlossen, und das Licht erlosch.

Mist, dachte Carla. Dann hörte sie Schritte. Ein Fenster an der Seite des Erdgeschosses wurde geöffnet. »Kommen Sie!«

Carla trat durch die Gartentür in den Innenhof und unter das Fenster. »Vielen Dank.« Andrzej Nowak sah im Dämmerlicht blutjung aus. Wie ein Schuljunge mit hellen Stoppelhaaren und einer rahmenlosen, runden Brille, die Carla ein wenig an die von Harry Potter erinnerte.

»Wie haben Sie mich gefunden?« Sein Deutsch hatte einen deutlichen Akzent, doch die Worte schienen ihm leicht über die Lippen zu kommen.

»Ich war gerade in Warschau. Bitte entschuldigen Sie die Störung. Mein Bruder wurde eingeäschert, und ich …«

»Sie dürften nicht hier sein! Hat Magdalena das nicht gesagt?«

»Professor Pawlowski wollte sich mit mir treffen und …«

»Er ist tot.«

»War er an dem Abend bei Ihnen, als der Unfall passierte?«

»Woher wissen Sie das alles?«

»War es so?«

»Nein. Aber es ist wahrscheinlich, dass er auf dem Weg zu mir war. Der Umschlag befand sich in seiner Manteltasche.«

Carla dachte an den ärmlichen Blumenstrauß und das Grablicht in der Metrostation. Ob Andrzej das arrangiert hatte?

»Er sagte, dass er nicht an einen Suizid glaubte. Darüber wollte er mit mir sprechen.«

»Es war kein Selbstmord.« Nowaks Stimme klang kraftlos.

»Was bedeuten die ganzen Gleichungen?« Carla hielt ihm die Ausdrucke unter die Nase.

»Sie dürfen mit niemandem darüber sprechen. Hören Sie? Mit niemandem!«

»Darian war mein Bruder, bitte!«

Der Junge schloss die Augen und schnaufte laut durch die Nase. »Meinetwegen. Aber nur kurz, hinter dem Haus befindet sich ein Kellerabgang. Dort lasse ich Sie rein.«

Andrzej Nowak führte Carla mit einer Arbeitsleuchte in eine verdreckte Waschküche, in der es fürchterlich stank. In einer Ecke stand eine Katzenkiste, daneben lag der halb verweste Kadaver einer Maus. Nowak kam ohne Umschweife zur Sache: »Pawlowski hat Biomarker eines hochwirksamen Nervengifts in den Organen und auf der Haut Ihres Bruders entdeckt.«

»Was bedeutet das?«

»Sagt Ihnen der Begriff Nowitschok etwas?«

»Man vermutet, dass Alexei Nawalny damit vergiftet wurde, richtig?«

»Die Strukturmerkmale werden ständig komplexer, oder *verbessert*, könnte man sagen. Ein Milligramm genügt, um einen Menschen zu töten.«

Carla war entsetzt. »Wer besitzt so ein Teufelszeug?«

»Das ist einer der Gründe, warum Sie nicht hier sein sollten, und warum Ihr Bruder niemals hätte nach Warschau kommen dürfen.«

»Wie viel wissen Sie darüber?«

»Gar nichts, und doch viel zu viel.«

»Beantworten Sie nun meine Frage?«

»Niemand.« Ihr Gegenüber zögerte. »Niemand dürfte es besitzen. Es gibt einige Strukturformeln, die in der Chemiewaffenkonvention gelistet und teilweise als Kampfstoffe zugelassen sind. Aber nicht diese Substanz.«

»Also das Militär?«

»Vielleicht«, sagte Nowak. »Oder Geheimdienste, irgendwelche streng vertraulichen Regierungsprogramme. Labore im Nirgendwo mit namen- und gesichtslosen Wissenschaftlern, denen jeder Kontakt nach außen verwehrt wird. Niemand weiß Genaueres darüber.«

»Warum diese Lüge mit der Überdosis irgendeines Medikaments?«

»Die bessere Frage wäre, wer dem Professor untersagt hat, die Gewebe- und Blutproben Ihres Bruders im Labor untersuchen zu lassen und eine zweite Obduktion vorzunehmen.«

»Wenn alles so geheim ist, wieso wusste Magdalena davon?«

»Niemand wusste davon. Mich hat man einen Tag nach der Obduktion in die Registratur verbannt. Bevor wir irgendwelche Erkenntnisse gewinnen und ich mich mit Pawlowski austauschen konnte.«

»Und Magdalena?«

»Sie hat mir diesen Schmierzettel gebracht, am Tag nach dem Unfall, und verlangte, dass ich den Inhalt an Sie weiterleite.«

»Warum?«

»Das müssen Sie sie selbst fragen.«

»Haben Sie seitdem von ihr gehört?«

»Nachdem ich ihr erklärt hatte, was diese Formeln in etwa bedeuten, bestand sie darauf, dass wir uns nie wieder begegnen.«

»Stimmt es, dass sie vor ihren eigenen Kollegen fliehen musste?«

Der Junge zuckte mit den Schultern. »Ein weiterer Grund, warum *Sie* nicht hier sein sollten«, sagte er leise. »Erzählen Sie niemandem von unserer Begegnung.«

»Ich verspreche es«, sagte Carla. »Aber können Sie verstehen, dass ich die Dinge nicht einfach auf sich beruhen lassen kann?«

Andrzej Nowak nickte kaum merklich. »Was wollen Sie jetzt tun?«

Carla zuckte mit den Schultern. »Sagt Ihnen das Namenskürzel H. B. etwas?«

»Wer soll das sein?«

»Vermutlich jemand, der genau wie wir zu viel weiß«, sagte Carla nachdenklich. »Was würden Sie an meiner Stelle tun?«

»Darf ich ehrlich sein?«

»Sonst hätte ich nicht gefragt.«

»Das mit Ihrem Bruder tut mir sehr leid. Aber nichts und niemand wird ihn jemals wieder lebendig machen, wenn Sie verstehen, was ich meine?«

»Sie würden aufgeben?«

»So habe ich das nicht gemeint.« Nowak fasste sich an die Stirn. »Es ist nur … alles so sinnlos. Die beiden haben niemandem etwas getan, und die Gefahr …«

»Drei!«, unterbrach ihn Carla.

»Wie bitte?«

»Dr. Laskowicz, der Leiter des Jüdischen Museums, ist ebenfalls *plötzlich und unerwartet* verstorben.«

»Das habe ich nicht gewusst.«

»Vielleicht wurde ihm dieselbe Substanz verabreicht.«

»Falls ja, werden wir es nie erfahren.«

»Er wurde bereits beerdigt. Die offizielle Trauerfeier findet am Sonntag statt.«

»Sehen Sie.«

»Mir ist klar, dass wir uns auf gefährlichem Terrain bewegen«, sagte Carla. »Und ich werde mir alles noch mal in Ruhe durch den Kopf gehen lassen. Ganz abgesehen davon, dass ich nicht die geringste Idee habe, was ich tun könnte, um das alles zu beweisen.«

Es entstand eine kurze Pause.

»Hätte man meinem Bruder helfen können?«, fragte Carla dann leise.

»Eher nicht.« Andrzej Nowak schüttelte den Kopf. »Der Tod tritt nach wenigen Minuten ein.«

»Was passiert genau?«

»Wollen Sie das wirklich wissen?«

Carla nickte.

»Das Gift blockiert Botenstoffe, dadurch wird das gesamte Nervensystem außer Kraft gesetzt. Dem Betroffenen wird übel, und das Atmen fällt immer schwerer. Er bekommt Schweißausbrüche und Krämpfe.«

Sie sah den Todeskampf ihres Bruders bildlich vor sich. »Und dann …?«

»Man erstickt.« Nowak sah betreten zu Boden. »Es bleibt nicht viel Zeit für eine notfallmedizinische Behandlung.«

»Die da wäre?«

»Künstliche Beatmung und die Verabreichung eines Gegenmittels.«

»Also nicht.«

»Wie?«

»Man hätte ihm nicht helfen können.«

Carla ging mit weit ausladenden Schritten zurück zur Metro. Als sie den ersten Treppenabsatz erreichte, bemerkte sie zwei Polizisten, die auf dem Bahnsteig in einen Disput mit einer Gruppe Jugendlicher verwickelt waren. Ohne ihre Reaktion erklären zu können, drehte sie auf der Stelle um und kehrte auf die Straße zurück. Im Schatten der gegenüberliegenden Bushaltestelle beschloss sie, den Weg zum Hotel zu Fuß zurückzulegen. Dazu musste sie nur parallel der Schnellstraße in Richtung Stadtmitte gehen, und es war ihr gerade recht, dass um diese Zeit noch reger Verkehr herrschte. Die Sorge, verfolgt zu werden, begleitete sie auf Schritt und Tritt. An einer Tankstelle kaufte sie sich, mit dem Rücken zu einer Überwachungskamera an der Decke, ein belegtes Brötchen und eine Flasche Wasser. Einmal glaubte sie, Andrzej in einem der vorbeifahrenden Autos zu erkennen. Ein anderes Mal Oskar, den Clown. Vor der Maria-Magdalena-Kathedrale geriet Carla unverhofft in eine Traube von Kirchgängern, die gerade aus der Kirche strömten. Sie machte kehrt und nahm einen kleinen Umweg über die Ulica Targowa in Kauf. Wenig später fand sie sich im Park Praski wieder, der an den Zoologischen Garten grenzte. In einiger Entfernung meinte sie, das Toben und Schreien einer Affenbande zu hören. Schließlich überquerte sie die Weichsel und erreichte gegen elf ihr Hotel.

Die Begegnung mit Andrzej beschäftigte sie bis in die frühen Morgenstunden. Als Carla gegen halb acht aus dem Bett und unter die Dusche stieg, fühlte sie sich wie gerädert. Außerdem war sie hungrig, verspürte aber wenig Lust, sich in diesem Zustand unter die Hotelgäste zu mischen. Sie bestellte sich ein Frühstück auf ihr Zimmer und trank drei Tassen Kaffee. Als sie sich endlich wieder bei Kräften und für die Begegnung mit Dr. Krawiec gerüstet fühlte, war es schon fast halb neun. Mit schnellen Schritten machte sich Carla auf den Weg zur Rezeption – heute durfte sie auf keinen Fall zu spät in die Gerichtsmedizin kommen.

Zögernd überreichte sie der Angestellten ihre Karte. Ich hinterlasse überall Spuren, dachte Carla besorgt.

»Das ist für Sie«, sagte das Mädchen und überreichte ihr mit dem Beleg einen hochwertigen Briefumschlag, auf dem ihre Zimmernummer vermerkt war.

»Danke.« Überrascht nahm Carla den Umschlag entgegen. »Was ist das?«

»Eine Frau hat ihn vorhin für Sie abgegeben.«

Carla dachte augenblicklich an Magdalena. »Wie sah sie aus?«

Das Mädchen überlegte. »Vierzig, fünfzig vielleicht … schwer zu sagen.«

»Nicht jünger?«

»Sie trug eine komische Brille«, sagte das Mädchen. »Mit solchen Gläsern.« Daumen und Zeigefinger ihrer Hand deuteten eine Stärke von einem halben Zentimeter an. »Ihre Augen wirkten dahinter unnatürlich groß«, fuhr die Angestellte fort. »Und sie war definitiv über vierzig.«

»Wann war das ungefähr?«, wollte Carla wissen.

»Kurz vor acht vielleicht.«

Carla griff nach ihrem Gepäck und wandte sich gerade zum Gehen, als ihr noch etwas einfiel. »Hat sie Polnisch gesprochen?«

»Englisch«, sagte das Mädchen. »Aber … ich bin sicher, dass sie Polin war. Und sie wusste, dass Sie bei uns logieren, und ganz offensichtlich auch Ihre Zimmernummer.«

Carla beeilte sich zu ihrem Wagen. Den Umschlag steckte sie in den Organizer an der Mittelkonsole. Es fiel ihr schwer, ihn nicht direkt zu öffnen, doch das musste warten. Carla lenkte den Renault mit quietschenden Reifen aus der Tiefgarage. Mit etwas Glück würde sie pünktlich bei Dr. Krawiec sein.

Erst als sie um die Mittagszeit die Stadtgrenze Warschaus erreichte und sich in den Verkehr auf der Autobahn einfädelte, kam ihr der Briefumschlag wieder in den Sinn.

Zimmer 426!

Eine Frau zwischen vierzig und fünfzig mit dicken Brillengläsern, hinter denen ihre Augen unwirklich aussahen. Eine Englisch sprechende Polin.

Wie hatte sie den vergessen können? Doch etwas hielt sie auch jetzt noch davor zurück, einfach auf den nächsten Parkplatz zu fahren und den Umschlag zu öffnen.

Die Übergabeformalitäten am gerichtsmedizinischen Institut hatten sie vollkommen in Beschlag genommen. Dr. Krawiec hatte sich als zuvorkommender Arzt gezeigt, der sich ein ums andere Mal für alle Unannehmlichkeiten entschuldigt und ihr sogar eine Auswahl an Urnen vorgelegt hatte. Carla hatte sich für ein schlichtes Modell aus Keramik entschieden, von dem sie überzeugt war, dass es sowohl ihrem Bruder wie auch ihren Eltern gefallen hätte. Schweren Herzens hatte sie die erforderlichen Unterschriften geleistet, die angefallenen Kosten beglichen und sich, so rasch es möglich war, wieder auf den Weg gemacht. Krawiecs Einladung zu einer Tasse Kaffee auszuschlagen war vielleicht unhöflich, aber ehrlich gewesen. Carla hatte den Beifahrersitz so weit nach vorne geschoben, dass die mit Wellpappe ausgekleidete Transportkiste sicher neben ihr ruhte. Immer wieder berührte sie die raue Oberfläche des Holzes und erinnerte sich an gemeinsame Fahrten mit Darian. Einmal hatte sie ihn zu einer Tour auf die Wildspitze überreden können. Auf der Anfahrt waren sie in einen Stau geraten und mussten im Auto übernachten. Darian hatte während der gesamten Tour und noch Jahre später über diese *grausame Nacht in der Sardinenbüchse* lamentiert, wie er ihren Clio nannte, und sie hatte ihn daraufhin stets ein Weichei geschimpft. Unsere Beziehung hat so viele Gesichter gehabt, dass mein Leben ohne ihn ein anderes sein wird, dachte Carla. Wie, das konnte sie sich nicht vorstellen, und einmal mehr kam ihr in den Sinn, dass Trauer weniger mit dem Verstorbenen zu tun hatte als mit dem bitteren Gefühl des Zurückgebliebenseins.

Ganz unabhängig davon brachte sie die Vorstellung seines Todeskampfes beinahe um den Verstand. Niemand hatte es verdient, so brutal aus dem Leben gerissen zu werden. Nicht einmal der schlimmste Schwerverbrecher. Oder etwa doch? Carla schämte sich bei dem Gedanken, Darians feigen Mördern denselben qualvollen Tod zu wünschen.

Es fiel ihr schwer, sich neben derartig ambivalenten Gedanken und Gefühlen auf den Verkehr zu konzentrieren.

Kurz nach Breslau lenkte sie den Wagen auf einen Parkplatz und vertrat sich die Beine. Ganz in der Nähe konnte sie das Fußballstadion von Wrocław ausmachen, dessen Silhouette sie an die Allianz Arena in München erinnerte. Darian und sie waren ausgerechnet bei dem bitteren Unentschieden gegen Bayer Leverkusen in der Arena gewesen. Sie war kein Fußballfan, aber die Stimmung im Stadion war ein Erlebnis gewesen.

Als Carla eine Frau bemerkte, die am Rande des Parkplatzes lauthals in ihr Smartphone brüllte, fiel ihr ein, dass ihr Gerät seit dem Treffen mit Dr. Krawiec im Flugmodus schlummerte. Sie lief zu ihrem Wagen zurück. Das Telefon vibrierte und blinkte nach der Aktivierung. Im Nachrichteneingang häuften sich die Roaming-Infos. Eine Handvoll WhatsApp-Nachrichten von Freunden und Bekannten. »Wo steckst du, Carla?«; »Geht es dir gut?«; »Liebe Grüße aus Rom«; »Melde dich mal wieder«. Ein Dutzend bedeutungsloser E-Mails. Zwei Anrufe und eine Sprachnachricht von Roger: »Wenn ich etwas für dich tun kann …«

Werbung, Nachrichten, Spam. Fanni hatte ein Dutzend Mal angerufen, aber keine Nachricht hinterlassen. Carla versuchte zurückzurufen und erfuhr, dass sie im Augenblick nicht erreichbar war und via SMS über ihren Anruf informiert wurde. Carla ließ sich auf den Fahrersitz fallen und griff nun endlich zögerlich nach dem Briefumschlag.

Plötzlich krachte etwas gegen den Kotflügel des Renault. Carla erschrak aufs Äußerste. Ein Junge mit schokoladenverschmiertem Mund tauchte auf, entschuldigte sich und rannte mit seinem Ball wieder davon.

»Schon okay«, sagte Carla, als er schon längst über alle Berge war, öffnete den Umschlag und brachte eine Postkarte aus festem Karton zum Vorschein. Das Motiv zeigte einen weitläufigen Strand. Im Vordergrund ein Steinmännchen, wie sie es aus den Bergen kannte. Ein Turm aus flachen, aufeinander gestapelten Steinen. Carla wendete gespannt die Karte:

Manchmal ist es besser zu schweigen und die Dinge auf sich beruhen zu lassen. Unbekannter Verfasser.

Eine ungleichmäßige schwarze Schrift. Wie die eines Kindes, das gerade erst schreiben gelernt hatte. Oder die eines Arztes oder Apothekers. Andrzej!

War dies nicht sein mehr oder weniger verklausulierter Appell gewesen, und hatte sie ihm nicht deutlich genug zu verstehen gegeben, dass sie in Ruhe über alles nachdenken wollte?

Eine Frau zwischen vierzig und fünfzig.

Hatte der junge Medizinstudent jemanden geschickt? Oder Magdalena?

Sie stieg wieder aus dem Wagen und ging zu der Frau, die eben ihre lautstarke Unterhaltung beendet hatte.

»I'm sorry. My phone's broken.« Carla hielt ihr das ausgeschaltete Telefon hin. »Do you mind if I borrow yours for a quick chat?« Carla reichte ihr einen Fünf-Euro-Schein. »Just a minute, please?«

Die Frau musterte sie misstrauisch. Ihr Gesicht war rot geschwollen, und sie roch nach Alkohol. Mit einer raschen Handbewegung, die Carla ihr niemals zugetraut hätte, griff sie nach dem Schein und gab ihr das Telefon. »Een Minuut.«

Andrzej nahm das Gespräch nach dem ersten Klingeln an. »Tak?« Seine Stimme klang verängstigt.

Carla atmete tief durch. »Ich bin's. Darf ich fragen, was das mit der Karte sollte?«

»Wie bitte?«

»Woher wussten Sie, in welchem Hotel ich übernachte?«

»Das wusste ich nicht.«

»Jemand hat mir einen Briefumschlag zukommen lassen. Mit einer Postkarte …«

»Damit habe ich nichts zu tun. Und es wäre besser, wenn …«

»… das ist nicht mein Telefon«, unterbrach ihn Carla. »Ich habe es auf einem Autobahnparkplatz von einer Fremden geliehen.«

»Trotzdem.«

»Magdalena?«

»Ich weiß nichts von ihr. Das habe ich doch schon gesagt.«

»Hat sie jemals von ihrer Mutter gesprochen?«

»Nein. Wir kannten uns nicht, bis sie bei mir aufgetaucht und wieder verschwunden ist.«

Andrzej unterbrach die Verbindung ohne ein weiteres Wort. Er hat Angst, dachte Carla. Wie ich. Vor den großen Unbekannten. Vor Monstern mit riesigen Ohren, die Menschen auf Schritt und Tritt verfolgen und jedes Wort mithören.

Sie gab der Frau ihr Telefon zurück. Dann klemmte sie sich hinters Steuer und machte sich auf den Weg. Das Navi zeigte 723 Kilometer bis München. *Take Me Home, Country Roads,* dachte Carla melancholisch und überlegte, wie sie ihre momentane Gefühlslage einem vertrauten Menschen beschreiben würde, fand aber keine Worte. Sie kramte in ihrem CD-Wallet nach Musik und fand auch hier nichts Passendes.

»Komm, Darian«, sagte sie leise und tätschelte das Holz der Transportkiste. »Fahren wir nach Hause und ruhen uns ein wenig aus.«

Später legte sie das neue Album von Matthew Halsall ein – *Salute to the Sun*. Die gefühlvollen und unaufgeregten Klänge der Martin-Committee-Trompete waren Sonne für ihre Seele und das Chaos in ihren Gedanken. Hier und jetzt.

Wenige Kilometer vor Nürnberg fiel Carla das Firmenlogo eines Printstores ins Auge. Einer spontanen Idee folgend verließ sie kurz darauf die Autobahn. Zwei Minuten nach Ladenschluss betrat sie das Geschäft für Druck-, Plot- und Werbetechnik im Gewerbepark Nürnberg-Feucht. Carla betrachtete verwundert den Tischkicker, der in der Mitte des Ladens stand, umgeben von Werbebannern, bedruckten Beachflags, Postern und Kunstdrucken.

»Sorry, wir haben geschlossen.« Die Stimme gehörte einem sportlich gekleideten Mann mit Nerdbrille, Typ Lieblingsschwiegersohn.

»Das habe ich gelesen«, sagte Carla freundlich. »Aber es wäre ziemlich dringend, und ich würde einen Feierabendzuschlag in Kauf nehmen.«

Lieblingsschwiegersohn lächelte. »Ich sagte, dass wir geschlossen haben. Von Feierabend war nicht die Rede.« Er deutete auf einen Nebenraum, in dem gerade ein überdimensionaler Plotter ein riesiges Werbebanner druckte. Carla erkannte das bekannte Discounter-Logo.

»Ich bräuchte nur einen normalen Drucker«, sagte Carla. »Und ich wäre bestimmt vor ALDI-SÜD fertig.«

Jetzt musste Lieblingsschwiegersohn schmunzeln. »Meinetwegen. Was haben Sie denn für geheime Sachen?«

Wenn du wüsstest, dachte Carla und erwiderte sein Lächeln. »Ein paar Dokumente im pdf-Format.«

»Null problemo, dann loggen Sie sich mal in unser Gast-WLAN ein.« Er deutete auf ein aufwändig gestaltetes Poster mit den Zugangsdaten.

Carla zögerte. »Könnte ich das Tablet nicht einfach über ein USB-Kabel mit dem Drucker verbinden?«

Der Junge warf ihr einen mitleidigen Blick zu, als käme sie aus der Steinzeit.

»Das sind ziemlich sensible Daten, verstehen Sie?«

»Also doch geheim?«

»Nicht, was Sie denken.«

»Dafür bräuchten Sie ein Host-Kabel«, sagte der junge Mann. »Oder einen OTG-Adapter.«

Carla lächelte verlegen. »Habe ich für gewöhnlich immer in der Hosentasche, aber ausgerechnet heute …«

Jetzt mussten sie beide lachen, und ihr Gegenüber reichte ihr den Adapter. »Dann legen Sie mal los, bevor mein Chef aufkreuzt.«

Der Hochleistungsdrucker schaffte die neunhundert Seiten, sämtliche Dokumente, die sie von Darians Kamera runtergeladen hatte, in weniger als zehn Minuten.

»Soll ich Ihnen das irgendwie binden?«, erkundigte sich der junge Mann.

»Nicht nötig«, sagte Carla. »Wenn Sie mir einen Karton hätten?«

»Was immer Sie wollen.« Er reichte ihr eine hochwertige Heftbox.

»Was würde das kosten?«

»Alles zusammen sechzig«, lautete die Antwort wie aus der Pistole geschossen. »Und den Adapter lege ich Ihnen drauf, falls Sie mal wieder einen heimlichen Druckauftrag haben.«

München
DEUTSCHLAND

Nachdem sich Carla durch den Innenstadtverkehr gequält hatte, machte sie einen Abstecher zu ihrer Hausbank und verstaute die Urne und ihren Laptop in dem großen Schließfach, das sie vor der Abreise angemietet hatte. Danach fuhr sie erleichtert nach Hause. Fanni hatte ihr einen Blumenstrauß in die Garderobe gestellt. Daneben eine hübsche Willkommenskarte.

Liebe Carla,
ich habe dich bis zu unserem Abflug nach Shanghai leider nicht erreichen können. Hoffentlich geht es dir gut. Mein Mann hat ganz überraschend eine Woche freibekommen, bevor er drei Monate nach Malaysia muss. Wir wollten die Gelegenheit für ein paar gemeinsame Tage nutzen. Rosco geht es gut. Ich habe ihn zu meinem Vater nach Taufkirchen gebracht, und die beiden kommen prächtig miteinander aus ☺. Du kannst jederzeit dort anrufen und mit meinem Papa etwas ausmachen. Die Nachbarn schauen nach dem Garten, so dass du dich um nichts kümmern musst. Pass gut auf dich auf! Fanni
PS: Seit deiner Abreise ist nichts Ungewöhnliches mehr vorgefallen.

Carla legte die Nachricht beiseite, wählte die Nummer in Taufkirchen und vereinbarte mit Fannis Vater, dass Rosco für ein paar Tage bei ihm bleiben würde. Danach ging sie unter die Dusche und machte es sich, nur in den Bademantel gewickelt, auf dem Sofa bequem. Wenige Atemzüge später fiel sie in einen tiefen Schlaf. Gegen Morgen wachte sie fröstelnd auf, stellte den Wasserkocher an und kramte die French Press aus dem Küchenschrank. Während das Wasser sich erhitzte, schlüpfte sie in einen leichten Wollpullover und eine Culotte aus Naturbaumwolle. In ihren eigenen vier Wänden mochte sie es, die Fasern auf der nackten Haut zu spüren. Das gab ihr ein Gefühl von Geborgenheit, und nichts brauchte sie in diesem Moment nötiger. Sie goss das Wasser auf, und nach vier Minuten schöpfte sie die obere Kaffeeschicht aus der Kanne und drückte den Stempel langsam nach unten. In der ganzen Wohnung duftete es nach der zarten Schoko-Nuss-Note der Arabica-Mischung. Carla setzte sich an den Esstisch, warf einen kurzen Blick auf die Wanduhr – halb fünf – und schrieb eine E-Mail an ein Bestattungsunternehmen in Starnberg, in der sie um Begleitung bei einer zeitnahen Urnenbeisetzung im Familiengrab auf dem Waldfriedhof bat. Anschließend nahm sie das Bündel Kopien aus der Heftbox, sortierte Darians persönliche Aufzeichnungen, getrennt vom Gutachten und den relevanten Auszügen aus Janssens Dissertation, auf der Tischplatte und begann zu lesen. Sie war überrascht, wie spielerisch es ihrem Bruder gelungen war, komplexe Sachverhalte in einer angenehmen und verständlichen Sprache wiederzugeben. Vor dem Hintergrund seiner wahrscheinlichen Ermordung boten die Seiten jedoch schwere Kost, die Carla auf eine voyeuristische Art in ihren Bann zogen. Allein der Gedanke, dass diese Aufzeichnungen einem Countdown der Tage gleichkamen, die Darian noch zu leben gehabt hatte, ließ sie ein ums andere Mal erschaudern.

Auf Seite 56 tauchte zum ersten Mal wieder das Kürzel H. B. auf. Zuvor hatte ihr Bruder die Korrespondenz mit Dr. Laskowicz, dem Leiter des Jüdischen Museums in Warschau, beschrieben, in der es zuvorderst um Formalien ging. Nachdem sich Darian und Laskowicz verständigt hatten, war ihr Bruder – neunundsiebzig Tage vor seinem Tod – zum ersten Mal nach Warschau gereist. Dr. Laskowicz hatte von Beginn an absolute Geheimhaltung zum Vertragsgegenstand gemacht. Darian beschrieb ausführlich das überängstliche und affektierte Verhalten des Religionswissenschaftlers.

Am zweiten Tag von Darians Aufenthalt in der polnischen Hauptstadt hatte Dr. Laskowicz die Karten auf den Tisch gelegt. Carla erinnerte sich an die Zusammenfassung zu Beginn des Gutachtens, worin der von H. B. aufs Tapet gebrachte Plagiatsvorwurf als Grund für die Erstellung des Gutachtens genannt wurde. Die Geschichte jedoch, die sich hinter den Tagebuchauszügen in der Dissertation der Kanzlerkandidatin verbarg, las sich wie ein Thriller. Darian hatte seine umfassenden Ausführungen mit Fotografien und Kopien von handschriftlichen Aufzeichnungen und Skizzen aus dem von H. B. zur Verfügung gestellten Fundus ergänzt. Und, so unprätentiös ihr Bruder die wesentlichen Details in seinen Gedächtnisprotokollen auch beschrieb, so entstanden durch die eingefügten Dokumente vor Carlas innerem Auge doch Farben und Bilder, Geräusche und Gerüche, Angst und Schrecken.

Carla konnte den Bretterverschlag auf dem Heuboden des polnischen Bauernhofes sehen. Sie roch Heu und Dung, hörte das Blöken von Schafen und Rindern, und nicht zuletzt spürte sie die Ängste der Bauersleute angesichts der Juden, die sie im letzten Kriegswinter vor den Schergen der Nazis versteckt hielten. Carla sah das junge, zeichnerisch begabte Mädchen, wie es mit geschultem Auge und routinierter Hand das Leben auf dem Hof durch die Schlitze des Bretterverschlags hindurch wahrgenommen und detailgetreu zu Papier gebracht hatte. Sie sah den im Tagebuch des Vaters häufig erwähnten Sohn des Bauern, wie er den Flüchtlingen das Essen und dem Mädchen Papier und Stifte brachte.

Dann endeten die Tagebuchaufzeichnungen des Landwirts von einem Tag auf den nächsten. Die Ereignisse jenes Sonnabends und der darauffolgenden Tage in der Adventszeit

1944 wurden nun aus der Perspektive des Mädchens geschildert. Zum Teil ebenfalls mit Passagen aus ihren kindlichen Tagebucheinträgen: *Mama sagt, dass nur Teufel so etwas tut. Manchmal würden sich Teufel als Menschen verkleiden*. Vor allem aber in Form von Skizzen und Zeichnungen, die dem Grauen des Massakers eine beklemmende Dimension verliehen. Einer Randbemerkung ihres Bruders zufolge erinnerte sich H. B. achtundsiebzig Jahre danach noch immer minutiös an die Geschehnisse jener Tage. Die Vergewaltigungen der minderjährigen Töchter und das Abschlachten der gesamten Bauernfamilie waren von Zeitzeugen belegt und bei der Polizei in Racibórz zu Protokoll gegeben worden. Die Zeichnungen der jungen H. B. waren ungeschminkte Momentaufnahmen einer Augenzeugin. Von begabter Hand zu Papier gebracht und größtenteils unversehrt ins dritte Jahrtausend gerettet. Ebenso die Gesichter der drei Täter, deren Fahnenflucht ebenfalls in Aufzeichnungen des Wehrmachtskommandos protokolliert war. Die wenigen Striche und Schattierungen wirkten verblüffend einfach, und doch zeigten sie die wesentlichen Charakterzüge der Männer.

Carla legte die Aufzeichnungen zur Seite. Noch waren ihr die Zusammenhänge nicht ganz klar, obwohl Darian im Gutachten eine Verbindung zwischen Janssens Vater und dem Massenmord auf dem Bauernhof hergeleitet hatte. Wie konnte es geschehen, dass er, oder vielmehr Wiebke Janssen, in den Besitz der Tagebücher dieses Landwirts gekommen war? Und wie in drei Teufels Namen war die deutsche Kanzlerkandidatin auf die Idee gekommen, die Inhalte in ihrer Doktorarbeit zu publizieren und als Heldentaten ihrer eigenen Großeltern zu verherrlichen?

Carla nippte an dem lauwarm gewordenen Kaffee und stürzte sich wieder auf die Dokumente. In den nächsten Abschnitten änderte sich plötzlich der Stil der Protokolle.

Den Randnotizen zufolge war H. B. zu einem der Meetings persönlich dazugestoßen. Auf den folgenden Seiten erhielt Carla einen Schnelldurchlauf durch das bewegte Leben von H. B. und ihrer Mutter nach dem Massaker an der Landwirtsfamilie (der Vater, ein Buchhändler, war in der Nacht vor ihrer Flucht auf den Bauernhof deportiert worden). Wie sie sich zwei Tage nach dem Blutbad zum ersten Mal aus ihrem Versteck gewagt und bis zum Frühjahr in einer Höhle in den nahe gelegenen Wäldern versteckt und ab und an Vorräte aus dem Keller des verlassenen Hofes entwendet hatten. *Wir fürchteten uns beinahe zu Tode vor den Wölfen in den Wäldern. Aber die Angst vor den Deutschen war größer.* Wie Mutter und Tochter nach der Staatsgründung Israels voller Hoffnung auf einen Neufanfang ins gelobte Land ausgewandert waren und H.B., sieben versöhnliche Jahre später, Kunst studierte und die Liebe ihres Lebens kennenlernte. *Ich fühlte mich zum ersten Mal als richtige Frau.*

Später lebte sie in New York und Warschau, setzte ihre Studien fort und kehrte schließlich wieder nach Polen zurück, wo sie heiratete, eine Familie gründete und bis zum heutigen Tag, mit über achtzig Jahren, als Gastprofessorin an Universitäten und Konservatorien lehrte. Politisch interessiert und engagiert hatte H.B. den Wahlkampf und den kometenhaften Aufstieg Wiebke Janssens verfolgt und sich schlussendlich mit der in den Medien oft erwähnten Doktorarbeit der jungen Kanzlerkandidatin beschäftigt. *Anfangs hielt ich sie, nicht ohne Bewunderung, für eine Rosa Luxemburg des 21. Jahrhunderts.* Bei der Lektüre der Dissertation mit dem Thema »Judenretter in Osteuropa« stieß sie auf die Tagebuchauszüge, die angeblich aus der Feder von Janssens Großvater stammten.

Von einem Déjà-vu ins nächste gerissen, erkannte H. B. mehr und mehr Details, wie etwa die Handschrift ihres damaligen Retters auf einem Beispielfoto oder Redewendungen des Bauern und seiner Frau, die sie und ihre Mutter vor dem sicheren Tod bewahrt hatten. Und schließlich erweckte das am Ende der Arbeit (unter der Rubrik Danksagungen) abgebildete Konterfei von Janssens Vater die Teufel jener Nacht wieder zum Leben. Obgleich der 1982 verstorbene ehemalige Wehrmachtssoldat deutlich gealtert und vom Lungenkrebs gezeichnet war, erkannte H. B. ihn zweifelsfrei als den Rädelsführer jenes Massakers im Jahr 1944 wieder. *Mit einem Mal befand ich mich wieder in dieser Hölle meiner Kindheit, die ich überwunden geglaubt hatte.*

Selbst Carla konnte die eindeutigen Übereinstimmungen mit der in Darians Unterlagen abgebildeten Bleistiftzeichnung der achtjährigen H. B. nicht leugnen. Zwar blieb es auf den folgenden Seiten offen, wie das Tagebuch in die Hände der Kanzlerkandidatin gelangt war, aber Darian war es irgendwie gelungen, einen Reisepass ihres Vaters aus dem Jahr 1962 aufzutreiben, auf dem die Ähnlichkeiten mit der Zeichnung immer noch über jeden Zweifel erhaben waren.

H. B. hatte sich in der Folge ihrer Entdeckung an den Direktor des Jüdischen Museums gewandt, der die Brisanz ihres Verdachts erkannte und Carlas Bruder damit beauftragte, die Familienhistorien von H. B. wie auch der polnischen Landwirte und der deutschen Kanzlerkandidatin zu durchleuchten. *Wir wollten Wahrheit und Gerechtigkeit, und insgeheim hatte ich gehofft, mich getäuscht zu haben.*

Ihr Bruder hatte den Vertrag, der sein Todesurteil gewesen war, einundfünfzig Tage vor dem gemeinen Giftmord unterzeichnet, und sie fragte sich, warum Darian das Gutachten ihr gegenüber mit keiner Silbe erwähnt hatte. Es wäre nicht das erste Mal gewesen, dass er ihr pikante Details seiner Arbeiten anvertraut hätte, die mit einer Verschwiegenheitsklausel versehen waren. Vielleicht hatte Darian dem Auftrag zu Beginn keine große Bedeutung zugemessen. Als er sich der Tragweite dieses Plagiats bewusst geworden war, hatte er mit Sicherheit geschwiegen, um sie zu schützen.

Wieder zu viele Fragen, dachte Carla und konzentrierte sich auf den Rest des Textes. Wiebke Janssens wirkliche Großeltern hatten tatsächlich einen landwirtschaftlichen Betrieb geführt, dessen Beschreibungen in *ihrem* Tagebuch so allgemein gehalten waren, dass sie zu jedem beliebigen Bauernhof im nordöstlichen Teil Polens gepasst hätten. Allerdings hatte Darian herausgefunden, dass es in dem abgelegenen Seitental nahe der litauischen Grenze weder urkundliche Erwähnungen jüdischen Lebens gab noch Hinweise auf Übergriffe deutscher Soldaten gegenüber der Bevölkerung. Darian ging in seiner Bewertung des Wahrheitsgehalts der Tagebücher davon aus, dass Janssen diejenigen Passagen abgeändert oder hinzugefügt hatte, in denen nahe gelegene Dörfer und Gebäude wie auch Nachbarn und Familien beschrieben waren.

Immer wieder fand sich eine Notiz ihres Bruders, in der er sich die Frage stellte, wie er an das Original kommen konnte, um seine Beweisführung zweifelsfrei zu untermauern. Dass es existierte (oder existiert hatte), stand nach Aussage von H. B. außer Zweifel. Ebenso brachte ihr Bruder mehrmals sein Unverständnis darüber zum Ausdruck, dass Wiebke Janssen, nachdem sie in den Besitz des Originaltagebuchs gekommen war, nicht auf die Idee gekommen war, ein gefälschtes *eigenes* Tagebuch für ihre Doktorarbeit zu kreieren und damit auf der sicheren Seite zu sein. Niemand, nicht einmal die unmittelbaren Nachbarn ihrer Großeltern, hätten jemals das Gegenteil beweisen können. So wie jeder und jede behaupten konnte, Obdachlosen stets ein Almosen zuzustecken oder während seiner Spaziergänge regelmäßig Müll einzusammeln.

Wo befand sich das Originaltagebuch?

Carla kratzte sich an der Stirn und blätterte einige Seiten zurück. Auf den 1:1-Abbildungen in der Doktorarbeit war laut dem Übersetzungsbüro, das Darian beauftragt hatte, nur Unverfängliches zu lesen. Sie strich über die eilig hingekritzelten Buchstaben, eine Mischung aus Block- und Großschrift, auf dünnem, altem, teilweise vergilbtem Papier. Welch unvorstellbares Leid von Millionen Kriegsopfern und Helfern, deren Schicksal im Feuersturm sinnloser Gewalt besiegelt worden war, war wohl in solchen Tagebüchern gebannt worden? Nur ein Bruchteil von ihnen würde den Krieg überdauert und seine Leser gefunden haben.

Carla schob den Kaffee zur Seite, goss sich ein Glas Wasser ein und trank es in kleinen Schlucken. Danach ging sie nachdenklich zur Toilette.

Ich muss H. B. finden und warnen.

Wir alle befinden uns in großer Gefahr!

Als sie ins Wohnzimmer zurückkehrte, schaltete Carla den Rechner ein, öffnete einen VPN-geschützten Browser und machte sich auf die Suche nach H. B.

Gegen acht gab sie entnervt auf, nachdem sie sämtliche infrage kommenden Hochschulen und Akademien Warschaus nach einer Dozentin mit dem passenden Namenskürzel und passender Vita durchsucht hatte. Auf keiner Seite und in keiner Bildergalerie gab es den kleinsten Hinweis auf eine Frau, die den Beschreibungen in Darians Dokumenten im Entferntesten entsprach. Vielleicht waren seine Bemühungen um eine Kontaktaufnahme doch zu ihr durchgedrungen, bevor Dr. Laskowicz das Zeitliche gesegnet hatte. Möglicherweise kannte sie das Gutachten oder war im Bild über die Geschehnisse, die sich nach seiner Fertigstellung zugetragen hatten, und ahnte, in welcher Gefahr sie sich befand. Carla wusste, dass es großer Anstrengungen bedurfte, um sich in der Welt des Internets unsichtbar zu machen. War es H. B. dennoch gelungen, alle digitalen Fingerabdrücke zu verwischen? Oder war sie am Ende gar nicht existent, sondern das Kryptonym eines unbekannten Zeitzeugen, der oder die von Beginn an geahnt hatte, welches Minenfeld sich mit Bekanntwerden der Plagiatsvorwürfe auftun würde?

War es überhaupt zu einer Übergabe des Gutachtens an Dr. Laskowicz gekommen? Aus welchem Grund war Darian vor seinem Tod in die polnische Hauptstadt gefahren?

Wie sollte sie das jemals überprüfen können?

Die entscheidenden Player waren entweder tot, anonym, oder sie arbeiteten für die Gegenseite. Unsichtbar, lautlos und mit tödlicher Präzision.

Lebte H. B. noch? Verkörperte sie nicht das größte Gefahrenmoment für den unbekannten Feind, wenn die Dinge so lagen, wie Darian vermutet hatte? Wo befand sich der gestohlene Bus, und warum hatte sich die Polizei, mit Ausnahme von Magdalena, zu keinem Zeitpunkt mit ihr ins Benehmen gesetzt?

Keine Polizei einschalten!

Carla war zum Schreien zumute. Der Gedanke daran, den Rest ihres Lebens in Ungewissheit und Wut über die feige Ermordung ihres Bruders fristen zu müssen, war unerträglich.

Ratlos starrte sie auf den Bildschirm, als ihr Telefon klingelte. Sie schob die PC-Maus mit einem Blick auf die Uhr zur Seite. Halb neun. Am Apparat war ein Angestellter des Bestattungsunternehmens aus Starnberg. Carla entschied sich für den frühestmöglichen Termin am folgenden Donnerstag und traf die üblichen Vereinbarungen. Als sie das Telefon auf den Tisch legte, brach sie plötzlich in Tränen aus. Der Schmerz traf sie wie ein Blitzschlag aus heiterem

Himmel. Anstelle des Donners begannen ihre Muskeln am ganzen Körper zu zittern, und ihr wurde kalt. Von diesem plötzlichen Sturm überrumpelt, blieb ihr nicht mehr, als dieser Wucht ihre nackte Existenz entgegenzuhalten. Bis seine Intensität langsam verrauchte und ihre Lungen sich wieder mit Luft füllten. Der Schmerz wird niemals aufhören, dachte sie niedergedrückt. *Niemals!*

Tel Aviv / Wilanów

ISRAEL / POLEN

»Die Eltern sind bei einem Verkehrsunfall ums Leben gekommen.«

»Das ist ja furchtbar.«

»Die ganze Familie war auf der Rückfahrt von einer Abiturfeier. Er und seine Schwester haben im selben Jahr abgeschlossen. Auf einer Autobahn bei Köln kam ihnen ein Sattelschlepper entgegen und hat den Wagen in Stücke gerissen. Carla, so heißt seine Schwester, kam am glimpflichsten davon und zog ihren Bruder aus den brennenden Wrackteilen, während für die Eltern jede Hilfe zu spät kam.«

»Oh, mein Gott!«, stöhnte Hanāh Bebiolka.

»Sie lebten beide sehr zurückgezogen und waren, trotz unterschiedlicher Professionen, ein Herz und eine Seele. Carla benötigte Jahre, um über dieses Trauma hinwegzukommen.«

»Wovon lebt diese Carla?«

»Sie führt eine gut situierte IT-Berateragentur mit Sitz in München. In ihrer Freizeit versucht sie sich an den schwierigsten Kletterrouten der Welt. Allein!«

»Was weiß sie über dieses ganze Drama?«

»Offenbar genug, um immer mehr in den Fokus dieser Bluthunde zu geraten.«

»Wir müssen ihr helfen!«

»Du weißt, wie ich darüber denke.«

»Sie ist allein. Ohne die geringste Ahnung, wer sich an ihre Fersen geheftet hat.«

»Hanāh, ich weiß das, und sie tut mir unendlich leid. Aber wenn wir das tun, locken wir die ganze Meute auf unsere Fährte.«

»Ich fühle mich ihr gegenüber in der Verantwortung.«

»Niemand konnte ahnen …«

»Als ob sie meine eigene Tochter wäre.«

»Khamót!«

Hanāh Bebiolka stampfte lauthals auf den Parkettboden. »Wir dürfen sie nicht im Regen stehen lassen, Kalev.«

Schweigen.

»Bist du noch dran?«

»Du hast recht.«

»Wann ist die Totenmesse?«

»Übermorgen.«

Starnberg

OBERBAYERN | DEUTSCHLAND

Carla nippte geistesabwesend an ihrem Wasser und sprang in Gedanken zwischen den Gesprächen am Tisch und ihren Emotionen während der gerade zu Ende gegangenen Trauerfeier hin und her. So schmerzlich alle Vorbereitungen und die Beisetzung der Urne gewesen waren: Carla fühlte sich in der Nähe der Trauerrednerin sicher. Dieses Gefühl hatte sie vom ersten Telefonat mit Sylvia an begleitet. Wie es der ehemaligen Pfarrerin, die bestimmt schon auf die siebzig zuging, gelungen war, Darians Persönlichkeit spürbar zu machen, hatte sie tief beeindruckt. Das Gedicht von Rainer Maria Rilke aus dem Requiem für Paula Modersohn-Becker würde ihr für immer in Erinnerung bleiben.

Sylvia und Roger waren es auch gewesen, die Carla mitsamt ihrer Freundin Elisabeth nach den Beileidsbekundungen wie selbstverständlich ins Café *Amandines et Chocolats* gelotst hatten. Und immer noch drehten sich die Gespräche ausschließlich um ihren Bruder und sein bewegtes Leben, wofür Carla dankbar war. Sie hatte es oft genug erlebt, wie rasch sich die Dialoge nach einer Beerdigung in banalen Alltagsthemen verloren.

Später, nachdem sie sich für den nächsten Morgen nochmals zu einem gemeinsamen Frühstück in dem netten französischen Café verabredet hatten, spazierte Carla allein zurück zum Friedhof.

Als sie das anonyme Gräberfeld passierte, sah sie schon von Weitem den üppigen Trauerkranz am Grab ihrer Familie. Jemand musste nach der Beerdigung hier gewesen sein. Das Gesteck hob sich vom übrigen Blumenschmuck in Größe, Farbe und mit seinem orientalischen Touch deutlich ab. Ob es sich um eine Verwechslung handelte? Carla trat näher und betrachtete die purpurfarbene Trauerschleife, in die ein abstraktes, golden verziertes Symbol eingelassen war, das einem Esel oder einem großen Hund ähnelte. Darunter, in aufwändig gestickten Lettern, die Worte:

Hope needs courage – Hoffnung braucht Mut!

Carla hob den Kranz an und suchte nach einem Hinweis auf seine Herkunft. Nachdem sie nichts dergleichen entdeckte, machte sie ein paar Fotos des Tiersymbols und verließ den Friedhof durch den Ausgang an der Josef-Sigl-Straße. Zurück im Hotel aß sie mit Elisabeth eine Kleinigkeit zu

Abend. Während der Dämmerung saßen sie am südlichen Seeufer, Carla berichtete von dem unbekannten Grabschmuck und zeigte ihr die Bilder von dem Tiersymbol.

»Vielleicht handelt es sich ja gar nicht um ein Tier«, sagte die Freundin.

»Was denkst du?«

»Ein Buchstabe aus dem chinesischen Alphabet, vielleicht.«

»Oder ein indigenes Symbol?«

»Das lässt sich bestimmt herausfinden.«

»Jemand wusste von der Beerdigung und wollte anonym bleiben«, sagte Carla. »Findest du das nicht merkwürdig?«

»Vielleicht war er oder sie ja bei der Feier und hat sich nicht getraut, das Gesteck vor allen Leuten abzulegen.«

»Daran habe ich auch schon gedacht«, sagte Carla. »Ich kannte die wenigsten der älteren Besucher. Vielleicht Freunde meiner Eltern, die die Anzeige im *Merkur* oder in der *Süddeutschen* gelesen haben.«

Sie beobachteten schweigend ein Schwanenpaar, das auf das Ufer zuhielt.

»Es tut mir so leid.« Elisabeth griff nach ihrer Hand. »Ich mochte Darian so sehr, auch wenn ich ihn viel zu selten gesehen habe.«

Carla legte ihren Kopf auf die Schulter der Freundin. »Vielleicht komme ich dich bald mal besuchen. Dann haben wir richtig Zeit, über alles zu sprechen.«

»Du bist jederzeit willkommen.« Elisabeth hielt einen Moment inne. »Vielleicht möchte ich mehr darüber erfahren, wie dein Bruder gelebt hat und wer er war, wenn du verstehst, was ich meine?«

Carla verstand und drückte ihre Freundin so fest wie nach dem gemeinsam bestandenen Abitur oder dem ersten großen Liebeskummer. Rilkes Gedicht kam ihr in den Sinn: *Ich lebe noch; ich habe Zeit zu bauen* … Es war gut, eine Freundin zu haben. Das Gefühl ihrer Nähe war für den Moment stärker als Trauer, Schmerz und Wut.

In der Nacht fand Carla keinen Schlaf. Und als sie am nächsten Morgen vor Sonnenaufgang das Grab aufsuchte, war der fremde Kranz wie vom Erdboden verschluckt. Carla sah sich fassungslos um und wurde von dem Gefühl übermannt, beobachtet zu werden. Doch sie konnte niemanden entdecken. Mit der Taschenlampe ihres Smartphones ging sie die Schotterwege ab, sah hinter alle Grabsteine, hinter jeden Strauch und Stein und zwang sich, Contenance zu bewahren. Lag es nicht nahe, dass Jugendliche sich in der Nacht einen schlechten Scherz erlaubt hatten?

Hope needs courage – Hoffnung braucht Mut!

Oder war es am Ende doch eine Verwechslung gewesen und das Gesteck am falschen Grab abgelegt worden? Carla stellte sich den Angestellten einer Gärtnerei vor, wie er in der Nacht auf seinen Fauxpas aufmerksam wurde und sich wie ein Dieb über den Zaun des Waldfriedhofs schwang. Sie brach die Suche ab, sprach am Grab ein Gebet und kehrte ins Hotel zurück. Voller Unruhe schnürte sie die Joggingschuhe, rannte auf dem Seeuferweg bis zum Strandbad Feldafing und wieder zurück. Danach hetzte sie unter die Dusche und traf pünktlich zum Frühstück im Café ein. Dort roch es herrlich nach frisch gebackenen Croissants und Kaffee. Carla überkam ein schier unmenschlicher Appetit, und sie bestellte, zum Staunen ihrer Freunde, ein doppeltes französisches Frühstück, das sie bis auf den letzten Krümel verschlang. Um die Mittagszeit brachen sie auf.

Roger überreichte ihr einen Stapel Briefe aus Darians Briefkasten und versprach, sich um den Nachsendeauftrag zu kümmern. Elisabeth warf ihr Gepäck in Rogers Mietwagen, nachdem sie während des Frühstücks festgestellt hatten, dass ihre Flüge nach Berlin und Graz innerhalb einer Viertelstunde vom Flughafen München starteten. Sylvia, die empathische Ex-Pfarrerin, bat Carla, sie zum S-Bahnhof zu begleiten. Dort angekommen, schenkte sie Carla ein in feines Leder gebundenes Trauertagebuch.

»Auch wenn es dir schwerfällt, wird es dir helfen, deine Gefühle und Gedanken ungefiltert zu Papier zu bringen. Dieses Tagebuch gehört allein dir.«

Carla bedankte sich gerührt und versprach es zu versuchen.

»Denk dran«, sagte Sylvia zum Abschied. »Du kannst mich zu jeder Tages- und Nachtzeit anrufen.«

Dann schlossen sich die Türen der S-Bahn, und der rote Triebwagen setzte sich in Bewegung. Carla stand lange am Bahnsteig. Als sie zu frösteln begann, ging sie zurück zu ihrem Wagen. Allein.

Einzige Überlebende und – von einem Cousin zweiten Grades ihres Vaters abgesehen – letzte Trägerin ihres Familiennamens. Ob sie jemals Kinder haben würde?

Wäre Darian noch hier, würde ich ihn bitten, die Geschichte unserer Familie zu erforschen, dachte Carla. Ob er das bereits getan oder zumindest damit begonnen hatte? Bis in welches Jahrhundert und an welche Orte würden ihre Wurzeln reichen? Carla hatte das Bild eines typischen Familienstammbaums vor sich. Die Vorstellung, wie der ihrige sich nach unten zu einem einzigen Ästchen verjüngt hatte, fühlte sich widernatürlich an. Carla biss sich auf die Lippen und ballte die Fäuste.

Wir alle befinden uns in großer Gefahr.

Sie dachte an das Massaker auf dem Bauernhof. An Darians Todeskampf, während das Nervengift seine Atemwege lähmte. Stellte sich vor, wie Professor Pawlowski von der U-Bahn erfasst worden war und Dr. Laskowicz' Leiche im Keller des Museums gelegen hatte.

Manchmal ist es besser zu schweigen und die Dinge auf sich beruhen zu lassen!

»Nein!«, schrie Carla, an ihrem Auto angekommen. Ein Hotelpage, der gerade mit einem Gepäckwagen auf dem Parkplatz zugange war, sah sie erschrocken an.

»Nein! Und nochmals nein!« Es fühlte sich gut und richtig an, dem Widerstand in ihrer Brust ungehemmt Raum und Stimme zu geben. »Niemals!«

Dann lenkte sie den Wagen entschlossen zum Friedhof, um ihrer Familie Lebewohl zu sagen.

In der darauffolgenden Nacht entdeckte Carla auf der internen Festplatte einer alten Kodak-Monochrome-Kamera eine abfotografierte Übersicht sämtlicher Passwörter und Zugangsdaten zu allen möglichen Konten und digitalen Endgeräten ihres Bruders. E-Mail-Accounts, Bankkonten, Mobilfunkverträge, PINs und Identity-Checks. Nachdenklich griff sie nach einer Decke und machte es sich auf ihrem Sitzkissen gemütlich.

Hotel Hyatt Regency

DÜSSELDORF | DEUTSCHLAND

»Sollen wir nicht endlich den Zauberstab befreien, Süßer?«, flüsterte ihm das blonde Miststück ins Ohr, während sie sich an seiner Gürtelschnalle zu schaffen machte.

Die Brünette näherte sich mit ihren üppigen Brüsten seinem Gesicht. »Nimm dir, was du brauchst, du geiler Hengst!«

Maxim hatte das verführerische Vorspiel mit den beiden Nutten genossen und eine gewisse Erregung verspürt. Gleichzeitig gelang es ihm an diesem Abend nicht, sich vollends darauf einzulassen. Immer wieder sah er beunruhigt auf das Display der Wanduhr in seinem Hotelzimmer. 01:34 Uhr. Zu allem Übel hatte die Blonde ein Parfum aufgetragen, das ihm zuwider war.

Ihm war klar, dass er sich diesen spontanen Fick mit dem lückenhaften Rapport an den Präsidenten selbst vermasselt hatte. Andererseits war die Wahlkampfveranstaltung auf dem Düsseldorfer Schadowplatz trotz der zahlreichen Gegendemonstrationen ohne Zwischenfälle über die Bühne gegangen. Das Vögelchen und ihr persönlicher Berater hatten sich in seine Suite zurückgezogen, und Janssen würde erst in den Morgenstunden über den Flur in ihr eigenes Zimmer huschen – und dabei einmal mehr die Warnmelder auslösen. Maxim hatte seine Leute instruiert, den Alarm sofort zu löschen und an den Überwachungsbildschirmen sitzen zu bleiben, um der Kanzlerkandidatin eine weitere Peinlichkeit zu ersparen. Alles hätte so leicht sein können, wenn der Präsident und seine Verbündeten sich an sein allererstes Drehbuch gehalten hätten. Kein Hahn würde mehr nach diesen idiotischen Tagebüchern krähen, und alle Eventualitäten wären aus der Welt geräumt. Meinetwegen kann dieses verlogene Pack die Weltherrschaft übernehmen, fluchte er in Gedanken. Wen zum Teufel kümmerte es, wer hinter den Kulissen die Strippen zog, solange jeder tun und lassen konnte, was er wollte. Solange es genügend Wodka, gutes Essen und schöne Frauen gab, war seine Welt in Ordnung. Der Planet würde so oder so zum Teufel gehen.

»Packt euren Scheiß zusammen und verschwindet, ihr dämlichen Sukas!«

»Fick dich doch selbst, Zhopa!«

Maxim war im Begriff, der Brünetten eine zu scheuern, als das Telefon klingelte. »Blyat – Fuck!« Er deutete den beiden Frauen mit einer Handbewegung an, schleunigst das

Zimmer zu verlassen, angelte das Smartphone aus seiner Jackentasche und verschwand im Bad.

»Entschuldigung.«

»Sie sollten sich zum Teufel noch mal weniger oft entschuldigen und stattdessen Ihre Arbeit ernst nehmen!« So aufgebracht hatte Maxim den Präsidenten selten erlebt. »Was soll dieser ganze Mist? Können Sie mir das erklären?«

»Wir …«

»Wer zum Teufel ist dieser Andrzej, und warum kursieren da immer noch Gerüchte und Informationen, die längst passé sein sollten?«

»Es handelt sich ja nur um Vermutungen, wir haben uns gewundert, dass die Deutsche plötzlich bei ihm aufgekreuzt ist. Er kann aber nichts wissen, weil er mit dem Professor nach der Obduktion keinen Kontakt mehr hatte.«

»Dann finden Sie in Gottes Namen heraus, worüber die beiden gesprochen haben, und tun Sie etwas!«

»Was machen wir mit ihr?« Maxim hörte, wie es im Hintergrund raschelte.

»Sie schreiben doch selbst, dass ihre Bewegungsmuster und Internetrecherchen nahelegen, dass sie über Wissen verfügt, das sie eigentlich nicht haben dürfte …«

»Aber auch das sind nur Spekulationen. Am einfachsten wäre es …«

»Blödsinn!« Der Präsident fiel ihm scharf ins Wort. »Solange wir nicht wissen, was sie weiß und wo dieses Wissen sich überall befindet, können wir sie im besten Fall weiterhin einschüchtern und damit aus der Reserve locken. Aber warum erzähle ausgerechnet *ich* das einem so erfahrenen Strategen?«

»Wir hätten diese Jüdin gleich zu Beginn …«

»… wie oft muss ich Ihnen sagen, dass wir hier nie einen Spielraum hatten. Warum geht das nicht in Ihren verdammten Russenschädel, dass man nie an dem Ast sägen sollte, auf dem man sitzt. Außerdem haben wir alle Hände voll zu tun, um Janssens Position gegenüber unseren israelischen Verbündeten aufrechtzuhalten, nachdem sie sich mit ihrem Plagiat bei den Israelis maximal diskreditiert hat.«

»Es kann doch nicht im Interesse dieser Mischpoke sein, dass diese Geschichte auffliegt?«

»Glauben Sie im Ernst, dass es irgendjemanden beschwichtigen würde, wenn wir sie auf Ihre Art aus dem Weg räumen? Und außerdem: Reden Sie nicht so frech über die Leute, die Ihren Wodka und Ihre Huren bezahlen!«

»*Sie* und dieser dämliche Museumsdirektor haben die Steine ins Rollen gebracht.«

»Trotzdem ist und bleibt sie die heilige Kuh unserer Geschäftspartner.«

»Das werde ich nie verstehen.«

»Weil Sie kein richtiger Russe und noch viel weniger ein Jude sind.« Der Präsident schnaubte lauthals in den Hörer. »Wie fänden Sie es, wenn jemand Ihre Netrebko von heute auf morgen *entsorgen* würde, wie Sie so schön zu sagen pflegen?«

»Mich interessieren keine Künstler, die ihre Seelen auf amerikanischen Bühnen verkaufen.«

»Weil Sie ein Banause sind und nicht die geringste Ahnung haben, wie viel es den Israelis bedeutet, wenn sich jemand allerorts für die Belange dieses gebeutelten Landes einsetzt. Und sei es *nur* auf den nutzlosen Äckern von Kunst und Kultur. Bedenken Sie, dass sie dafür den Itur Nesi Medinat Jisrael verliehen bekommen hat.«

»Was soll das sein?«

»Finden Sie es selbst heraus«, brummte der Präsident in den Hörer.

»Mir genügt zu wissen, dass halbe Sachen ganzer Unsinn sind. Egal, ob in der Politik oder im Krieg.«

»Maxim!« Der Präsident seufzte genervt. »Ihr gottverdammter Krieg ist vorbei. Jedenfalls so, wie Sie ihn verstehen. Und wie oft habe ich versucht Ihnen beizubringen, dass man mit diplomatischem Geschick mehr erreichen kann als mit tausend Panzern.«

Maxim fasste sich an die Stirn. Es hatte keinen Zweck, sich mit dem Präsidenten anzulegen. »Wie soll es jetzt weitergehen?«

»Indem Sie weniger saufen, den funktionierenden Teil Ihres Gehirns wieder in Betrieb nehmen und einen guten Job machen.«

»Mit konventionellen Mitteln werden wir bei der Deutschen nicht weit kommen.«

»Ich wiederhole mich ungern, Maxim, und wir haben ein Vermögen in den ganzen technischen Krimskrams investiert, den Sie störrischer Esel Monat für Monat fordern. Finden Sie heraus, was sie von wem weiß, ob und wo diese Informationen bereits kursieren und letzten Endes, wie gefährlich dieses Wissen für uns ist. Und solange diese Fragen nicht geklärt sind, werden Sie ihr kein Haar krümmen, verstanden?«

»Und der Assistent?«

»Dasselbe in Grün!«

»Wussten Sie, dass der Schwiegersohn Ihrer heiligen Kuh beim israelischen Inlandsgeheimdienst arbeitet?«

»Darüber machen Sie sich mal keine Gedanken.«

»Sonst noch etwas?«

»Manchmal würde ich Sie am liebsten feuern.«

Damit war das Gespräch beendet. Maxim trat in sein Hotelzimmer zurück und sah sich um. Könnte ich mich nur so einfach aus dem Staub machen wie diese billigen Nutten, dachte er wütend und schlug mit der Faust gegen die Wand. Dann setzte er sich an seinen Laptop und erteilte einem seiner Überwachungsteams die notwendigen Aufträge. Später in der Nacht kam ihm ein derart infamer Gedanke, dass er sich vor seiner eigenen Niederträchtigkeit ekelte. Dennoch gefiel er ihm von Minute zu Minute besser. »Na warte, du Miststück«, murmelte er verächtlich und drehte sich auf die andere Seite. Das Bettzeug stank immer noch nach dieser orientalischen Kamelpisse. *Verdammte Huren!*

München / Haimhausen

DEUTSCHLAND

Carla hatte ihre Zeit in verschiedenen Internetcafés zugebracht, nachdem Fannis Vater Korbinian sie darum gebeten hatte, Rosco noch ein paar Tage bei sich behalten zu dürfen. Der Rüde schien den Kurzurlaub genauso zu genießen wie der rüstige Rentner. Korbinian und seine Frau, die vor vier Jahren gestorben war, hatten ihr Leben lang Hunde gehabt, und in seinem Garten stand eine moderne Zwingeranlage, in der sich Rosco offenbar wie zu Hause fühlte.

»Ich habe mich lange nicht mehr so viel bewegt«, hatte ihr Korbinian zwei Tage nach der Beerdigung bei einer Tasse Kaffee erzählt, als Carla den Irish Setter wieder mit nach Hause nehmen wollte. »Und er erinnert mich an die Zeit, als noch Leben in diesem Haus war.« Korbinian deutete mit gesenktem Kopf auf ein vergilbtes Familienfoto an der Wand.

Rosco legte seinen Kopf auf den Oberschenkel des Rentners und zauberte ihm ein dankbares Lächeln ins Gesicht. »Sehen Sie, Carla?«

Carla nickte gerührt. »Ich bringe Ihnen morgen noch mal Futter, und sagen Sie mir, wenn Sie eine Pause brauchen.«

Obwohl Carla Rosco gern bei sich gehabt hätte, fiel ihr die Entscheidung leicht, ihn in guten Händen zu wissen und Zeit für ihre Recherchen zu haben.

Mit dem Sammelsurium an Zugangsdaten gelang es ihr nach und nach, eine Vorstellung über die Chronologie der Ereignisse zu gewinnen. Zu welchem Zeitpunkt Darian wohin gefahren war. Mit wem er wann und wie lange telefoniert hatte. Ob es sich bei einer der Rufnummern um die von H. B. oder gar seiner Mörder handelte? Bislang hatte Carla es nicht gewagt, einen Kontrollanruf bei den unbekannten Nummern zu tätigen. *Denk an den schwarzen Turm!*

Wieder und wieder haderte Carla mit dem Gedanken, sich der deutschen Polizei anzuvertrauen. Dabei wurde ihr zusehends klarer, dass die wenigen Fakten, die sie in der Hand hatte, keinerlei Ansatzpunkte oder gar einen Anfangsverdacht für Ermittlungen begründen würden. Alles war so geschickt und zufällig aneinandergereiht, dass sie mangels handfester Beweise Gefahr liefe, von den Behörden für verrückt erklärt zu werden. Nicht zuletzt fürchtete Carla das Restrisiko, mit einem Besuch bei der Polizei die Bluthunde ihrer Widersacher zu wecken, über deren Möglichkeiten sie immer noch viel zu wenig wusste.

Immer häufiger kam Carla während ihrer Recherchen das Bild eines kleinen Segelboots in den Sinn. Wie es kraftlos und verlassen in einem unendlichen Meer vor sich hindümpelte.

Und trotzdem arbeitete sie sich beharrlich durch den Dschungel an Daten, zu dem ihr Darian die Schlüssel hinterlassen hatte. Dabei achtete sie geflissentlich darauf, Persönliches oder gar Intimes außen vor zu lassen. Gleichzeitig überlegte sie fieberhaft, wie sie all diese digitalen Vermächtnisse vor einem öffentlichen Zugriff oder Diebstahl schützen konnte, wo ganz offensichtlich jeder versierte Hacker in der Lage war, in jede noch so verborgene Geheimkammer elektronisch gespeicherter Daten vorzudringen.

In den Pausen, zumeist wenn sie das nächste Internetcafé aufsuchte, schlenderte Carla gedankenverloren durch die Münchner Innenstadt. An den Abenden absolvierte sie lange Joggingrunden und Workouts, um in Form zu bleiben, und kümmerte sich um die wichtigste Geschäftskorrespondenz. Und je klarer ihr wurde, dass ihre eigenen Anstrengungen endlich waren und sie in diesem Irrgarten an Informationen und Spekulationen tatsächlich verrückt werden könnte, umso energischer führte sie ihre Bemühungen fort.

Dann überschlugen sich die Ereignisse.

Am Sonntag nach der Beerdigung fand Carla einen unfrankierten Umschlag in ihrem Briefkasten, der sie augenblicklich an jenen erinnerte, der in ihrem Warschauer Hotel für sie abgegeben worden war. Dieses Mal hatte der unbekannte Absender ihre vollständige Adresse auf dem Umschlag vermerkt. Dieselbe krakelige Kinderschrift, mit dem Unterschied, dass die Lettern mit roter Tinte geschrieben waren. Carla riss den Umschlag auf. Im Inneren befanden sich insgesamt sechs Fotografien. Carla stockte der Atem. Auf allen Bildern war sie gestochen scharf zu erkennen: vor dem Haus, in dem sie Andrzej aufgesucht hatte; im Gespräch mit dem Polizisten vor dem Jüdischen Museum in Warschau; bei der Begutachtung der Unfallstelle; mit Elisabeth, Arm in Arm an der Strandpromenade des Starnberger Sees; mit Korbinian und dem Hund auf der Veranda in Taufkirchen; in einem Internetcafé in der Münchner Stadtmitte. Unter dem letzten Foto tauchte ein Schmierzettel auf. Darauf befanden sich nur zwei Worte. Dieselbe Schrift. Dasselbe ekelhafte Rot: *Ostrzegalem cie!*

Carla stand minutenlang wie erstarrt im Türrahmen. Ihr Herz schlug bis zum Hals, ihr war gleichzeitig heiß und kalt. Für diesen bedrohlichen Appell benötigte sie mit ihren rudimentären Kenntnissen der slawischen Sprachen kein Wörterbuch: *Wir haben dich gewarnt!*

Als der Schock allmählich einer Wut wich, trat sie entschlossen vor die Wohnung. Jemand war in ihrer Abwesenheit hier gewesen, und womöglich wurde sie rund um die Uhr beobachtet. Nachdenklich betrachtete sie ihren Briefkasten, ging zum Gartentor und sah sich auf dem Anwesen um. Nichts. Alles war so friedlich und verschlafen wie eh und je. Und dennoch befanden sich irgendwo *ihre* Augen und Ohren. Carla wurde schlecht, und sie erbrach an Ort und Stelle das Wenige, das sie am Abend zuvor zu sich genommen hatte. Ohne sich damit aufzuhalten, kehrte sie mit weit ausladendenden Schritten in die Wohnung zurück und riss sämtliche Verbindungen ihrer Rechner, ihres Telefons und des Routers aus der Wand. Schließlich schaltete sie ihr Smartphone aus und nahm die SIM-Karte heraus. Für den Moment fühlte Carla sich besser, aber der Gedanke, dass ein Rudel unsichtbarer Wölfe vor ihrer Tür lauerte, brachte sie beinahe um den Verstand.

Sie stopfte sämtliche Aufzeichnungen in eine Aktentasche und packte einen Rucksack mit den nötigsten Utensilien.

Wir haben dich gewarnt!

Was sollte das bedeuten, und warum hatten sie ihr nicht längst eine Giftspritze verpasst oder einen tödlichen Unfall arrangiert? Warum die ganzen Mühen und der Aufwand, sie zu beschatten? Das ergab alles keinen Sinn.

Wenig später fuhr Carla kreuz und quer durch das Wohngebiet, um sich zu vergewissern, dass ihr niemand folgte. Schließlich lenkte sie den Wagen durch die halbe Stadt, bevor sie die meisten ihrer Wertsachen und Rechner in ihrem Bankschließfach in der Brienner Straße verstaute. Selbst die Stadt lag an diesem Sonntagmorgen noch im Dornröschenschlaf, und die wenigen Passanten, die ihr begegneten, wirkten wie ganz normale Menschen; auf dem Weg zum Bäcker oder mit ihrem Hund unterwegs. Aber wie konnte sie ihrer Sache jemals sicher sein? Carla versuchte diesen Gedanken zu verdrängen und sich ganz darauf zu konzentrieren, was sie als Nächstes tun und wohin sie sich wenden konnte. Unentschlossen fuhr sie durch die Stadt, hielt an einer anderen Filiale ihrer Bank und hob viertausend Euro ab. Schließlich parkte sie den Wagen im Parkhaus Elisenhof, in der Nähe des Hauptbahnhofs, und ging zu der Telefonzelle an der Bayerstraße, gegenüber dem Haupteingang zu den Terminals. Carla kramte Fannis Notiz aus der Tasche, warf ein Zwei-Euro-Stück in den Schlitz und wählte die Nummer von Korbinian. Es dauerte, bis Fannis Vater an den Apparat ging. Seine Stimme klang untröstlich. »Carla! Ich habe tausendmal versucht, dich zu erreichen. Es tut mir so leid.«

»Was ist passiert?«, fragte Carla zitternd.

»Rosco!« Korbinian stockte. Dann begann er zu schluchzen wie ein kleines Kind.

Lange danach begriff Carla, dass sie alles geahnt hatte. Spätestens, als sie am Morgen die Nachricht auf der Karte gelesen hatte.

Korbinian berichtete unter Tränen, wie der Irish Setter am Morgen regungslos im Zwinger gelegen hatte. Ein eilig hinzugerufener Tierarzt vermutete, dass Rosco an einen Giftköder geraten war.

»Er hatte mehrfach erbrochen«, schilderte Korbinian das Drama. »In seinem Urin konnte der Arzt Blut nachweisen. Beides sind typische Hinweise für eine Vergiftung. Es tut mir so leid, Carla, und ich schwöre Ihnen bei Gott, dass ich Rosco keine Sekunde aus den Augen gelassen habe.«

»Das weiß ich doch«, sagte Carla mit schwacher Stimme. »Was sollen wir denn jetzt tun?«

»Ich möchte, dass Rosco auf dem Tierfriedhof in München bestattet wird.« Carla wunderte sich, wie gefasst sie angesichts dieser neuerlichen Hiobsbotschaft imstande war zu sprechen. »Heute noch«, fügte sie rasch hinzu.

»Wir haben Sonntag.«

»Ich weiß, dass es dort einen Notdienst gibt. An sieben Tagen in der Woche und rund um die Uhr.«

»Ich komme mit!«, sagte Korbinian. »Wenn Sie erlauben.«

Gegen vier Uhr am Nachmittag trug Carla ihren geliebten Hund in einem Mahagonisarg auf dem Tierfriedhof Hallbergmoos zu Grabe. Im Beisein Korbinians und des Bestatters verabschiedete sie sich stumm von ihrem treuen Begleiter. Anschließend fuhr sie Korbinian zurück nach Taufkirchen. Es war beinahe halb sieben, als Carla sich von ihm verabschiedete.

»Danke, dass Sie mitgekommen sind«, sagte sie. »Vielleicht sollten Fanni und vor allem die Kinder erst davon erfahren, wenn sie wieder zurück sind.«

Korbinian nickte. »Darum wollte ich Sie gerade bitten.«

Carla reichte ihm die Hand. »Bestellen Sie Ihrer Tochter liebe Grüße von mir.«

»Wie kann ich Sie am besten erreichen?«, erkundigte sich Korbinian.

»Vorerst gar nicht«, sagte Carla. »Ich brauche etwas Zeit für mich.«

Dann ging sie zurück zu ihrem Wagen. Alles fühlte sich leer an. So, als ob nichts mehr von Bedeutung wäre und jeder Atemzug einer besonderen Anstrengung bedurfte.

An der Tankstelle am Lindenring füllte sie den Tank, nahm sich zwei Packungen Studentenfutter aus dem Regal und bezahlte bar. Anschließend fuhr sie ziel- und planlos über Landstraßen einmal hierhin, einmal dorthin. Gegen zwei Uhr morgens wendete sie den Wagen vor dem ehemaligen Grenzübergang Bad Reichenhall, fuhr weiter nach Süden und erreichte in der Morgendämmerung Berchtesgaden. Dort parkte Carla den Wagen auf dem Parkplatz Königssee und schlenderte nachdenklich den Fußweg am Ufer entlang bis zum Aussichtspunkt Malerwinkel. Wie erhofft, begegnete sie an diesem frühen Montagmorgen keiner Menschenseele. Die Berge und das türkisblaue Wasser wirkten beruhigend und strahlten eine Verlässlichkeit aus, die ihr in ihrem momentanen Gemütszustand wie ein Versprechen erschien. Sicherheit, dachte Carla und stellte sich vor, dass es nirgendwo sicherer war als dort, in den kahlen Felswänden der Berge, die seit Jahrtausenden in sich selbst ruhten. Plötzlich überkam sie der brennende Wunsch, sich ohne besondere Vorbereitung in die Vertikale zu begeben. Den mächtigen Watzmann auf einer freien Route jenseits aller Markierungen zu bezwingen. Ohne Seil und technische Hilfsmittel. Und in der Hoffnung, einen Berührungspunkt zu finden. Eine Verbindung zur Wirklichkeit. Zum Leben. Zu sich selbst.

Watzmannmassiv

BERCHTESGADEN | DEUTSCHLAND

Carla beeilte sich zurück zum Wagen. Sie kannte die Region wie ihre Westentasche und wusste ganz genau, auf welchem Weg sie auf den ausgesetzten Grat zwischen Mittel- und Südspitze gelangen wollte. Um kurz nach sieben stellte sie den Wagen auf dem Parkplatz an der Wimbachbrücke ab, packte eine Packung Nüsse, einen Eiweißriegel und eine Wasserflasche in den Tourenrucksack und machte sich auf den Weg. Hinter dem Gedenkstein am Wimbachtalweg verließ sie den befestigten Pfad und folgte dem Flüsschen bis zum Zufluss Hochgraben. Von dort lief sie neben dem wilden Bächlein in direkter Linie zum Südgipfel. Je tiefer Carla sich in das schroffe Seitental hineinarbeitete, umso steiler und ausgesetzter zeichneten sich die Felsformationen vor ihr ab. Von Weitem erkannte sie den eher unbekannten Gipfel der Griesspitze. Links darüber die markante Südspitze des Watzmann. Am Ende eines keilförmigen Geröllfeldes querte Carla bedachtsam ein Schneefeld. Hier drohte bei den frühsommerlichen Temperaturen die Gefahr, durch eine Schneebrücke zu brechen. Carla mutmaßte, unterdessen die Zweitausendmetermarke erreicht zu haben. Nur noch siebenhundert Höhenmeter, dachte sie und musste schmunzeln, angesichts der Tatsache, dass sie erst jetzt die Startlinie ihres waghalsigen Unternehmens erreicht hatte. Vor ihr türmten sich nahezu senkrechte, völlig unübersichtliche Felsformationen auf, die von feuchten Grasbändern durchzogen waren. Obwohl diese südwestlich ausgerichtete Flanke erst in den Abendstunden ein paar Sonnenstrahlen abbekommen würde, war der Fels trocken und bot überwiegend festen Halt. Carla spürte, wie ihr die Anstrengung und Orientierung in diesem unwegsamen und vermutlich noch nie begangenen Gelände alles kletterische Können abverlangten, obwohl die technischen Herausforderungen eher auf einem mittleren Niveau einzustufen waren. Nicht zuletzt hatte sie die Botschaft des knapp einen Kilometer langen Geröllfeldes unter ihr sehr wohl verstanden: Hier herrschte eine permanent hohe Steinschlaggefahr. Vor allem dann, wenn die Temperaturen in den Nächten noch unter den Gefrierpunkt fielen und das Eis den brüchigen Kalkstein und Dolomit zu einem halbwegs festen Konglomerat formte. Damit war, je nach Außentemperatur, im Verlauf des Spätvormittags Schluss. Carla rechnete noch vor elf mit den ersten Steinschlägen. Bis dahin wollte sie die senkrechte Ausstiegsrinne unterhalb der Südspitze erreicht haben.

Dessen ungeachtet gewann Carla mit jedem Meter die vertraute Sicherheit in ihr Können zurück. Selbstbestimmtheit war das Schlüsselwort, dachte Carla, während sie sich an einem ausgesetzten Felsband entlanghangelte, um auf einem winzigen Plateau eine Rast einzulegen. Unter ihren baumelnden Füßen fiel die Wand zweihundert Meter senkrecht in die Tiefe. Sie trank einen Schluck Wasser und nahm eine Handvoll Nüsse zu sich.

»Das bin ich«, sagte sie leise vor sich hin. »Und das lasse ich mir nicht wegnehmen.«

Für den Moment wünschte sich Carla gar, dass ihre Verfolger ihr bis hierher gefolgt wären, und stellte sich ein Kräftemessen inmitten dieser bizarren Felsformationen vor. Wenn es nur so leicht sein könnte. Das mit Darian, und jetzt Rosco, war anders. Ein Kampf auf unbekanntem Terrain. Mit anderen Waffen. Aber nicht unbedingt gefährlicher als das hier, dachte sie. Ein gellender Schrei durchbrach die Stille. Carla hob ihren Blick und entdeckte einen Steinadler, der im typischen Wellenflug über einem bewaldeten Ausläufer des Hochgrabens seine Kreise zog.

Sie schulterte den Rucksack, warf einen letzten Blick auf den König der Lüfte und konzentrierte sich auf die letzten, vielleicht hundert Höhenmeter zum höchsten Punkt ihrer Tour. Ich werde H. B. ausfindig machen, nahm Carla sich fest vor. Mit ihr zusammen würde es Sinn machen, den Kampf wieder aufzunehmen. Gemeinsam den Bereich ihrer Möglichkeiten gegen den unsichtbaren Gegner zu markieren und zu verteidigen.

Hope needs courage – Hoffnung braucht Mut!

Und zum ersten Mal kam ihr in den Sinn, dass gerade ihr Wissen der Grund dafür sein konnte, dass sie und H. B. noch am Leben waren. Ihre Opponenten wussten nichts über den genauen Stand ihrer Kenntnisse und darüber, inwieweit sie bereits Dritte mit ihrem Wissen konfrontiert hatten. Ergo durfte der Kampf nicht im Verborgenen weitergeführt werden.

Sie mussten ihre wenigen Trümpfe in der Öffentlichkeit ausspielen. Wie bei einem Pokerspiel vor laufenden Kameras, wo jeder Kartentrick von Millionen von Zuschauern durchschaut wurde.

So konnte es gelingen. So musste es gelingen!

Nach drei Stunden Anstrengung und Konzentration stand Carla am Kreuz des Südgipfels und genoss den Ausblick auf die umliegenden Berge und den tiefblauen Königssee. Carla beobachtete eines der Elektroboote, die bei guter Witterung Tausende Touristen auf die Halbinsel schipperten. Mit einem Blick auf die Uhr und den ausgesetzten Grat zur Mittelspitze schnürte Carla ihren Rucksack und setzte ihre Tour fort. Der mäßig schwierige Klettersteig über die höchste Erhebung des Watzmann hinüber zum Hocheck erforderte neben Trittsicherheit vor allem eine gute Kondition und bereitete Carla wenig Schwierigkeiten. Um die Mittagszeit erreichte sie das Watzmannhaus, und anderthalb Stunden später stand sie bereits wieder verschwitzt und mit durchgescheuerter Kleidung vor ihrem Wagen an der Wimbachbrücke. Erschöpft ließ sich Carla auf die Ladekante des Renault fallen und leerte eine große Flasche Wasser.

Ein Ehepaar in identischer Wanderkleidung musterte sie argwöhnisch. Die Frau kam zögernd näher. »Geht es Ihnen gut?«

Carla lächelte. »Danke, dass Sie fragen. Aber ich habe mich selten lebendiger gefühlt.«

Nachdem sie einen Bissen gegessen hatte, gönnte sie sich ein Schläfchen. Danach marschierte sie zurück zu den Ausläufern der Wimbachklamm und wusch sich von Kopf bis Fuß im Schutz einiger dichter Tannen. Zurück am Wagen, fühlte sie sich wie neugeboren.

Obwohl sie immer noch keinen Plan vor Augen hatte, fuhr sie, ihrer inneren Stimme folgend, zurück nach Berchtesgaden. Dort folgte sie der Bundesstraße zum Obersalzberg, um kurz vor der österreichischen Grenze in einem kleinen, rustikalen Gasthaus einzukehren. Hungrig bestellte sie Gulaschsuppe, Käsespätzle und einen Germknödel mit Vanillesauce zum Nachtisch. Dazu trank sie Bier und Kaffee. Der Abend war angenehm warm. Nachdem sie gegessen hatte, warf sie einen letzten Blick auf das Watzmannmassiv mit der gewaltigen Ostwand, das von hier gut zu sehen war, und ließ den Tag Revue passieren. Die Gewalttour, am frühen Morgen aus einer verzweifelten Laune am Ufer des Königssees begonnen, hatte sie wieder einmal auf jene Art herausgefordert, die, im Nachhinein betrachtet, ihr Leben schon immer ausgemacht hatte. An diesem Tag war ihr klargeworden, dass dieses Bewusstsein keineswegs nur das Ergebnis von Einstellung, Disziplin und Training war, sondern vielmehr Geschenk und Gabe der Natur. Hinter dem Flow körperlicher Anstrengung verbarg sich, neben dem natürlichen Bewegungsdrang, nichts anderes als die Befriedigung der Neugierde. Oder, anders ausgedrückt, der Drang, den Unsicherheiten im Leben durch aktives Tun entgegenzutreten.

Mit einem Gefühl von Ruhe, wie sie es schon lange nicht mehr gehabt hatte, verbrachte Carla die Nacht in ihrem Auto auf einem einsamen Parkplatz an der Rossfelder Panoramastraße. Gegen Morgen wurde es bitterkalt, Carla verkroch sich tief in ihrem Schlafsack. Durch das Glasschiebedach funkelten Myriaden von Sternen. Carla genoss den Anblick in der tiefen Gewissheit, ein Teil dieses Universums zu sein. Wenigstens für den Moment.

Salzburg

ÖSTERREICH

Am nächsten Morgen fuhr Carla ins nahe gelegene Salzburg, besorgte sich in der Handybörse ein gebrauchtes Prepaid-Handy und erkundigte sich nach den geltenden Registrierungspflichten für SIM-Karten. Carla gab vor, dass das Telefon für ihre entmündigte Stiefschwester bestimmt war, die in einem Heim lebte, wo das Telefonieren nur an einem öffentlichen Fernsprecher erlaubt war – der im Übrigen ständig besetzt sei. Der Verkäufer sah sie mit großen Augen an.

»Das funktioniert so nicht mehr«, sagte er leise und sah sich im Laden um. »Sie können die Karten ohne Registrierung nicht mehr aufladen. Also, keine österreichischen oder deutschen Karten.«

»Okay«, sagte Carla misslaunig und verstaute ihr Portemonnaie in der Tasche.

»Aber …« Er reichte ihr eine Visitenkarte. »Gehen Sie dort hin und verlangen Sie eine tschechische, rumänische oder portugiesische SIM.«

Carla warf einen Blick auf die Adresse eines Call Shops außerhalb der Stadt. »Und was brauche ich für die Aktivierung?«

»Die Karten sind in der Regel aktiv. Sie können sie mit jeder Guthabenkarte aus dem Supermarkt oder an der Tanke aufladen.«

»Klingt perfekt«, sagte Carla und wandte sich zum Gehen. Hinter ihr erklang ein dezentes Räuspern. »Den Tipp haben Sie sonst wo bekommen, ja?«

Carla zwinkerte ihm zu. »Welchen Tipp?«

Der Call Shop erwies sich als heruntergekommener Multi-Kulti-Treffpunkt, in dem orientalische Speisen und Getränke angeboten wurden und an Tischen hinter den Regalen ungeniert Tavla und Bao um Geld gespielt wurde. Männer und Frauen tranken Arak aus großen Plastikbechern, und in jeder Ecke wurde Shisha gequalmt und lautstark debattiert.

Carla ging auf einen vollbärtigen Mann an einer der Theken zu, der einen Turban trug und auf dem Display eines neueren iPhones herumwischte.

»Amerikanische Handys taugen nichts«, sagte er und legte das Gerät zur Seite. »Was kann ich für die hübsche Frau tun?«

Carla erwiderte sein Lächeln. »Nur eine SIM-Karte, die …«

»… Karte ohne Stress, verstehe«, sagte er und griff nach einer dunkelblauen Sortierbox. »Free prepaid. Gutes Netz und kein Stress.«

»Klingt gut«, sagte Carla. »Was kostet das?«

»Wie viele wollen Sie?«

»Ähm, wie?«

»Nehmen Sie fünf, wenn es Stress gibt, tauschen Sie sie einfach aus.« Er nahm eine Karte aus der Box, drückte die Enden mit Daumen und Zeigefinger zusammen, bis es krachte und warf die beiden Hälften in einen Mülleimer. »Sehen Sie? Null Stress. Fünf für fünfzig Euro, alles gut.«

»Verstanden.« Carla steckte ihm den verlangten Schein zu. »Kein Stress.«

Unterwegs tankte Carla an der Eni-Tankstelle in der Alpenstraße und kaufte für hundert Euro Wertkarten. Anschließend schrieb sie eine Kurznachricht an Fanni und eine an ihren Vater Korbinian. Zurück in der Stadt ging sie in ein Internet-Café und setzte ihre Suche nach H. B. fort. Dieses Mal konzentrierte sie ihre Recherchen auf mögliche Berührungspunkte mit Dr. Laskowicz und Professor Pawlowski. Um die Mittagszeit gab sie entnervt auf, ohne etwas Nennenswertes gefunden zu haben. Sie aß eine Wantansuppe und gebratenen Reis mit Gemüse im Mae-Thai-Imbiss. Danach kaufte sie bei Hartlauer eine Outdoor-Kompaktkamera von Olympus und erkundigte sich nach den größten und schnellsten Speicherkarten.

Während ihr der Verkäufer einen Angelbird Match Pack für neunhundert Euro andrehen wollte, fiel Carla wie aus heiterem Himmel ein, dass sich auf den Datenträgern in den Kameras ihres Bruders immer noch sämtliche Dokumente befanden, während sie unverschlossen in seiner Sporttasche in ihrem Kleiderschrank vor sich hinschlummerten. *So ein Mist!* Carla entschied sich für zwei halb so teure Karten von SanDisk und verließ rasch die Filiale. Wieder fühlte sie sich beobachtet und gab ihrem Fauxpas die Schuld für diese neuerliche Phobie.

Unterwegs zu ihrem Wagen kam sie an einem noblen Second-Hand-Laden vorbei, in dessen gut sortierten Schaufenstern tadellose Markenkleidung ausgestellt war. Einer spontanen Idee folgend betrat sie das Geschäft und erwarb eine Handvoll Kleidungsstücke, die ihr ein deutlich älteres Erscheinungsbild verliehen und ihrem durchtrainierten Körper jede Geltung nahmen.

Die freundliche Verkäuferin brachte ein ums andere Mal ihr Unverständnis zum Ausdruck, bis Carla vorgab, dass die Kleider nicht für sie bestimmt wären. Mit einem Haufen Klamotten und zwei Paar unauffälligen Sneakers von Veja ging sie zur Kasse.

Eine halbe Stunde später überquerte sie die deutsche Grenze und trank an einer Tankstelle in Freilassing einen Kaffee, während sie eifrig eine Straßenkarte studierte. Am Spätnachmittag machte sie sich auf die Rückfahrt nach München, wo sie ihrer Wohnung gegen Mitternacht einen Besuch abstatten wollte, um sich danach, bis auf Weiteres, eine Bleibe in der Region der Brandenberger Alpen zu suchen. Einem gottvergessenen Tal des Rofangebirges in den österreichischen Ostalpen.

So jedenfalls lautete ihr Plan, der in der Nacht jedoch eine Wendung erfahren sollte, mit der Carla in ihren kühnsten Träumen nicht gerechnet hatte. Frei nach John Lennon, wie sie später in ihrem Trauertagebuch resümierte: »Leben ist das, was passiert, während du eifrig dabei bist, andere Pläne zu schmieden.« Aber davon wusste sie in diesem Moment noch nichts.

VIERTER TEIL

UNTERSTÜTZUNG

München / Haimhausen

DEUTSCHLAND

Carla stellte den Wagen außer Hörweite des Grundstücks auf einem Wanderparkplatz ab. Eine neblige Dunkelheit lag über den Äckern und Wiesen, der Weg unter ihren Füßen war ohne Taschenlampe kaum auszumachen. Es war kurz nach elf, als sie über den Gartenzaun stieg. Der Rasen war feucht und roch nach Petrichor. Alles war still.

Fanni hatte bislang nicht auf ihre Nachricht reagiert und befand sich vermutlich noch in Fernost. Carla warf einen Blick in den Briefkasten und öffnete die Eingangstür. Rosco, war ihr erster Gedanke, während sie in den Flur trat. Sein Geruch lag, schwerer denn je, in den Zimmern. Carla schluckte den Gedanken an den geliebten Setter hinunter wie ein Glas bittere Medizin. Nachdem sie die Rollläden geschlossen und das Licht im Wohnzimmer angeknipst hatte, sah sie sich zögernd um. Die Wohnung hatte in den vergangenen Tagen so viel an Intimität verloren, dass ihr alles nur noch bekannt, aber nicht mehr vertraut vorkam. Während sie die Kameras und ein paar Kleidungsstücke in einen Tourenrucksack stopfte, fühlte sie sich wie eine Fremde in ihren eigenen vier Wänden. Krampfhaft versuchte sie, diese düsteren Gedanken zu verdrängen, und steigerte sich zusehends in die Vorstellung hinein, dass während ihrer Abwesenheit jemand hier gewesen war, obwohl es keine konkreten Anhaltspunkte dafür gab. Irgendwer hat in meinen Sachen gewühlt und die Kameras links liegen gelassen. *Zum Glück!* Carla nahm die Apparate nochmals aus dem Rucksack und überprüfte triumphierend die Slots der Speicherkarten. »Das habt ihr übersehen, ihr Dilettanten!« Sie schüttete den restlichen Inhalt des Rucksacks in einen Wäschekorb und stopfte die Wäsche in die Waschmaschine. Der Gedanke, dass ein Fremder ihre

Unterwäsche in den Händen gehalten hatte, erfüllte sie mit Ekel. Während sie neben der Maschine ratlos am Boden kauerte, kam ihr eine Idee. »Warum eigentlich nicht?«, sprach sie mit ihrem Spiegelbild, das jede ihrer Regungen neugierig von der gegenüberliegenden Duschtrennwand verfolgte. Von ihrem Einfall überzeugt, brachte sie ihren Router und das alte Smartphone in Betriebsbereitschaft. Schließlich schrieb sie auf allen Kanälen eine Message an die Adressen ihres Bruders: *Ich habe die Botschaft verstanden!*

Dann schaltete sie das Mobiltelefon wieder aus, entfernte die SIM-Karte und setzte sich mit zitternden Händen an den Rechner. In den darauffolgenden anderthalb Stunden erledigte sie, in der Gewissheit, dass jeder Mausklick überwacht wurde, die dringendste geschäftliche Korrespondenz und versandte zuletzt einen Rundbrief an ihre Kunden, in dem sie einen Todesfall in der Familie als Grund für eine vierzehntägige Schließung des Büros mitteilte. Danach fühlte sie sich wie gerädert, schaltete den Computer wieder ab, trennte den Router vom Netz und wartete auf den Piepton der Waschmaschine.

In dem Moment, als die Minutenanzeige im Display von vier auf drei wechselte, klingelte es an der Tür. Carla duckte sich vor Schreck auf den Boden und hielt die Luft an. Wer klingelte um diese Uhrzeit an ihrer Tür? Die Antwort lag auf der Hand: Sie selbst hatte *ihnen* mit der SMS eine Einladung zukommen lassen, nachdem sie ihre Fährte verloren hatten. Und jetzt, dachte Carla zu Tode geängstigt, wollen sie es beenden. Die vielleicht letzte Zeugin ihrer scheußlichen Verbrechen aus dem Weg räumen.

Wieder ertönte der Dreiklang der Türklingel. »Hallo! Ist da jemand?«

Eine Folge heller Signaltöne kündigte das Ende des Waschvorgangs an. Carla betätigte pfeilschnell den Hauptschalter.

Eine gespenstische Stille trat ein. Sie überlegte, aus einem der Fenster zu klettern. Wie groß war die Gefahr, ihren Widersachern direkt in die Arme zu rennen? Carla robbte im Schneckengang über den Flur, um an ihr Mobiltelefon zu gelangen. Sie befand sich etwa zwei Meter von der Eingangstür entfernt, als jemand vehement dagegen schlug. »Hallo!«

Carla stieß vor Schreck mit der Stirn gegen den Türrahmen zu ihrem Wohnzimmer. Sie fluchte innerlich und unterdrückte den pochenden Schmerz in der Schläfe.

»Bitte entschuldigen Sie die nächtliche Störung.« Die Stimme klang schwach, aber angenehm, geradezu väterlich. Der typische Tonfall eines älteren Mannes mit leichtem Akzent. »Falls Sie mich hören können. Mein Name ist Amon Ledermann. Hanāh Bebiolka schickt mich zu Ihnen. Sie und Darian kannten sich.«

Carla überkam ein Schaudern, als sie den Namen ihres Bruders aus dem Mund eines Fremden vernahm. Am liebsten hätte sie die Tür aufgerissen und ihm ins Gesicht geschlagen. Später bereute sie diesen Gedanken und entschuldigte ihre Reaktion mit der Angst, die sie in jenen Momenten ausgestanden hatte. Davor, dass diese Nacht die letzte Herausforderung ihres Lebens sein und sie daran scheitern würde.

»Hören Sie, bitte! Ihr Bruder – der Gott Israels, Jakobs und Isaaks möge ihm ewige Ruhe schenken – hat mit der Frau, die mich zu Ihnen gesandt hat, zusammengearbeitet. Hanāh Bebiolka. Wenn Sie erlauben, darf ich Ihnen eine Fotografie zeigen, auf der Ihr Bruder und die Frau Professorin zusammen abgebildet sind.«

Hanāh Bebiolka, erst jetzt drang die Bedeutung des Namens zu ihr durch. Hatte sie richtig verstanden? Sollte es wahr sein, dass sie H. B. auf diese bizarre Weise gefunden hatte? Wie konnte sie herauskriegen, ob es sich um den miesen Taschenspielertrick einer Mörderbande handelte, die ihr nach dem Leben trachtete? Carla tippte die 1-1-0 in ihr neues Prepaid-Telefon und bewegte ihren Daumen unschlüssig über die grüne Anruftaste.

»Ich werfe die Fotografie jetzt in ihren Postkasten.«

Carla vernahm das Geräusch der Metallklappe des in die Tür integrierten Briefkastens und näherte sich wie eine Katze dem Sichtglas, das von der Flurseite einen Blick auf den Inhalt freigab. Im fahlen Lichtschein des Badezimmers sah sie Darian und eine gepflegte Dame mit hellgrauem Pagenschnitt und einer unauffälligen Nylorbrille. Wenn es sich tatsächlich um H. B. handelte, sah sie wesentlich jünger aus als jemand, der deutlich über Achtzig sein musste. Durch die Tür drang ein Flüstern an Carlas Ohr. Arabisch oder Hebräisch, sie konnte den Unterschied nicht erkennen. Der alte Mann war nicht allein. Zu wie vielen waren sie gekommen? Fahrig entsperrte Carla das Display ihres Telefons.

»Warten Sie«, wieder machte sich der Unbekannte an ihrem Briefkasten zu schaffen. »Ich werfe jetzt mein Telefon zu Ihrer Post. Sprechen Sie bitte persönlich mit Frau Bebiolka. Es ist wirklich dringend … Bitte vertrauen Sie uns!«

Das Handy schlug hart auf dem Holz des Kastens auf. Carla legte ihr Telefon zur Seite und warf einen Blick auf das leuchtende Display. *Hanāh* stand darauf. Eine Blechdosenstimme rief beharrlich ihren Namen: »Carla – bitte gehen Sie an den Apparat. Carla!«

Carla angelte das Telefon aus dem Briefkasten und schlich auf allen Vieren in den hintersten Winkel ihres Schlafzimmers.

»Ja?« Ihre Stimme war schwach und beunruhigt in Erwartung dessen, was als Nächstes passieren würde.

»Carla, sind Sie das?« Die Stimme am anderen Ende der Leitung klang erleichtert. »Mein Gott, bin ich froh, dass Sie das Gespräch angenommen haben. Es tut mir sehr leid, wenn wir Sie erschreckt haben – bitte entschuldigen Sie.«

»Wir?« Ihre Kehle war vollkommen ausgetrocknet, die Stimmbänder gereizt wie nach einem Rockkonzert.

»Ich und meine Freunde, oder ich könnte auch sagen, *unsere* Freunde, die uns nach Leibeskräften unterstützen.«

»Ich …«

»Carla! Ich weiß nicht, wie viel Sie wissen, aber Sie und ich, wir beide befinden uns in großer Gefahr. Und unsere Freunde haben Mittel und Möglichkeiten, uns zu helfen. Darum ist Amon heute zu Ihnen gekommen. Wir haben beschlossen, Sie nicht länger allein zu lassen.«

»Woher wussten Sie …?«

»Einer unserer Freunde hat nahezu unbegrenzten Zugang zur digitalen Welt. Auch zu den verschlossenen Türen derer, die für den Tod Ihres Bruders verantwortlich sind und sich in der Zwischenzeit an unsere Fersen geheftet haben. Vor ungefähr einer Woche tauchte Ihr Name plötzlich wieder in den konspirativen Chats auf, die von uns überwacht werden. Daraufhin haben wir beschlossen, mit Ihnen in Kontakt zu treten und Hilfe anzubieten. Vielleicht haben Sie den Kranz am Grab Ihres Bruders gesehen?«

»Hope needs courage.« Carla glaubte, ihre Stimme vollends zu verlieren. »Warum haben Sie ihn wieder abgeholt?«

Krampfhaft versuchte sie, den bisherigen Gesprächsverlauf zu analysieren. Wäre nicht jeder, der sich irgendwie Zugriff auf ihre Daten verschafft hatte, in der Lage, eine solche Geschichte aufzutischen? Welche Möglichkeiten standen ihr zur Verfügung, die wahren Absichten der Frau und des Besuchers herauszufinden?

Irgendjemand ist es gelungen, meine Firewall zu durchbrechen und in die Rechner einzudringen! Wer tut so etwas – und warum?

Ich brauche Zeit, dachte Carla. Und werde mich nicht überrumpeln lassen.

»Es gab Schwierigkeiten, *Bewegungen* rund um den Friedhof. Wir wollten vermeiden, dass die Gegenseite aufmerksam wird. Darum haben wir den Kranz wieder entfernt.«

»Woher ...« Carla stockte.

»... sollten Sie wissen, ob Sie mir vertrauen können?«, führte die Stimme am anderen Ende der Leitung ihre Frage zu Ende. »Ich kannte Ihren Bruder. Wir trafen uns an einem Wochenende im März, zusammen mit dem Leiter des Jüdischen Museums in Warschau. Darian hatte tausend Fragen zu unserem Gutachten, mit dem er meinetwegen beauftragt wurde. Am Abend suchten wir ein Restaurant auf. Er bestellte voller Freude Hähnchen in Aspik und sagte, dass er das zuletzt vor zwanzig Jahren gegessen habe und als Jugendlicher verrückt danach gewesen sei.«

Carla schluckte. Daran erinnerte sie sich tatsächlich. Aber konnte es nicht sein, dass Darian diese Info auf einem seiner Social-Media-Kanäle gepostet hatte? Möglich wäre es immerhin.

»Ich brauche Zeit, Frau Bebiolka.«

»Die wir leider nicht mehr haben. Und nennen Sie mich bitte Hanāh.«

»Was meinen Sie?«

»Wir müssen Sie an einen sicheren Ort bringen, Carla. Und zwar so schnell wie möglich. Noch heute Nacht! Dann können wir in Ruhe sprechen, und ich kann Ihnen vieles erklären.«

»Nein!«, alles in Carla wehrte sich gegen die Willkür dieses Appells. So gern sie der Frau am anderen Ende der Leitung vertrauen würde, sie wollte doch selbst über ihr Schicksal entscheiden dürfen, oder bedurfte eines überzeugenderen Arguments.

»Ich kann Sie gut verstehen, Carla.« Hanāh Bebiolka atmete tief durch. »Aber betrachten Sie es doch einmal so: Angenommen, meine Freunde und ich, verzeihen Sie, unsere Freunde, wären mutwillig mit Ihnen in Kontakt getreten.«

»Ich weiß, was Sie meinen. Trotzdem könnte es so sein.«

»Richtig, ich stimme Ihnen zu. Aber aus welchem Beweggrund hätten wir das auf diese Art und Weise tun sollen?«

»Aus demselben, den Sie vorhin als Anlass genannt haben, mitten in der Nacht an meiner Tür zu klingeln.«

Carla vernahm ein unterdrücktes Lachen am anderen Ende der Leitung. »Sie haben gewonnen und vollkommen recht. Ihre Gedanken sind so klar wie ein Gebirgsbach. Aber, um meine Überlegung weiterzuspinnen: Wir hätten uns Ihnen bereits bei dutzenden Anlässen in den Weg stellen können, wenn Sie verstehen, was ich meine?«

»Warum heute Nacht?«

»Erlauben Sie mir, Klartext zu sprechen, Carla. Sie befinden sich in unmittelbarer Gefahr, und wir können Ihnen helfen.«

»Warum sollten Sie das tun?«

»Weil wir in Sorge um Sie sind. Weil *ich* in Sorge um Sie bin. Weil ich ...« Ihr Gegenüber schluckte. »... mich verantwortlich fühle für alles, was passiert ist.«

»Ist dieses Gespräch sicher?«

»Es wäre besser, wir könnten unter vier Augen sprechen.«

»Wo?«

»Vertrauen Sie mir.«

Carla schloss die Augen und atmete tief durch. »Geben Sie mir eine Garantie. Eine Sicherheit. Irgendetwas.«

Ihr Gegenüber schwieg einen Moment. »Mein Vater hat mir an dem Abend, als die ersten SS-Truppen in unser Dorf einmarschierten, eine Halskette mit einem Anhänger geschenkt. Ein jüdisches Symbol: Das Chai – es besteht aus zwei hebräischen Buchstaben, dem *Chet* und dem *Jud*. Zusammen symbolisieren sie das Leben und Gottes vollkommene Lebendigkeit, die stärker ist als der Tod.«

»Die Stickerei auf der Trauerschleife«, folgerte Carla.

»Ja«, sagte Hanāh Bebiolka gedankenverloren. »In der darauffolgenden Nacht haben die Soldaten meinen Vater aus der Wohnung geprügelt und vermutlich nach Treblinka oder Majdanek verschleppt. Ich habe ihn nie wiedergesehen.« Wieder folgte eine längere Pause. Carla schämte sich ob ihrer Forderung nach Sicherheiten.

»Ich werde Ihnen diesen Anhänger schenken, Carla. Sobald wir uns das erste Mal begegnen.«

Carla rieb sich unter Tränen die Stirn. »Was soll ich tun?«

»Packen Sie das Nötigste zusammen und folgen Sie Amons Anweisungen. Alles Erforderliche wurde veranlasst. Wir beide sehen uns dann am späten Nachmittag.«

»Frau Bebiolka.«

»Hanāh.«

»Hanāh – das mit Ihrem Vater tut mir sehr leid. Und ich möchte mich bei Ihnen entschuldigen.«

»Ich hätte genauso reagiert, Carla. Und jetzt packen Sie in Gottes Namen Ihre Siebensachen.«

Carla öffnete vorsichtig die Tür und reichte Amon Ledermann sein Telefon. »Warten Sie einen Moment.«

»Beeilen Sie sich. Bitte!« In den fürsorglichen Tonfall hatte sich eine Besorgnis geschlichen, die Carlas Puls in die Höhe trieb. Der alte Mann gab ihr einen Beutel von der Größe eines Shoulderbags. »Wenn Sie hier bitte all Ihre digitalen Endgeräte verstauen würden.«

Baden-Airpark

KARLSRUHE / BADEN-BADEN | DEUTSCHLAND

Das Flugzeug vom Typ Boeing 737 hob um 06:35 Uhr mit der Destination Tel Aviv ab. Amon Ledermann hatte Carla kurz vor dem Check-In an einem Park&Fly-Parkplatz am Ortsrand von Hügelsheim abgesetzt, wo ein Taxi mit laufendem Motor auf sie wartete.

Während unter ihr das Fahrwerk der Maschine eingefahren wurde, ließ sich Carla in ihren Sitz sinken und die Ereignisse der Nacht Revue passieren. Ihren neuen Reisepass, sie hieß jetzt Celea Abel, hielt sie fest in den Händen. Ihrer neuen Identität zufolge war sie in einem säkular geprägten Elternhaus in Frankfurt am Main aufgewachsen, und da die Eltern weder religiös waren noch großen Wert auf jüdische Traditionen gelegt hatten, kannte sie kaum mehr als ein Dutzend hebräischer oder jiddischer Wörter. Das Konterfei im Pass war ihres, woher immer ihre neuen *Freunde* es ergaunert hatten. Ledermann hatte ihr beiläufig erzählt, dass eine junge israelische Polizistin, die Carla täuschend ähnlich sah, mit ihrem eigentlichen Pass in einer Maschine nach San Diego saß, die am frühen Morgen in München gestartet war. Carlas Renault stand auf dem Langzeitparkplatz im Carpark Hallbergmoos. Ihr altes Smartphone befand sich, nach einem *minimalinvasiven Eingriff,* im Stand-by-Modus ebenfalls auf dem Weg über den großen Teich.

»Eine Art trojanisches Pferd«, hatte Ledermann erklärt. »In Israel wird Hanāh Ihnen einen Rechner zur Verfügung stellen, mit dem Sie sämtliche Aktivitäten auf Ihrem Mobiltelefon überwachen können.«

»Klingt so, als ob das alles ein Kinderspiel gewesen wäre und Sie und Ihre Freunde tagein tagaus nichts anderes machen würden.« Carla, die ja durchaus bewandert war im Bereich der Computersicherheit, war in den vergangenen fünf Stunden aus dem Staunen nicht herausgekommen. Es gab keinen Zweifel: Ihre Flucht war minutiös vorbereitet gewesen.

»Betrachten Sie es als ein ernstes Spiel, wie beispielsweise Schach«, hatte Amon Ledermann mit einem verschmitzten Lächeln auf den Lippen geantwortet.

Die Maschine setzte nach exakt vier Stunden und zehn Minuten auf der Landebahn des Ben-Gurion-Flughafens in Tel Aviv auf. Carla reichte einem Beamten zögerlich ihre Ausweispapiere und nannte die Daten ihres Hotels und der Kontaktperson, die Ledermann ihr vor dem Abflug eingebläut hatte.

Der Mann notierte die Angaben, schob ihren Ausweis und, anstelle des sonst üblichen Stempels, ein Ticket über den Tresen, wünschte ihr einen schönen Aufenthalt und deutete mit einer Handbewegung zum Ausgang des Terminals. Als Carla aus dem Flughafengebäude trat, empfing sie eine gleißende Mittagssonne und ein leichter, angenehmer Wind. Augenblicklich stand ihr der Schweiß auf der Stirn. Das Klima war ganz nach ihrem Geschmack, und schon dachte sie an die bekannten Kletterrouten der Region: die Shilat Cliffs, den Luzit Cave, den Black Canyon. Während der grün-weiße Bus einfuhr, konstatierte sie voller Erleichterung, dass sie in der Nacht vermutlich die richtige Entscheidung getroffen hatte und auf sicherem Boden gelandet war. Und sie war gespannt darauf, Hanāh Bebiolka persönlich kennenzulernen.

Eine ältere Frau deutete auf den Platz neben ihr. Carla erwiderte ihren freundlichen Blick und rückte ein Stück zur Seite.

»Tudah.«

Carla überlegte, was »bitte« oder »gern geschehen« heißen könnte, und sagte: »You're welcome.«

»Es heißt *vebaqushah* oder *en vad mah*«, sagte die Dame lächelnd.

»Sie sprechen Deutsch?«

»Wie die meisten älteren Juden.«

»Und ›Tudah‹ heißt Danke?«

»Richtig, Schätzchen. Zum ersten Mal im Heiligen Land?«

Carla nickte. »Es gefällt mir jetzt schon.«

»Woher kommen Sie?«

»Mü…« Carla biss sich auf die Lippen. »Main, also Frankfurt am Main.«

»Meine Schwiegertochter lebt in Hanau. Ich bin gern in Deutschland, auch wenn ich die Politik in diesem Land seit Längerem nicht mehr verstehe.«

»Geht mir genauso«, sagte Carla.

»Zipora.« Die Dame reichte ihr die Hand.

Carla erwiderte den festen Händedruck. »Celea.« Der Name gefiel ihr.

»Ich wurde 1943 im Konzentrationslager Buchenwald geboren, Celea, und meine ganze Familie hat den Holocaust überlebt. Nächsten Monat werde ich achtzig, und was ich damit sagen möchte, ist, dass wir endlich damit aufhören sollten, über Schuld zu sprechen. Unter uns gesagt, kann ich die abgedroschenen Phrasen dieser Wanssen nicht mehr hören.«

»Janssen«, korrigierte sie Carla. »Wiebke Janssen.«

Zipora musterte ihre Kleidung, die sie in dem Second-Hand-Laden erworben hatte. »Tragen junge Mädchen in Deutschland jetzt so einen Plunder?«

Carla schmunzelte. »Nur, wenn sie nicht ständig belästigt werden wollen.«

»Wo müssen Sie raus?«

»Am zentralen Busbahnhof. HaHagan, spricht man das so?«

»Keine gute Gegend, mein Kind. Vor allem nachts. Passen Sie auf sich auf.«

Tel Aviv
ISRAEL

Am Abend saßen Carla und Hanāh Bebiolka lange auf der Terrasse eines Cafés am Jaffa Beach. Sie tranken fruchtigen Weißwein und Kaffee aus winzigen Porzellantassen. Carla mochte die beigemengte Gewürzmischung aus gemahlenem Ingwer, Kardamom und Zimt. Dazu aßen sie Malabi-Pudding mit Rosenwasser, Rugelach und Medjool-Datteln. Eine angenehme Brise strich durch ihre Haare, und mittlerweile war die Hitze auf zwanzig Grad abgekühlt. Hanāh Bebiolka war eine zauberhafte und kluge Frau, deren Alter Carla im besten Fall auf Anfang sechzig geschätzt hätte.

»So bleibt es die ganze Nacht«, erklärte Hanāh Bebiolka. »Sie werden müde sein und sollten sich ausruhen. Morgen wird wieder ein anstrengender Tag.«

»Wie lang wird die Fahrt in diesen Kibbuz dauern?«

»Es sind rund einhundert Kilometer bis Haifa, und die Nazareth-Busse halten in den Städten an jeder Straßenecke. Knapp zwei Stunden, würde ich schätzen. Von dort ist es vielleicht noch mal eine halbe Stunde mit dem Taxi.«

»Und Ihre Tochter, Ronit, arbeitet sie dort?«

Hanāh Bebiolka schlug die Hände vors Gesicht. »Um Gottes willen, nein! Ronit weiß nichts von alledem und schon gar nicht, dass wir in Israel sind. Sie würde sich zu Tode sorgen. Ihr Kibbuz liegt ein Stück außerhalb von Jerusalem.«

»Das ist auch nicht so schrecklich weit von hier, oder?«

»Vielleicht sechzig oder siebzig Kilometer.« Hanāh Bebiolka zuckte mit den Schultern. »Ich werde sie früh genug wiedersehen und weiß, dass es ihr gut geht.«

»Und Ihr Sohn?«

»Moshe lebt seit vielen Jahren in New York. Für gewöhnlich telefonieren wir einmal in der Woche. Um ihn mache ich mir wenig Sorgen.« Hanāh Bebiolka schmunzelte. »Und er sich um mich noch viel weniger.«

»Darf ich fragen …«

»… wie alt die beiden sind?« Hanāh Bebiolka schenkte ihr ein verständnisvolles Lächeln. »Selbstverständlich. Jede Frage ist erlaubt, nachdem Sie sich einfach so von uns entführen lassen haben.«

»Es fühlt sich mehr und mehr wie eine Rettungsaktion an.«

»Ronit ist ein paar Jahre älter als Sie, und mein Sohn feiert kommendes Jahr seinen vierzigsten. Ich wurde just in dem Augenblick zum ersten Mal schwanger, als mein Mann und ich uns endgültig damit abgefunden hatten, kinderlos zu bleiben. Glücklich die Königin, der das Glück im späten Alter begegnet.« Hanāh Bebiolka hob ihr Weinglas. »Darauf sollten wir einen Schluck trinken.«

»Ich bewundere Sie für Ihre Gelassenheit.«

»Das sieht nur so aus«, sagte die Frau lächelnd. »Andererseits zwingt einen das Alter von ganz allein zur Achtsamkeit. Jedenfalls, wenn es darum geht zu unterscheiden, was im Leben wirklich zählt und was nicht.«

Carla hielt einen Moment inne. »Es ist ein weiter Weg, dieses Wissen zu leben.«

»Sie sind jung, Carla. Und glauben Sie mir, jeden Tag bringen mich Kleinigkeiten aus der Fassung.«

»Wenn ich eine schwierige Route klettere, bin ich mit mir selbst im Reinen. Aber meistens hält dieser Zustand nicht lange vor.«

Hanāh Bebiolka warf ihr einen aufmunternden Blick zu. »Wir sind stets darauf aus, alles festzuhalten, das uns glücklich macht. Die Erfahrungen meines Lebens haben mir gezeigt, dass der Weg zum Glück genau in die andere Richtung führt.«

»Das klingt buddhistisch.«

»Ist es auch. Die jüdische Übersetzung lautet: Wen Gott bestrafen will, dem erfüllt er alle Wünsche!« Sie schmunzelte bis über beide Ohren. »Da fällt mir gerade etwas ein.« Hanāh Bebiolka stöberte in ihrer Handtasche und reichte Carla eine kleine Schatulle. »Das ist für Sie.«

Carla öffnete bedächtig das türkisfarbene Etui. »Das *Chai*! Spreche ich es richtig aus?«

Hanāh Bebiolka nickte. »Das Symbol des Lebens.«

»Es fällt mir schwer, es anzunehmen.«

»Darf ich?« Hanāh Bebiolka nahm ihr den silbernen Anhänger mitsamt der Kette aus der Hand und hängte ihr das Amulett wie eine Medaille um den Hals. Ihre Haut roch lieblich nach Mangobutter.

»Wundervoll«, sagte Hanāh Bebiolka.

Carla schloss die Augen. »Danke.«

Sie sahen aufs Meer hinaus und nippten an ihrem Wein. In der Ferne blinkten die Positionslichter der Schiffe auf ihrem Weg in den Hafen oder aufs offene Meer hinaus. Carla musste gähnen und dachte an ihre Aufregung um die vergessenen Speicherkarten. Ihre Pläne, alles an einem sicheren Ort zu verwahren und auf unbestimmte Zeit im Nirgendwo zu verschwinden. Ein Weg, der nach ihrem jetzigen Wissensstand in eine gefährliche Sackgasse geführt hätte. Die vergangenen vierzig Stunden (in denen sie keine Sekunde zur Ruhe gekommen war) hatten alles auf den Kopf gestellt. Über der erdrückenden Nachtschwärze der Gräber leuchtete jetzt ein Funke der Hoffnung. Und eine leise Ahnung, endlich Antworten zu bekommen auf die vielen quälenden Fragen.

»Woher wussten Sie, dass ich in der vergangenen Nacht meine Wohnung aufgesucht hatte?«

»Sind Sie nicht schrecklich müde, Carla?«

»Diese eine Frage noch.«

Hanāh Bebiolka lächelte und nahm ihre Hand. »Wir wussten es nicht. Sie waren, nachdem das mit Ihrem Hund passiert ist, wie vom Erdboden verschwunden.«

»Ich dachte ...«

»Sie haben alles richtig gemacht. Kalev war überrascht, wie gut Ihnen das gelungen ist.«

»Sie haben mich die ganze Zeit überwacht?«

»Seitdem Sie offensichtlich ins Visier unserer Opponenten geraten waren, ja.«

»Wer sind sie?«

»Das wird Kalev Ihnen erklären. Wir können nach dem Schabbat mit ihm sprechen.«

»Kalev ... ist Ihr Schwiegersohn?«

Hanāh Bebiolka schmunzelte. »Ich gebe die Hoffnung nicht auf. Bei euch jungen Menschen wird das ja immer gern verkompliziert.«

Carla erwiderte ihr Lächeln. »Bislang musste ich nie darüber nachdenken.«

»Ihr Prinz hat es auch verdammt schwer, wenn Sie sich in tausend Meter hohen Felswänden verstecken.«

Carla prustete lauthals los und steckte Hanāh Bebiolka damit an. Es dauerte, bis sie sich wieder beruhigt hatten.

»Ich habe *denen* eine Nachricht zukommen lassen. War das dumm?«

»Das war ein sehr kluger Schachzug, und die einzige Möglichkeit für uns, mit Ihnen in Kontakt zu treten oder vielmehr, Ihren Standort zu bestimmen.«

»Sie haben das alles gelesen?«

Hanāh Bebiolka drückte fester ihre Hand und schüttelte den Kopf. »Nicht so, wie Sie sich das vielleicht vorstellen. Es war eher so, dass Ihre Signale wieder auf Kalevs Radarschirmen aufgetaucht sind.«

»Mein altes Smartphone?«

Hanāh Bebiolka zog die Stirn in Falten. »Eher Ihr Router, aber ich kenne mich nicht so gut aus mit diesem technischen Krimskrams.«

»Und Kalev?«

»Er arbeitet für den Geheimdienst und hat beinahe unbegrenzten Zugang zu allen möglichen Daten.«

»Darf er das denn?«, wollte Carla wissen.

Hanāh Bebiolka zuckte mit den Schultern. »Ich vertraue darauf, dass er weiß, was er tut.«

»Was erwartet uns in diesem Kibbuz?«

»Gutes Essen und Trinken, nette Leute und ganz viel Zeit, um uns zu sortieren und Gedanken zu machen, wie wir diesen Schlamassel beenden können.«

»Ich habe nicht die geringste Vorstellung davon, wie das gelingen könnte.«

»Ich auch nicht«, sagte Hanāh Bebiolka lächelnd. »Aber uns wird schon etwas einfallen. In Israel pflegen wir zu sagen, dass man erst dann über eine Brücke geht, wenn man dort angekommen ist. Und im Übrigen waren das jetzt bereits acht Fragen.«

Berlin / Zürich

DEUTSCHLAND / SCHWEIZ

»Sie ist weg.«

»Was in drei Teufels Namen soll das heißen?«

»Wir haben sie in San Diego verloren. Kurz nachdem sie den Flughafen verlassen hat. Dieser verdammte Airport liegt mitten in der Stadt.«

»Hat sie nicht mitgeteilt, sie hätte die Botschaft verstanden?«

Maxim räusperte sich. »Warum schließt sie dann ihr Büro für zwei Wochen und fliegt, nachdem sie zwei Tage komplett von der Bildfläche verschwunden war, in die Staaten?«

»Maxim!« Die Stimme des Präsidenten klang mitleidig, so als ob er ihn für einen völligen Trottel hielt. »Sie trauert um ihren Hund, möchte eine Pause einlegen und Verwandte besuchen. Wo ist das Problem? Vielleicht geht sie klettern.«

»Allerdings konnten wir in der gesamten Region keine Bekannten von ihr ausmachen, und was das Klettern betrifft: Soweit wir das abschätzen können, befindet sich ihr gesamtes Equipment in ihrer Wohnung und dem Wagen, der am Flughafen parkt.«

»Waren Sie schon mal klettern, Maxim?«

Er ignorierte die Frage. »Ihr Verhalten ist ungewöhnlich. Darum geht es doch.«

»Was weiß sie denn?«

»Eine ganze Menge, wie wir annehmen dürfen.«

»Geht es etwas genauer, bitte?«

»Wir gehen davon aus, dass sie mittlerweile das Gutachten ihres Bruders kennt, und der junge Assistent hat bestätigt, dass Pawlowski die Gewebeproben eigenhändig im Labor untersucht und ihr gegenüber angedeutet hat, dass er nicht an einen Suizid glaubt.«

»Das ist doch kalter Kaffee, und der gute Professor ist mit seinen Resultaten, was immer er herausgefunden hat, zu seinem Schöpfer zurückgekehrt.«

»Wir wissen nicht, ob er auf dem Weg zur Metro jemandem begegnet ist.«

»Ihr Fehler!«

»Meine Männer haben ihn für höchstens zehn Minuten aus den Augen verloren.«

»Wie hoch ist die Wahrscheinlichkeit, dass er in diesem Zeitraum unser schmutziges Geheimnis weitergeben konnte?«

»Ungefähr so hoch wie ein Sechser in der Lotterie, würde ich sagen.«

»Dowerjai, no prowerjai! Das haben Sie mir beigebracht. Hat das Lenin gesagt?«

Maxim brummte ein unverständliches Ja in den Hörer. »Wir werden das noch mal nachprüfen.«

»Gut so! Und Maxim, ich wiederhole mich ungern. Aber lassen Sie das Mädchen in Ruhe, solange Sie und Ihre Leute im Nebel herumstochern. Das mit dem Hund war eindeutig unter der Gürtellinie! Sollten Sie herausbekommen, dass sie etwas weiß, das uns gefährlich werden könnte, oder dass sie womöglich eine Abschrift des Gutachtens hat, überdenken wir unsere Vorgehensweise nochmals. Aber bis dahin halten Sie gefälligst Ihre wildgewordenen Affen an der Leine. Verstanden?«

»Darf ich fragen, wie es um die Professorin und ihren Geheimdienstschwiegersohn steht?«

»Sie ist nicht Ihre Zielperson, die Israelis haben die beiden auf dem Schirm. Vermutlich gewissenhafter, als Sie es jemals hinbekommen würden.«

»Dann ist es ja gut«, sagte Maxim kleinlaut.

»Themenwechsel! Was war heute Morgen los?«

»Sie wissen ...?«

»Reden Sie schon!«

»Sie lag stockbetrunken im Bett, und wir mussten die Rede vor dem Brandenburger Tor absagen.«

»Darum werde ich mich kümmern. Und Maxim, so etwas darf nie wieder vorkommen. Habe ich mich deutlich ausgedrückt?«

»Ich bin doch nicht ihr Kindermädchen. Wie kann ich kontrollieren, was sie in ihrem Hotelzimmer anstellt?«

»Indem Sie jeden Abend ihr Gepäck filzen und ihre Minibar ausräumen.«

»Sagen Sie ihr das?«

»Darauf können Sie Gift nehmen. Und dasselbe gilt ab sofort für ihren versnobten Berater, solange er noch auf meiner Gehaltsliste steht.«

Isfiya

HAIFA | ISRAEL

Der Kibbuz lag herrlich auf einer Anhöhe an den Ausläufern des Karmelgebirges. Von der Straße unterhalb der Synagoge hatte man freien Blick zum Meer und auf die Stadt Isfiya. Carla genoss das bunte Treiben im Kibbuz. In ihren Vorstellungen hatte sie sich eine Art Hippie-Bauernhof ausgemalt, doch sie war gleich nach ihrer Ankunft eines Besseren belehrt worden. An diesem idyllisch gelegenen Ort lebten und arbeiteten knapp zweitausend Menschen. Es gab ein Reitcenter und einen kleinen Zoo, ein Kulturzentrum, Schule, Postamt, ein Museum, mehrere Restaurantbetriebe, ein Haushaltswaren- und ein Küchenmöbelgeschäft, einen Themenpark und sogar ein Seniorenheim.

Beinahe täglich wurde in den Straßen und Restaurants gefeiert. Hochzeiten und Beerdigungen, Bar und Bat Mizwas, Geburts- oder Jahrestage. Carla gewann den Eindruck, dass einfach alles irgendwie gefeiert wurde. Obgleich sie zeitlebens, spätestens jedoch nach dem Tod der Eltern, größere Menschenansammlungen gemieden hatte, wurde sie von der Lebensfreude im Kibbuz regelrecht mitgerissen. Sie mochte die Musik und die Tänze, die Bräuche und Gepflogenheiten, die lokalen Speisen und Getränke, und überhaupt genoss Carla die Distanz zu den Ereignissen der vergangenen Tage und dem Damokles-Schwert der drohenden Gefahr durch ihre unsichtbaren Antagonisten. Hanāh Bebiolka hatte ein charmantes Gästehaus am Rand eines von Bäumen gesäumten Wohngebiets ausgewählt.

Am Sonntag, vier Tage nach ihrer Ankunft, waren sie mit Kalev zum Frühstück im Gan HaHoresh verabredet. Kalev hatte eine Verspätung angekündigt, und sie plauderten in ihrer neuen Vertrautheit wie beste Freundinnen bereits bei der dritten Tasse Kaffee, als Hanāh plötzlich vom Stuhl aufsprang und einem gut aussehenden Mann, etwa in Carlas Alter, um den Hals fiel.

»Khamót!«

Hanāh drückte ihm einen dicken Kuss auf den Mund und wandte sich zu Carla um. »Er nennt mich immer Schwiegermutter, dabei hat er meiner Tochter noch nicht einmal einen Ring gekauft. Darf ich vorstellen: Carla. Kalev.«

Sie reichten einander die Hände.

»Bei uns macht man das so«, sagte er und gab ihr drei Wangenküsse. Carla erwiderte sie zögerlich.

»Setzen wir uns, bevor das hier ausartet«, sagte Hanāh und schob Kalev auf einen der Stühle.

»Schön ist es hier, Khamót.« Kalev sah sich auf der Terrasse des Restaurants um. »Vielleicht sollten wir unsere Hochzeit hier feiern, was meinst du?«

»Du bist und bleibst ein schlimmer Junge.« Hanāh deutete einen Backenstreich an. »Jemand sollte dir einmal ordentlich die Ohren lang ziehen.«

Carla lauschte amüsiert dem Smalltalk der beiden. Kalev erinnerte sie an den jungen Jean Reno in *Leon, der Profi*. Seine hellblauen Augen glänzten verschmitzt in der Morgensonne. Unter dem eng anliegenden Baumwollhemd, das seine kräftigen Schultern betonte, blitzte ein grünes T-Shirt hervor. Hinter seiner Komik verbarg sich ein analytischer Kopf, der alles um sich herum wahrzunehmen schien. Es war leicht, sich vorzustellen, wie er mit seinem durchdringenden Blick die Herzen der Mädchen in Wallung brachte. Ohne es zu wollen, drängte sich ihr der Wunsch auf, Kalev näher kennenzulernen.

»Wie unhöflich von uns«, unterbrach Hanāh ihre Gedanken. »Magst du ein wenig erzählen, Carla?«

»Ich …« Carla zögerte. »Ihr wisst doch bereits eine ganze Menge über mich.«

»Dann berichte doch ein wenig von deiner Leidenschaft, und wie du es geschafft hast, dich in den Bergen unsichtbar zu machen«, forderte Kalev sie auf.

Carla kam seiner Bitte nach und gab bereitwillig Antworten auf Kalevs Fragen.

»Hast du nie Angst?«, wollte er wissen, nachdem sie von ihren Abenteuern im Yosemite Valley erzählt hatte.

»Irgendwie gibt es dafür keinen Platz«, erklärte sie. »Also nicht, während man sich im Fels bewegt. Manchmal träume ich nachts, an einer der Schlüsselstellen den Halt zu verlieren und ins Bodenlose zu stürzen. Aber das ist Gott sei Dank selten.«

Kalev bestellte sich ein deftiges Frühstück mit Hummus und geröstetem Brot. Hanāh und Carla aßen Beeren und süße Hörnchen. Auf einer kleinen Bühne waren Musiker mit dem Aufbau ihrer Instrumente beschäftigt. Ein junges Mädchen improvisierte auf einer Klarinette.

Später, nachdem Hanāh das Gespräch geschickt auf den Anlass ihres Treffens gelenkt hatte, berichtete Kalev von einem geheimen Meeting, das bereits vor einem Jahr in den Räumlichkeiten des israelischen Wirtschaftsministeriums stattgefunden hatte.

»Dort wurde die finanzielle Unterstützungvon Janssens Wahlkampf durch mehr als dreißig israelische Unternehmen an zahlreiche Forderungen des Komitees geknüpft. Und unsere Leute haben radikale Bedingungen hinsichtlich des digital-finanziellen Komplexes gestellt. In diesem Kontext ging es um einen größeren Wirtschaftsdeal zwischen Deutschland und Israel, den sie als Kanzlerin durchwinken soll. Im Gegenzug soll Janssen weitreichende Maßnahmen zur Bekämpfung des Antisemitismus in der Bundesrepublik auf den Weg bringen.« Kalev trank einen Schluck Wasser. »Am Ende geht es, soweit ich es verstanden habe, um nicht weniger als eine Neuordnung des kapitalistischen Systems.«

»Und, wenn ich das sagen darf, um eine Entmachtung der Staaten durch globale Wirtschaftsunternehmen bei gleichzeitiger Ausbeutung der Weltbevölkerung, wobei der Zweck alle Mittel heiligen soll«, fügte Hanāh hinzu.

»Ist es nicht jetzt schon so, dass die großen Konzerne weitreichenden Einfluss auf die Politik nehmen?«

»Natürlich ist das so«, sagte Kalev. »Aber wir sprechen hier von einer kalkulierten Destabilisierung freiheitlichliberaler Ordnungen.«

»Auch in Deutschland?«

»Weltweit!«

»Ergo könnte man Janssen als eine Marionette dieses ›besseren Kapitalismus‹ bezeichnen?«, resümierte Carla.

Kalev nickte ernst.

»Warum ausgerechnet Deutschland?«, wollte Carla wissen.

»Ihr seid die viertgrößte Wirtschaftsmacht der Welt«, erklärte Kalev.

»Und die mit Abstand führende Nation in Europa«, fügte Hanāh hinzu.

»Was würde passieren, wenn Janssen die Wahl verliert?«

»Ich nehme an, dass eine Niederlage die Pläne des Komitees um Jahre zurückwerfen würde«, sagte Kalev. »Es geht schlicht und ergreifend um eine Menge Geld, und wer sich den Verantwortlichen in den Weg stellt …«

»… wird zum Schweigen gebracht«, unterbrach ihn Carla.

»Entschuldige bitte«, sagte Kalev. »Das war unbedacht.«

»Seit ich weiß, woran und vor allem wie mein Bruder gestorben ist, mache ich mir diesbezüglich nichts mehr vor.«

Sie hingen schweigend ihren Gedanken nach.

»Dr. Laskowicz hatte deinen Bruder ohne Rücksprache mit dem Gutachten beauftragt. Als Darian mich befragt hat, stand der Vertrag bereits«, sagte Hanāh.

Carla hob abwehrend die Hände. »Ich mache euch keinen Vorwurf. Lasst uns lieber darüber nachdenken, wie wir gegen diese Bestien vorgehen wollen.«

Kalev nickte ihr aufmunternd zu. »Können wir noch ein paar Dinge klären, bevor ich mich wieder auf den Weg mache?« Carla nickte. »Du hattest Hanāh gegenüber die Brandmelder in der Wohnung deines Bruders erwähnt.«

»Darian hat sich seit einiger Zeit dagegen ausgesprochen.«

»Wenn du erlaubst, würde ich ein Team hinschicken.«

»Braucht ihr die Schlüssel?«

Kalev zwinkerte ihr verwegen zu. »Das ist nicht nötig.«

»Was können *wir* tun?«, wollte Hanāh wissen.

»Ihr arbeitet an dem Dossier weiter. Alles, was wir wissen, muss hieb- und stichfest aufgearbeitet und zu Papier gebracht werden. Wenn es Unklarheiten gibt, meldet euch jederzeit bei mir.«

»Zu Befehl!«, sagte Hanāh und drückte Kalev einen Kuss auf die Stirn.

»Khamót, bitte.« Kalev strich ihr zärtlich über die Wange. »Ich schicke euch heute Abend den Bericht eines polnischen Agenten, der sich in Racibórz umgehört hat. Ihr werdet staunen!«

»Hätte das Pferd etwas zu sagen, würde es reden!« Hanāh beugte sich zu Carla und flüsterte ihr ins Ohr. »Altes jüdisches Sprichwort.«

Kalev warf einen Blick auf seine Uhr. »Na gut, aber nur die Kurzfassung.«

»Wir sind ganz Ohr.«

»Janssen ist in den Neunzigerjahren auf diesen Hof in Racibórz gefahren …«

»Das bedeutet, dass die Örtlichkeit in den Original-Tagebüchern genannt wird?«, unterbrach ihn Hanāh. »Das wäre ein eindeutiger Beweis für ihr Plagiat.«

»Jetzt hör doch erst mal zu. Janssen hat sich den Landwirten gegenüber als Immobilienmaklerin ausgegeben. Sie erkundigte sich nach dem Verbleib der Familie, die den Hof während des Zweiten Weltkriegs bewirtschaftet hatte.«

»Das ist aber dreist!« Hanāh schlug sich auf die Schenkel.

»Nachdem sie erfahren hatte, dass die Familie im letzten Kriegswinter ermordet worden war, verschwand sie wieder von der Bildfläche.«

»In der Gewissheit, dass es keine Zeugen mehr für ihre Adaption des Tagebuchs gab«, folgerte Carla.

»Die Männer im Dorf haben sie *die schöne Szwaby* genannt, eine abwertende Bezeichnung für die Deutschen. Janssen war wohl noch einige Zeit Stammtischthema. Und tatsächlich erinnerte sich der befragte Landwirt an diese Episode, nachdem ihm unser Mann ein paar Fotos vorgelegt hat. Er konnte sogar den Wagen benennen, mit dem die Janssen dort aufgetaucht war: ein blauer Mazda MX5. Eine Überprüfung beim zuständigen Landratsamt hat bestätigt, dass sie zu jener Zeit ein solches Auto fuhr.«

»Das ist wirklich unfassbar«, seufzte Hanāh. Carla pflichtete ihr stirnrunzelnd bei. »War ihr Vater zu dem Zeitpunkt bereits gestorben?«

»Zwei Jahre zuvor«, sagte Kalev. »Wir gehen davon aus, dass ihr das Tagebuch erst danach in die Hände gespielt wurde.«

»Oder sie hat es in seinen Habseligkeiten gefunden«, sagte Hanāh.

»Auch möglich.«

»Erschreckend finde ich, dass Janssen – spätestens nach ihrem Trip auf den Hof – gewusst hat, oder zumindest annehmen musste, dass ihr Vater ein Mörder gewesen war. Trotzdem hat sie die Tagebücher gefälscht und in ihrer Doktorarbeit verwendet«, sagte Carla.

»Du hast recht!« Hanāh sah sie mit weit aufgerissenen Augen an. »Das ist … Mir fehlen die Worte.«

»Und mir die Zeit«, sagte Kalev und warf grinsend einen grünen Fünfzig-Schekel-Schein auf den Tisch.

Sie verabschiedeten sich. Carla sah ihm einen Moment hinterher.

»Ein Bild von einem Mann, nicht wahr?«, sagte Hanāh.

»Wohl war«, sagte Carla verlegen. Und fuhr, vielleicht etwas zu empathisch, fort: »Ich freue mich für dich. Und für deine Tochter.«

»Weißt du …« Hanāh legte ihre Hand auf Carlas Oberschenkel. »Stell dir einfach vor, dass *er* bereits existiert und dass es nur eine Frage der Zeit ist, bis eure Wege sich kreuzen.«

Carla schnaubte durch die Nase. »Und wenn ich in dem Augenblick gerade abgelenkt bin und in die falsche Richtung schaue?«

Hanāh lächelte. »Selbst der Bestand von Weinbergschnecken ist ungefährdet, obwohl die Wahrscheinlichkeit einer Begegnung um ein Vielfaches geringer ist.«

Carla brach in schallendes Gelächter aus.

Hanāh stimmte in ihr Lachen ein. »Jüdischer Humor ist Witz, Weisheit und Waffe.«

»Das gefällt mir«, sagte Carla, nachdem sie sich wieder beruhigt hatte. »Und ich verspreche, künftig besser auf Weinbergschnecken achtzugeben und mich in ihrer Geduld zu üben.«

In den darauffolgenden Tagen gönnten sich Carla und Hanāh kaum Verschnaufpausen. Carla stellte den Wecker auf halb fünf und rannte vor dem Frühstück kreuz und quer durch das Ashdot-Yagur-Reservat, das an den Kibbuz grenzte. Hanāh absolvierte währenddessen ihre Yoga-Übungen. Danach arbeiteten sie zehn, zwölf Stunden am Stück und verbrachten die Abende in einem der Restaurants oder auf der Terrasse ihrer Unterkunft.

Am Mittwoch begleiteten sie einen Angestellten des Gästehauses mit dem Lieferwagen nach Haifa, um Obst und Gemüse zu kaufen.

»So etwas hast du bestimmt noch nie gesehen«, schwärmte Hanāh. Und tatsächlich verliebte sich Carla augenblicklich in das Labyrinth aus Gassen, Treppen und alten Straßen. In den engen Gässchen des Stadtviertels Wadi Nisna reihten sich Händler und Straßenmärkte, Restaurants und Cafés dicht an dicht. Carla erfuhr, dass in diesem Stadtviertel Juden, Christen und Muslime friedlich zusammenlebten. »Während der Weihnachtszeit schmücken Angehörige der christlichen Gemeinde die Gassen und verzaubern die gesamte Altstadt.«

Sie aßen Falafel mit Salat und Pommes in Pitabrot und tranken Limonana, eine eiskalte Zitronenlimonade mit frischen Minzblättern. Während sie durch die Sträßchen schlenderten, zeigte Hanāh plötzlich auf einen Imbiss, vor dem sich eine lange Schlange gebildet hatte.

»Auch, wenn es mit diesen blöden Colawerbungen billig aussieht, gibt es bei EMIL das beste Schawarma in ganz Haifa.« Hanāh leckte sich mit der Zunge über die Lippen. Carla zog fragend die Augenbrauen nach oben.

»Das essen wir nächste Woche. Wenn wir wieder mitfahren dürfen.«

»Einverstanden.«

Dortmund / St. Gallen

DEUTSCHLAND / SCHWEIZ

»Wenn das alles stimmt, haben wir keine Wahl.«

»Was schlagen Sie vor?«

»Räumen Sie den Müll von der Straße und sorgen Sie für klare Verhältnisse.«

»Und unsere israelischen Freunde?«

»Sind wie immer zwiegespalten.«

»Wie darf ich das verstehen?«

»Lassen Sie sich etwas Charmantes einfallen.«

»Meine Spezialität.«

»Keine weiteren Leichen!«

»Das macht die Mission um einiges komplizierter.«

»Haben Sie noch immer nicht kapiert, dass Sie keine Epidemie ausrotten, indem sie nur den Wirt eliminieren …?«

»… ohne zu wissen, wie viele bereits infiziert sind und das Virus weitertragen. Das ist mir schon klar.«

»Bravo, Soldat!«

Isfiya

ISRAEL

Freitagnachmittag bereitete sich Carla nervös auf ihre erste Schabbat-Feier vor.

Hanāh war tags zuvor von einem Kunsthistoriker und Rabbiner angesprochen worden, der mit seiner Frau im Kibbuz lebte. Er hatte Hanāh erkannt, doch sie hatte Carla glaubhaft versichert, dass dieser Zwischenfall unverfänglich sei, da sie dem Mann das Versprechen abgenommen hatte, mit niemandem über ihren Kurzurlaub im Kibbuz zu sprechen.

»Mach dir keinen Kopf, Carla«, versuchte sie abermals Carlas Bedenken auszuräumen. »Er hat mir meine Geschichte hundertprozentig abgekauft.«

»Was hast du ihm denn erzählt, wenn ich fragen darf?«

»Hatte ich das nicht erwähnt?« Hanāh schmunzelte.

»Mit keiner Silbe.«

»Du bist die uneheliche Tochter meines Mannes, von der ich nichts wissen darf, die ich aber trotzdem ins Herz geschlossen habe. Weshalb wir uns heimlich treffen müssen.«

»Einen solchen Bären hast du ihm aufgebunden?«

»Er hat selbst zwei Söhne, von denen seine Frau nichts weiß.«

»Mannomann«, staunte Carla. »Und du wusstest davon?«

»Sonst hätte ich mir eine andere Geschichte einfallen lassen müssen.«

Sie waren zu sechst. Der Tisch war mit festlichem blauem Porzellan und orientalisch anmutenden Weingläsern gedeckt. In der Tischmitte standen riesige Kerzen, umringt von zwei frischgebackenen Broten und einer Flasche Wein. Nach dem traditionellen Singsang des Schabbat Schalom zündete die Frau feierlich die Kerzen an. Carla hatte gelernt, dass der Schabbat immer achtzehn Minuten vor Sonnenuntergang begann und danach die meisten Aktivitäten verboten waren. Sogar das Anzünden der Kerzen. Den Überlieferungen zufolge entsprachen die achtzehn Minuten exakt jener Zeit, die es brauchen würde, einen kleinen Fisch zu braten oder eine Meile zu Fuß zurückzulegen.

Schließlich segnete der Rabbi den Wein und die Brote, brach einige Stücke davon ab und warf sie den Anwesenden zu, was für allgemeine Heiterkeit sorgte und einen galanten Übergang in den weniger zeremoniellen Teil der Feierlichkeiten bot.

Sie aßen eine Leckerei nach der anderen, verkosteten diesen und jenen Wein und feierten lange und ausgelassen.

Es war weit nach zwei, als Carla sich mit Hanāh auf den Weg zu ihrer Unterkunft machte.

»Ich werde nie wieder etwas essen können«, klagte Carla und hielt sich den Bauch.

»Du wirst öfter mit uns Schabbat feiern müssen«, sagte Hanāh und nahm ihren Arm. »Auch daran kann man sich gewöhnen.«

»Wann beginnt der Gottesdienst in der Synagoge?«, erkundigte sich Carla mit einem Blick auf die Uhr.

»Den lassen wir besser ausfallen. Kalev wird uns das Fell über die Ohren ziehen, wenn wir unser Tempo nicht beibehalten.«

»Ihr seid fleißig gewesen«, sagte Kalev, als sie am frühen Sonntagmorgen erneut beisammensaßen.

»Du hoffentlich auch«, erwiderte Hanāh kess.

Kalev lachte und legte sein Tablet und eine Luftpolstertasche auf den Tisch. »Ihr werdet Augen machen«, sagte er und wandte sich an Carla. »Meinen größten Respekt vor deinem Bruder.«

»Was meinst du?«

»Das waren keine Brandmelder in seiner Wohnung.«

»Ich habe sie doch selbst gesehen.«

»Meine Leute haben nicht schlecht gestaunt, als sie die Dinger näher in Augenschein genommen haben.«

»Jetzt rede doch nicht schon wieder um den heißen Brei!«, schaltete Hanāh sich ein.

»Darian ist es gelungen, rotierende Full-HD-Kameras mit Bewegungserkennung und Mikrofon in die Gehäuse einzubauen.«

»Er hat seine eigene Wohnung überwacht?«, wunderte sich Carla.

»Schaut es euch an.« Kalev griff nach dem Tablet und reichte es Carla. »Das ist ein Zusammenschnitt.«

Hanāh hatte ihren Stuhl neben sie gerückt, und gemeinsam starrten sie gebannt auf das Display. Auf den Videos waren jeweils drei Männer zu erkennen, die sich einmal tagsüber und ein anderes Mal zur Nachtzeit Zugang zu Darians Wohnung verschafft und sie Zentimeter für Zentimeter in Augenschein genommen hatten. Die Männer sprachen Russisch, ihr Vorgehen wirkte methodisch, wie das von Beamten des FBI in einer Hollywoodproduktion. Mit dem einzigen Unterschied, dass sie sämtliche Gegenstände, die sie berührt und in Augenschein genommen hatten, im Nachgang großflächig mit Desinfektionstüchern reinigten.

Der merkwürdige Geruch, der anfangs in der Wohnung hing, dachte Carla. Der Gedanke, dass die Männer kurz vor ihr dort gewesen waren, ließ sie erschaudern.

»Was ist mir dir?«, erkundigte sich Hanāh.

Carla deutete auf den eingeblendeten Zeit- und Datumsstempel. »Ich bin nicht viel mehr als zwei Stunden später zum ersten Mal dort gewesen.«

»Du hattest großes Glück«, sagte Kalev sichtlich geschockt.

»Wer sind diese Männer?«, wollte Carla wissen, nachdem sie sich wieder gefasst hatte.

Kalev öffnete den Umschlag und kramte einen Stapel Fotos heraus. »Diese beiden gehören zum erweiterten Kreis des Personenschutzkommandos des Komitees. Wir konnten sie anhand von Pressefotos identifizieren.«

»Und?«, sagte Hanāh.

»Ehemalige Elitesoldaten der serbischen Armee, nach Kriegsende Söldner im Nahen Osten.«

»Und der hier?« Carla zeigte auf den kahlköpfigen Riesen, der um einiges älter wirkte als seine Kompagnons.

»Wir vermuten, dass er so etwas wie der Sicherheitschef des Komitees ist. Dort ist er ausschließlich unter dem

Namen Maxim bekannt. Sein richtiger Name lautet Tichon Schtscherbakow. Seht ihr das Tattoo hier?«

»Welches dieser scheußlichen Motive meinst du?« Hanāh betrachtete angewidert die vielen Totenköpfe, Dämonen und Schlangen.

Kalev zeigte auf den von Flügeln eingerahmten und mit einer Krone bedeckten Kopf eines Werwolfs. »Schtscherbakow war lange Zeit bei einem Schutzdienst tätig, der für die Sicherheit der russischen Regierung zuständig war.« Kalev legte eine kurze Pause ein und präsentierte Fotografien anderer Tattoos. »Nachdem er dort gefeuert wurde, arbeitete er bei verschiedensten Söldnereinheiten auf dem ganzen Planeten. Nach einem Massaker an Zivilisten in Syrien verschwand Schtscherbakow von der Bildfläche und tauchte vier Jahre später mit Anzug und Krawatte wieder auf.«

»Ein Killer also«, sagte Hanāh.

»Gerüchten zufolge soll er über einhundert Menschen getötet haben.«

»Hat dieses Schwein meinen Bruder auf dem Gewissen?«

»Das wissen wir nicht«, sagte Kalev. »Er wurde nach einem Überfall auf Wiebke Janssen zu ihrem persönlichen Wachhund abgestellt und ist mehr oder weniger rund um die Uhr für ihre Sicherheit verantwortlich.«

»Was ist da passiert?«, sagte Hanāh.

»Sie wurde vor ihrem Wohnhaus von angeblich Rechtsradikalen angegriffen und verletzt. Einer ihrer Securitys bezahlte dabei mit dem Leben. Allerdings steckt Schtscherbakow auch hinter dieser Aktion. Alle Indizien sprechen für einen Inside-Job.«

»Wozu sollte das gut sein?«

»Publicity«, sagte Kalev. »Oder Underdog-Marketing, du kannst es nennen, wie du willst. Und tatsächlich schnellten die Umfragewerte nach diesem Vorfall sprunghaft in die Höhe.«

»Was ist das nur für eine skrupellose Welt?«, empörte sich Hanāh.

»Mich würde interessieren, ob Janssen über die Winkelzüge des Komitees im Bilde ist«, sagte Carla.

»Ich bezweifle, dass sie auch nur die geringste Ahnung davon hat, welche Machtspielchen hinter ihrem Rücken ablaufen«, sagte Kalev.

»Was denkst du, Kalev, reichen unsere Waffen, einen so übermächtigen Gegner in die Schranken zu weisen?«, fragte Carla.

»Darf ich etwas dazu sagen?«, meldete sich Hanāh zu Wort. »Ihr dürft mich gern unterbrechen, wenn ich mich missverständlich ausdrücke oder etwas Falsches sage.«

»Wir sind ganz Ohr, Khamót.«

»Also, wir haben handfeste Beweise, um Wiebke Janssen ihres Plagiats zu überführen.«

»Wenn es uns gelingen könnte, an das Originaltagebuch zu kommen, stimme ich dir zu hundert Prozent zu«, warf Kalev dazwischen.

»Die Videos aus Darians Wohnung stehen im unmittelbaren Kontext seiner Ermordung und damit im Zusammenhang mit seinem Gutachten. Die Umstände, dass diese Söldner auf der Gehaltsliste des KWTF stehen, und das Komitee keinen Hehl daraus macht, Janssens Wahlsieg mit allen Mitteln zu forcieren, sind meiner Ansicht nach der Zufälle zu viele.«

Kalev hob den Zeigefinger und war im Begriff, etwas hinzuzufügen.

»Still!«, sagte Hanāh. »Was wir in den Händen haben, ist viel und wenig zugleich. Was ich damit sagen möchte, ist, dass wir viele Details nicht kennen. Beispielsweise wissen wir nicht, wie die Befehlsketten innerhalb des Komitees organisiert sind. Wir können nur annehmen, dass dieser

Maxim nicht auf eigene Faust agiert.« Hanāh trank einen großen Schluck Wasser und tupfte sich mit einer Serviette den Schweiß von der Stirn. »Die anderen uns bekannten Todesfälle, das Verschwinden dieser Polizistin, die Aufzeichnungen über das eingesetzte Nervengift aus höchstwahrscheinlich russischer Produktion, die offensichtlichen Drohungen, die Carla erhalten hat, und nicht zuletzt die Vergiftung ihres Hundes liegen sämtlich in der Schublade mit der Aufschrift Spekulationen.« Hanāh griff abermals zu ihrem Wasserglas. »Und zum Ende meiner Ausführungen, und um auf Carlas Frage zurückzukommen: Mir persönlich ist das noch zu wenig Butter bei die Fische, und ich glaube nicht, dass wir mit unserer bisherigen Strategie ans Ziel kommen.«

»Bist du fertig, Khamót?«

»Ich hätte noch eine Verständnisfrage«, warf Carla dazwischen.

»Bitte.«

»Wie würden wir mit dem, was wir jetzt in den Händen halten, unser Ziel definieren?«

»Ich halte unseren bisherigen Plan noch immer für den einzig gangbaren Weg«, sagte Kalev. »Ich stimme Hanāh zu, dass unsere Anklageschrift, wenn ich das so nennen darf, auf dünnen Beinen steht. Trotzdem wäre das Bekanntwerden ein Stich in ein Hornissennest und würde den Vormarsch Janssens und ihrer Partei, und damit die Absichten des gesamten Komitees, zumindest ausbremsen.«

»Aufgeben steht nicht zur Disposition«, sagte Hanāh.

»Das habe ich nicht gemeint«, sagte Carla. »Aber gäbe es nicht beispielsweise eine Möglichkeit, unsere Widersacher zu einem weiteren Fehler zu bewegen oder selbst in die Offensive zu gehen?«

»Woran denkst du?«

»Versteht mich richtig, ich habe keinen Masterplan in der Tasche, aber ließe sich etwa die Fremdübernahme meines Smartphones beweisen? Irgendetwas in der Art. Vielleicht ist das auch völlig naiv gedacht?«

»Auf keinen Fall«, erwiderte Kalev. »Uns sind nur in gewisser Weise die Hände gebunden, da wir ohne jede Legitimation agieren.«

»Wie loyal sind deine Helfershelfer?«, wollte Hanāh an Kalev gerichtet wissen. »Ich meine, läufst du mit diesen ganzen Aktivitäten nicht Gefahr, selbst im Gefängnis zu landen?«

»Darum geht es doch nicht«, sagte Kalev.

»Ich finde schon«, sagte Carla.

»Auf das Team können wir uns verlassen«, sagte Kalev. »Das sind alles ehemalige Kollegen und Kolleginnen unterschiedlicher Geheimdienste und polizeilicher Einrichtungen. Jeder und jede schuldet irgendwem einen Gefallen.«

»Ist das eine gute Basis für eine Zusammenarbeit?«, erkundigte sich Hanāh.

Kalev zog die Stirn in Falten und verschränkte seine Arme vor der Brust. »Wir haben keine andere Wahl.«

»Was ist, wenn wir unsere Ziele erreichen und trotzdem weiter auf der Todesliste stehen?«, fragte Carla.

Ein betretenes Schweigen machte sich breit. Niemand schien diese Frage ernsthaft überdacht zu haben. Eine Bedienung kam an den Tisch. Sie bestellten Wasser und Kaffee. Carla gewann den Eindruck, dass allen der Appetit vergangen war. Hanāh ergriff als Erste wieder das Wort. »Der ursprüngliche Grund für alles, was passiert ist, war mein Plagiatsverdacht, richtig? Darian hat Janssens Familiengeschichte zu Papier gebracht. Zusammen mit meinen Erinnerungen können wir ihre Täuschung beweisen und an die Universität und meinetwegen auch die Presse herantragen. Dass die Gerichte sich dafür interessieren, glaube ich weniger.«

Die Bedienung brachte ihre Getränke. Hanāh schüttete Zucker in ihren Kaffee.

»Nun sehen wir uns einem unsichtbaren Feind gegenüber, dessen Macht und Gewaltbereitschaft unseren Mitteln und Möglichkeiten weit überlegen ist. Könnt ihr mir bis dahin folgen?«

Carla und Kalev nickten erwartungsvoll.

»Die Frage, die sich mir stellt, ist, ob sie mehr über uns wissen als wir über sie. Natürlich kennen sie unsere Namen und Wohnorte, Berufe und meinetwegen unsere Korrespondenz der vergangenen Monate. Ihre gesamte Aufmerksamkeit zielt darauf ab, dass Janssen und ihre Partei die Wahl gewinnen. Und dabei geht es ihnen vor allem darum, vor der Weltöffentlichkeit eine weiße Weste zu bewahren.«

Wieder stimmten ihr Kalev und Carla zu.

»Ich bin mir ziemlich sicher, dass sie Janssen nach Bekanntwerden der Plagiatsvorwürfe fallen lassen würden wie eine heiße Kartoffel. Damit würden sie vielleicht einen herben Rückschlag erleiden, aber gleichzeitig das Interesse an uns verlieren. Jedenfalls spricht ihr bisheriges Vorgehen dafür. Von mafiaähnlichen Racheaktionen ist bislang nie etwas nach außen gedrungen, und meiner Meinung nach würde das auch nicht zur Philosophie dieser selbsternannten Elite passen. Es geht um Geld, wirtschaftliche Interessen und Macht. Versteht ihr, was ich meine?«

Kalev schüttelte den Kopf. »Nicht wirklich.«

»Wenn wir Janssen ans Messer liefern, spielen *wir* in diesen Machtkämpfen keine entscheidende Rolle mehr und können uns in Ruhe um die übrigen Sachverhalte kümmern.«

»Ich verstehe«, sagte Carla. »Und ich könnte mir vorstellen, dass du recht behalten wirst. Gleichzeitig liegt mir sehr viel daran, dass Darians Tod nicht ungesühnt bleibt.«

»Selbstverständlich!«, rief Hanāh. »Du hast mich falsch verstanden. Was ich sagen wollte, ist, dass wir gerade krampfhaft versuchen, zwei Fliegen mit einer Klappe zu schlagen, wobei sich eine der beiden ständig aus unserem Sichtfeld bewegt.«

»Während die andere zuverlässig aus der Kampfzone geräumt werden könnte«, folgerte Kalev.

»Damit bestünde die Chance, etablierten Parteien im Wahlkampf eine reelle Chance einzuräumen und vor allem, Zeit zu gewinnen«, fügte Carla hinzu.

Hanāh ließ sich erschöpft gegen die Lehne ihres Stuhls fallen. »Jetzt habt ihr verstanden, Kinder.«

Sie berieten sich bis um die Mittagszeit und begleiteten Kalev zu seinem Wagen. »Drück Ronit fest von mir«, sagte Hanāh. »Du kannst ja sagen, dass ich dich angerufen hätte.«

Sie sahen dem Mazda hinterher, bis er am Stop-Market auf die Schnellstraße abbog. Hanāh schloss Carla in die Arme. »Wir werden das schaffen, Carla.«

Carla nickte unmerklich und ließ ihren Tränen freien Lauf. Sie waren an einem Scheideweg angekommen. Von nun an durften sie keine Fehler mehr machen.

In der Nacht führte sie ein Traum an den Fuß einer gewaltigen Felswand, die bis in den Himmel ragte. Hinter ihr lag unwegsames Gelände. Eine Art Urwald, wie sie ihn in den Regenwäldern des Amazonas kennengelernt hatte. Carla wunderte sich, wie sie hierhergekommen war. In der Ferne kreisten bizarre Vögel mit langen Schnäbeln. Wie Urvögel, aber in der Größe eines Condors. Alles wirkte fremd und bedrohlich. Urzeitlich? Vorsichtig trat sie näher an die Felsen.

Der Stein fühlte sich kalt und rau an, wie die Oberfläche einer Holzraspel. Eine Gesteinsformation, die extremen thermischen Belastungen ausgesetzt gewesen war. Es gab nur diesen Weg. Nach oben. Beherzt schlossen ihre Finger sich um die ersten Griffe. Ihre Füße tasteten nach Widerstand. Einem festen Tritt. Die Luft war heiß. Nach wenigen Metern brannten ihre Lungen. Nirgendwo ein noch so kleiner Felsvorsprung oder eine andere Möglichkeit, eine Pause einzulegen. Erst ganz oben würde es vorüber sein. Carla spürte, wie ihr die Strapazen zusehends leichter fielen. Während sie, etwa auf halber Höhe, eine überhängende Felsnase in Angriff nahm, sah sie den Mann mit dem Tattoo. Nur eine imaginäre Seillänge unter ihr. Vierzig, vielleicht fünfzig Meter. Wie er ihr hektisch folgte und jede ihrer Bewegungen studierte, als ob er sich ihre Technik zu eigen machen wollte. Sie sah sofort, wie unsicher er war. Dass er nicht über die Fertigkeiten und Erfahrung verfügte, eine solche Wand seilfrei zu bezwingen. Was tat er hier? Die Antwort lag auf der Hand: Er war hier, um sie zu töten. Trotz dieser Gewissheit verspürte sie keine Angst. Im Gegenteil: Je klarer sich die Situation darstellte, umso sicherer wurden die Bewegungen ihrer Hände und Finger, beider Beine bis in die Zehenspitzen. Atmung und Puls. Herz und Verstand. Alles griff ineinander.

Als sie die Spitze fast erreicht hatte, war sein Kopf so klein wie eine Stecknadel. Wenig später hörte sie den entsetzlichen Schrei, als er in die Tiefe stürzte. Warum empfand sie nichts? Weder Erleichterung noch Genugtuung?

Als sie den höchsten Punkt erreichte, fand sie sich in einer vertrauten Landschaft wieder. Während sie sich zu erinnern versuchte, wann sie zuletzt hier gewesen war, glaubte sie Darian auf einem der gegenüberliegenden Gipfel zu erkennen, wie er ihr freundlich zuwinkte.

Als sie den Traum im Morgengrauen verließ, fühlte sie sich müde und ausgelaugt. Und dabei seltsam ruhig.

»Du hast geträumt«, sagte Hanāh, als sie zur vereinbarten Zeit an den Frühstückstisch kam. »Genau wie ich.«

»Ich habe meinen Bruder gesehen«, sagte Carla. »Es ging ihm gut.« Tränen flossen über ihr Gesicht. Hanāh trat neben sie und hielt sie fest, während Carla sich das Erlebte von der Seele redete.

»Ich glaube, dass es dort wirklich gut ist«, sagte Hanāh.

»Ein Himmel?«

»Jedenfalls keine Hölle.«

»Es ist immer so viel Licht in diesem Zustand. Und Wärme«, sagte Carla.

»Mein Traum war dunkel«, sagte Hanāh. »Und schwer.«

»Erinnerst du dich?«

»Kalev wurde getötet«, sagte Hanāh. »Vor unseren Augen.«

Am Dienstagnachmittag erreichte sie eine Nachricht, die sie in ihrer Arbeit sprichwörtlich beflügelte.

»Caar-laa!« Hanāh war von ihrem Rechner aufgesprungen und wedelte aufgeregt mit dem Ausdruck eines eFax vor ihrer Nase. »Lies!«

Carla griff nach dem Papier und nahm den Inhalt mit zunehmender Erregung zur Kenntnis. Vier Tage nachdem Darians VW-Bus in Warschau verschwunden war, wurde er auf der ungarischen Autobahn M1 bei Törökbàlint in einen schweren Verkehrsunfall verwickelt. Zwei Mitfahrer, ein Mann und eine Frau, flüchteten kurz vor dem Eintreffen der Autobahnpolizei in die nahe gelegenen Wälder. Der schwerverletzte Fahrer wurde mit einem Hubschrauber ins Krankenhaus eingeliefert und neun Tage nach dem Unfall in ein Justizvollzugskrankenhaus verbracht. Der Grund:

Im Wagen wurden – neben Darians Habseligkeiten – zwei Maschinenpistolen und über tausend Patronen mit sogenannten Dumdum-Geschossen gefunden, die unter das Kriegswaffenkontrollgesetz fielen und bei denen allein das Mitführen einen Verbrechenstatbestand erfüllte. Die Kriminalbeamten fanden darüber hinaus Dokumente und Wertgegenstände, die der geflüchteten Frau zugeordnet werden konnten, und Kalev hatte in Erfahrung gebracht, dass sie ebenfalls dem erlauchten Kreis der Security des Komitees für Wirtschaft, Technologie und Fortschritt angehörte.

Im Polizeibericht stand, dass die polnischen Behörden aufgrund der von Magdalena initiierten europaweiten Fahndung informiert waren, das Fahrzeug samt der sich darin befindlichen Gegenstände jedoch von der ungarischen Staatsanwaltschaft bis zum Ausgang des Verfahrens beschlagnahmt worden war.

»Kriegswaffen«, sagte Carla und reichte Hanāh das Schriftstück zurück. »Das wird hoffentlich Konsequenzen haben für alle Beteiligten. Und der Vorfall könnte zu Magdalenas Rehabilitierung beitragen, wenn die Zusammenhänge bekannt werden.«

»Daran habe ich noch gar nicht gedacht«, sagte Hanāh.

»Was meinst du, sollten wir unter diesen Umständen doch wieder alles zu einer einzigen Akte zusammenführen?«

»Wir sprechen uns mit Kalev ab«, sagte Hanāh. »Und zwar so schnell wie möglich.«

FÜNFTER TEIL

JAGD

Wadi Nisna

HAIFA | ISRAEL

Am nächsten Morgen erschien Hanāh von nächtlichem Sodbrennen geplagt am Frühstückstisch. »Ich kann nicht mit in die Stadt. Tut mir leid.«

»Dann bleibe ich auch hier«, sagte Carla. »Gehen wir nächste Woche wieder gemeinsam.«

»Geh du nur«, erwiderte Hanāh. »Und bring mir einen guten Tee mit.«

Carla freute sich auf die Auszeit und das bunte Treiben in der Altstadt von Haifa. Wie bei ihrem ersten Besuch vereinbarte sie mit dem Angestellten des Gästehauses, sich gegen Mittag wieder auf dem Parkplatz St. Luke zu treffen. Unterwegs entdeckte sie ein Hinweisschild zum Haifa Museum of Art und beschloss spontan, zwei Tickets für den kommenden Donnerstag zu besorgen. Danach reihte sie sich in das bunte Treiben des Viertels ein, kaufte Tee und andere Kräuter und Gewürze. Bevor Carla sich auf den Rückweg zum Parkplatz machte, aß sie Na'ahme und Baklava im Café Knafeh De Lux. Um Viertel vor zwölf verließ sie das Café durch die Glastür in Richtung Meer. In dem Moment, als sie die Ha-Namal-Straße überquerte, hielt hinter ihrem Rücken ein Fahrzeug mit quietschenden Reifen. Carla achtete nicht weiter darauf und setzte ihren Weg fort.

»Here's looking at you, kid!«

Carla erkannte die Stimme sofort wieder und hielt wie erstarrt inne. Oskar, der Clown?

Die Begegnung im Restaurant Ceprownia war ihr schlagartig gegenwärtig.

Sie starrte in das sonnenbebrillte Gesicht des Clowns, der mit versteinerter Miene auf sie zuhielt. In seinem Schlepptau eine Frau und ein Mann, ebenfalls hinter Sonnenbrillen versteckt. Carla wich zögerlich zurück. »Was, was machen Sie hier?«, stammelte sie.

»Es tut mir leid«, sagte er kühl und griff in seine Manteltasche. »Ich glaube, dies ist das Ende einer wunderbaren Freundschaft.«

Carla registrierte noch den Bogart-Sound und dass er Ricks letzte Worte ins Gegenteil gekehrt hatte. Dann spürte sie eine kalte Flüssigkeit im Gesicht, an der ein stechender Geruch haftete, der sie an verschimmelte Nüsse erinnerte. Einen Sekundenbruchteil später verlor sie das Bewusstsein und knallte Kopf voraus auf den Asphalt.

Das hässliche Geräusch, während ihr Nasenbein zersplitterte, und den Moment, in dem sich die Schneidezähne durch ihre Unterlippe bohrten, hörte und spürte sie nicht mehr. Nur einmal, als die Männer sie wie ein erlegtes Tier in den Transporter zerrten, zuckte ihr rechter Arm unkontrolliert nach oben. Vermutlich in Folge eines Eigenreflexes nach einem Schlag auf die Trizepssehne.

Levantisches Meer

78 SEEMEILEN SÜDÖSTLICH VON ZYPERN

»Miscoda kibaszott dolog!«

»Mi folyik itt?«

»Kibaszott müholdas telefon!«

»Weiß einer von euch Idioten, wie man ein Satellitentelefon bedient?«

»Gib her.«

»Kannst du überhaupt lesen?«

»Arschloch.«

»Warum dauert das so lange?«

»Weil das verdammte Signal von einer Bodenstation vermittelt werden muss.«

»Funktioniert doch.«

»Gib schon her.«

»Nalunk vannak!«

»Ist sie am Leben?«

»Igen.«

»Der Teufel soll euch holen, wenn sie auch nur einen Kratzer abbekommen hat.«

»Mit ért karcolés alatt?«

»Maxim wird euch sämtliche Knochen brechen.«

»Baszd meg a Maximot!«

»Wenn ihr nicht zur vereinbarten Zeit im Hotel seid, hast du zum letzten Mal geschissen.«

»Rosszul fog menni.«

»Das wollen wir hoffen. Und jetzt wirf das Telefon ins Meer und sputet euch.«

Libysches Meer

149 SEEMEILEN NÖRDLICH VON TOBRUK

Ihr erster Gedanke, als sie wieder zu sich kam, war »Wasser«. Carla verspürte einen unbeschreiblichen Durst. Ihre aufgeplatzten Lippen brannten wie Feuer. Erst viel später realisierte sie die Verletzungen und das getrocknete Blut.

»Wasser.« Ihre Stimme war nicht mehr als der klägliche Versuch einer Sterbenden, die sich mit letzter Kraft gegen ihr Schicksal aufbäumte.

»Wasser! B i t t e.« Neben ihr ratterte ein Motor und verbreitete einen beißenden Mief aus Abgasen und Maschinenöl.

Carla spürte ein fischgrätenartiges Gerippe aus morschem Holz unter ihrem Rücken. Der Raum schwankte im monotonen Rhythmus der Wellen auf und ab. Ein Boot. Sie hatten sie auf ein Boot gebracht. Jetzt spürte sie die raue Oberfläche eines Hanfseils an ihren Fußgelenken und oberhalb der Knie. Ihr rechter Arm war taub. Carla drehte sich mühsam auf die andere Seite und tastete nach den Seilen. Die Fesseln waren fest miteinander verknotet. Auf der Haut hatten sich Schürfwunden gebildet. Ihr ganzer Körper fühlte sich an wie eine einzige pulsierende Wunde. »Wasser.«

Ihre Zunge fuhr zögerlich über die geschwollene Unterlippe. Ein bohrender Schmerz durchfuhr ihren Kiefer. An der Innenseite löste sich eine Schwäre. Carla schmeckte Blut und benetzte die raue Zunge. Schließlich schluckte sie so lange, bis die Blutung weniger wurde und schließlich versiegte. Stimmen drangen an ihr Ohr. Ein Mann und eine Frau vielleicht. Ein Mix aus Italienisch, Ungarisch und gebrochenem Deutsch, der in den Wellenschlägen gegen die Bordwände unterging. Durch eine Luke drang ein dünner Lichtstreifen. Ihr Rücken und ihre Nase schmerzten bei jeder Abwärtsbewegung des Bootes. Wohin ging die Fahrt? Wer waren der Mann und die Frau?

Über diesen quälenden Fragen fiel sie abermals in einen komaähnlichen Schlaf.

Als sie wieder zu Bewusstsein kam, war es dunkel. Das Motorengebrüll war in ein verhaltenes Schnurren übergegangen.

»Das Dreckstück schnarcht«, hörte sie die Frauenstimme sagen.

»E allora?«

Wasser. Carla zwang sich zur Contenance.

»Warum dieser Aufwand?«

»Chiedi a Maxim.«

»Vorher werfe ich diese Schlampe ins Meer.«

»Dann wird er dich töten«, sagte ein weiterer Mann.

»Beija-me o cu!«

»Leck du mir lieber die Eier.« Der zweite Mann lachte dreckig.

»Fahr zur Hölle.«

»Hört auf damit!«, brüllte die Männerstimme, die offenbar das Kommando hatte. »Macht euch lieber Gedanken, wer im Bus mitfährt.«

»Sie soll fahren«, sagte der Mann mit dem schmutzigen Humor. »Ich bleibe drei Tage in Athen. Das war abgemacht.«

»Um das Geld zu den Junkienutten zu tragen«, frotzelte die Frau. »Was springt dabei heraus?«

»Vierhundert«, sagte der Anführer.

»Meinetwegen«, knurrte die Frau.

»Inklusive zwei oder drei Tage im Hotel. Je nachdem …«

»… um auf das Miststück aufzupassen? Ich hasse die Schweiz.«

»Darum kümmern sich andere.«

»Muito bem, então.«

Das Gespräch verstummte. Carla rieb sich die Schläfen und hatte das Gefühl, dass ihr im nächsten Moment der Kopf platzen würde. Ob sie es wagen sollte, sich bemerkbar zu machen? Wenn sie das Gespräch richtig verstanden hatte, befand sich das Boot auf dem Weg nach Athen, und von dort sollte es mit einem Bus weitergehen. In die Schweiz? Darians Tagebucheintrag kam ihr in den Sinn.

Das Auge des Sturms befindet sich innerhalb der Machtzentrale dieses Komitees.

Während sie trotz der rasenden Kopfschmerzen krampfhaft versuchte, das Gehörte zu sortieren, wurde plötzlich die Luke über ihr geöffnet. Frische Seeluft durchströmte den Maschinenraum. Carla sog gierig ihre Lungen voll.

»Sie ist wach!«

»Dalle dell'acqua. E le pillole!«

»Welche Tabletten?«

»Du Vollidiot!«, rief der Anführer. »Hier!«

Hinter Carlas Kopf prallte ein metallenes Röhrchen auf die Planken.

»Wie viele?«

»Dieci.«

»Warum kann sie das nicht machen?«

»Perché te lo dico io!«

»Ist ja schon gut.«

Der Mann kniete neben ihr, tastete nach den Tabletten und reichte ihr eine Wasserflasche. »Trink und schluck dieses verdammte Zeug!«

Carla richtete sich unter Schmerzen auf und setzte die Flasche an den Mund. Ihr Gegenüber holte zum Schlag aus. »Erst die Tabletten.«

»Was ist das?«

Der Mann packte sie grob am Hals. »Keine Fragen!«

Carla gab ihren Widerstand auf und stopfte sich die Tabletten in den Mund.

»Jetzt kannst du trinken«, knurrte der Mann. »Und schön schlucken, verstanden?«

Carla leerte die Flasche in einem Zug. Der Mann riss sie ihr aus der Hand und warf sie achtlos hinter sich. Anschließend griff er nach einer Taschenlampe. »Mund auf!«

Carla kam seiner Aufforderung nach.

»Du siehst beschissen aus, Mädchen«, sagte er und schaltete die Lampe wieder aus.

Dann kletterte er die Leitersprossen wieder hinauf an Deck. Nachdem die Luke geschlossen war, fasste Carla sich mit dem Finger in den Mund, würgte angeekelt den Tablettenschleim wieder aus und hoffte, dass es sich um Schlaftabletten oder ein harmloses Sedativ handelte. Gleichzeitig betete sie insgeheim, dass ihre Entführer sie wirklich unversehrt in das erwähnte Hotel bringen würden, ganz gleich, was sie dort zu erwarten hatte. Es gelang ihr, wach zu bleiben. Über ihr war es still geworden. Weit entfernt ertönte ein Schiffshorn. Hin und wieder drang der Geruch nach Zigaretten nach unten. Das verhaltene Tuckern des Motors war erträglich. Die Nacht zog sich endlos dahin. Carla hatte jedes Zeit- und Orientierungsgefühl verloren. So gut es ging, bewegte sie ihre taubgewordenen Beine und nestelte an den Knoten unterhalb der Knie. Dabei quälten sie ununterbrochen die Sorgen darüber, was als Nächstes geschehen würde und wie es diesen Bestien gelungen war, sie in Haifa aufzuspüren. Wenn es nur Hanāh gut ging, und Kalev.

Plötzlich riss ein entsetzlicher Klingelton sie aus ihrem Dämmerzustand.

»Ja.« Das war die Stimme des vermeintlichen Anführers.

Pause.

»Es geht ihr gut.«

Pause.

»Nur für den kurzen Tankstopp.«

Pause.

»Das müssten wir schaffen.«

Pause.

»Quai Mapivaç, verstanden.«

Pause.

»Ich kenne den Bus.«

Pause.

»Si, ciao.«

Wieder Stille an Deck.

»Wer war das?«, erkundigte sich die Frau.

»Alles nach Plan.«

»Reicht der scheiß Sprit nicht?«

»Was versteht eine Pussy davon?«
»Haltet die Klappe!«
»Wichser.«
»Ihr sollt die Fresse halten.«

Ein Tankstopp! Carlas Puls schoss in die Höhe. Sie verdoppelte ihre Bemühungen, die Knoten an den Seilenden zu lockern. Aber so sehr sie sich abrackerte, es stellte sich kein befriedigendes Ergebnis ein. Das Tauwerk war während der Nacht feucht geworden und kaum einen Millimeter zu bewegen. Jede Berührung brannte an der aufgescheuerten Haut. Das erste Licht des neuen Tages drängte sich durch die Ritzen der Bootsplanken. Carla mühte sich nach Leibeskräften. Sie dachte an ihren Traum. An Hanāh und Kalev. An den Clown mit dem Spray in der Hand. An die Männer auf den Videos in Darians Wohnung. Daran, dass sie nicht sterben wollte. Nicht hier. Nicht irgendwo. Nicht jetzt!

»Da!« Die aufgeregte Stimme der Frau an Deck. »Ist er das?«

»Gib mir die verdammte Signallampe.«

Stille.

»Was bedeutet das?«

»Ruhe!«

Pause.

»Bingo! Versuch, backbord anzudocken. Aber Vorsicht!«

»Va bene.«

Wie viel Zeit blieb ihr noch? Carla war am Verzweifeln. Es war unmöglich, ihre Fesseln mit den Händen zu lösen. Aber ich muss es versuchen, redete sie sich zu. Ich muss! Muss! Muss. Muss …

Die Drehzahl der Maschine ging hörbar zurück. Carla war kurz davor, aufzugeben, als ihr Blick auf den freiliegenden Keilriemen an der Vorderseite des Motorblocks fiel. Sie quälte sich zentimeterweise nach vorne, den Blick fest auf den rotierenden Riemen gerichtet. Ihr Herz schlug bis zum Hals. Ihr war klar, dass diese Idee einem Himmelfahrtskommando gleichkam. Bei der kleinsten Seitwärtsbewegung würde sie wenigstens einen Unterschenkel verlieren. Ihr wurde speiübel bei dem Gedanken, wie ihre Beine von den Riemenscheiben zerquetscht würden. Carla legte sich in unmittelbarer Nähe des Riemens auf den Rücken und streckte die Beine senkrecht nach oben. Dann stützte sie sich mit dem Oberarm auf den Planken ab und fixierte die Rückseite ihres Beckens mit den Händen. Schließlich bewegte sie die gefesselten Beine langsam nach unten. Ihr Atem wurde mit jedem Zentimeter schneller, und sie wurde von dem Gefühl begleitet, nicht genug Luft zu bekommen. Dann berührten die Seile oberhalb des Sprunggelenks den Riemen. Es entstand ein Geräusch wie das eines Zahnarztbohrers, und ein Geruch wie nach versengtem Haar machte sich breit. Carla sah nicht, ob der Riemen in der Lage war, das Hanfseil zu durchtrennen. Ihre Oberschenkel brannten von der verzweifelten Anstrengung, ihre Beine in dieser Position zu halten. Plötzlich ruckten ihre Beine eine Handbreit nach unten. Bedächtig hob sie sie wieder in ihre Ausgangsstellung zurück. Sie robbte zurück zu ihrem Platz. Jetzt war es ein Leichtes, die durchtrennten Seile aufzudröseln und die Knoten unterhalb der Knie zu öffnen. Carla wischte sich mit einem öligen Putzlappen den Schweiß von der Stirn. Ihre Augen brannten, aber sie hatte es geschafft. In diesem Moment wurde die Maschine abgestellt.

Sie warf den Kopf in den Nacken. Vom Deck drang jetzt ein konfuses Stimmengewirr nach unten. Harsche Befehle. Lachen. Händeklatschen. Es stank nach Benzin. Carla massierte ihre Waden und dehnte ihre Fußgelenke. Ihr wurde bewusst, dass sie nicht die geringste Ahnung hatte, wo sich das Boot befand. War es möglich, ein Schiff auf offener See zu betanken? Falls ja, hatte sie bereits verloren. Ruhig, Carla! Ganz ruhig.

Sie atmete tief durch und führte an beiden Händen Daumen und Zeigefinger zusammen. Löste den Druck, öffnete Finger und Daumen. Dann die nächsten Kuppen. Und weiter bis zum letzten Finger und wieder zurück.

Dann trat sie an die Leiter, kletterte die wenigen Stufen empor und drückte gegen die Luke.

Sie war verschlossen.

Carla wagte einen weiteren Versuch und stemmte sich mit der Schulter gegen das Holz. Nichts.

Mutlos stieg sie die Sprossen wieder hinab. Die Stimmen an Deck wurden wieder lauter. Der Motor eines anderen Bootes heulte auf und ging in ein monotones Tuckern über. Wenig später setzte sich die Maschine neben ihr in Bewegung. Mit einem Mal verwandelte sich ihre Resignation in eine unbändige Wut. Carla stampfte mit den Füßen auf den Boden. Dann riss sie mit aller Kraft eine Handvoll Kabel aus einem Schalterkasten, sprang auf die Leiter und schlug gegen die Luke. Unter ihren Füßen versiegte der Lärm der Maschine, begleitet vom ohrenbetäubenden Knall einer Fehlzündung.

»Was zum Teufel?«

Ein Riegel wurde weggeschoben. Carla starrte einem der Männer direkt in die Augen.

»Wasser!«, brüllte Carla und stieß im selben Moment zu. Sie spürte, wie sich Zeige- und Ringfinger in die Augenhöhle ihres Widersachers bohrten. Der Mann ging schreiend zu Boden und presste beide Hände auf das verletzte Auge. Carla sprang an Deck, bemerkte zu ihrer Linken die beiden anderen und gleichzeitig die im Nebel liegende Küstenlinie auf der Steuerbordseite. Ohne zu zögern, stürmte sie zum Bug des Bootes und stürzte sich kopfwärts über die Reling.

Den Blick nach vorne gerichtet, begann sie zu schwimmen. Das Wasser war kühl und schimmerte türkisblau im Licht der Morgensonne. Carla warf allen Mut und alle Kraft in die Bewegungen ihrer Arme. Die Distanz war um einiges größer, als sie vermutet hatte. Vom Boot tönten laute Schreie. Eine Signalrakete wurde abgefeuert. Dann ein Schuss. Carla kraulte um ihr Leben. Änderte immer wieder die Richtung. Tauchte unter und blieb einige Züge unter Wasser. Endlich erreichte sie den Strand, rannte auf kiesigem Untergrund in den Schatten der Bucht und ließ sich am Fuß einer Zypresse zu Boden fallen. Nachdem sich ihr Atem beruhigt hatte, warf sie einen Blick über die Schulter. Das Boot dümpelte noch immer in ein paar hundert Meter Entfernung auf und ab. Keiner ihrer Entführer war ihr ins Wasser gefolgt. Die Frau trippelte nervös auf dem Deck umher. Von den Männern war nichts zu sehen. Bald würden sie die Maschine wieder starten und die Verfolgung aufnehmen. Bestimmt gab es andere Männer und Frauen. Vielleicht auf dieser Insel. Die Besatzung des anderen Bootes. Überall lauerte Gefahr. Carla überlegte, wo sie gestrandet sein könnte, und versuchte sich die Inseln und Küstenabschnitte zwischen Israel und dem griechischen Festland vorzustellen. Zypern, Rhodos, Karpathos oder die Türkei? Alles war möglich.

Carla verspürte keinen Hunger, aber immer noch dieses unbändige Verlangen nach Flüssigkeit. Sie rappelte sich auf, strich den Sand von ihren Kleidern und machte sich auf den Weg landeinwärts.

Anopolis-Plateau

KRETA | GRIECHENLAND

Das von wilden Kräutern und Büschen durchwachsene Gelände stieg unvermittelt an. Carla wurde schwindelig, sie hatte Mühe, das Gleichgewicht zu halten. Auf halber Höhe bemerkte sie zum ersten Mal seit ihrer Flucht, dass sie keine Schuhe anhatte. Wie eine Landstreicherin, dachte Carla. Barfuß, mit ölverschmierter Jeans und einem blutbefleckten T-Shirt. An ihrer Brust baumelte Hanāhs Amulett. Das Chai – ihr unbedingter Wille, am Leben zu bleiben.

Auf der Anhöhe angekommen, stieß sie auf einen Wanderweg und gelangte kurze Zeit darauf zu einem verstreuten Dorf. Am Ortseingang stand ein blauweißes Schild mit der Aufschrift: Anopolis. In der Ferne zeichneten sich die Umrisse einer gewaltigen Gebirgskette ab. Eine ältere Frau trat gebückt in ihren Vorgarten.

»Wasser«, rief Carla. »Acqua – please!«

Die Frau musterte sie von Kopf bis Fuß, spuckte auf die Erde und wandte sich angewidert von ihr ab.

»Danke«, sagte Carla verbittert und hielt auf eine kleine Kirche am Ortsrand zu. Als sie das Gebäude erreichte, stellte sie enttäuscht fest, dass es sich um einen Friedhof mit einer offenen Trauerhalle handelte. Kein Mensch war weit und breit auszumachen. Carla setzte sich verzweifelt auf den kühlen Stein und ließ den Blick schweifen. Plötzlich entdeckte sie am Ende der Halle einen verrosteten Gießkannenhalter und darunter einen Wasserhahn. Das Wasser schmeckte köstlich. Carla trank, bis ihr Magen rebellierte. Dann steckte sie den Kopf unter den Strahl, kratzte sich das angetrocknete Blut aus dem Gesicht und wusch im Anschluss T-Shirt und Hose. Ihre Nase und Lippen brannten noch immer wie Feuer, doch sie spürte, wie ihre Kraft und der Wille zu überleben zurückkehrten.

Carla schämte sich bis auf die Knochen, während sie am Hintereingang einer Taverna klopfte wie eine Bettlerin. Ein Mann mit einer verknorpelten Hand öffnete und rief nach dem Wirt. Der entpuppte sich als freundlicher Mann um die sechzig mit guten Englischkenntnissen, der ihr kopfschüttelnd die Geschichte einer Wette mit Freunden abnahm, die Insel barfuß, ohne Wasser und Verpflegung von Nord nach Süd zu durchqueren. Etwas Besseres war ihr auf die Schnelle nicht eingefallen.

»Sie sehen nicht wirklich gut aus, wenn ich das sagen darf.«

»Ich bin gestürzt.« Carla hielt sich die Hand vor den Mund. »Sieht wahrscheinlich schlimmer aus, als es ist.«

Er schickte seinen Koch los, der ihr ein mit groben Fleischstücken gefülltes Fladenbrot, eine Flasche Wasser und eine Dose Cola brachte, und erkundigte sich, ob er sonst etwas für sie tun könne.

»Haben Sie vielleicht so etwas wie eine Wanderkarte von der Insel?«

»Natürlich.« Der Wirt grinste über beide Backen. Er überreichte ihr einen abgegriffenen Faltplan.

»Tausend Dank. Und … na ja, falls meine Freunde hier auftauchen sollten … denken Sie, dass Sie unsere Begegnung für sich behalten könnten?«

Er zwinkerte Carla verschwörerisch zu. »Ich werde schweigen wie ein Grab.«

»Sie sind der Held meines Tages.«

»Vielleicht sollten Sie sich künftig nicht mehr auf so dumme Wetten einlassen.«

»Ich bin sicher, dass ich das nie wieder tun werde.«

Carla ging zurück zum Friedhof. Während sie hungrig ihr Sandwich aß, studierte sie die Karte. Sie war im westlichen Teil Kretas gestrandet. Viel weiter weg von Haifa als geahnt.

Das Bergmassiv vor ihr gehörte zur zweithöchsten Erhebung der Insel, dem Pákhnes. Linker Hand befand sich die Drakolaki-Höhle und hinter den Bergen die Hafenstadt Chania. Laut Karte verkehrten von dort Fährschiffe in die Hauptstadt Heraklion, nach Athen, Santorini, Rhodos und in die Türkei. Carla schätzte die Entfernung zur gegenüberliegenden Küste auf zwanzig Kilometer. Die Strecke nach Heraklion betrug etwa das Sechsfache. Unerreichbar! Wohin sollte sie gehen? Barfuß, mittellos. Gejagt von einer Bande skrupelloser Söldner. Irgendwo im Nirgendwo auf einer Insel im Mittelmeer.

Carla war klar, dass sie rasch zu einer Entscheidung kommen musste. Ihre Verfolger würden nicht lange auf sich warten lassen und jeden Stein in der Gegend umdrehen. Vielleicht war es dumm gewesen, so ungeniert durch das Dorf zu spazieren und um Wasser und Brot zu betteln. Aber welche Alternativen hätte sie gehabt? Verhungern? Stehlen? Vielleicht wird mir in den nächsten Tagen nicht anderes übrig bleiben, dachte Carla. Der Gedanke war so befremdlich wie jener, einem anderen Menschen absichtlich Schmerzen zuzufügen. Die Erinnerung daran, wie sich ihre Finger in die schleimige Augenhöhle des Mannes gebohrt hatten, rührte an ihrem Gewissen.

Ich hatte keine Wahl! Carla ballte die Fäuste. Und ich muss hier weg! Sie musste so schnell wie möglich in Erfahrung bringen, ob Hanāh und Kalev unbehelligt geblieben waren. Einen neuen Plan schmieden, was als Nächstes zu tun wäre. Oder – aufgeben. Aber mit welchen Konsequenzen? Drohte ihnen allen am Ende dasselbe Schicksal wie Darian, Professor Pawlowski und Dr. Laskowicz?

Sie trank Wasser und Cola leer und füllte die Flasche wieder bis zum Rand. Anschließend pickte sie die letzten Krümel von der Serviette und machte sich auf den Weg. Die Sonne stand mittlerweile im Zenit, der Boden unter ihren nackten Füßen war unerträglich heiß. So würde sie nicht weit kommen. Ohne festes Ziel vor Augen entfernte sich Carla vom Dorf in Richtung der weißen Berge. Vielleicht in der Hoffnung, dass die Temperaturen dort erträglicher wären. Aber vor allem, um Distanz zwischen sich und das Boot zu bringen. Wenig später gelangte sie an einen winzigen Bach, der geradewegs aus den Bergen kam. Das kühle Nass tat gut, und obwohl sie langsamer vorankam, folgte sie dem Weg des Wassers. Nach etwa einer Stunde verschwand das Rinnsal in einem Erdloch. Die Landschaft verwandelte sich zusehends in eine karge Steinwüste. Carlas Füße brannten. Immer wieder trat sie schmerzhaft auf einen spitzen Stein. Von Weitem sah sie eine riesige Herde Schafe. Ein Hirte war nirgends auszumachen. Dann stieß sie auf einen geschotterten Fahrweg und wenig später auf eine Art behelfsmäßigen Parkplatz, von dem ein schmaler Pfad in ein Seitental führte. Links und rechts des Weges standen fünf völlig verstaubte Geländewagen mit einheimischen Kennzeichen. Carla sah sich vorsichtig um und folgte dem Pfad bis zu einer rautenförmigen Wegmarkierung: E 4. Der Weg auf den Pákhnes, vermutete sie und kehrte zurück zu den Autos, um einen Blick in ihr Inneres zu riskieren. In einem roten Jeep mit Soft-Top entdeckte sie ein Paar Teleskop-Wanderstöcke, zwei Rucksäcke und Kletterutensilien. In den Fußräumen lagen jeweils ein Paar Joggingschuhe. Carla rüttelte vergeblich an den Türgriffen und am Steckrahmen des Verdecks. Schließlich bemerkte sie die nach innen vernähten Reißverschlüsse um die Seitenfenster. Mit einem Stück Holz gelang es ihr, den Schiebekörper millimeterweise nach oben zu bewegen. Als der Verschluss eine Handbreit offen stand, war es ein Leichtes, das Fenster zu öffnen und nach innen zu klappen. Carla sah sich noch einmal um, dann kletterte sie in den Wagen und schnappte sich die Schuhe auf der Beifahrerseite, ein türkisfarbenes Funktionsshirt und eine graue Zip-Off-Outdoorhose.

Jetzt konnte sie sich im Tempo eines ruhigen Dauerlaufs bewegen und kam gut voran, obwohl das Gelände unwegsamer und steiler wurde. Auf dem Hochplateau wehte ein kühler Wind, und auf manchen Abschnitten lagen tückische Altschneefelder. Gegen elf, es war längst dunkel geworden, und sie kam nun wieder langsamer vorwärts, erreichte sie ein kleines Dorf und machte einen großen Bogen um die Häuser. Als Carla den Ortsrand weit genug hinter sich wähnte, folgte sie einer leicht ansteigenden Straße und stieß zu ihrer Überraschung auf einen beleuchteten Pool, der zu einem kleinen Hotel mit dem Namen Villa Malaxa gehörte. Das Gelände war rundum mit einem hüfthohen Bretterzaun gesichert. Neben dem Pool standen Tische mit Geschirr und halbleeren Wein- und Wasserflaschen. In dem reizvollen Hotel aus Naturstein brannte auf der poolabgewandten Seite in zwei Zimmern Licht. Alles war still. In der Ferne bellte ein Hund. Carla stieg über den Zaun und trat an die Tische. Sie griff nach einem Flaschentuch, das elegant um den Hals eines Champagners gewickelt war, und packte alle halbwegs appetitlich aussehenden Essensreste darin ein. Mit ihrer Beute rannte sie den Hügel hinauf, bis sie die Lichter von Chania erblickte. Carla fand eine verlassene Viehhütte und genoss ihr Festmahl aus geschmortem Ziegenfleisch, rohen Artischocken, gefüllten Kohlblättern, Gemüsepastete und Knoblauchbrot. Nach dem Essen kletterte sie auf das Dach der Hütte und sah hinunter auf den Hafen in der Bucht von Souda. Hier also legten die großen Fähr- und Passagierschiffe an. Während ihr Blick den Lichterketten des Hafens auf die schwarze Oberfläche des Meeres folgte, überkam sie eine ungekannte Sehnsucht nach ihrem Leben zu Hause. Nach Normalität. Dem Geschrei der Kinder im Garten, der Arbeit mit ihren Kunden und den Planungen und Vorbereitungen einer neuen Herausforderung in den Bergen.

Das hier ist deine Herausforderung, dachte sie. Ungeplant, ungewollt. Schwieriger und mit mehr unvorhersehbaren Gefahren gespickt als die Heckmair-Route in der Eiger-Nordwand. *Experience is what you get, when you didn't get what you want,* hatte Randy Pausch, ein amerikanischer Informatikprofessor, mal gesagt.

Gegen vier schlich sie sich an zwei Wachposten vorbei an Bord einer Fähre nach Athen. Die beiden Guards starrten unentwegt auf ihre Handys und tauschten irgendwelche schwachsinnigen Comedy-Videos. Carla huschte über das untere Deck und kroch unter die Vorderachse eines Reisebusses.

Mit den ersten Sonnenstrahlen erwachte das Schiff zum Leben. Fahrzeuge donnerten über die Brücke in die Decks. Es stank fürchterlich nach Abgasen. Von überall her drangen Stimmen, Befehle und Klingeltöne. Als die schweren Motoren angeworfen wurden, fing die Fähre an zu zittern. Endlich setzte sich das Schiff in Bewegung. Carla rollte sich auf den dunklen Fleck zwischen den Vorderreifen des Busses und verfolgte gebannt, wie sich die Passagiere nach und nach auf die oberen Decks verzogen. Einmal näherte sich ein streunender Hund, der es irgendwie auf die Fähre geschafft hatte. Er schnuppert an den gestohlenen Schuhen und suchte das Weite, als eine Etage höher Stimmen laut wurden. Wir teilen dasselbe Schicksal, dachte Carla. Eine Frau und ein Hund, die von einer besseren Welt träumen und der Spezies Mensch aus dem Weg gehen. Aus Angst, aufs Neue flüchten zu müssen.

Piräus

ATHEN | GRIECHENLAND

Es war heiß geworden, als das Schiffshorn der Fähre vier Stunden später den Einlauf in den Hafen von Piräus ankündigte und die Maschinen gedrosselt wurden. Carla schlüpfte rasch aus ihrem Versteck und lehnte sich hinter einem der Treppenabgänge an die Reling. Als sich die schwere Bugklappe rasselnd und quietschend in Bewegung setzte, mischte sie sich unter die Fußgänger. Zwei Hafenarbeiter rollten eine Zugangsbrücke auf das Schiff, und wenig später setzte Carla ihren Fuß auf das griechische Festland.

So gut es ging, hielt sie sich inmitten der vielen Passanten, die eilig zu den Taxiständen und der Metro strömten. Anfangs rechnete sie hinter jeder Ecke und jedem Straßenschild mit einem Angriff. Aber nachdem der Verkehr mit jedem Meter, der sie näher an die Hochhäuser führte, zunahm und sich in ein chaotisches Drängeln und Hupen verwandelte, wurde sie sicherer. Carla schwenkte in eine der Seitenstraßen, angelte sich geschickt eine Zweiliterflasche Wasser aus dem Regal eines Mini-Marktes, dessen Rolltor zur Hälfte offen stand, und tauchte im Straßengewirr unter. Unterwegs stahl sie noch einen Apfel aus der Auslage eines Obsthändlers und kam sich dabei ungeheuer schäbig vor. Sie brauchte dringend Geld und frische Kleider. Eine Dusche und eine längere Pause. Zeit, um sich Gedanken zu machen, wie es weitergehen sollte.

Um die Mittagszeit kam sie an einem Internetcafé vorbei. Carla warf einen Blick ins Innere. Alle Computerplätze waren mit Jugendlichen besetzt, die Headsets trugen und in Ballerspielen um Punkte und das Leben ihrer Avatare kämpften. Ein Angestellter deutete einladend auf einen freistehenden Rechner in einem Nebenraum, aber Carla winkte ab. Das

Risiko war zu hoch, und sie hatte keinen Cent in der Tasche. Außerdem wusste sie nicht, ob es von hier aus möglich war, in einen gesicherten Bereich des Internets zu gelangen, ganz abgesehen davon, dass sie jegliches Vertrauen in irgendeine Art von Sicherheit im digitalen Kosmos verloren hatte.

Carla spielte mit dem Gedanken, zur Polizei oder in ein Krankenhaus zu gehen und einen Überfall vorzutäuschen. Aber was das nicht viel zu gefährlich? Am Ende würde es die Jäger wieder auf ihre Fährte führen?

Ein Polizeiwagen raste mit Blaulicht und Martinshorn vorüber. Carla wandte sich instinktiv ab und schlenderte in eine Seitenstraße. An einem Baum lehnte ein rotes Trekkingbike, das mit einem robusten Bügelschloss gesichert war. Damit käme ich aus der Stadt, dachte Carla und ging niedergedrückt weiter.

Sie verbrachte die Nacht unter dem Vordach eines Geräteschuppens auf einem Friedhof, nachdem sie auf der Terrasse bei McDonald's einen originalverpackten Burger und eine halbvolle Pappschale Kartoffelscheiben aus dem Abstellregal erbeutet hatte. Als sie gegessen hatte, wurde ihr schlecht, und sie musste das wenige Essen wieder erbrechen. Kurz darauf schlief sie völlig erschöpft ein.

Am nächsten Morgen ging es ihr besser. Carla erledigte ihre Toilette hinter einer Zypresse, wusch sich an einem Wasserhahn und füllte ihre Wasserflasche. Friedhöfe sind die Geheimtipps zum Überleben, dachte sie schmunzelnd, während sie über das Gitter eines Seiteneingangs kletterte. Keine streunenden Hunde, dafür Wasser in rauen Mengen.

Als sie an einer BP-Tankstelle vorbeischlenderte, fiel ihr Blick auf die Schlagzeile einer Ausgabe der deutschen *BILD*: *Ist diese Frau eine Lügnerin?*

Carla traute ihren Augen nicht. Sie nahm das Blatt aus dem Zeitungsständer und las den Artikel:

Plagiatsvorwürfe gegen Spitzenkandidatin bekannt geworden. Wahlkampftaktik der etablierten Parteien oder neuerliches »Copy-Paste-Gate« nach Annalena Baerbock? Beliebte Politikerin weist alle Vorwürfe zurück. Universität kündigt sorgfältige Prüfung an und reagiert damit auf die Anschuldigungen des deutsch-polnischen Nachrichtenmagazins Niezależność.

Mehr war den wenigen Zeilen nicht zu entnehmen. Janssens Verbindungen zum KWTF wurden mit keiner Silbe erwähnt. Kalev, schoss es ihr durch den Kopf. Hanāh und er haben die erste Bombe hochgehen lassen, um mich zu schützen.

Sie musste mit den beiden in Kontakt treten. Ihnen sagen, dass es ihr gut ging. Aber vor allem musste sie einen Plan schmieden, wie sie von hier wegkam.

Carla steckte die Zeitung zurück zu den anderen und suchte nach etwas Soliderem. Einer *Frankfurter Allgemeinen* oder *Süddeutschen*, aber so etwas gab es hier nicht, und die griechischen und englischen Gazetten kümmerten sich offenbar nicht um derartige Themen.

Carla war klar, dass die Gefahr nicht gebannt war, solange sie nicht aus erster Hand erfuhr, wie das Komitee mit diesem Skandal umzugehen gedachte. Hanāhs Spekulationen zufolge würden die Drahtzieher Janssen fallen lassen wie eine heiße Kartoffel. Wären sie dann in Sicherheit? Oder würden die Schergen ihre Jagd fortsetzen?

Sie lief mit weit ausladenden Schritten weiter. An einer Bäckerei stahl sie eine Tüte Schokoladenkekse aus einem Drehständer und wurde dabei von einer Kundin beobachtet. Carla ignorierte ihre Schreie und rannte mit ihrer Beute die Straße hinunter, bis sie außer Sichtweite des Ladens war. Während sie die Hälfte ihres Wasservorrats trank und sich den Rest über den Kopf schüttete, fiel ihr Blick auf ein Dutzend Mieträder, die vor den Rolltreppen zur U-Bahn bereitstanden. Carla kannte solche Bikes aus München. Die Fahrräder brachten sie auf eine Idee.

Carla erinnerte sich an eine Crossfit-Box in der Nähe und rannte die beiden Straßenblocks zurück, nicht ohne einen Bogen um die Bäckerei zu machen. Sie betrat den Fitnessclub und erkundigte sich an der Theke nach einem Fahrradladen.

»Ich suche ein gutes Gravelbike«, sagte sie auf Englisch.

Der Junge rief einen der Sportler zu sich, der gerade Klimmzüge trainierte. Sie wechselten ein paar Sätze auf Griechisch.

»Wie kann ich helfen?« Der Sportler musterte sie keck.

»Ich suche ein gutes Fahrrad«, sagte Carla. »Geländetauglich. Schnell. Ohne Motor.«

»Das ist gut. Sehr gut.« Er wechselte wieder einige Sätze mit dem Kollegen. Kurz darauf überreichte er Carla einen Computerausdruck mit verschiedenen Radhändlern in der Nähe.

»Wie finde ich die?«

»Sekunde.«

Der Junge druckte ihr einen Stadtplan aus und markierte die Örtlichkeiten mit Leuchtstift.

»Sind alles coole Typen«, sagte der Sportler. »Dem hier kannst du schöne Grüße bestellen.«

»Von wem?«

»Kyrill, dem Löwen«, sagte er und grinste bis über beide Ohren.

Carla machte sich auf den Weg. Die beiden nächstgelegenen Shops hatten geschlossen. In den nächsten vier Läden hatte sie kein gutes Gefühl im Hinblick auf die Legende, die sie sich zurechtgelegt hatte. Nummer sieben war ein reiner E-Bike-Touren-Anbieter. Nummer acht und neun führten keine *normalen* Fahrräder mehr. Im nächsten Geschäft gab es überwiegend Skateboards, Scooter und BMX-Räder. Es war bereits nach acht, als Carla völlig entmutigt Serkos Bike Shop betrat. Sie bestellte Kyrills Grüße und erkundigte sich nach Gravelbikes.

»Woher kennst du den Löwen?«, wollte der Verkäufer wissen, der mehr Ähnlichkeiten mit einem Surfer hatte als mit einem Fahrradhändler und gelangweilt an seinem geflochtenen Lederarmband herumspielte.

»Black Shape«, sagte Carla. »Schick.«

»Woher kommst du?«

»Deutschland – bei uns gibt es auch Armbänder.«

»Bestimmt!« Er lachte lauthals. »Sorry – Thanos.« Er streckte ihr die Hand hin. Carla schlug ein. »Sylvia«, sagte sie und bereute auf der Stelle, den Namen der freundlichen Pfarrerin ins Spiel gebracht zu haben.

»Aus der Box.«

»Wie?«

»Ich kenne Kyrill aus der Box.«

Beide lachten. Thanos musterte sie jetzt interessierter.

»Sorry, aber du siehst nicht wie eine typische Touristin aus.«

»Und genau deswegen bin ich hier. Ist das dein Laden?«

»Gehört meinem Dad. Ist früher Bahnrad gefahren. Verbringt die Tage lieber in der Kneipe und erzählt von seinen *großen* Erfolgen. Also, was kann ich für dich tun?«

»Ich bräuchte ein Bike«, sagte Carla.

»Such dir eines aus.« Thanos deutete in die Runde hochwertiger Fahrräder.

»Mein Problem ist …« Carla zog die Kette über den Hals. »Das hier ist der einzige Wertgegenstand, der mir geblieben ist. Alles andere wurde mir gestohlen.«

Thanos riss die Augen auf. »Heilige Scheiße!«

»Könnte man so sagen.«

»Warum gehst du nicht zur Polizei? Willst du telefonieren?« Er hielt ihr sein Smartphone hin.

»Weil …« Carla zögerte. »Weil ich vermutlich ein Scheißproblem mit denen habe«, sagte sie dann. »Oder die mit mir. Ganz wie man es betrachtet. Und ich habe wirklich niemanden, den ich einfach so anrufen kann und der mir Geld schickt oder sich um einen vorläufigen Pass kümmert.«

Thanos verzog das Gesicht und kratzte sich am Hinterkopf. »Was hast du vor?«

»Ich muss zurück nach Deutschland, und dafür brauche ich ein gutes Rad, Ausrüstung und ein wenig Taschengeld«, sagte Carla. »Und ich verspreche dir, dass ich dir alles mit Zinsen zurückgebe. Den doppelten Betrag meinetwegen.«

Thanos warf einen Blick auf den Anhänger. »Was soll das sein?«

»Ein Erbstück meiner Tante«, sagte Carla. »Etwas mehr als einhundertfünfzig Jahre alt und aus reinem Silber. Allein deswegen würde ich alles tun, um zurückzukommen und meine Schulden zu begleichen.«

Thanos wog das Amulett in den Händen und warf einen Blick auf die Gravur. »Was ist das wert?«

»Keine Ahnung. Mir bedeutet es ein ganzes Leben«, sagte Carla. »Ich weiß nicht, ob du das verstehen kannst.«

Thanos ging zur Tür und drehte das OPEN-Schild auf die andere Seite. »Ich glaube schon, dass ich das kann.«

Nach einer kurzen Nacht auf einem heruntergekommenen Ledersofa in der Radwerkstatt und einem spartanischen Frühstück prüfte Carla ein letztes Mal den Luftdruck, den Sitz der Radtaschen und ihre Ausrüstung. Thanos hatte ihr ein maßgeschneidertes Bike zusammengebastelt. Dazu alles, was sie für den knapp zweitausend Kilometer langen Trip benötigte. Wasserdichte Packtaschen, ein Einmannzelt,

Schlafsack, Isomatte, Flickzeug und Pumpe, Energieriegel und Elektrolytpulver, Ersatzkleidung und Regenschutz, einen kleinen Hygienebeutel und zwei Mikrofaserhandtücher, ein altes Smartphone, auf dem er die Route offline gespeichert hatte. Zuletzt ein Plain Wallet mit dreihundert Euro Bargeld, das Thanos ihr mit einem Augenzwinkern zugesteckt hatte.

»Pass auf dich auf, Sylvia«, sagte er zum Abschied. »Ich würde mich freuen, wenn wir uns wiedersehen und du mir von deinen Abenteuern erzählst.«

»Danke, für alles.«

Thanos bot Carla ein High Five. Sie schlug kräftig in seine Hand. »Hasta la vista!«

Dann schwang sie sich auf das Fahrrad und radelte nordwärts aus der Stadt.

Israelische Botschaft

RANGUN | MYANMAR

»Wachen Sie auf!«

Wiebke Janssen vernahm die fordernde Stimme, konnte sich aber nicht rühren, geschweige denn antworten oder die Augen öffnen. Eine Gefangene in ihrem eigenen Körper, der zu keiner Reaktion fähig war.

»Gib ihr etwas.«

Sie spürte, wie sich jemand an ihrem Unterarm zu schaffen machte. Roch Desinfektionsmittel. Spürte einen Stich in die Armbeuge.

»Frau Janssen?«

Augenblicklich nahm sie das Anschwellen ihres Herzschlags wahr. Wie eine rasche Folge von Extrasystolen.

Jemand berührte ihre Hand. »Nur etwas Adrenalin. Versuchen Sie, meinen Händedruck zu erwidern.«

Wiebke Janssen tat, wie ihr geheißen, und öffnete blinzelnd die Augen. Ihr gegenüber saß ein Mann im weißen Kittel, der sie durch die dicken Gläser einer Hornbrille hindurch ansah. Sie lag auf einer Matratze am Boden eines spärlich eingerichteten Zimmers. Es war heiß und die Luft zum Schneiden, obgleich die Fenster offen standen.

»Wer sind Sie, und wo bin ich hier?«

Ihr Gegenüber reagierte nicht auf ihre Fragen und legte ihre eine Blutdruckmanschette an. »Ich muss zuerst ein paar Tests mit Ihnen …«

»Ich wurde entführt! Was waren das für Leute in meinem Haus?«

»Bitte beruhigen Sie sich. Ich kann Ihnen alles erklären, aber lassen Sie mich bitte meine Arbeit machen.«

»Könnte ich ein Glas Wasser bekommen?«

»Nein!« Die Stimme ihres Gegenübers klang jetzt scharf und duldete keinen Widerspruch. Wiebke Janssen ließ ihn schnaubend gewähren.

»Bringt ihr eine Flasche Wasser.«

Gierig stillte sie ihren Durst.

»Langsam«, mahnte der Arzt. »Wir haben Zeit, wie Sie sich vielleicht vorstellen können.«

»Wo …?«

»In Myanmar«, sagte der Mann. »Quasi am Arsch der Welt.«

Wiebke Janke sah ihn ungläubig an. »Wozu?«

»Können Sie nicht eins und zwei zusammenzählen?«

»Ich …«

»Sie haben Mist gebaut, Frau Janssen. Das hat niemandem gefallen. Weder dem Präsidenten noch uns und unseren gemeinsamen Freunden.«

Wiebke Janssen war im Begriff zu widersprechen.

»Hören Sie zu! Sie befinden sich hier in der israelischen Botschaft in Rangun. Sie stehen unter Hausarrest und verfügen, bis auf Weiteres, über keinerlei Befugnisse oder Möglichkeiten, mit der Außenwelt zu kommunizieren. Sie bekommen Essen, Trinken und ein Dach über dem Kopf. Und Sie bleiben am Leben. Nicht mehr, und nicht weniger.«

»Wozu dieser ganze Aufwand?«

»Betrachten Sie es als einen Akt der Freundschaft. In Deutschland kümmert sich ein ganzes Dutzend Staranwälte um die Schadensbegrenzung, und wer weiß: Vielleicht können Sie ja in absehbarer Zeit Ihr Comeback feiern.«

»Wie lange muss ich hierbleiben?«

»Das habe ich nicht zu bestimmen.« Ihr Gegenüber sah sie mitleidig an. »Ein Jahr vielleicht. Zwei.«

Polydrosos-Region

DELPHI | GRIECHENLAND

Am Abend erreichte Carla das Örtchen Polydrosos und aß auf dem Balkon einer kleinen Taverne zu Abend. Zu ihren Füßen breitete sich ein weitläufiges Tal aus. Am Horizont schimmerte die Silhouette einer weiß gepuderten Bergkette in der Dämmerung. Carla verspeiste einen ganzen Teller Lammkeulen, dazu eine große Portion Kartoffelscheiben und Gemüse. Der Wirt staunte nicht schlecht, als sie zum Nachtisch noch griechischen Joghurt mit Nüssen und Honig bestellte. Für die Nacht errichtete sie ihr Zelt an den Quellen der Agia Eleousa und schlief bald ein.

Am Vormittag des darauffolgenden Tages überquerte sie auf einem Wanderweg, knapp zweitausend Meter über dem Meer, bereits die grüne Grenze nach Albanien.

Es tat gut, den ganzen Tag über in Bewegung zu sein. Ein Ziel zu haben. Obwohl Carla noch unschlüssig war, wo und wie sie sich gefahrlos mit Kalev in Verbindung setzen konnte. Dessen ungeachtet gefiel es ihr, die unterschiedlichen Landschaften auf diese Weise voll auskosten zu können. Zeitlebens hatte sie es gehasst, wie Flugzeuge oder Bahn sie binnen weniger Stunden in fremde Welten katapultierten. Die Anstrengung hielt sich, trotz der enormen Strecke, die sie bereits in den Beinen hatte, in Grenzen. Carla kam es nach den ersten Kilometern am Morgen sogar so vor, als ob es ihr von Tag zu Tag leichter fiel, das gesetzte Tagesziel von einhundertfünfzig Kilometern zu bewältigen. Nur der Po verlangte am Abend nach der Wundsalbe, die ihr Thanos ebenfalls in den Rucksack gesteckt hatte.

Tags darauf markierte die Grenze zu Montenegro die ersten tausend Kilometer auf ihrem Tachometer. Sechs Stunden später erreichte sie Bosnien-Herzegowina und schlug ihr Zelt an einem bewaldeten Flussufer auf. Der Radmilja schlängelte sich durch eine wilde Hügellandschaft, die Carla an alte Westernfilme erinnerte. Alles war so friedlich und im Gleichgewicht, dass Carla Tränen der Dankbarkeit über die Wangen flossen.

Am Abend des elften Tages überquerte Carla die slowenisch-österreichische Grenze und nahm im Gasthaus Hüttenwirt eine deftige Mahlzeit zu sich. Das Essen war gut und das Personal freundlich. Zahlreiche Gäste schickten sich an, die Nacht hier zu verbringen, und obwohl Carla sehnlichst gehofft hatte, wieder in einem richtigen Bett schlafen zu können, entschied sie, ihre Fahrt fortzusetzen und ihr Zelt an einem nahe gelegenen Badesee aufzuschlagen.

Nach einer regnerischen Nacht erreichte sie am Vormittag die Kitzbühler Alpen und überquerte auf der alten Passstraße den bekannten Thurner Hauptkamm. Während der steilen Abfahrt stopfte sie alte Zeitungen unter den Windbreaker, um dem kalten Fahrtwind Widerstand zu bieten. Gegen halb vier überquerte sie an der Entenlochklamm die Grenze nach Deutschland. In dieser Nacht, den Chiemsee zum Greifen nahe und München nur noch rund einhundertzwanzig Kilometer entfernt, fiel es ihr schwer, zur Ruhe zu kommen. Ihre Gelassenheit und das wiedergewonnene Selbstvertrauen schienen wie weggeblasen. Carla stellte sich vor, wie all ihre Hinwendungsorte von den Schergen des Komitees Tag und Nacht überwacht wurden. Noch viel schlimmer war die Vorstellung, dass Fanni und ihrer Familie etwas zugestoßen sein könnte. Ihr war klar, dass ihre Verfolger vor nichts zurückschreckten.

Inständig hoffte sie, dass Kalevs Schachzug den gewünschten Erfolg erzielt hatte. Ob es klüger gewesen wäre, bei ihrer Freundin in Graz unterzutauchen?

Gegen Morgen wurde Carla von einem Waschbären geweckt, der sich an ihrem Gepäck zu schaffen machte. Wild gestikulierend versuchte sie ihn zu verjagen, aber das Tier war Menschen offenbar gewöhnt und wich bestenfalls zwei Schritte zurück. Sie griff nach der Fahrradlampe und leuchtete ihm mit der Strobofunktion ins Gesicht, bis er sich endlich von ihrem Lagerplatz trollte.

Um die Mittagszeit erreicht sie die Stadtgrenze. Wenig später stand sie unschlüssig auf der Eisbachbrücke und sah den Surfern zu, wie sie an der stehenden Welle ihre Manöver einstudierten. Es war eindrucksvoll zu beobachten, wie im Kampf mit der Strömung der kleinste Fehler unmittelbar zum Sturz führte und die Sportler über den Peak der Welle katapultierte.

Versuch und Irrtum, dachte Carla. Das ewige Prinzip des Erfolgs und Überlebens auf diesem Planeten. Zumindest für diejenigen, die sich aus ihrer Komfortzone hinauswagten.

Carla sah auf die Uhr des Tachometers. Halb zwei. Sie musste eine Entscheidung treffen. Was, wenn sie wirklich vor ihrer eigenen Wohnung abermals angegriffen würde? Wie sollte sie Fanni und den Kindern begegnen, die inzwischen sicherlich zurück waren? Es war unmöglich, ihrer Vermieterin en passant die Brisanz ihrer Situation zu erklären. Außerdem würde Carla sie mit ihrer Präsenz in Gefahr bringen.

Während unter ihr lautstark applaudiert wurde, nachdem einem Rider ein astreiner Off the Lip, eine Wende am oberen Teil der Welle, gelungen war, schwang sich Carla beherzt auf ihr Bike.

Sie näherte sich der rückwärtigen Seite des Hauses und versteckte das Rad hinter einem Gebüsch. Alles war still. Carla kauerte zehn, fünfzehn Minuten hinter dem Geräteschuppen, dann huschte sie an den Gemüsebeeten vorbei auf ihre Terrasse. An ihrem Ersatzschlüssel klebten Spinnweben. Carla verschwand in der Wohnung, schnappte sich das Bargeld aus der Telefonschublade, den Zweitschlüssel für ihren Wagen und den für das Bankschließfach und machte sich so schnell, wie sie gekommen war, wieder aus dem Staub.

Am Langzeitparkplatz des Münchner Flughafens angekommen, inspizierte Carla wieder sorgfältig die Umgebung. An ihrem Wagen klebte Saharastaub. Sie montierte rasch die völlig verdreckten Laufräder ihres Rades ab, klappte die Rückbank um und verstaute das Bike im Kofferraum. Erleichtert darüber, dass der Kassenautomat bargeldtauglich war, entrichtete sie kopfschüttelnd die fälligen 216 Euro und machte sich auf den Weg in die Stadt. Der Innenstadtverkehr stand dem Verkehrschaos der griechischen Hauptstadt in nichts nach. Carla sehnte sich nach den endlosen Weiten des Balkans. In einer Nachrichtensendung erwähnte der Radiosprecher, dass sich im Fall Janssen alle Beteiligten unter einem Mantel des Schweigens versteckten. Es kam Carla so unwirklich vor, die sonore Stimme in aller Ruhe über dieses Thema sprechen und dann zum Wetter übergehen zu hören, dass sie das Radio schnell ausschaltete, um vor weiteren Überraschungen gefeit zu sein.

Endlich an der Bankfiliale angekommen, verstaute Carla den Inhalt des Schließfachs in ihrem Kletterrucksack und nahm für die Weiterfahrt einen Umweg in Kauf. Um kurz nach fünf lenkte sie den Wagen im Widerschein der im Sonnenlicht glänzenden Allianz Arena auf die A9 in Richtung Berlin.

Geisterstunde, dachte Carla, als sie zwei Minuten vor Mitternacht Darians Wohnung betrat. Sofort kamen ihr die Bilder der Männer auf der Überwachungskamera in den Sinn. Carla ekelte sich bei dem Gedanken, dass sie die Toilette ihres Bruders benutzt hatten. Dennoch fühlte sie sich keiner Gefahr ausgesetzt, sie war sich sicher, dass ihre Verfolger sie am allerwenigsten hier vermuten würden. Eine Art trojanisches Pferd, kam es ihr in den Sinn. Wobei der Vergleich natürlich hinkte, da nicht sie es war, die mit einer List hinter die feindlichen Linien zu gelangen suchte. Oder vielleicht doch, dachte Carla schmunzelnd, während sie heißes Wasser in einen Putzeimer füllte. Später setzte sie sich auf das Sofa und trank eine Flasche Bier, deren Haltbarkeitsdatum längst abgelaufen war.

Am nächsten Morgen klingelte Carla mit einer Tüte Brötchen an Rogers Tür. Während ihres gemeinsamen Frühstücks schilderte Carla haarklein die Ereignisse der vergangenen Wochen, wobei Rogers Gesichtsfarbe sich von Minute zu Minute mehr in ein fahles Grau verwandelte.

»Das ist alles so unglaublich«, sagte er, als Carla am Ende ihrer Flucht angelangt war. »Ich weiß gar nicht, was ich sagen soll.«

»Es ist wichtig, dass du mit niemandem darüber sprichst.«

»Ich …«

»Du hast es gehört«, unterbrach ihn Carla. »Diese Leute schrecken vor nichts zurück. Ich wünschte, wir hätten uns nie getroffen.«

»Trotzdem bist du hier«, sagte Roger irritiert.

»Weil ich für den Moment keine andere Wahl habe. Es geht nur um dieses eine Telefonat. Dann verschwinde ich wieder.«

»Ich hätte noch eine andere Idee«, sagte Roger, nachdem Carla ihn in ihr Vorhaben eingeweiht hatte.

»Nur zu.«

»Ein Freund meines Vaters lebt zurückgezogen auf Borkum. Er war Psychologe, ist seit Langem im Ruhestand und schreibt an seinen Memoiren. In dem niedlichen alten Häuschen gibt es weder Telefon noch Internet. Was meinst du?«

Zwei Tassen Kaffee später saßen sie in Rogers Wagen.

»Würdest du bitte dein Handy ausschalten und die SIM-Karte rausnehmen?«

Roger zögerte. »Ist das wirklich nötig?«

An der nächsten Ampel kam er ihrem Appell nach. »Ich wundere mich immer mehr, wie du das alles wegsteckst.«

»Davon kann nicht die Rede sein«, erwiderte Carla. »Grün!«

Roger legte den Gang ein. »Ich stehe immer noch ziemlich neben mir, wie es aussieht.«

Insel Borkum

NORDSEE | DEUTSCHLAND

Zehn Minuten vor dem 16:45-Uhr-Katamaran trafen sie in Emden ein und besorgten sich rasch Tickets. Die Überfahrt dauerte eine Stunde. Wenig später öffnete ihnen ein freundlich dreinblickender alter Mann die Tür seines malerischen Häuschens in Ostland, einem winzigen Ortsteil der Gemeinde Borkum. Jonte schüttelte ihr die Hände und hieß sie herzlich willkommen.

»Dat du di so en smucke Fro ankeem harrst«, sagte der Alte zu Roger.

Roger hob abwehrend die Hände. »Sie ist eine gute Freundin.«

»Nu, dat weer doch nich so meent«, lachte der Alte. »Nu kaamt eerst mal in 'e gode Stuuv in un vertellt, wo ik to düsse Ehr kaam.«

Sie tranken gemeinsam Tee und aßen kalte Gurkensuppe mit Matjestatar, dazu Borkumer Schwarzbrot mit Butter. Roger erzählte das Wenige, das sie auf der Fahrt vereinbart hatten. Vom Tod Darians, der seit Beginn des Studiums zu seinem engsten Freundeskreis gehört hatte, und dass Carla, seine Schwester, ein wenig Abstand von allem brauchte und zur Ruhe kommen wollte. Jonte schwieg lange und brachte damit seine Anteilnahme zum Ausdruck. »Du büst herrlich willkommen hier, mien Deern«, sagte er schließlich. »Un mien Huus is dien Huus.«

Carla war zu Tränen gerührt.

»Und du, mien Jung«, sagte Jonte an Roger gerichtet, »musst ok noch een Nacht hierblieven. Die letzte Fähr is jüst los.«

Am Abend saßen Carla und Roger am Strand in der Nähe der Hooge Hörn und beobachteten, wie das ablaufende

Wasser Zentimeter für Zentimeter des Watts trockenfallen ließ.

»Theoretisch weiß ich, wie die Gezeiten zustande kommen«, sagte Roger nachdenklich. »Aber verstehen werde ich es wohl nie.«

»Als ich ein Kind war, waren wir mal auf einer Hallig«, sagte Carla. »Zwei Tage vor unserer Abreise gab es eine Springflut. Wir mussten alle mit anpacken, das Ferienhaus mit Sandsäcken schützen und die Fenster verriegeln. Ich hatte Angst und war gleichzeitig total fasziniert.«

»Ich bewundere die Menschen, die das ganze Jahr über so leben. Ich könnte das nicht«, sagte Roger.

Carla lächelte. »Ich schon. Nach allem, was passiert ist.«

»Morgen rufst du dort an?«

»Ich habe mir etwas Neues einfallen lassen.«

»Ich hoffe, dass die Sache bald überstanden ist.«

»Ohne Menschen wie dich und Jonte, den ich im Übrigen wahnsinnig sympathisch finde, wäre ich verloren.«

»Darf ich dich etwas fragen?«

»Nur zu.«

»Brauchst du Geld?«

»Wenn ich ehrlich bin, weiß ich das gar nicht«, antwortete Carla. »Ich muss warten, was als Nächstes geschieht.«

»Ich dachte immer, dass so etwas nur in Filmen oder Büchern passiert.«

»In schlechten Filmen«, fügte Carla hinzu und atmete tief durch. »Ich fürchte, dass die Realität um einiges grausamer ist als in allen Hollywoodstreifen zusammen.«

»Ich sehe mich auf der Seite der Guten, habe aber nicht die geringste Ahnung, wo dieser Kampf stattfindet, geschweige denn, welche Rolle mir darin zugedacht ist.«

Carla dachte lange über diese Worte nach, bevor sie das Gefühl hatte, eine Antwort darauf gefunden zu haben: »Ich denke, wir stehen alle mittendrin. Alles Gute, das wir tun. Jedes Wort, jede Handlung, die ehrlich und im Bewusstsein der Verantwortung für Mensch und Natur getan oder gesprochen wird, kommt einem kleinen Triumph gleich.« Carla schwieg einen Moment und starrte auf die See. »So, wie die Ebbe das Land zurückerobert. Und damit das Leben seiner Bewohner.«

Roger fuhr am nächsten Morgen zurück. Carla begleitete ihn zum Fährhafen. Unterwegs kamen sie an der Telefonzelle vorbei, die Jonte ihnen beschrieben hatte. Carla fröstelte bei dem Gedanken an das Gespräch, das sie nach der Verabschiedung führen würde. Die Besatzung machte pünktlich die Leinen los, und die Fähre setzte sich zitternd in Bewegung. Carla sah dem Schiff lange hinterher und stellte sich vor, wie es wäre, hier zu leben.

Fehlten nur die Berge. Aber für den Moment war sie gar nicht mehr so sicher, jemals wieder die Kletterschuhe schnüren zu wollen. Sie erinnerte sich an ihren Traum. An den Mann, der vor ihren Augen ins Bodenlose stürzte. An Darian, wie er auf einem der gegenüberliegenden Gipfel gestanden und ihr zugewinkt hatte. Aus einer Distanz, die mit dem Verstand nicht zu begreifen war. Nah und fern zugleich. So wie das endlose Meer sich zwischen die Inseln und das Festland drängte.

Die Fähre war längst aus ihrem Blickfeld verschwunden. Carla wandte sich zum Gehen. Es war an der Zeit, wieder in den Ring zu steigen.

Gut gegen Böse.

Es klickte am anderen Ende der Leitung. Die Wähltöne hallten im Hörer wider. Dann wurde das Gespräch angenommen. Carla zitterte vor Anspannung.

»Hallo!« Eine blecherne Stimme, kaum zu unterscheiden, ob weiblich oder männlich.

»Mein Name ist Sabine Nairad, vom Hotel Adlon in Berlin.« Carla gab sich alle Mühe, laut und deutlich zu sprechen. »Ihr Unternehmen hat für übermorgen eine Delegation angemeldet und sieben Zimmer gebucht. Ist das richtig?«

»Wie war gleich Ihr Name?«

»N a i r a d.«

»Einen Moment bitte.«

Carla hörte, wie das Telefon auf die Seite gelegt und eine Tür geschlossen wurde. Dann wieder Schritte. »Das ist richtig, Frau Nairad. Aber leider bin ich der falsche Ansprechpartner. Ich gebe Ihnen eine Telefonnummer, unter der Sie den Delegationsleiter erreichen können. Haben Sie etwas zum Schreiben?«

Carla notierte die Nummer und beendete das Gespräch. Sie atmete tief durch und griff erneut zum Hörer. Dieses Mal hatte sie den Eindruck, ein Ortsgespräch zu führen. Die erhoffte Stimme drang kristallklar durch den Äther.

»Carla!«

Sie schluckte vor Anspannung und Erleichterung. »Es geht mir gut, Kalev. Was ist mit Hanāh?«

Kalev räusperte sich. »Sie ist in Kairo und wartet auf ein Schiff, das sie zu Freunden nach Spanien bringt.«

»Ist es vorbei?«

»Mein Gott, Carla. Wir dachten, du wärst tot.«

»Ich konnte fliehen.«

»Erinnerst du dich …«

»Sie standen plötzlich vor mir. Ein Mann, dem ich in Warschau schon einmal begegnet bin. Er, eine Frau und ein weiterer Mann. Mehr kann ich nicht sagen.« Carla spürte, wie ihr die Erinnerungen die Kehle zuschnürten.

»Hanāh ist beinahe verrückt geworden, nachdem wir die Suche abgebrochen hatten.«

»Sie sollten mich in ein Hotel bringen.«

»In die Schweiz.«

»Woher weißt du das?«

»Wir konnten ein halbes Dutzend verschlüsselter Chats im Darknet aufspüren.«

»Wer steckt dahinter?«

»Dreimal darfst du raten.«

»Ist diese Verbindung sicher?« Carla warf weitere Zwei-Euro-Münzen in den Apparat.

»Absolut. Wir haben mehrere Weiterleitungen über einen zweiten ISDN-basierten B-Kanal um die halbe Erde geschaltet.«

»Kann ich mit Hanāh sprechen?«

»Dazu muss ich dich später zurückrufen. Bist du in einer Telefonzelle?«

»Der einzigen auf der ganzen Insel.«

»Carla!« Kalev machte eine kurze Pause. »Es ist nicht vorbei, und wir kennen den genauen Grund nicht.«

»Ich habe von den Plagiatsvorwürfen gelesen.«

»Wir hatten gehofft, damit aus dem Kreuzfeuer zu kommen.«

»Was vermutest du?«

»Wir wissen es nicht, Carla. Noch nicht. Was wir herausgefunden haben, ist, dass sie diesen Assistenten noch mal in die Mangel genommen haben.«

»Andrzej?«

»Man hat seine Leiche gefunden. Laut Aussagen der Polizei hat er sich an der Türklinke stranguliert.«

»Oh, mein Gott.«

Sie schwiegen einige Zeit.

»Was ist wirklich passiert?«

»Zwei Streifenpolizisten waren kurz nach dem Vorfall vor Ort, weil sich Anwohner über das Bellen seines Hundes beschwert hatten. Um es kurz zu machen: An seinem Körper waren typische Anzeichen von Folter zu erkennen.«

»Was haben diese Schweine ihm angetan?«

»Carla, bitte.«

»Denkst du, ich könnte das nicht ertragen, nach allem, was passiert ist?«

»So war das nicht gemeint. Bitte entschuldige.«

»Sie wollten etwas über diese Nowitschok-Formeln in Erfahrung bringen, richtig?«

»Davon dürfen wir ausgehen.«

»Wozu?« Carla warf ein paar Münzen nach. »Ich meine, Darians amtliche Todesursache verrät nichts darüber, seine Leiche wurde eingeäschert, und Pawlowski wurde ebenfalls zum Schweigen gebracht.«

»Genau diese Überlegungen bereiten uns Kopfzerbrechen. Andrzej war sozusagen ein Niemand.«

»Ich hätte nicht zu ihm gehen dürfen«, sagte Carla. »Er hatte solche Angst.«

»Magdalena hätte die Aufzeichnungen …«

»Was ist mir ihr?«, unterbrach ihn Carla erregt.

»Offenbar haben sie das Interesse an ihr verloren.«

Carla atmete erleichtert auf. Dann verfinsterte sich ihre Miene wieder. »Hat er sehr gelitten?«

Kalev zögerte.

»Also ja?«

»Fachleute sehen an den Wunden, dass blutstillende, mit Adrenalin angereicherte Salben verwendet wurden.«

»Was haben sie ihm angetan?«

»Er hatte Verbrennungen auf der Haut und an den Hoden, vermutlich durch Elektroschocks. Seine Brustwarzen fehlten …«

»Das reicht!«, rief Carla entsetzt. Sie spürte einen stechenden Schmerz in ihren eigenen Brüsten. Die Vorstellung war unerträglich.

»Kann ich dich später noch mal anrufen?«

»Unter dieser Nummer Tag und Nacht.«

Carla hängte den Hörer ein und verließ die Telefonzelle. Hinter ihr prasselte das Restgeld in den Rückgabeschacht. Sie lief hinunter zum Strand. Es herrschte immer noch Ebbe, aber bald würde der Tidenhub von Neuem einsetzen. Auf der gegenüberliegenden Sandbank wälzte sich ein Rudel Seehunde in der Sonne. Zwei Möwen zankten grob um einen Rest Hering. Fußgänger und Jogger zeichneten unzählige Spuren in den feuchten Sand. Carla fühlte sich wie ein Fremdkörper in dieser heilen Welt. Sie streifte ihre Schuhe ab und stapfte einen mit Buschpricken markierten Wattwanderweg entlang.

Mit jedem Schritt verwandelte sich das Gefühl der Verlorenheit stärker in Wut. Carla stieg die Zornesröte ins Gesicht. Sie griff nach einem handgroßen Stein neben sich und schleuderte ihn mit aller Kraft ins Meer. »Zum Teufel mit allen verlogenen Präsidenten und Warlords auf diesem Planeten«, brüllte sie gegen den auflandigen Wind. »Zum Henker mit allen machtgeilen, narzisstischen Orgiasten!« Sie ballte die Hände zu Fäusten, bis es wehtat.

Barfuß rannte Carla zurück zum Bahnhof und wählte die Nummer.

»Ja?«

»Wie konnte mich diese Drecksbande aufspüren?«

»Wir vermuten, dass sie Zugriff auf das Gesichtserkennungssystem am Ben-Gurion-Airport haben.«

»Warum ich?«

»Das ist die entscheidende Frage«, sagte Kalev. »Eine logische Folgerung wäre, dass du über Informationen verfügst, die Hanāh und wir nicht haben.«

»Was könnte das sein?« Carla wechselte den Hörer ans andere Ohr. »Wir haben sämtliche Hinweise und Darians Hinterlassenschaften gemeinsam zu Papier gebracht.«

Kalev antwortete nicht sofort.
»Wurden die Unterlagen aus dem Kibbuz gestohlen?«
»Niemand war im Kibbuz«, sagte Kalev. »Vermutlich wussten sie nicht einmal, dass ihr dort untergeschlüpft seid.«
»Wissen sie von dir?«
»Das liegt auf der Hand. Wobei wir das Gefühl haben, dass sie meine Möglichkeiten radikal unterschätzen.«
»Oder du und Hanāh genießt eine Art diplomatische Immunität.«
»Das wäre Variante zwei.«
»Das bedeutet, wir sind für den Moment keinen Schritt weitergekommen.«
»Doch!«, widersprach Kalev. »Du bist am Leben.«
»Das ist kein Leben, Kalev.«
Er schwieg.
»Wenn es dieses Puzzleteilchen geben sollte, haben wir es bislang übersehen, weil wir nicht wissen konnten, dass wir es haben. Ist das korrekt?«
»Vielleicht hatten wir es bereits in den Händen und haben ihm keine Bedeutung zugemessen.«
»Variante drei«, sagte Carla mit einem Hauch von Ironie.
»Etwas, das nichts mit Wiebke Janssen zu tun hat.«
»Mit ziemlicher Sicherheit.«
»Soll ich dir die Unterlagen aus dem Kibbuz zukommen lassen?«
»Alles, was ich hatte, war in meinem Bankschließfach. Bliebe nur noch die Unbekannte im Zusammenhang mit dem Bus.«
»Sie wissen, dass wir bis dato keinen Zugriff darauf haben«, sagte Kalev.
»Wurden die beiden Flüchtigen gefasst?«
»Bislang nicht.«
»Ich würde gern mit Hanāh sprechen.«

»Kannst du morgen um diese Zeit noch mal anrufen?«

»Sicher.«

»Ach, Carla?«

»Kalev?«

»Das mit dem Nachnamen war verdammt gut, Frau Nairad.«

Carla schmunzelte. »Hab ich von dir gelernt, Herr Velak.«

Sie mussten beide herzlich lachen und beendeten das Gespräch mit dem Gefühl, dass nicht alles schwer und dem Untergang geweiht war. Auch wenn ihr Frohsinn einer großen Portion Galgenhumor gleichkam. Aber welche Rolle spielte das schon. Carla holte ihre Schuhe und machte sich auf den Rückweg in ihr »neues Zuhause«. Jonte bestand darauf, und auf Plattdeutsch klang das wie in einem Märchen mit gutem Ende. Sie kam am Inselflughafen vorbei. Neben der Startbahn stand ein Hubschrauber. Carla erinnerte sich an den verpassten Flug über den Lake Tahoe. Eine Episode, die gefühlte Lichtjahre zurücklag und doch erst sieben Wochen her war. Sie nahm sich vor, bei Gelegenheit einen Flug über die Insel zu buchen und Jonte mit einem Ticket zu überraschen. Carla genehmigte sich im Café Ostland einen Eiergrog und Apfelkuchen, bevor sie in ihr *nee Tohuss* zurückkehrte.

In den folgenden Tagen telefonierte sie abwechselnd mit Hanāh und Kalev, verbrachte die Nachmittage im Schatten der *Olde Düne*, starrte gedankenverloren aufs Meer hinaus, verfolgte gebannt Ebbe und Flut und studierte die Details in Darians Aufzeichnungen und Tagebüchern. An den Abenden saß sie mit Jonte vor dem Haus und lauschte seinen Geschichten von der See, den verrücktesten Patienten, die er betreut hatte, und den Wellen, weil Jonte sagte, »dass dat Meer den ehrlichen un beachten Tohörern sein Geheimnisse anvertroen de.«

Die gemeinsame Zeit mit ihm kam einer Meditation gleich, wie Carla sie bei tibetischen Mönchen erlebt hatte. Ein Zustand der Entrücktheit, mitten im Sturm, der einen einzigen Wunsch in ihr auslöste: es ihm gleich tun zu können. Carla lauschte der See. Stundenlang. Bis sie glaubte, etwas von dem zärtlichen, jahrhundertealten Spiel der Wellen zu begreifen. Dem steten Versuch, Fuß zu fassen im Unbekannten. Einen würdevollen Kampf zu kämpfen ohne Kriegsgeschrei. Und Siege ohne Hybris zu feiern.

Es tat gut, hier zu sein.

Mitte der Woche berichtete Kalev von einem Giftanschlag auf einen renommierten französischen Wirtschaftswissenschaftler. Clément Lacombe hatte sich drei Wochen zuvor auf einer Tagung in Helsinki zum wiederholten Mal gegen die Globalisierungspläne des KWTF ausgesprochen. Als er und seine Gattin in ihre Hotelsuite zurückkehrten, fanden sie dort ein Kistchen Zigarren – Davidoff Special Reserve 2002, mit persönlichen Grüßen des Hotelmanagers. Außerdem einen mit einer Königskrone versehenen Flacon der englischen Parfummanufaktur Clive Christian. Während Clément Lacombe sich auf die Toilette entschuldigte, legte seine Frau rasch ihr Kostüm ab, warf sich neben der Zigarrenkiste in Pose und hoffte, mit Unterstützung der Essenza Nobile, ihren Mann zu einem viel zu selten gewordenen Beischlaf bewegen zu können. Als Lacombe zurückkehrte, klagte seine Frau über rasende Kopfschmerzen und fiel gleich darauf in ein Koma. Den alarmierten Notärzten gelang es nur knapp, Madame Lacombe vor einem grausamen Tod zu bewahren. Im Übrigen wurden die als Pagen verkleideten Täter von einer Überwachungskamera gefilmt und konnten wenige Stunden nach der Tat festgenommen werden.

»Okay«, sagte Carla, als Kalev eine Pause einlegte. »Das ist gruselig. Hat der Fall etwas mit uns zu tun?«

»Sitzt du?«

»Ich stehe in einer Telefonzelle.«

»Dann halt dich wenigstens fest.« Kalevs Stimme klang sehr ernst. »Noch in der Nacht wurden Blut- und Harnproben in die Berliner Charité geflogen und von Spezialisten untersucht.«

»Nowitschok!«, platzte es aus Carla heraus.

»Dieselbe neuartige Rezeptur wie bei deinem Bruder.«

»Ich fass es nicht!«

»Das ist längst nicht alles«, Kalev verschluckte sich beim Versuch, einen Schluck Wasser zu trinken, und hustete in den Hörer.

»Immer mit der Ruhe«, sagte Carla.

»Zuweilen klingst du wie Hanāh«, lachte Kalev. »Aber zurück zum Thema: Das Nervengift stammt aus einem russisch-kasachischen Labor in Dalian. Das liegt auf einer Halbinsel im Nordosten Chinas, nahe der Grenze zu Nordkorea. Und jetzt rate mal, wer die zweifelhaften Forschungsarbeiten an hochwirksamen Nervengiften und binären Kampfstoffen mit einem Mammutanteil von über fünfzig Prozent finanziert?«

»Das Komitee für Wirtschaft, Technologie und Fortschritt«, sagte Carla entgeistert. Sie versuchte die Informationen in eine logische Reihenfolge zu bringen. »Wann, sagtest du, fand dieser Anschlag statt?«

»Vor exakt fünfundzwanzig Tagen.«

»Zwei Tage vor meiner Entführung«, sagte Carla leise. »Es ging also gar nicht mehr primär um Janssen und ihr Plagiat. Sie haben mich entführt, weil sie glauben, dass ich etwas über dieses Gift weiß, mit dem sie meinen Bruder ermordet haben.«

»Dadurch, dass bei dem Anschlag auf den Wissenschaftler die Täter gefasst wurden und die Formel des verwendeten Nowitschok bekannt wurde, ist ihnen ein fataler Fehler unterlaufen, der viel verheerendere Folgen nach sich ziehen könnte als diese Plagiatsgeschichte.«

»Und jetzt wollen sie mich deswegen aus dem Weg räumen?«

»Carla, ich ...«

»Aber das ergibt doch keinen Sinn«, unterbrach ihn Carla aufgebracht. »Was dieses Teufelszeug angeht, habe ich nur diesen Schmierzettel mit den Formeln und weiß noch viel weniger als Andrzej. Wie soll ich denen denn gefährlich werden? Ich habe keine Beweise.«

»Beruhige dich, bitte!«

Carla presste den Telefonhörer gegen die Stirn und schloss die Augen. Es dauerte, bis ihr Atem wieder langsamer wurde. Ein kleines Mädchen drückte ihre Nase gegen die Scheibe der Telefonzelle. Carla lächelte und legte ihre Hand über die kleinen Finger auf der anderen Seite der Scheibe.

»Wie können wir denen begreiflich machen, dass ich die Falsche bin?«

»Vielleicht bist du die Richtige, und wir haben einen Trumpf im Ärmel, von dem wir nichts wissen.«

»Wer waren die Täter?«

»Ehemalige Söldner unter der Befehlsgewalt dieses Maxim.«

»Reicht das nicht an Beweisen?«

»Ich fürchte nein.«

»Was können wir tun?«

»Wir müssen das fehlende Puzzleteilchen finden.«

»Ich arbeite alles noch mal unter diesem Gesichtspunkt durch.«

»Und ich sehe zu, mehr über Pawlowskis Umfeld herauszufinden«, sagte Kalev. »Und das des Jungen.«

Auf dem Rückweg wurde Carla von der Gewissheit begleitet, dass es nun doch einen Ausweg aus der Ausweglosigkeit geben könnte. Sie hatte nichts, das für ihre Gegenspieler von Interesse war. Sobald ihre Widersacher das herausgefunden hätten, wäre sie mit einem Schlag uninteressant. Die Frage war, wie sie das bewerkstelligen konnten. Doch Carla hatte vollstes Vertrauen, dass Kalev und sein Netzwerk auch hier eine Lösung finden würden. Unterwegs besorgte sie ein halbes Pfund Krabben, frisches Roggenbrot und kräftigen Rotwein, in der Hoffnung, Jonte damit eine Freude zu machen. In dieser Nacht ließ sie das Fenster ihres Zimmers weit offen stehen und lauschte dem Gesang der Wellen. Das Raunen der See erinnerte sie an ein Gedicht von Rainer Maria Rilke:

Dann wird die Brandung sein wie ein Empfang,
den mir die Wogen festlich vorbereiten.
Und eine jede zittert nach der zweiten, –
wie soll ich ganz allein entgegenschreiten:
das macht mich bang …
Ich weiß: die hellgesellten Wellen weben
mir einen Wind;
und der erst beginnt,
so wird er wieder meine Arme heben –

Carla trat ans Fenster und streckte die Nase in die kalten Böen. Sie war nackt bis auf ihre Unterhose und begann bald zu frieren. Dennoch blieb sie stehen, bis die Kälte an Intensität verlor und sich in eine wohltuende Wärme verwandelte. Ein Gefühl, das ihr Sicherheit gab. Die Ahnung einer Kraft, die in ihrem Inneren schlummerte. Nachdem sie zurück unter die Decke geschlüpft war, schlief sie auf der Stelle ein. In ihrem Traum stakste sie mit Hanāh durch das schlüpfrige Watt zu den Seehundbänken am anderen Ende der Insel.

Als sie am nächsten Morgen von den ersten Sonnenstrahlen geweckt wurde, meinte sie, das Heulen einer jungen Robbe zu vernehmen. Und die bellende Antwort seiner Mutter. Hier war alles im Lot. Und Carla ahnte nichts von dem Orkan, der sich unaufhaltsam auf sie zubewegte.

Nach einer Tasse kräftigem Tee spazierte Carla, voller Vorfreude auf ein Gespräch mit Hanāh, zum Bahnhof. Nach ihrer ersten Woche kannte sie jeden Quadratmeter der Insel. Um Punkt elf ließ sie mit geübter Hand fünf Zwei-Euro-Münzen in den Geldschlitz rollen und wählte auswendig die Nummer. Für gewöhnlich nahm Kalev das Gespräch beim ersten Klingeln an. An diesem Morgen wechselten die Signaltöne irgendwann in ein energisches Besetztzeichen. Carla wagte einen zweiten und dritten Versuch, mit demselben Ergebnis. Sie steckte das Geld wieder in die Hosentasche und vertrieb sich die Zeit an den Postkartenständern auf der gegenüberliegenden Straßenseite.

Fünfzehn Minuten später wagte sie weitere Versuche, wieder mit unbefriedigenden Resultaten. Carla schlenderte zu einem der Korbstühle des Cafés am Bahnhof und bestellte Kaffee und Wasser.

Gegen drei dachte sie zum ersten Mal daran, dass etwas passiert sein könnte. Andererseits redete sie sich ein, dass Kalev jederzeit etwas Unvorhergesehenes in seiner Behörde in die Quere gekommen sein konnte. Als die Sonne sich anschickte, zwischen Leuchtturm und Nordseeaquarium im Meer zu versinken, machte sich Carla resigniert auf den Weg zurück nach Ostland.

Carla saß vor dem Häuschen. Der Abend war mild und der Himmel sternenklar. Jonte hatte sich am Morgen nach Bremerhaven verabschiedet, wo er die Nacht bei Freunden verbrachte.

Carla trank ein Glas Bier und aß lustlos an einem Rest Krabbensalat. Sie dachte an das verpasste Gespräch mit Hanāh und den verschenkten Tag. Eine schleichende Unruhe ergriff von ihr Besitz, die keinem Vernunftargument weichen wollte. Um kurz nach elf leerte sie die Krabben zu den Küchenabfällen und joggte in die Stadt. Die Insel wirkte wie ausgestorben.

Kalev nahm das Gespräch sofort an. Carla wusste nach der ersten Silbe, dass etwas passiert war.

»Hanāh!«, stammelte er. »Sie haben sie entführt.«

Kraftlos sank Carla auf die Knie. Der Schmerz in ihrer Brust raubte ihr beinahe die Sinne.

»Wir haben drei Tage Zeit.«

»Um was zu tun?« Carla fiel es schwer zu sprechen.

Kalev schnäuzte sich. »Sie verlangen die Zugangsdaten zu einem API-gesicherten Cloud-Speicher.«

»API?«

»Application Programming Interfaces.«

»Wo ist Hanāh?«

»Sie war unter falschem Namen auf einem Kreuzfahrtschiff nach Barcelona. Sie müssen sie dort aufgespürt haben.« Kalev stöhnte. »Die Übergabe soll auf Ceuta stattfinden.«

»Wo?«

»Marokko.«

»Wann endet das Ultimatum?«

»Samstag. Zwei Uhr nachts.«

»Aber ich weiß nichts von einer Cloud«, sagte Carla.

»Niemand weiß etwas davon. Das ist bislang in keinem Chat und in keiner Konversation, die wir überwachen konnten, aufgetaucht. Jedenfalls gehen wir davon aus, dass diese Forderung definitiv nichts mehr mit Janssen und ihrem Plagiat zu tun hat.«

»Trotzdem verstehe ich den Zusammenhang nicht. Was ist in dieser Cloud gespeichert? Und vor allem: *Wer* hat dort etwas gespeichert? Und warum meinen die, dass ich etwas darüber weiß? Das ist doch alles völlig verrückt.«

»Es muss um Nowitschok gehen, alles andere macht keinen Sinn.«

»Wie kam der Kontakt zustande?«

»Via SecureDrop.«

»Ein Tor-Netzwerk«, sagte Carla. »Wie lautet die exakte Forderung?«

»Warte.«

Carla vernahm das Rascheln von Papier.

»Ich lese sie dir vor: *Full keys for Tresorit Cloud –Torre de Piniés – Seventy-two hours from now – Alone! – EOM.*«

»An wen ging der Code zu dieser Nachricht?«

»An alle deine E-Mail-Adressen und Instant-Messaging-Dienste.«

Carla zitterte vor Anspannung. »Sie wissen, dass ich am Leben bin. Und nachdem ich entkommen bin, haben sie sich Hanāh geschnappt, um mich zu erpressen.«

»Oder sie ahnen die Fremdübernahme deines Smartphones durch mich, und es ist ihnen egal, wer dort *allein* auftaucht.«

»Diese Nachricht sagt aber nichts darüber aus, dass sie Hanāh in ihrer Gewalt haben.«

»Im Dateianhang war ein Video«, sagte Kalev leise.

»Was ist darauf zu sehen?«

»Hanāh liegt in Embryonalhaltung gefesselt in einer abschließbaren Gitterbox. Eine maskierte Frau hält ihr mit vorgehaltener Waffe einen Schmierzettel vors Gesicht. Hanāh liest unter Tränen den Text: ›Bitte helft mir. Es geht mir gut.‹ Dann geht das Licht aus.«

»Mein Gott!« Carla hatte die Szene vor Augen. »Wie sah sie aus?«

»Müde. Gebrochen«, sagte Kalev. »Ihre Wangen waren geschwollen.«

Carla atmete tief durch. »Diese Dreckskerle haben sie geschlagen.«

Kalev blieb ihr eine Antwort schuldig.

»Können wir nicht verlangen, die Forderung zu präzisieren?«

»Das habe ich versucht, aber die *dot-onion*-Adresse ist nicht mehr existent.«

»Und was machen wir jetzt?«

»Wir suchen diese Log-in-Daten.«

»Ich würde Stein und Bein schwören, dass so etwas nicht in Darians Unterlagen zu finden ist«, sagte Carla.

»Vielleicht sind sie verschlüsselt dargestellt. Kryptisch«, mutmaßte Kalev. »Ich kann sämtliche elektronischen Daten durch ein Programm laufen lassen.«

»Dann kümmere ich mich noch einmal um alles Handschriftliche und die Fotos.«

Sie vereinbarten, alle vier Stunden ein kurzes Telefonat zu führen und spätestens vierundzwanzig Stunden vor Ablauf des Ultimatums in Algeciras einzutreffen. Von dort fuhren fünfmal täglich Schiffe nach Ceuta.

»Sie werden uns alle töten«, sagte Carla leise. »So oder so.«

»Das werden sie nicht!«

»Lass uns an die Arbeit gehen«, sagte Carla und warf einen Blick auf die Bahnhofsuhr. Noch neunundvierzig Stunden.

Carla fand die Zugangsdaten durch einen Zufall am Spätnachmittag des folgenden Tages, nachdem sie, trotz der enormen Anspannung, ihr Versprechen eingelöst hatte, Jonte am Hafen abzuholen. Er hatte ihr die gewünschten Tageszeitungen mitgebracht.

Im Haus angekommen, blätterte Carla die Zeitungen hastig nach Artikeln über den Plagiatsfall Janssen und das Komitee durch. Auf der Titelseite der *Berliner Zeitung* hatte Jonte eine Telefonnummer vermerkt, und Carla stellte fest, dass die Nummer bis zur vorletzten Seite wie eine Blaupause zu erkennen war. Undeutlich zwar, aber gegen eine Lichtquelle gehalten durchaus lesbar.

Daraufhin war sie in ihr Zimmer gerannt und hatte die handschriftlichen Notizen Pawlowskis gegen eine Tageslichtlampe gehalten. Er hatte tatsächlich einen unsichtbaren Code dort hinterlassen. Beweise für Nowitschok.

Kalev sprang vor Erleichterung beinahe an die Decke und gab sich siegesgewiss. »Ich werde den Code sofort von unseren IT-Spezialisten überprüfen lassen.«

»Dann erfahren wir endlich, was es mit der Cloud auf sich hat«, sagte Carla und vernahm im weiteren Gespräch die leisen Zwischentöne, die Kalevs Anspannung offenbarten.

»Sieh zu, dass du gegen neun am Flugplatz bist«, erklärte Kalev ihr weiteres Vorgehen. »Ein Hubschrauber fliegt dich direkt vor das Terminal von General Aviation am Amsterdamer Flughafen Schiphol. Dort wartet ein Privatjet. Wir treffen uns in der Bar ›Take-off‹ am Flughafen in Jerez.«

»Kalev?«

»Ich sollte noch einiges erledigen.«

»Nur diese eine Frage.«

»Ja?«

»Sollten wir bei diesem speziellen Meeting nicht für alle Fälle auch ein Gegengift bereithaben?«

»Ich habe Atropin als Injektionslösungen, Tabletten und Zäpfchen geordert.«

»Wie kommst du nach Spanien?«

»Ich bin schon dort.«

SECHSTER TEIL

DER DUNKLE TURM

Jerez

ANDALUSIEN | SPANIEN

Das Flugzeug traf in den Morgenstunden auf dem Flughafen Jerez de la Frontera in der andalusischen Provinz Cádiz ein. Es war heiß, bei gleichzeitig hoher Luftfeuchtigkeit. Carla tropfte auf dem kurzen Fußweg in die Terminals der Schweiß von der Stirn. Die Bar war geschlossen, die altmodischen Holzstühle standen verkehrt herum auf den Tischen. Eine Reinemachefrau fuhr gähnend mit ihrem Wagen an Carla vorbei. Um kurz vor sechs landete eine TUI-Maschine, und mit ihren Passagieren erwachte der Airport zum Leben. In der Bar stellte man die Stühle herunter. Carla setzte sich an den hintersten Tisch und bestellte eine Tasse Kaffee.

Wenig später stand Kalev plötzlich neben ihr. »Buenos días. Hattest du einen guten Flug?«

Sie fielen sich in die Arme wie gute Freunde, die sich ein halbes Leben lang nicht gesehen hatten.

»Über der Sierra Norte wurde es ein wenig turbulent«, sagte Carla. »Vermutlich ein kleiner Vorgeschmack auf das, was uns bevorsteht.«

Kalev beugte sich vor und flüsterte hinter vorgehaltener Hand: »Wir haben ein Team aus spanischen und israelischen Spezialkräften zusammengestellt und sind bestens vorbereitet.«

»Einfach so? Ohne Legitimation?«

»Beinahe«, Kalev schmunzelte. »Ein Abteilungsleiter für spezielle Operationen und sein spanisches Pendant sind instruiert und halten den Einsatz unter höchster Geheimhaltungsstufe.«

»Niemand sonst weiß davon?«

»Die zwölf Männer und Frauen, die uns den Rücken freihalten, schon.«

»Ich habe Angst«, sagte Carla.

Kalev griff schweigend ihre Hand.

Sie fuhren eine Stunde mit einem Mietwagen über die A-381 nach Algeciras. Kalev lenkte den Mercedes in den Bauch einer Fähre. Die Überfahrt mit Blick auf die Meerenge von Gibraltar verging wie im Flug.

»Wo fahren wir hin?«, erkundigte sich Carla, nachdem sie die Fähre verlassen hatten.

»Wir treffen uns mit dem Team direkt am Turm«, sagte Kalev. »Vorausgesetzt, die Gegenseite hat sich dort noch nicht blicken lassen.«

Auf der Weiterfahrt erinnerte sich Carla an die Forderungen der Entführer: »Wenn wir den Zugangscode zu dieser Cloud besitzen, welchen Grund gäbe es dann, dass sie uns am Leben lassen?«

»Keinen«, räumte Kalev ein. »Aber wir haben das gecheckt, und sie wissen wohl auch, dass Pawlowski die Seite für nur einen Zugriff programmiert hat.«

»Wie?«

»Sorry, das konntest du nicht wissen.« Kalev tippte sich an die Stirn. »Also, diese beiden IDs und der ›private key‹ gehören zu einer sogenannten Single-Sign-On-Verschlüsselung, die nur einen Zugriff auf die Dateien in der Cloud erlaubt, der vermutlich auch zeitlich limitiert ist. Wird das Zeitlimit überschritten oder du verlässt die Cloud, ist die Sache gelaufen.«

»Für einen erneuten Zugriff bräuchte man neue Schlüssel.«

»Die ausschließlich der Professor vergeben konnte.«

»Kann man diese Seite nicht hacken?«

»Stand heute: Nein.«

Carla sah nachdenklich aus dem Fenster. »Was, denkst du, hat Pawlowski dazu bewogen?«

»Ich kann mir nur vorstellen, dass er wegen der Brisanz seiner Laboruntersuchungen damit gerechnet hatte, früher oder später zum Schweigen gebracht zu werden …«

»… und seine Erkenntnisse bei dem ahnungslosen Andrzej in Sicherheit wähnte«, folgerte Carla und dachte schaudernd an die fehlenden Brustwarzen.

»Wo sie nie ankamen und letztlich bei dir gelandet sind.«

Carla ballte die Fäuste. »Diese feigen Mörder.«

Kalev griff zu einem Funkgerät unter seinem Sitz und führte ein kurzes Gespräch.

»Wir können«, sagte er und deutete auf einen Hügel, der in Fahrtrichtung vor ihnen auftauchte.

Carla starrte durch die Frontscheibe und hielt sich schützend die Hände an die Stirn. Die pechschwarze Silhouette des Turms thronte, im Gegenlicht der aufgehenden Sonne, am obersten Punkt einer Hügelformation.

Denk an den schwarzen Turm!

Von hier sah er aus wie eine überdimensionale Schachfigur.

»Wurde um 1860 von den Spaniern erbaut, um die Stadtgrenzen zu sichern«, erklärte Kalev.

»Sieht nicht besonders hübsch aus.«

»Das Problem ist, dass es mit Ausnahme der Baumgruppe auf der rechten Seite keinerlei Deckung gibt.«

»Vermutlich einer der Gründe, warum *sie* diesen Ort gewählt haben.«

»Siehst du den zweiten Turm? Der Torre de Francisco de Asís. Dort und auf am Aussichtspunkt Mirador de la frontera, den man von hier nicht sehen kann, haben wir bereits vorgestern Teams positioniert.«

»Waren unsere Kontrahenten schon da?«

»Bislang nicht«, sagte Kalev, während er den Wagen auf den Besucherparkplatz eines Gefängnisses lenkte. »Von hier müssen wir leider zu Fuß gehen.«

Kalev öffnete den Kofferraum und reichte ihr ein altmodisches Sommerkleid, eine Sonnenbrille und einen weißen Strohhut mit breiter Krempe. Er selbst justierte zwei

Wanderstöcke auf die richtige Höhe und hängte sich eine Spiegelreflexkamera um.

In einem der Zellenfenster, die auf den Parkplatz wiesen, tauchte eine verkrüppelte Hand auf und schwenkte ein T-Shirt. »Soy inocente. Escuchad. Soy inoceeenteee!«

»Der arme Teufel!« Carla schlüpfte rasch in ihr neues Outfit.

»Komm!« Kalev tippte ihr auf die Schulter und wandte sich auf die Stöcke gestützt zum Gehen.

»Sind wir ein Paar?«

»Tagsüber wimmelt es da oben nur so von Touristen.« Kalev schüttelte den Kopf. »Aber ein wenig authentisch sollte unser Auftritt schon wirken.«

»Also sind sie doch schon hier?«

»Wir nehmen an, dass sie militärische Drohnen einsetzen, obwohl wir bislang noch keine orten konnten.«

Sie näherten sich dem Turm von Osten. Kalev hielt immer wieder inne und schoss ein paar Fotos. Als sie noch etwa vierhundert Meter entfernt waren, forderte er Carla auf, stehen zu bleiben und freundlich in die Kamera zu lächeln. Er knipste ein paar Aufnahmen mit Blitz. »Danke. Jetzt sind wir angemeldet.«

Sie begegneten immer mehr Spaziergängern und Mountainbikern. Am Turm selbst zählte Carla etwa dreißig Touristen, die meisten mit Kameras oder Ferngläsern ausgerüstet. Ihr kam der Gedanke, dass es sich bei allen um Späher der Gegenseite handeln könnte. Doch Kalev wirkte gelassen und witterte offenbar keine Gefahr. Und es gab die Männer und Frauen seines Teams, die sie bei jedem Schritt im Auge behielten.

Sie erreichten einen Parkplatz, auf dem ein halbes Dutzend Autos standen. Der markante Piniengeruch erinnerte Carla an die Zapfen, die sie als Kinder im Advent auf die Heizung gelegt hatten. Der Torre erstrahlte jetzt in einem dunklen Mix aus Rot und Grau, und als sie nur noch einen Steinwurf entfernt waren, sah man die ungleichmäßigen Steine des Turms, an denen Reste brüchigen Mörtels hafteten.

»Der reinste Schandfleck«, sagte Carla. »Aber mir ist natürlich klar, dass man so ein Mahnmal nicht einfach dem Erdboden gleichmachen darf.«

»Lass uns hochgehen.«

Sie stiegen ein marodes Treppenhaus hinauf zur Aussichtsplattform, die einen fantastischen Blick auf die Stadt und die Umgebung bot.

»Dieses Mittelgebirge ist die Grenze zu Marokko.« Kalev deutete mit dem Zeigefinger nach Westen. »Wir vermuten, dass sie von dort kommen werden.«

»Über die Grenze?«

»Dafür bräuchte es nur ein paar Dollar, die man den Wachposten unter die Nase hält.«

Sie gingen wieder nach unten. Kalev blieb vor einem Hinweisschild mit der Aufschrift PROHIBIDO EL PASO stehen. »Anouk, eine hervorragende Agentin, wird hier stehen und warten.«

»Das heißt ...?«

»Sie nimmt heute Nacht deine Rolle ein.«

»Und wenn ...?«

»Mach dir darüber keine Gedanken. Sie spricht hervorragend Deutsch und wurde im Imitieren von Stimmen ausgebildet.«

Kalev führte Carla zurück zu dem Wanderparkplatz. »Hier und rund um den Turm befinden sich zwei Dutzend Nachtsichtkameras. Zwei Soldaten positionieren sich in den Schießscharten oberhalb von Anouk.«

»Und wir?«

Kalev deutete auf einen verlassenen Steinbruch, etwa vierhundert Meter Luftlinie vom Turm entfernt. Ein paar verrostete Baufahrzeuge gammelten dort vor sich hin. Hinter einem Schutthaufen stand ein alter Wohnwagen mit eingeschlagenen Scheiben. Vor einem der Fenster flatterte ein zerrissener Vorhang im Wind.

»Okay.« Carla schauderte bei der Vorstellung, wie es im Inneren des Campers aussehen würde.

»Wir können alles an Bildschirmen verfolgen und stehen mit dem gesamten Team in Funkkontakt.«

»Wie können wir sichergehen, dass sie Hanāh freilassen?«

»Sie werden Hanāh nicht ernsthaft verletzen oder gar töten. Aus denselben Gründen, aus denen man sie bisher unbehelligt gelassen hat.«

»Das verstehe ich nicht«, sagte Carla.

»Hanāh ist und war die wichtigste Zeugin in der Plagiatsaffäre um Wiebke Janssen. Während andere sterben mussten … verzeih mir bitte …«

Carla deutete eine versöhnliche Geste an.

»… stand sie, wie wir vermuten, durch die israelische Beteiligung an diesem Komplott unter einer Art diplomatischem Schutz.«

»Also doch.«

»Es gab Telefongespräche, die diese Annahme untermauern.«

»Wie soll der Austausch vonstattengehen?«

»Ohne Hanāh keine Daten.«

»Sie werden den Zugangscode testen wollen«, stellte sich Carla vor.

»Das steht ihnen zu, aber zu diesem Zeitpunkt muss Hanāh bereits in Sicherheit sein.«

»Ich kann mir nicht vorstellen, dass sie sich darauf einlassen.«

»Wir haben nur diese eine Karte im Ärmel, um Hanāh zu retten. Und, unsere Leute machen so etwas nicht zum ersten Mal.«

»Dein Wort in Gottes Ohr«, sagte Carla. »Ich habe trotzdem eine Scheißangst!«

»Ich auch«, gab Kalev zu. »Das hier ist etwas anderes, als eine Gruppe Nonnen aus der Geiselhaft somalischer Terroristen zu befreien.«

»Hast du so was schon gemacht?«

»Ja«, sagte Kalev nachdenklich. »Und einen guten Freund dabei verloren.«

Sie trotteten zurück zum Wagen. Carla entledigte sich des durchgeschwitzten Kleides und leerte eine Flasche Wasser in einem Zug. Hinter der Gefängnismauer klapperte ein Schlüsselbund. Ein Mann brüllte einen Befehl.

Kalev stoppte den Wagen vor dem Eingang einer Apotheke. »Einen Moment.«

Drei Minuten später kam er zurück und warf Carla ein kleines Paket zu. »Dreimal darfst du raten.«

»Atropin.«

»Wir tauschen eben noch das Auto.«

»Hast du Sorge …?«

»Routine.«

Sie fuhren auf den Parkplatz der Kirche Parroquia de Santa María de África und stiegen in einen anthrazitfarbenen Jeep. »Damit könnten wir bei Paris-Dakar vorne mitfahren.«

»Und der Mercedes?«

»Wird abgeholt.«

»Du hast an alles gedacht.«

»Wir«, sagte Kalev, als er den Gang einlegte. Kurz darauf lenkte er den Wagen in die Tiefgarage einer privaten Ferienwohnung in der Avenue de Lisboa.

»Das ist ein sogenanntes Sicheres Haus«, erklärte Kalev, während sie mit einem chipkartengesicherten Aufzug ins Obergeschoss fuhren. »Der Mossad unterhält weltweit tausende solcher Rückzugsorte.«

Kalev führte sie durch luxuriös eingerichtete Zimmer. In einem Kellerraum befand sich ein kleines Schießkino. »Hier werden wir später ein kurzes Training abhalten.«

»Ich hatte noch nie eine Waffe in der Hand.«

»Es ist leichter, als du denkst. Vor allem damit.« Er reichte ihr einen Laserpointer in der Größe eines Füllfederhalters. Carla betätigte den einzigen Knopf. Ein greller Lichtstrahl bohrte sich durch den Raum.

»Kann auf nahezu jede Waffe montiert werden«, sagte Kalev. »Wie gesagt, ein Kinderspiel.«

»Auf einen Menschen zu zielen braucht wohl mehr, als nur den Abzug zu betätigen.«

»Damit hast du natürlich recht«, sagte Kalev und wandte sich zum Gehen. »Ruh dich ein bisschen aus. Das Badezimmer gehört dir allein, und in der Küche findest du etwas zu essen.«

»Danke«, sagte Carla, obwohl sie vor Anspannung keinen Bissen hinunterkriegen, geschweige denn zur Ruhe kommen würde.

»Kalev?«

Er drehte sich zu ihr um.

»Wie kann Anouk meine Stimme imitieren, wenn sie mich noch nie gehört hat?«

»Sie hat uns den ganzen Tag sprechen hören«, antwortete Kalev augenzwinkernd und löste den obersten Knopf an seinem Hemd. Darunter erschien ein stecknadelgroßes schwarzes Knöpfchen, an dem eine winzige Plastikantenne haftete.

Gegen neun startete Kalev eine Videokonferenz mit dem ganzen Team. »Darf ich vorstellen: Das ist Carla.«

Carla winkte in die Kamera.

»Carla, das ist Anouk, sie wird deinen Part am Turm übernehmen.«

Die junge Agentin wirkte angespannt und sehr fokussiert. Carla gewann den Eindruck, dass sie die Sache am liebsten gleich über die Bühne bringen wollte.

Nachdem die Observationsteams mitgeteilt hatten, dass bislang keine Zielpersonen lokalisiert werden konnten, wurde die Operation mit allen Eventualitäten durchgesprochen. Carla verstand zumeist nur Bahnhof, doch ihr fiel auf, mit welcher Sorgfalt und Disziplin das Briefing ablief. Alle Teammitglieder schienen gleichberechtigt zu sein, die beiden leitenden Offiziere hörten aufmerksam zu, bewerteten die Beiträge der anderen und ließen abstimmen.

Gegen Ende präsentierte Kalev ein paar Fotos von Hanāh und drängte darauf, rechtzeitig alle Positionen einzunehmen. Der Anführer der spanischen Einheit fasste die Absprachen noch mal zusammen und schwor die Mannschaft mit der Losung *SERVO PER AMIKECO* auf den bevorstehenden Einsatz ein. Die Teammitglieder antworteten unisono mit *VIA FINIS UNITAS*. Carla fand das befremdlich. Dann verschwand ein Gesicht nach dem anderen von den Monitoren. Carla betete insgeheim, dass alle die Operation heil überstehen würden. Allen voran Hanāh; nie würde sie ihr schmerzverzerrtes Gesicht in diesem Käfig vergessen: *Bitte helft mir. Es geht mir gut.*

»Die ist für dich«, sagte Kalev, nachdem sie das Equipment im Wagen verstaut und ihre schusssicheren Westen übergestreift hatten. Er reichte ihr eine Pistole mit einem vormontierten Ziellaser. »Dasselbe Modell wie vorhin, eine Nighthawk

Custom 2.0. Dieses Mal im Kaliber 9 mm mit zehn Patronen im Magazin. Laden, Magazinwechsel und Abzugsgewicht sind identisch mit der Trainingswaffe. Nur, dass der Rückschlag etwas kräftiger ausfällt.«

»Und die hier mehr als doppelt so schwer ist«, sagte Carla, während sie die Pistole in den Händen wog. Trotz des Gewichts war die Waffe angenehm zu greifen. Ihr Zeigefinger erreichte spielerisch den Abzug und der Daumen den Auswurfhebel für das Magazin.

»Sie ist geladen«, sagte Kalev. »Übrigens, für eine Anfängerin hast du dich vorhin ziemlich gut angestellt.«

»Ich könnte nie auf einen Menschen schießen«, sagte Carla. »Nicht einmal auf ein Tier.«

»Das wollte ich auch nie.«

Schweigend fuhren sie zum Steinbruch. Der Jeep entpuppte sich als Hybrid, am Stadtrand schaltete Kalev auf Elektroantrieb um und löschte das Licht. Carla spürte ein ungestümes Pochen in der Brust. Halb zwölf. Noch zweieinhalb Stunden bis zum Ablauf des Ultimatums. An dem alten Wohnwagen angekommen, verklebte Kalev die Fenster mit schwarzer Folie und verteilte mobile Gigaherz-Antennen auf dem Gelände. Anschließend positionierten sie die 11-Zoll-Monitore auf dem Säulentisch des Campers. Schließlich kontrollierte er die Livebilder der Teams und checkte die Empfangsqualität der Funkgeräte. Kurz nach Mitternacht waren alle bereit.

»Das sind die Bilder von den Zielfernrohren der Scharfschützen«, erklärte Kalev leise. »Wir sollten jetzt flüstern, weil ab sofort jeder jeden hören kann.«

»Trägt Anouk auch eine Kamera?«

»An der Trageschlaufe ihrer Umhängetasche.«

»Wo ist sie?«

Kalev deutete auf das Display in der Mitte, auf dem schemenhaft eine Wand zu erkennen war. »Noch im Turm.«

»Was, wenn die Gegenseite dieselbe Idee hatte?«

»Die beiden Jungs in den Schießscharten waren die ganze Zeit dort.«

»Was bedeutet *Servo per Amikeco*?«

»Das ist Esperanto und heißt sinngemäß: ›In Freundschaft dienen.‹«

Die Minuten kamen Carla wie Tage vor. Draußen war es stockdunkel. Sie starrten gebannt auf die Bildschirme. Alles war ruhig. Niemand sprach ein Wort. Sie überlegte, ob das ein gutes Zeichen war, und kam zu dem Schluss, dass es sich um eingespieltes Team handelte und alle so etwas schon hunderte Male erlebt hatten.

Es wurde eins. Halb zwei.

»Radfahrer im Anflug«, meldete einer der Posten. »Aus Richtung Aussichtspunkt Fortín de Isabel.«

Carla entdeckte die beiden Fahrradlichter, die wie Glühwürmchen auf dem Schotterweg hin und her tanzten.

»Was wird das?«, wollte Carla wissen.

»Späher vermutlich«, erwiderte Kalev knapp.

Anouks Kamerabilder kamen in Bewegung, als sie vor den Turm trat.

Die beiden Radfahrer stellten ihre Bikes wenige Meter von ihr entfernt ab und starrten auf das hell erleuchtete Display eines Tablets. Dann gingen sie geradewegs auf den Turm zu und entdeckten die Agentin.

»Arriba!«, sagte einer der beiden erstaunt. »Buenas noches.«

»Buenas noches«, erwiderte Anouk.

»También en busca de la caché?«

»Sorry?«

»Are you also looking for this new geocache here?«

»No. I'm a photographer and want to take some night shots of these impressive pine trees."

»Have fun.«

Die beiden verschwanden im Turm. Kurze Zeit später kehrten sie wieder zurück und starrten ratlos auf ihr Tablet.

»Creo que está en la otra torre«, sagte einer der beiden Männer.

Sie stiegen auf ihre Räder und fuhren in derselben Richtung davon, aus der sie gekommen waren.

»Was haben sie gesagt?«, erkundigte sich Carla.

»Sie suchen einen Geocache und probieren es jetzt an einem der anderen Türme.«

»Um diese Zeit?«

»Das waren sie. Hundertprozentig.«

»Hoffentlich haben sie unseren Bluff nicht bemerkt.«

»Das glaube ich kaum. Hast du Anouks Stimme gehört?«

»Spreche ich wirklich so?«

»Exactamente.«

Torre de Piniés

CEUTA | SPANIEN

Viertel vor zwei. Anouk bekam die Order eines Scharfschützen, sich weiter links des Hinweisschilds zu positionieren.

»Viel Glück«, flüsterte Carla und biss sich vor Anspannung auf die Unterlippe.

Wieder verstrichen die Minuten in unerträglicher Zeitlupe, bis der nächste Funkspruch ertönte.

»Posten fünf an alle: Unbekannter Land Rover verlässt die Moschee.«

Kalev vergrößerte den Kartenausschnitt auf einem Monitor. Die Morabito-Sidi-Ibrahim-Moschee befand sich nordwestlich des Torre de Piniés, nur wenige Meter vom Grenzzaun nach Marokko entfernt.

»Passieren Punkt elf.« Alle hielten sich jetzt an die vereinbarte Funkdisziplin.

»Sie fahren direkt auf uns zu«, erklärte Kalev.

Carla schlug das Herz bis zum Hals. Ihre Arme und Beine zitterten vor Anspannung. Kalev legte seine Hand auf ihren Unterarm.

»Punkt neun passiert.«

Carla meinte, das Motorengeräusch des Geländewagens zu hören, aber das war unmöglich.

»Parkplatz. Motor abgestellt. Eine Person am Lenkrad. Keine Sicht in den Innenraum.«

»Behaltet sie im Auge … Anouk?«

»Ich bin bereit.«

Carla starrte abwechselnd auf die beiden Kamerabilder. Dann vernahm sie abermals ein entferntes Motorengeräusch. »Kalev.«

»Pssst!«

»Helikopter auf sechs Uhr«, dröhnte es durch den Funk.

Jetzt waren die Schläge der Rotorblätter deutlich zu hören.

Wenig später meldete sich Anouk. »Er hält direkt auf den Turm zu!« Ihre Stimme klang jetzt nervös.

»Konzentration.«

Durch die Nachtsichtkamera eines Scharfschützen konnte man die beiden Piloten in der Maschine erkennen. Sie trugen Sturmhauben und merkwürdige Brillen. Jetzt schwebte der Hubschrauber über dem Turm und ging in einen langsamen Sinkflug über. Ein Suchscheinwerfer wurde eingeschaltet. Staub wirbelte durch die Luft.

»Ich kann nichts sehen«, rief Anouk in ihr Mikrofon.

»Ruhig bleiben!«

Die Rotoren des Helikopters gingen in einen Flüstermodus über. Carla verfolgte gebannt, wie die seitliche Schiebetür geöffnet wurde. Ein Mann sprang behände heraus. »Carla! Kommen Sie her!«

Während Anouk sich vorsichtig näherte, klappte der Mann einen wenigstens zwanzig Zoll großen Laptop auf.

»Geben Sie die Mandanten-ID ein!«

»Zuerst Hanāh!«, rief Anouk.

Der Mann wechselte ein paar Worte mit einem Besatzungsmitglied im Inneren der Maschine, das aus Anouks Kameraperspektive nicht zu erkennen war.

»Mandanten-ID! Dann kommt die Frau. Dann folgt die Client-ID!«

Anouk zögerte.

»Ja«, flüsterte die Stimme des Offiziers in den Funk.

Anouk forderte den Mann auf, drei Schritte zurückzutreten. Dann beugte sie sich über den Rechner. Ihre Finger huschten über die Tastatur.

»Jetzt Hanāh.«

Carla verfolgte gebannt, wie sich der Land Rover in Bewegung setzte, auf halber Strecke wendete und in etwa zwanzig Meter Entfernung wieder zum Stillstand kam. Ein Maskierter öffnete die Fahrertür, ging um den Geländewagen und öffnete die Heckklappe.

»Licht«, rief der Mann neben dem Hubschrauber. Jemand richtete den Suchscheinwerfer des Helikopters auf den Wagen. Anouk machte Anstalten, sich dem Land Rover zu nähern.

»Stopp!«

»Ich kann meine Freundin nicht erkennen«, erwiderte Anouk forsch.

»Warten Sie.« Der Mann vor dem Helikopter plärrte in ein Funkgerät. Der Fahrer des Land Rovers begab sich bei geöffneter Heckklappe wieder hinters Steuer und fuhr rückwärts auf Anouk zu. Carla schauderte, als sie Hanāh im Heck des Wagens erkannte, wie ein Tier gefesselt und geknebelt und mit weit aufgerissenen Augen. Anouk schien es ebenso zu ergehen.

»Das genügt«, sagte sie leise, aber bestimmt.

Der Land Rover rollte wieder auf seine ursprüngliche Position. Dann wurde die Heckklappe geschlossen, und der Fahrer ging auf den Mann vor dem Helikopter zu. Er übergab ihm den Fahrzeugschlüssel und kletterte in den Bauch des Hubschraubers.

»Jetzt der zweite Code!« Die Turbinen der Maschine heulten wieder auf.

»Die Schlüssel!«, forderte Anouk schreiend.

Der Mann warf die Schlüssel fluchend hinter Anouk auf den Schotterweg. »Los jetzt!«

»Tu es«, ertönte die Order aus dem Funkgerät. »Und dann schnapp dir die Schlüssel und verschwinde, so schnell du kannst.«

Anouk tippte eine schier endlose Ziffernfolge in das blau umrandete Feld. Dann trat sie einen Schritt zurück. Wieder erfolgte ein lauter Befehl aus dem Helikopter. Der Mann führte seinen Daumen ungelenk auf die Aktivierungstaste. In dem Moment, als sich die Cloud öffnete, drehte sich Anouk um und suchte den Boden hektisch nach den Fahrzeugschlüsseln ab. Gerade als das Lederetui eine Armlänge von ihr entfernt in den Blickwinkel ihrer Kamera geriet, ertönte ein dumpfer Schlag, dem ein lauter Aufschrei folgte. Carla sah mit Entsetzen, wie das Kamerabild auf die Seite schwenkte. Eine behaarte Hand griff wenige Zentimeter vom Objektiv entfernt nach den Schlüsseln.

»Planänderung!«, sagte die Männerstimme und zerrte an Anouks Umhängetasche. Offensichtlich kam ihm einer der Männer aus dem Helikopter dabei zur Hilfe. Carla presste vor Schreck beide Hände vor den Mund, während die Agentin rückwärts zum Helikopter geschleift wurde.

Dann überschlugen sich die Ereignisse.

»Feuer!«, ertönte der scharfe Befehl der Offiziere. Schüsse peitschten durch die Nacht. Drei – vier – fünf. Salven aus Maschinenpistolen. Carla hielt sich die Ohren zu und zuckte bei jedem Schuss zusammen.

»Da!«, rief Kalev plötzlich. »Der Land Rover setzt sich in Bewegung!«

»Team zwei!«

»Auf dem Weg.«

Es knisterte im Funk. Am Hubschrauber herrschte komplettes Durcheinander. Das Geräusch der Rotorblätter war einem ohrenbetäubenden Mix aus Schüssen, Schreien und einem beängstigenden Zischen gewichen. So, als ob auf dem Hügel ein gewaltiges Feuerwerk entfacht worden wäre. Carla suchte verzweifelt die Bildschirme nach Anouk ab, konnte sie aber nirgends ausmachen.

Plötzlich packte Kalev sie am Arm. »Hörst du das?«

Er hüpfte mit einem Satz auf die Sitzpolster, entfernte mit energischem Ruck die Folie an der Dachluke und streckte seinen Kopf nach draußen.

Carla konnte deutlich das wechselnde Aufheulen von Motoren hören, das im Sekundentakt von Schüssen unterbrochen wurde. Sie sprang ins Freie und beobachtete die Scheinwerfer auf der abschüssigen Straße direkt oberhalb der Kiesgrube. Staubwolken türmten sich vor den Lichtkegeln. Dann geschah es. Die beiden Fahrzeuge kollidierten, von einem dumpfen Schlag begleitet. Das hintere Fahrzeug stürzte in mehreren Überschlägen den Abhang hinunter, während der vordere Wagen sich um die eigene Achse drehte und in die Böschung bohrte.

»Komm!«, brüllte Kalev und warf ihr den Rucksack mit der Pistole zu. Carla setzte ihm hinterher und holte ihn auf halbem Weg zur Straße wieder ein. Er war stehen geblieben und kniete über dem leblosen Körper eines Mannes, der aus dem Unfallwagen geschleudert worden war. »Verflucht!«, brüllte Kalev, sprang auf und rannte weiter. Oben angekommen, warf sich Carla neben ihm auf den Boden. Im selben Moment wurde die Beifahrertür des Land Rover aufgerissen und das Feuer eröffnet. Carla wich geistesgegenwärtig hinter die Kante des Abhangs zurück und krallte sich an den Wurzeln eines Baumes fest. Indessen stieß Kalev einen Schrei aus und rollte sich mit schmerzverzerrtem Gesicht auf die Seite. Instinktiv griff Carla nach der Waffe in ihrem Rucksack. Als sie ängstlich den Kopf hob, tauchte gerade die Silhouette ihres Widersachers an der Böschungskante auf. Carla zögerte keine Sekunde, hielt mit dem Laser auf die Beine des Schützen und betätigte den Abzug, bis die Waffe in ihrer Hand verstummte. Der Mann fiel wie ein gefällter Baum nach hinten und schlug hart auf dem Boden auf. Carla rechnete mit einem weiteren Angreifer und kramte in ihrem Rucksack nach dem Ersatzmagazin. Beim Versuch, das Magazin zu wechseln, verbrannte sie sich die Finger und ließ die Waffe vor Schreck fallen.

Doch da war niemand, gegen den sie sich zur Wehr setzen musste. Wie in Trance kroch sie zu Kalev und rief seinen Namen.

»Ich bin okay«, stieß er keuchend hervor. An seiner rechten Schulter zeichnete sich ein handgroßer dunkelroter Fleck ab. »Der Wagen …« Kalev deutete mit einem Kopfnicken hinter sich. »… Hanāh!« Carla rollte ihn in eine stabile Seitenlage und nahm ihm die Pistole aus der Hand. Dann näherte sie sich auf leisen Sohlen dem Wagen, dessen Innenbeleuchtung noch brannte. Im Heck ertönte das flehentliche Wimmern Hanāhs. Soweit sie sehen konnte, befand sich keine weitere Person im Fahrzeug. Trotzdem blieb sie auf der Hut und ließ sich vor dem Wagen auf den Boden gleiten. Dann kroch sie wie eine Schlange an der hinteren Tür vorbei, wechselte in einen sicheren Kniestand und riss die Tür auf.

Der Wagen war leer. Carla ließ die Pistole fallen und sprang mit einem Satz zur Heckklappe.

»Hanāh!« Carla beugte sich über ihre zitternde Freundin und zupfte das Klebeband von ihrem Mund.

Hanāh schluchzte vor Freude und Erschöpfung, während Carla sich fahrig an den Knoten der dünnen Reepschnüre zu schaffen machte. Endlich gelang es ihr, die Hände frei zu bekommen.

»Kalev«, sagte sie besorgt und deutete auf den Schatten seines Körpers am Rand der Schotterstraße.

Carla rannte zurück zu Kalev, tastete nach seinem Puls und legte ihr Ohr an seine Wange. Er atmete, schwach zwar, aber doch regelmäßig, und sein Herz pulsierte. Plötzlich nahm Carla eine Bewegung war. Zuerst vermutete sie ein Tier, aber dann sah sie im Halbdunkel, wie sich der Arm des Mannes, der immer noch auf dem Rücken lag, langsam aber stetig nach unten bewegte. Mit einem Satz sprang Carla auf und suchte den Boden neben ihm ab. Dann entdeckte sie die Maschinenpistole neben den Füßen des Maskierten. Sie riss die Waffe an sich und schleuderte sie die Böschung hinunter. Dann rannte sie völlig außer Atem wieder zu Kalev und beugte sich über das Mikrofon seiner Hörsprechgarnitur.

»Kiesgrube«, stammelte sie. »Helft uns. Kalev ... er ...« Dann versagte ihr die Stimme. In der Zwischenzeit war es Hanāh gelungen, die Fesseln an den Füßen abzustreifen. Auf wackligen Beinen überquerte sie die Straße und ging neben Kalev in die Hocke.

»Was ist passiert?«

Carla schüttelte den Kopf. »Ich weiß es nicht.«

»Gevno ...«, brüllte der Mann am Boden. »Pizda rulyu!«

Carla erschauderte und bemerkte, wie ihr Widersacher anfing zu zucken, als hätte er einen epileptischen Anfall. Er stirbt, dachte sie mechanisch und widmete ihre Aufmerksamkeit wieder Kalev. Er brauchte dringend einen Arzt. Carla nahm ihm die Sprechgarnitur ab und reichte sie Hanāh.

»Hier«, sagte sie und deutete auf das Mikro. Hanāh verstand und stopfte sich die beiden Stöpsel in die Ohren. Dann sprach sie mit ruhiger Stimme in den Funk.

»Lebt er?« Kalev hatte die Augen aufgeschlagen. Carla warf einen Blick über die Schulter. »Ja«, antwortete sie leise. Der Mann lag jetzt mit dem Gesicht zu ihr. Er zuckte noch immer, als ob Strom durch seinen Körper geleitet wurde.

»Zeuge ... Gericht«, stammelte Kalev. »Er ist ...«

Carla verstand zuerst nicht, während sie im fahlen Lichtschein die Bläschen bemerkte, die sich vor dem Mund des Mannes bildeten. Wie Badeschaum, kam es ihr in den Sinn. Dann begriff sie.

Sie erhob sich, schwankte wie eine Betrunkene auf den Sterbenden zu und kniete hinter seinem Rücken nieder. Dann fingerte sie zitternd eine der Spritzen aus dem Rucksack und rammte ihm die Nadel mit einer weit ausholenden Bewegung in die Brust. Als sie fertig war, ließ sie die Kanüle einfach stecken und kroch zurück zu ihren Freunden. Kalev hustete Blut, und Carla korrigierte augenblicklich die Seitenlage und die Position seines Kopfes. Jetzt fiel es ihm leichter zu atmen.

Hanāhs Lippen bewegten sich, aber Carla konnte nicht verstehen, was sie sagte. Sie spürte, wie es ihr zusehends schwerer fiel zu atmen.

Oben auf dem Hügel hatte jemand ein gewaltiges Feuer entfacht. Irgendwo fiel ein Schuss. In der Ferne durchstreiften die Signallichter der Rettungsfahrzeuge den Nachthimmel. Blaue Sterne, dachte Carla, während ihr die Augen zufielen.

Das Blau wich einer beängstigenden Schwärze. Irgendwo tropfte Blut auf eine Straße. Ihr letzter Gedanke galt ihrer Mutter.

Hospital Universitario

CEUTA | SPANIEN

Am Abend des folgenden Tages öffnete Carla blinzelnd ihre Augen und musterte irritiert ein Detail aus Michelangelos Deckenmalerei in der Sixtinischen Kapelle: die Erschaffung Adams. Carla kannte das Fresko und die Symbolik der energiegeladenen Hand Gottes, kurz bevor er den kraftlosen Finger Adams berührt – und ihm das Leben einhaucht.

»Carla.« Jemand hielt ihre Hand. Eine vertraute Stimme. Ein vertrauter Geruch. Carla wandte den Blick von der Decke.

»Hanāh.«

»Ich liebe dich«, sagte Hanāh. »Wie meine eigene Tochter.«

Eine Träne rollte über ihre Wange. Carla war zutiefst gerührt. Ihre Kehle fühlte sich trocken und rau an. Sie fasste sich an den Hals. Hanāh reichte ihr einen Trinkbecher.

»Langsam«, sagte Hanāh.

»Kalev?«

»Es geht ihm gut«, sagte Hanāh und tätschelte ihre Hand. »Du hast uns allen das Leben gerettet.«

Carla schüttelte abwehrend den Kopf. Stück für Stück kehrten die Erinnerungen zurück. »Wo bin ich?«

»Im Universitätskrankenhaus. In allerbesten Händen.«

»Bin ich verletzt?«

»Ein paar Kratzer. Du warst am Ende deiner Kräfte.«

»Wie geht es dir?«
»Jetzt gut.«
»Ist es vorbei?«
»Beinahe«, sagte Hanāh. »Sie werden dich befragen wollen, aber sämtliche Unterlagen befinden sich bereits in den Händen von Interpol und den zuständigen Ermittlungsbehörden.«
»Das Komitee?«
»Es gab bereits Festnahmen. Die Nachrichten verbreiten sich wie ein Lauffeuer über den ganzen Planeten. Und weißt du, was?«
Carla schüttelte den Kopf.
»Dieser Typ, dem du das Atropin verabreicht hast, hat bereits ein Teilgeständnis abgelegt.«
»Wer war das?«
»Der Sicherheitschef, von dem Kalev erzählt hatte: Tichon Schtscherbakow.«
»Er wollte sich umbringen.«
»Vermutlich mit der bekannten Giftmischung.« Hanāh hielt kurz inne. »Er hat den Mord an deinem Bruder und Dr. Laskowicz eingeräumt, nachdem ihm Professor Pawlowskis Gutachten unter die Nase gehalten wurde.«
»Ich dachte …«
»Ein von siebenundzwanzig Richtern des europäischen Gerichtshofs unterschriebener Beschluss kann selbst das Schweizer Datenschutzgesetz durchbrechen.«
»Was ist da oben am Turm passiert?«
»Vielleicht solltest du dich erst noch ein wenig ausruhen.«
»Nein.«
»Die Ärzte sehen das bestimmt genauso.«
»Ich sehe keinen Arzt.«
Hanāh schmunzelte. »Aber so etwas wie eine beste Freundin, oder?«
»Bitte!«

»Es stand von Anfang fest, dass niemand einem nicht kalkulierbaren Risiko ausgesetzt wird«, sagte Hanāh, deren Miene mit einem Mal wie versteinert wirkte.

»Anouk?« Carla ahnte, was nun folgen würde.

»Noch während sie in den Hubschrauber gezerrt wurde, haben die Offiziere den Befehl gegeben, die Maschine flugunfähig zu machen. Soweit ich das verstanden habe, haben die Scharfschützen auf eine Art Steuerscheibe unterhalb der Rotorblätter gezielt. Ist die beschädigt, kann der Helikopter nicht mehr bewegt werden.«

»Was ist mit ihr passiert?«

»Ein Querschläger beschädigte ein Rotorblatt, das daraufhin aus seiner Verankerung gerissen und durch die Luft geschleuderte wurde. Durch die entstandene Unwucht passierte im Sekundentakt dasselbe mit den übrigen Rotorblättern.«

»Warum erzählst du mir nicht ...«

»Anouk wurde von einem der umherfliegenden Teile getroffen, Carla. Es tut mir leid.«

Carla stockte in einer Mischung aus Wut und Anspannung der Atem. »Wer noch?«

»Zwei der Söldner.«

»Was ist mit den anderen? Warum muss ich dir jedes Wort aus der Nase ziehen?«

Hanāh schluchzte. »Weil es schwer ist.«

»Entschuldige.«

»Der Fahrer des Verfolgungsfahrzeugs ...«

»... ich habe ihn gesehen.«

»... war Anouks Verlobter.«

»O nein!«

»Alle anderen haben überlebt.«

»Und die Gegenseite?«

»Alle tot, bis auf Schtscherbakow und die Frau, die in Ungarn aus dem Bus geflohen ist.«

Sie schwiegen lange, bevor Carla wieder ihre Stimme fand.

»Wissen dein Mann und deine Tochter inzwischen …?«

»Ich habe ihnen die ganzen Schwindeleien über meine angeblichen Reisen in den vergangenen Wochen gebeichtet. Sie sind auf dem Weg hierher. Du wirst sie bald kennenlernen. Moshe hat ebenfalls die erste Maschine über den großen Teich genommen.«

»Das ist schön«, sagte Carla abwesend. Sie dachte an Anouk und ihren Verlobten. Sie dachte an Darian und ihre Eltern. Sie dachte an Schicksale und das Glück der Überlebenden. Und an die Schuldgefühle derer, die dem Tod um Haaresbreite entkommen waren. *Warum ich?* Carla dachte daran, dass sie beinahe einen Menschen getötet und ihm gleichzeitig das Leben gerettet hatte. Sie dachte an Wiebke Janssen und fragte sich, ob die Enthüllung ihres Plagiats ihre politische Karriere für immer beenden würde. Carla dachte an die unmenschlichen Bestrebungen des Komitees, die Welt zu verändern, und dass sie bei ihren Vorhaben vor nichts zurückgeschreckt waren. Ob die Schicksale einiger weniger mutiger Männer und Frauen etwas an diesen Entwicklungen ändern würden? Carla dachte an Magdalena, die polnische Polizistin, die für ihre Offenheit und Hilfsbereitschaft von den eigenen Kollegen ans Messer geliefert worden war. Sie nahm sich vor, alles in ihrer Macht Stehende zu unternehmen, um Magdalena wieder zu rehabilitieren.

Schließlich überkam sie dieselbe Müdigkeit wie in der Nacht. Aber dieses Mal lag sie in einem bequemen Bett, und Hanāh saß neben ihr. Dieses Mal war es hell. Und sicher.

Eine Woche nach den Zeugenvernehmungen im Hauptsitz des Centro Nacional de Inteligencia begleitete Hanāh Carla zum Flughafen Madrid-Barajas. Tags zuvor war Kalev aus der Universitätsklinik entlassen worden. Die Schussverletzungen waren gut verheilt, und als sie am Abend noch zusammen feierten, forderte er Carla zu einer Challenge beim Te-Aviv-Marathon. Ronit überreichte ihr freudestrahlend eine Hochzeitseinladung, und Hanāh war nach dem dritten Glas Wein mit Geschichten über Gott und die Welt nicht mehr zu bremsen gewesen. Carla war es am Morgen schwergefallen, sich von all diesen herzlichen Menschen zu verabschieden.

Hanāh nahm Carla vor dem Gate in die Arme. »Es ist vorbei«, sagte sie.

»Für uns mag es vorbei sein«, erwiderte Carla nüchtern, nachdem sie lange um eine Antwort gerungen hatte. »Jedenfalls für eine gewisse Zeit.«

»Ich weiß, was du meinst«, sagte Hanāh und sah ihr in die Augen. »Wir sollten mehr sein, viel mehr, die dem Spiel der Mächtigen wachsam und kritisch gegenüberstehen.«

»Und so mutig sind, wie du es bist.«

Hanāh schüttelte abwehrend den Kopf. »Nicht ich …«

»Kalev hat versprochen, mit den polnischen Behörden in Kontakt zu treten.«

»Das wird er«, versicherte Hanāh. »Was wirst du tun?«

»Ich weiß es nicht«, sagte Carla. »Noch nicht.«

Ihr Flug wurde aufgerufen. Sie reichten sich beide Hände.

»Shalom Aleichem«, sagte Hanāh. »Friede sei mit dir.«

»Aleichem Shalom«, antwortete Carla.

EPILOG

Griechenland / Bosnien-Herzegowina

In Athen angekommen, nahm Carla ein Taxi und dirigierte den Fahrer kreuz und quer durch die Stadt. Um es nicht unnötig kompliziert zu machen, kaufte sie genau die Getränke und Speisen, die sie jeweils gestohlen hatte, und beglich ihre Diebstähle mit einem großzügigen Trinkgeld. Vor Serkos Bike Shop steckte sie dem Fahrer einen viel zu hohen Betrag zu und bedankte sich für seine Geduld. Dann betrat sie den Laden.

Thanos blieb vor Staunen der Mund offen stehen. »Ich hätte nie damit gerechnet …«

Carla erwiderte seine Wangenküsschen. »Hast du es für mich aufbewahrt?«

»Wie den Schatz im Silbersee«, lachte der freundliche Radhändler und zauberte ihr Amulett aus einer Schublade der Verkaufstheke.

»Ich habe auch etwas für dich.« Carla reichte ihm eine Schatulle.

»Das gibt's doch nicht!« Thanos strahlte über das ganze Gesicht, als er das Armband von Holzkern in den Händen hielt.

Sie gab ihm das Geld für ihr Fahrrad und die Ausrüstung.

»Wie war die Reise?«

»Ein Traum mit zwei platten Reifen.«

Thanos lachte lauthals auf. »Ein gutes Bike.«

»Darf ich dich zum Essen einladen?«, fragte Carla. »Ich habe schrecklich Hunger.«

Am nächsten Morgen schulterte Carla ihren Trekkingrucksack und hauchte Thanos zum Abschied drei Küsschen auf die Wange.

»Ich kann es immer noch nicht fassen«, sagte er kopfschüttelnd. »Zu Fuß …«

»Vielleicht erkläre ich es dir, wenn ich es selbst verstanden habe.«

Am neunzehnten Tag ihrer Wanderung, ihrem vierunddreißigsten Geburtstag, stand Carla auf der Stari-Nost-Brücke in Mostar und sah einer Gruppe bunt gemischter Jugendlicher zu, die sich aus zwanzig Meter Höhe ins kühle Wasser der Neretva stürzten. Während das westliche Ufer traditionell von Katholiken bewohnt war, besiedelten hauptsächlich muslimische Bevölkerungsgruppen den Ostteil der Stadt. Für die Teenager schienen die religiösen und kulturellen Zerwürfnisse der Menschen auf dem Balkan keine Bedeutung zu haben. Carla erinnerte sich an das friedliche multikulturelle Miteinander in Haifas ursprünglichem Stadtteil Wadi Nisna. Hier wie dort, in engen Gassen und in der schwindelnden Höhe der Brücke, zwischen Obst- und Gemüsehändlern und inmitten dieser vergnügten jungen Menschen, zwischen Juden, Christen und Muslimen, bot sich jeden Tag und für jeden die Chance, über den eigenen Schatten zu springen und gemeinsam das Fest des Lebens zu feiern.

Carla folgte der Aufforderung eines dunkelbraun gebrannten Mädchens, das, seit sie das Geschehen auf der Brücke beobachtete, bereits dreimal gesprungen war und der sie zum wiederholten Mal ihre Anerkennung zum Ausdruck gebracht hatte. Unter dem Beifall der Jugendlichen legte sie ihren Rucksack ab und kletterte auf die steinerne Brüstung. Dann sprang sie beherzt in die Tiefe.

Am Abend notierte Carla in ihrem Reisetagebuch, dass sie, zum ersten Mal seit ihrem Aufbruch in Athen, von dem Gefühl begleitet wurde, ihrem Ziel ein Stück näher gekommen zu sein. Eine Grenze überwunden zu haben, von deren Existenz sie bis dato nichts geahnt hatte. Eine Verbindung gefunden zu haben zwischen den unvereinbaren Gegensätzen und Widersprüchen in ihrem Leben. Ein Verständnis für etwas, das sie bislang zwar wahrgenommen, aber niemals hatte erklären können. Jetzt wurde ihr bewusst, dass in dieser Begegnung – auf einer imaginären Brücke in ihrem Inneren – etwas Neues und Aufregendes entstehen konnte. Dass ihre Zwiespälte kein guter Nährboden für ein Leben im Hier und Jetzt gewesen waren. Jägerin und Gejagte. Wasser und Feuer. *Mein Weg hat heute begonnen!*, schrieb sie mit geschlossenen Augen. *Wohin wird er mich führen?* Dann klappte sie das Tagebuch zu und legte sich schlafen.

Am nächsten Morgen beschloss Carla, einer Laune nachgebend, dem Flusslauf der Neretva in Richtung ihrer Quelle zu folgen. Noch bewegte sie sich gedanklich in einem Niemandsland zwischen ihrem neuen und ihrem alten Leben, doch sie wusste, dass es kein Zurück mehr gab. Und es standen ihr, für ihre *Reise zu sich selbst*, wie sie ihr Tagebuch betitelt hatte, sämtliche Privilegien zur Verfügung. Sie hatte, vor ihrem Abflug nach Athen, alle Geschäftskunden an

Partneragenturen abgegeben und Fanni, die mit den Kindern wieder nach München zurückgekehrt war, die Miete für ein Jahr im Voraus überwiesen, obwohl sie sich mit Händen und Füßen dagegen gewehrt hatte. Ihre engsten Freunde und Bekannte waren über ihr Vorhaben im Bild, und nicht zuletzt verfügte sie über ausreichende Mittel, um diese Auszeit zu finanzieren. Ihr einziger Wunsch war es, an Weihnachten in einer Verfassung zu sein, in der sie in der Lage wäre, die Einladung Magdalenas anzunehmen, die Feiertage gemeinsam in Warschau zu verbringen.

Ihre Pilgerreise durch die traumhaft schönen Landschaften des Balkans und die Begegnungen mit diesen freundlichen Menschen, denen die Jugoslawienkriege noch spürbar in den Knochen steckten, vermittelten Carla eine Ahnung der Möglichkeiten, sich aus den Trümmern schicksalhafter Ereignisse befreien zu können.

Noch einmal ging sie an diesem Morgen über die Brücke, um ihren Weg am östlichen Flussufer fortzusetzen. Ihr Körper wurde von Tag zu Tag besser mit den Strapazen fertig. Carla überließ es ihrem inneren Rhythmus, wie schnell oder langsam und wohin ihre Füße sie tragen wollten. Immer mit einem wachsamen Auge auf die Außenwelt, das andere nach innen gerichtet. Bereit, sich auf Neues einzulassen und die Wahrnehmungen mit dem bereits Erlebten in Einklang zu bringen oder neu zu verorten. Bereit, die Pfeiler ihres neuen Hauses in der Wirklichkeit zu verankern. Mit Leidenschaft und Neugierde und Achtsamkeit.

Vier Tage später, Carla saß gerade in einem abgelegenen Dorf nahe Sarajewo bei einer Kupferkanne Kaffee und traditionellen bosnischen Süßigkeiten, fiel ihr ein Mischlingswelpe ins Auge, der auf dem Gehweg herumstrolchte. Der kleine schwarze Hund mit dem weißen Bauch schien wie eine Mischung aus Labrador und Berner Sennen. Sein struppiges, blasses Fell war an vielen Stellen verklebt und schmutzig. Carla war auf ihrer Wanderung Dutzenden von streunenden Hunden begegnet. Ein Straßenkünstler in Pristina hatte ihr erzählt, dass während der Kriegswirren viele Hunde ausgesetzt wurden oder einfach davongelaufen waren und sich seitdem unkontrolliert vermehrten. Und wo ein Menschenleben bis vor wenigen Jahren nicht besonders viel gezählt hatte, war das Leben eines Hundes bis zum heutigen Tag nichts wert.

Der Welpe trollte sich über die Straße, nachdem ein Passant ihm einen Fußtritt verpasst hatte. Plötzlich tobte eine Dreiergruppe Straßenhunde knurrend auf ihn zu.

Carla sprang von ihrem Stuhl auf und rannte zur Straße. Binnen Sekunden scharte sich eine Gruppe Zuschauer um den ungleichen Kampf. Carla wandte sich hilfesuchend an zwei jüngere Männer und forderte sie wild gestikulierend auf, ihr zur Hilfe zu eilen. Beide schüttelten verständnislos den Kopf.

»Forget it«, sagte der eine.

»There's nothing you can do«, fügte der andere hinzu.

»Und ob!«, rief Carla, zog ihren Gürtel aus dem Hosenbund und ging auf die Meute zu. Tatsächlich reagierten die Angreifer und ließen für den Bruchteil einer Sekunde von dem Welpen ab. Anstatt zu fliehen, rannte der Mischling direkt auf Carla zu und sprang ihr mit einem Satz in die Arme. Carla fing das vielleicht fünf Kilogramm schwere Tier, wandte den anderen Hunden den Rücken zu und ging langsam zurück an den Straßenrand. Zeitgleich bemerkte sie die entsetzten Blicke der Gaffer und das bedrohliche Knurren hinter ihr. Einer der Hunde sprang ihr mit voller Wucht in den Rücken. Carla stolperte nach vorn und konnte den Sturz im letzten Moment abfangen. Dann spürte sie einen stechenden Schmerz in der Wade. Carla vollführte eine blitzschnelle Körperdrehung, den Welpen noch immer in ihren Händen. Sekundenbruchteile später standen alle drei knurrend und zähnefletschend vor ihr. Carla blieb wie angewurzelt stehen, den Blick auf einen Kirchturm gerichtet. Im nächsten Moment vernahm sie das Zischen eines Feuerlöschers. Aufgeschreckt jagten die Hunde in alle Himmelsrichtungen davon. Einer der beiden Jungs kam auf sie zu und deutete auf die Bissverletzung an ihrer Wade.

»Das war ziemlich dumm von dir! Du solltest dringend zu einem Arzt. Diese Hunde haben alle Krankheiten.«

Jemand reichte ihr eine Kälteschutzdecke. Die Bisswunde brannte wie Feuer, blutete aber kaum. Carla wurde bang bei dem Gedanken an eine Infektion.

»Der auch«, sagte der jüngere der beiden und deutete auf den Welpen.

»Wo finde ich einen Arzt?«, erkundigte sich Carla beunruhigt.

»Du musst nach Jablanica.«

»Wie komme ich dorthin?«

»Komm!«

»Aber ohne den Köter«, sagte der andere.

»Vergiss es«, sagte Carla.

»Deine Entscheidung.«

Carla wandte sich von den beiden ab und trat auf den Wirt zu.

»Would you call me a taxi, please?«

Carla hielt dem Taxifahrer einhundert Konvertible Mark unter die Nase, einen Betrag, der etwa fünfzig Euro entsprach, und kletterte, ohne seine Reaktion abzuwarten, auf den Rücksitz. Die Fahrt nach Jablanica dauerte kaum zehn Minuten. Das Taxi hielt vor einem unscheinbaren Haus.

Sie betätigte die Türklingel des baufälligen Gebäudes, an dessen Fassade noch Einschusslöcher zu erkennen waren.

Eine ältere, gebückte Frau mit einem viel zu großen Kopftuch öffnete und betrachtete abwechselnd Carla und den Welpen an ihrer Brust.

»Nije veterinar«, sagte sie kopfschüttelnd.

Carla drehte das Bein und zeigte der Frau ihre Wade.

Die Frau schlug die Hände vor ihr Gesicht, drehte den Kopf und rief: »Zaid!«

Im Haus polterte jemand eine Holztreppe herunter. Ein Mann mit schmalem Gesicht und Kinnbart erschien im Türrahmen.

»Ugrizena je«, rief die Frau, beinahe hysterisch. »Ugrizena je!«

»Ein Hundebiss? Kommen Sie«, sagte der Mann freundlich und nahm ihr den Welpen aus dem Arm.

»Sie sprechen Deutsch?«, erkundigte sich Carla ungläubig.

»Ich habe in Heidelberg studiert. Aber kommen Sie jetzt, bitte.«

»Was ist mit dem Hund?«

»Ihm wird nichts geschehen«, sagte er ruhig. »Ich nehme an, dass nicht er es war …«

»Er ist auch verletzt.«

»Ich würde mich gern zuerst um Sie kümmern.«

Carla folgte ihm in ein spartanisch eingerichtetes Behandlungszimmer.

Zaid verabreichte ihr eine Tetanusspritze und sedierte den Wundbereich.

»Sie hatten Glück im Unglück«, sagte der Arzt. »Die Dermis wurde nur leicht perforiert. Nur noch zwei Stiche.« Als Carla versorgt war, nähte er die Bisswunden an dem kleinen Hund, der von der Kurznarkose auf der Stelle eingeschlafen war. Anschließend wusch er ihm geflissentlich das Fell und entfernte einige Zecken, die sich tief in die Haut hineingefressen hatten.

»Ich gebe Ihnen ein Antibiotikum.« Zaid reichte ihr ein Päckchen Amoxicillin. »Ist das Ihrer?«

»Carla«, erwiderte Carla und reichte dem Arzt die Hand. »Und danke!«

»Zaid.«

»Er wurde von drei Streunern angegriffen«, erklärte sie. »Mitten auf der Straße, und niemanden hat es gekümmert.«

»Ja«, sagte Zaid nachdenklich. »Die Menschen haben Angst vor Krankheiten. Irgendwie hält man hier nicht sehr viel von Kastrationen, was ich nie verstanden habe. Stattdessen werden die Hunde noch immer massenweise vergiftet, verbrannt, erschlagen, absichtlich überfahren oder erschossen.«

»Wird er es schaffen?«

Der Arzt lächelte. »Sie hat nicht viel abbekommen.«

»Ein Mädchen?«

Zaid nickte. »Ich würde die Wundheilung bei euch beiden noch drei, vier Tage beobachten wollen. Sind Sie auf Urlaub hier?«

»Nicht wirklich«, sagte Carla. »Wollen Sie die Geschichte hören?«

Der Arzt reichte ihr seinen Terminkalender. Zeilen und Spalten der aktuellen Wochen waren vollkommen blank. »Ich habe Zeit«, sagte Zaid. »Mehr, als Sie sich vielleicht vorstellen können. Und es macht großen Spaß, mich wieder einmal in der deutschen Sprache zu üben.«

Carla erzählte kurz und ganz allgemein gehalten von einem Todesfall in der Familie und berichtete dann ausführlich von ihrem ganz persönlichen Jakobsweg.

»Das ist das Beste, was Sie tun konnten«, sagte der Arzt. »In der Stille schlummern die großen Antworten unseres Lebens.«

»Dalai-Lama?«

Der Arzt schmunzelte. »Zaid.«

Sie mussten beide lachen.

»Es ist gut, wenn man über sein Schicksal lachen kann.«

»Sie haben in Deutschland Medizin studiert. Warum hängt vor Ihrer Praxis kein Schild?«

»Die Leute kennen mich. Sie kommen, wenn sie denken, dass ich ihnen helfen kann.«

»Haben Sie nie daran gedacht, in Deutschland zu bleiben, oder in den großen Städten zu praktizieren?«

»Das hier ...«, Zaid breitete die Arme aus, »... ist mein Zuhause. Die Praxis meines Vaters und meines Großvaters. Hier sind meine Wurzeln, es ist mir tatsächlich nie in den Sinn gekommen, das alles aufzugeben.«

»Die Frau an der Tür, war das Ihre Mutter?«

»Ich habe meine ganze Familie im Krieg verloren.« Zaid schüttelte den Kopf. »Ein entfernter Onkel hat mich nach Deutschland geholt. Nach dem Studium wollte ich unbedingt hierher zurückkommen, um das Erbe meines Vaters fortzuführen. Adna war vor dem Krieg Lehrerin, sie war eine der wenigen Überlebenden im Dorf. Nach einem Überfall musste sie für einen Trupp Soldaten kochen, waschen, und jeden Abend wurde sie ein ums andere Mal vergewaltigt.«

»O mein Gott!«

»Als ich zurückkam, hatte sie mehr als zehn Jahre in einer Hütte im Wald gehaust und war von den Bewohnern der umliegenden Dörfer versorgt worden. Nach meiner Rückkehr lud ich sie zu mir ins Haus ein. Es dauerte ein weiteres Jahr, bis sie der Einladung folgte. Sie hilft im Haus, und ich bezahle ihr einen anständigen Lohn, bei freier Kost und Logis.«

»Bewundernswert.«

»Ich gebe ihr nur etwas zurück. Sie hat mir als kleiner Junge immer wieder heimlich Süßigkeiten geschenkt. Und einmal, ich muss fünf oder sechs gewesen sein, hat sie mich im Frühjahr an den Haaren aus dem Fluss gezogen. Das Wasser war so kalt, dass ich wohl ertrunken wäre.«

»Die Neretva?« Carla erzählte ihm von ihren Erlebnissen und Gedanken auf der Stari-Nost-Brücke.

»Sie machen sich viele Gedanken über das Leben und das Gute auf der Welt.«

»Ist das falsch?«

»Nein, um Gottes willen. So war das nicht gemeint. Ich beneide Sie darum, vielleicht war ich selbst einmal so. Nur dass ich, spätestens nach dem Krieg, mehr und mehr davon abgekommen bin.«

»Wollen Sie mir davon erzählen?«

»Ich wollte ein besserer Arzt werden als mein Vater. Ich wollte mehr, als mich um die immergleichen hausärztlichen Belange zu kümmern. Ich bin in dieses Land zurückgekehrt, um für eine bessere Welt zu kämpfen, dafür scheute ich weder Kosten noch Mühen. Ich war Tag und Nacht hier und dort, um zu helfen, was meine Verlobte im Übrigen dazu bewogen hat, mich zu verlassen. Ich habe sie – überzeugt von meiner Barmherziger-Samariter-Mission – gehen lassen.«

»Aber das ist doch alles gut und richtig«, unterbrach ihn Carla. »Bis auf den Umstand, dass Sie verlassen wurden, natürlich.«

»Warum haben Sie Ihr Leben aufs Spiel gesetzt, um diesen kleinen Hund zu retten?«

»Weil ich nicht anders konnte«, sagte Carla.

»Sehen Sie. Sie mussten das tun, und ich gebe zu, dass ich Ihren Mut bewundere. Aber glauben Sie mir, die Welt da draußen wird sich deswegen nicht verändern. Selbst wenn tausende Menschen so denken und handeln würden wie Sie, und wie ich damals.«

»Das glaube ich aber doch«, sagte Carla entschieden.

»Die Menschen verändern sich nicht, Carla«, sagte der Arzt. »Ob Krieg herrscht oder Frieden, ob sie krank oder gesund sind. Verstehen Sie? Es macht keinen Unterschied, ob wir für das Gute kämpfen oder nicht. All unser Bemühen wird immer ein Tropfen auf den heißen Stein bleiben.«

Carla dachte einen Augenblick nach. »Ich kann nur für mich sprechen.«

Der Arzt warf ihr einen aufmunternden Blick zu.

»Für mich macht es einen großen Unterschied, in ein paar Tagen meinen Weg in der Gewissheit fortsetzen zu können, dass ich gut versorgt wurde und keine Infektionen oder hässlichen Narben zu befürchten habe.« Carla nahm den Welpen zärtlich in die Hände und hielt ihn dem Arzt hin. »Und für dieses kleine Mädchen bedeutet mein Einsatz ebenfalls einen Riesenunterschied.«

»Leben oder Tod«, sagte Zaid nachdenklich.

»Eine Freundin von mir zitiert gern aus dem Talmud«, fuhr Carla fort. »Und dort steht, wer ein einziges Leben rettet …«

»… rettet die ganze Welt«, führte Zaid das bekannte Zitat zu Ende. »Darf ich darüber in Ruhe nachdenken?«

Carla schmunzelte. »Selbstverständlich. Darf ich Sie noch etwas fragen? Was brauche ich, um den Hund mit nach Deutschland zu nehmen?«

Der Arzt machte ein erstauntes Gesicht. »Soviel ich weiß, einen EU-Heimtierausweis mitsamt einer Mikrochip-Kennzeichnung und eine gültige Tollwutimpfung, die wenigstens einundzwanzig Tage alt sein muss.«

»Könnten Sie mir dabei helfen?«

»Wenn Sie drei Wochen hierbleiben wollen, kann ich das gern tun.«

»Ich werde mir ein Zimmer nehmen.«

»Dann müssten Sie Ihre neue Freundin über Nacht hierlassen.«

»Das verstehe ich nicht?«

»Sie bekommen kein Zimmer mit einem zugelaufenen Hund.«

»Dann schlafe ich eben im Zelt.«

»Wenn Sie keine allzu großen Ansprüche haben, können Sie beide gern hierbleiben«, sagte der Arzt. »Adna ist eine hervorragende Köchin.«

Am Abend fiel Carla todmüde auf das Gästebett.

Der Welpe lag neben ihr und leckte ihre Nase. Carla kraulte ihm zärtlich das Fell.

»Magst du bei mir bleiben?«

Die kleine Hündin gab ein leises Fiepen von sich und rollte, alle Viere von sich gestreckt, auf den Rücken.

»Anouk«, sagte Carla. »Das ist jetzt dein Name.«

Dann grub sie ihre Finger in das weiche Fell und schlief ein.

NACHWORT

Liebe Leserinnen und Leser, dieses Buch wuchs mir mitsamt seinen Protagonisten mit jeder Zeile mehr ans Herz. In den vielen einsamen Stunden am Text entstand so etwas wie eine Schicksalsgemeinschaft zwischen Carla und mir. Dabei war sie immer die Stärkere von uns beiden. Stellvertretend für die vielen starken und mutigen Frauen (und Männer) auf diesem Planeten, die Krankheit, Leid und Tod, Ungerechtigkeit, Gewalt und Willkür die Stirn bieten und boten, um die Welt (für sich und andere) ein Stück lebenswerter zu machen. Bis heute weiß ich nicht, welche Gründe Carla dazu bewogen haben, mich an ihrer Seite haben zu wollen, um sie auf diesem Weg durch ihre persönliche Hölle zu begleiten und ihre Geschichte zu Papier zu bringen. Wir kamen uns – obwohl ich mit ihr durch dick und dünn gegangen bin – nicht näher, als Carla es für notwendig erachtet hat, um die Geschehnisse mit der gebührenden Sorgfalt festzuhalten. Dennoch (oder gerade deswegen) ist es mir bei keinem meiner vorherigen Bücher so schwergefallen, mich von einer Hauptfigur zu verabschieden.

Unser Kontakt ist (auf ihren Wunsch hin) komplett abgerissen. Aber ich weiß, dass es ihr gut geht, sonst hätte Carla sich längst gemeldet. Zurück bleibt eine gewisse Leere und Ohnmacht gegenüber den Ereignissen, die unseren fragilen Planeten tagtäglich erschüttern. Ich frage mich (wie Roger und viele andere), welche Rolle mir in diesem Kampf gegen die Ungerechtigkeit zugedacht ist. Carlas Antwort erscheint mir als die machbarste und erfolgversprechendste: »*Alles Gute, das wir tun. Jedes Wort, jede Handlung, die ehrlich und im Bewusstsein der Verantwortung für Mensch und Natur getan oder gesprochen wird, kommt einem kleinen Triumph gleich!*«

In diesem Sinn wünsche ich Ihnen, liebe Leserinnen und Leser, alles Gute!

Und ja, sollten Sie Carla begegnen, grüßen Sie sie bitte herzlich von mir. Für den Fall, dass sie ein Lebenszeichen von sich gibt, werde ich Sie umgehend darüber in Kenntnis setzen – versprochen!

DANK

»Wer feststellen will, ob er sich verändert hat,
sollte zu einem Ort zurückkehren,
der unverändert geblieben ist.«
NELSON MANDELA

Vor ungefähr zwei Jahren hatte ich ein langes und intensives Gespräch mit Georg Simader, dem Gründer der renommierten Literaturagentur *Copywrite*. Natürlich ging es in der Hauptsache um Bücher und darum, wie sich die Literaturwelt seit meinem 2014 im btb-Verlag erschienen Debütroman *Hochsommermord* verändert hat und welche Beeinflussungen den Buchmarkt beherrschen. Einmal mehr wurde mir klar, dass sich in diesem Haifischbecken nur Qualität durchsetzen kann und wird, gleichzeitig hatte ich das Bild eines Seiltänzers in luftiger Höhe (ohne Netz und doppelten Boden) vor Augen. Jenen Drahtseilakt, den ernsthafte Autorinnen und Autoren zwischen »sich selbst treu bleiben«, persönlicher Entwicklung und Erfolg inmitten des Mainstreams zu bewältigen haben. Ich denke, dass mir das mit *Plagiat* gelungen ist, und bin sehr gespannt auf die Stimmen meiner Leserinnen und Leser.

Just nach Fertigstellung dieses Titels fiel mir das oben angeführte Zitat vor die Füße und bewog mich zu einer Rückschau auf die Berg- und Talfahrten seit meinen ersten Veröffentlichungen. Wie vermutlich in allen künstlerischen Disziplinen führt der Weg zum Erfolg über eine Menge Umwege und Hindernisse, die es auszuhalten und zu überwinden gilt. Das dominierende Gefühl, das mich während dieser Reise in die Vergangenheit begleitet hatte, war: Dankbarkeit!

Dankbarkeit gegenüber den vielen Menschen, die mich auf diesem Weg begleitet, motiviert und korrigiert haben. Allen voran danke ich Hanne Reinhardt, die seit meinen ersten »Schreibversuchen« an mich geglaubt und meine Ideen und Texte immer wieder auf den richtigen Kurs gebracht hat. Abermals gilt mein Dank dem viel zu früh verstorbenen ehemaligen Cheflektor des Heyne-Verlags, Bernhard Matt, der mir Lehrer und väterlicher Freund geworden war. Ebenso danke ich Georg Simader für die richtigen Impulse zur rechten Zeit. Weiterhin möchte ich Petra Mattfeldt danken, deren Engagement und Wertschätzung wieder frischen Wind in die Segel brachte. Ferner danke ich Ralf Reiter, dessen Statements einfach unbezahlbar sind, Dr. Helga Laugsch, Dr. Ulrich Dix, der wunderbaren deutsch-amerikanischen Künstlerin und Lyrikerin Gabriele Glang, Denis Skroch, Volker Uhl, Bernd Muckenfuß, Benjamin Decker und den vielen lieben Freundinnen und Freunden, Kolleginnen und Kollegen, die mir in meiner Arbeit mit Geduld, Nachsicht und Wertschätzung begegnet sind.

Aber:

»Ein Kunstwerk besteht immer aus drei Teilen; seiner materiellen Existenz, dem Künstler und dem Betrachter.«

PIERRE SOULAGES

Aus diesem Grund und – last but not least – geht mein ganz besonderer Dank an Sie, liebe Leserinnen und Leser!

Ohne Sie würde Literaturschaffen keinen Sinn ergeben.

Ohne Sie bräuchte es weder Bücher noch Autorinnen und Autoren. Ohne Sie gäbe es mich nicht.

Jochen Frech im Januar 2023

DER AUTOR

Jochen Frech, geboren 1967, gehörte einem Spezialeinsatzkommando (SEK) der Polizei an und stand mit Antiterror-Spezialisten des britischen Special Air Service und dem israelischen Geheimdienst Mossad in Kontakt. Wann immer es ihm seine Zeit erlaubt, schreibt er Kriminalromane und Thriller, gespeist aus seiner langjährigen Erfahrung.

www.jochenfrech.de